［韩］卢熙京 著
太文慧 太文玉 译

我亲爱的朋友们

（上）

中国出版集团
东方出版中心

图书在版编目(CIP)数据

我亲爱的朋友们 / (韩) 卢熙京著；太文慧, 太文玉译. -- 上海：东方出版中心, 2024. 6. -- ISBN 978-7-5473-2442-4

Ⅰ. I312.645

中国国家版本馆 CIP 数据核字第 2025P9L572 号

Copyright © 卢熙京
All Rights Reserved.
Original Korean edition published by Booklogcompany
Simplified Chinese Character translation rights arranged through YOUBOOK AGENCY, CHINA

本书中文简体字版权由玉流文化版权代理独家代理。
上海市版权局著作权合同登记：图字 09 - 2024 - 0346 号

我亲爱的朋友们

著　　者　[韩] 卢熙京
译　　者　太文慧　太文玉
责任编辑　王欢欢
封面设计　赵　瑾

出 版 人　陈义望
出版发行　东方出版中心
地　　址　上海市仙霞路 345 号
邮政编码　200336
电　　话　021 - 62417400
印 刷 者　上海盛通时代印刷有限公司

开　　本　890mm × 1240mm　1/32
印　　张　16.25
字　　数　380 千字
版　　次　2025 年 3 月第 1 版
印　　次　2025 年 3 月第 1 次印刷
定　　价　88.00 元

版权所有　侵权必究
如图书有印装质量问题，请寄回本社出版部调换或拨打021-62597596联系。

作者的话

这是一部关于
我们热爱的、曾经爱过的、
或想瞬间割舍的，
我们父母的故事

身为一名作家何以如此残忍？我在写这部电视剧的结尾时，竟被自己的残忍所吓倒。无论我如何含蓄地表达，我始终认为这部电视剧想表达的主题无外乎是：亲爱的父母们，请你们不要依赖子女，我们生活也不容易，你们去追求属于自己的幸福吧；该放手的时候到了，请你们不要悲伤，也不要依依不舍，人生本来就如此。所以，在整个写作期间以及结束之后，我一直觉得愧对这世上所有的父母。

然而，有一点非常明确。那就是无论我还是其他任何一个人，我们最终都会重复自己父母曾经走过的路,而不会另辟蹊径。

参与这部电视剧拍摄的我亲爱的各位前辈老演员们,当我这个尖酸刻薄的编剧意欲通过女主人公阿婉之口来表达对老年人的各种微词和牢骚时,你们心里一定很不舒服。然而,你们却依然宽宏大量,对此予以理解和接受,这让我感激涕零。偶尔也会有一些观众或因精神苦痛,或因心情不爽而不想继续观看这部电视剧。对你们来说,这一切该是多么茫然和恐惧。你们却能够坦然面对,克服种种心理障碍,全身心地投入故事情境中去演绎角色。各位的坚韧不拔,让我由衷地钦佩。无论通往未来的道路多么艰辛,我都会像你们一样,堂堂正正勇往直前,绝不逃避,笑对未来。

在此,向作家李成淑和晚霞女士表示诚挚的谢意,感谢两位将我的剧本改编成小说。

卢熙京

序　言

　　我做梦也没想到,自己竟然会写她们的故事。不仅没想到会写她们,甚至始终对她们抱有一种冷漠和强烈的抵触。

　　当初,我因为写了外婆的故事,刊登在新春文艺上出道成为新人作家。虽然现在还只停留在从事文学翻译、苟延残喘勉强维持作家生计的现状,但我还是郑重地拒绝写她们的故事。尽管我母亲无数次抛出诱饵想引我上钩,我依然不为所动。因为我对她们的人生毫无兴趣,也不想去了解,更不想以此为契机和她们纠缠到一起。

　　我的这种抵触心理来自两个非常明确和坚定的理由。一是因为母亲的校友都处于六七十岁年龄段,即所谓的"老年人"一代,和她们相处会令我不快和郁闷。

　　"嗜钱如命;不管别人家的孩子,只想拼命维护自己子女;墨守成规,安于现状,害怕改变;从不站在弱者的角度思考社会问题(将社会福利只局限于老年人福利制度方面);视年轻人为竞争对手,或者干扰、妨碍年轻人;倚老卖老,唯我独尊,自以为是;只会无休止地训诫他人、毫无智慧可谈的老年人。"

这就是我对他们这一代人的定义。这种成见使我对他们的人生仅有的一点关心都荡然无存,消失殆尽。

另外一个原因就是,一直以来,光母亲一个人就足以让我头痛,难以应付。母亲是我人生中的锚,是在我向着世界和人生的广阔海洋开启冒险航程时,迫使我停下来的锚。尽管是我自己抛锚放弃了人生冒险,却和母亲脱不了干系。母亲与她的关系网加重了锚的重量,让我产生了一种危机感,预感自己早晚会有一天沉入母亲的海洋。

尽管如此,我却打算讲述关于她们的故事。坦白说来,我着手写这部小说不是为了母亲,而纯粹是为了自己,为了自我生存,为了重新振作做最后的挣扎。

我在旁观、融入他们的生活后,重新认识到了这一点:我生命中的锚并不是母亲,而是我自己。被我们视作老年人的他们,其实也有和我们年轻人一样,不,也许更多令人心动的爱情、浓厚的友情,以及拉近人际关系的灵活性和智慧。

我的母亲兰姬、熙子阿姨、静雅阿姨、英媛阿姨、忠楠阿姨,还有最高龄老校友——我的外婆——双芬女士!

她们的生活依然是充满冒险、热情和爱的现在进行时。即使明天,死亡正在等待着她们。

目 录

上册

1　作者的话

1　序言

1　抱歉,我对你们没兴趣

18　时间,真能解决一切吗

34　就像塞尔玛与路易斯一样

46　生活,也会背叛我们

59　我能做到,我可以独自生活

67　痛过之后,生活还要继续

79　这一刻,就是余生最年轻的瞬间

86　梦想的破灭

97　这帮老家伙,真是厚颜无耻

106　一切皆因寂寞

116　我这个黄毛丫头怎能明白

121　皱纹,就是人生的年轮

131　想要恨你不容易……

137　再打再闹,友情依旧

149　朴婉,到此为止

- 155 随她去吧
- 164 对不起,都怪妈妈不懂你
- 171 没有什么解不开的心结
- 181 风起,浪涌
- 189 可以回头的路,绝对无法回头的路
- 195 老者的人生经验
- 203 生离,死别……
- 211 无法抹去的记忆
- 219 我的人生我做主
- 222 人生,总有不如意
- 230 不离不弃,直到永远
- 242 三十年前的秘密

下册

- 245 一样的伤痛
- 252 悄无声息的征兆
- 259 别再干涉我的人生
- 263 友情更比爱情更珍贵
- 269 人生如此美丽
- 275 既然思念,就去相见
- 280 感谢你,依然安在
- 286 随着人生的节拍

290 人生难有得闲时

295 奔向你的路

301 没关系,别介意

306 无需约定,就此而别吧

311 静雅不辞而别

316 开启复仇的序幕

323 谁的人生都不易

328 一定要幸福

331 老年人的孤寂

338 真实的人生故事

348 锡钧的折服

352 若能像朋友一样相处该多好

358 丫头,你可要善待你妈

362 本以为心不会老……

367 我们真能共同生活吗

371 无心之过千千万

378 熙子的夜间外出

381 妈,我有点害怕

389 为了我们的母亲

392 锡钧的味噌汤

397 老妈的爱情

402 可怜的熙子

409 一切化为泡影

413 她要去往何方

420 妈妈,您要像勇士一样坚强

428	你怎么天天那么累
434	妈妈,我们做朋友吧
437	我还能独自生活
440	我们根本不配流泪
444	为所爱之人努力
452	彼此的安慰
460	无法改变的事实
465	子女的唯一过错
470	放声痛哭吧
474	爱情也不过如此
477	情真意切的爱情
482	无法实现的梦想
487	我们的爱情故事
492	人生竟如此残酷
497	自由驰骋在路上
502	结束语

抱歉,我对你们没兴趣

洗碗池里堆积成山的碗筷在等待刷洗,我完全没想到自己竟会撇下临近提交的稿子在中餐馆厨房里忙碌。就在不久之前,老妈打电话向我求救,说是一名餐馆员工手部受伤无法工作,现在餐馆一片忙乱。我虽然极不情愿,却又不能置之不理,只好立刻奔过来帮忙。然而,心里又惦记着未完成的稿子,所以极其郁闷和焦虑。

"你有什么不愿意的,为什么不答应啊?"

老妈得寸进尺,又来考验我的忍耐极限,竟然还要求我陪她参加她的校友会。老妈,对不起,我断然拒绝您的这个提议。

"就是不愿意!我连自己的校友会都不参加,干吗要参加您的校友会……"

我小时候,由于无人照看,所以总被老妈牵着东奔西走。长大以后,又被老妈当成专职司机呼来唤去。如果我跟着老妈去参加她那个纷扰复杂的校友会,只能在那里独自承受精神煎熬。对于我这个唯老妈话绝对服从的大孝女来说,承受点煎熬并没什么,但老妈无休无止的要求却让我越来越压抑,实在难以忍受。虽说只不过是一个小小的请求,但强迫我加入她生活圈子的做法却让我极其反感。

"瞧你说话的德性。参加我的校友会还能让你缺了胳膊少了腿啊?我还得带着你熙子阿姨和静雅阿姨,那么远的路程,难道你想让我们走着去吗?"

老妈一边往盘子里装刚出锅的糖醋肉,一边不停地数落我,抱怨我是一个狠心的女儿。

"两份糖醋肉!"

老妈带着对我的不满情绪,冲着大厅高喊了一声。

如果在往常,每当这个时候我都会主动退让一步,但今天我却丝毫没有退让的想法。

"谁让您酒驾被吊销驾照了呢?简直疯了,真是的!要换作是我大白天喝酒开车,您还不得把我……"

"把你打死!"

老妈不知何时已经走到了洗碗池边,尴尬地笑着将手中的餐具放进了洗碗池。我没想到,原来老妈也有无言以对的时候。老妈一看用威胁我的方法行不通,便马上改变策略,满脸堆笑地望着我,试图用甜言蜜语,软磨硬泡地说服我。

"我不是让你采访我的朋友,然后写成书嘛。阿婉啊,你就写写看吧。你外婆也会去,既能见到外婆又能写东西,何乐而不为呀?当初你出道时,关于外婆的故事写得多好啊。这次你就以我的朋友们为题材,再写一部长篇小说吧。她们每家的故事,那可都是波澜壮阔、跌宕起伏……"

老妈的劝诱俨然超越了想通过女儿满足自我愿望的意图,分明就是想让女儿成为自己替身的伎俩。早年,老妈自己的梦想就是成为一名作家。所以,她在很久以前就为我规划好了职业——成为一名作家。当然,我自己也想成为一名作家,所以才选择了这条路。但是,从老妈口中说出"作家"这个词之前,我本人却从来没有想象过自己会走上终生为了写作而绞尽脑汁的苦行之路。

我从未因为成为一名作家而后悔或埋怨过。尽管尚未摆脱出道作家的头衔,但作家的自尊心却不允许,也不能接受老妈总是对我指手画脚,干预我写这个、写那个的做法。

"狗血,真狗血!"

我打断老妈,明确亮出"打住,闲话免谈"的态度。

"可你总不能这样一直翻译下去吧?听妈的话,写写看。你听说熙子阿姨老公去世的事了吧?"

老妈又向我抛出了一个诱饵。

"难道他是昨天才去世的吗?都过去一年多了,您干吗又重新提起它。"

我很清楚自己的致命弱点就是禁不住诱惑,所以就故作镇静,强装漠不关心地专注于洗碗。于是,老妈又抛出了一个更新鲜的诱饵:"可是,你也许不知道熙子阿姨老公是……在壁橱里死的!"

闻听此言,我不由自主地扭头看向老妈,心想:这是一个颇具吸引力的故事,仿佛悬疑电影般的故事。老妈见我有了反应,立刻露出了胜利的笑容。老妈的表情提醒了我,绝不能上当!于是,我又装作毫不在意的样子,把头转向洗碗池继续低头刷碗。

"不问不奇!"

我瞧了一眼满脸疑惑地望着我的老妈,补充说明道:"我的意思是,我不想问,也不好奇。我绝对不会参加您的校友会,前年在您家聚会的时候,我就已经受够了。我最不喜欢那个话痨成俊叔了,一喝酒就开始骂人,见谁骂谁。还有那个大妈是谁来着?没多少头发、眼睛细长、一张嘴就骂自己孩子的……"

"美丽阿姨?"

"对,就是那个美丽阿姨,我也特别讨厌她。"

也不知道有什么好笑的,老妈竟咯咯笑个不停。

"那正好啊,他们两个人都去世了。"

我满脸惊讶地看着老妈,可她却满不在乎地一边往摞得高高的不锈钢饭碗里盛米饭,一边继续说个不停。

"真的!成俊哥是去年冬天从自家楼梯上跌落摔死的,美丽姐今年冬天因心脏停搏去世。人老了就是那样,你以为'祝你晚安!'这句话是随意说的吗?现在每开一次校友会,都会听到谁谁已经去世的消息。大家如果现在不相见,不知道什么时候又会有谁离世呢。"

我怎么也没想到,竟然能从老妈的口里这样不以为然地说出如此悲伤的话题来。难道在不知不觉中,老妈的朋友们也已经到了互相问候"祝你晚安"的年龄了吗?听老妈如此平淡地说出这种话,我忽然感到一阵心酸,但还是立刻稳住开始动摇的心绪,向老妈明确传达了我的意向。

"您这是在吓唬我吗?再说了,现在还有谁会花钱去阅读有关老年人的故事啊?现在的人啊,就连自己父母都不关心。"

"就像你这样?"

老妈见我毫不动摇,非常生气地讥讽我。

"对,像我这样!您非要这么说才舒服吗?真是的……"

老妈既然把我说成狠毒的女儿,那我索性就依她所愿,狠狠地回了她一句。

"别这样,臭丫头!你小时候,那些叔叔阿姨们对你多好啊。难道你忘了吗?在你小时候,我为了生计奔波忙碌时,是她们经常带你出去买衣服、买好吃的哄你睡觉,甭提对你多好了,是不是?现在你长大了就看不起那些老人,这可不行,臭丫头!"

老妈开始胡搅蛮缠耍无赖。

"我什么时候看不起老人了?"

我因为心情郁闷,禁不住也提高了声音。正在这时,熙子阿姨从朝向大厅敞开的厨房窗口歪头把脸探了进来。

"哎呀,这不是我们阿婉嘛!"

我没想到自己对老妈大吼大叫的凶相竟被公主般优雅的熙子阿姨看到,不免有些尴尬,立刻满脸笑容稍显夸张地大声朝熙子阿姨打招呼:"天啊,天啊,阿姨!"

熙子阿姨高兴地朝我挥了挥手,然后为了进厨房就从窗口消失了。老妈趁机快步走过来,小声讥讽我:"喂,你可真虚伪啊。你不是说不喜欢我的朋友吗?"

"那您是想让我依着性情来呗?把我的本性暴露出来,让您惊喜一下怎么样?"

老妈见我如此一本正经地回答,便识趣地溜开了。

熙子阿姨就像刚从巴黎飞回来的贵夫人一样,身穿法式风衣,搭配一条飘逸的丝巾,优雅地朝我微笑着。我紧紧拥抱住熙子阿姨,一边像哄婴儿一样摇晃,一边问她:"阿姨,我好想您。您什么时候从菲律宾回来的呀?"

"一个月了。每次看到你都这么漂亮……我们的阿婉。"

熙子阿姨面带微笑,不停地抚摸我的脸。我看着阿姨那张仿佛从来不用为了生活琐事而烦心的面庞,不由自主地想起了老妈刚刚说过的话。熙子阿姨的丈夫怎么会死在壁橱里了呢?

一年前,熙子阿姨操办完丈夫的葬礼回到家,听到了令她非常意外的孩子们的对话。

那天，熙子阿姨从殡仪馆回到家里，连丧服都没换就在卧室的角落里铺好被褥躺了下来。尽管葬礼过程让熙子阿姨心力交瘁、筋疲力尽，可她却毫无睡意，只是茫然地望着敞开的壁橱。壁橱里原封不动地摆放着尿壶和被子，却已经看不到自己熟悉的老公。老公的离世实在荒诞又虚渺，让她到现在也无法相信。

此刻，熙子阿姨的三个儿子和媳妇们正围坐在客厅的酒桌旁喝着酒。突然，传来了他们的争吵声。

"你嫂子说的有错吗？你以前不也经常说，爸爸应该比妈妈后离世才对。"

"我那不过是开玩笑，你们怎么能当真。"

"臭小子，就算嘴巴长歪了也不能瞎说话。说实话，咱妈会做什么，一辈子就是一个公主。"

"不用你们管！妈妈由我来赡养，我不会把她交给哥哥们！"

"你凭什么赡养妈妈？我是长子，干吗要你来赡养她？"

儿子们的每一句话都透过稍有缝隙的房门清晰地传进了卧室，深深地刺痛了熙子阿姨。虽然三个儿子为了赡养妈妈互不相让，吵得不可开交，但熙子阿姨的耳边却只回荡着那一句话：爸爸应该比妈妈后离世才对……爸爸应该比妈妈后离世才对……

"他们这是什么意思呢？究竟是希望我死去，还是希望我活着啊？"

一个月以后，熙子阿姨去了二儿子所在的菲律宾。她不想留在丈夫死去的房子里，同时还可以照顾一下做生意的儿子，至少不用看人眼色行事。然而，阿姨的希望在她到菲律宾后不久就破灭了。二儿子家里早就有几名忠于职守的女佣，就连想喝一杯水都不用她亲自动手。女佣看到熙子要伸手去拿水，就会马上抢过杯子为她倒水；当熙子看到哪里有污迹想用抹布擦拭一下时,女佣立刻就会夺过抹布替她擦拭干净。熙子闲来无聊,想在庭院里种点花草,女佣就会抢过喷壶不让她劳神。在这里的每一天,都让熙子阿姨觉得自己完全就是一个一无所能、一事无成的笨蛋。

某一天,熙子阿姨看见女佣的孩子在外面流着鼻涕,觉得特别可爱,就想用自己衣袖替他擦一下。没承想女佣见状惊慌失措地跑过来,一边不停地说着"对不起,老夫人!"一边惶恐地抱走了孩子。那一刻,熙子阿姨意识到自己的一切好意行为都威胁到了女佣的工作,让她们诚惶诚恐。还有一件事令熙子阿姨颇为不悦,儿子夫妇每天早晨出门的时候,竟然一声招呼都没有。于是,她毅然决定回韩国。

"儿子、儿媳妇,我回首尔了。别担心,你们的妈妈可以独自生活。你们要幸福哦,我也会幸福的。"

熙子阿姨就这样只留下一张便条就离开菲律宾,重新回到了首尔。当时,阿姨对自己特别失望,所以下飞机等行李时就下定决心:"我要独自生活!"

返程的机场大巴一到,熙子阿姨就冲着司机大声喊叫,拒绝他把自己的拉杆箱帮忙放进大巴行李舱。

"我可以独自生活!不,可以自……自……自己……抬行李箱!"

然后,熙子阿姨硬是费尽九牛二虎之力,一个人把大大的拉杆箱放进了大巴行李舱里。不仅如此,上车以后她也不坐到座位上,而是傲然地站在那里,想以此证明自己多么坚强。她也想确认一下,确信自己完全做得到。大巴司机见状,不停地对熙子阿姨高声提醒:"高速公路上不允许站立,请您赶紧坐下!"阿姨无奈,极不情愿地坐到了位置上。

熙子阿姨刚坐下,包里便响起了刺耳的手机铃声,是她的小儿子敏浩打来了电话。

"妈妈,您干吗不辞而别啊?二哥在菲律宾都要急死了。我现在正在去机场的路上,您在哪儿呢?"

熙子从敏浩的声音里感受到的不是担心,而是一种厌烦。

"回家的大巴上。"

"您这不是为难子女是什么?您和爸爸一起住过的房子一直没有清扫,现在都变成鬼屋了,您去那里干什么?您现在在哪里,我去接您。您一个人去那鬼屋想干什么?明明什么都做不了!"

"你妈怎么什么都做不了了?我回我自己的家,怎么就为难你了?我能做到!我也可以独自生活,我也可以!!"

阿姨听到儿子叫喊,也同样咆哮着挂断了电话。

就这样,熙子阿姨回到了首尔。

老妈的中餐馆位于市场入口处,在这一带也算比较有名,一到用餐时间就会客流不断。所以,每天只要过了手忙脚乱的中午饭时间以后,就会因用尽当天的食材而关店休息。若在从前,老妈会再次补充食材继续营业。但自从三年前老妈因劳累而晕倒之后,只要用完当天的食材,她就会毫无留恋地关门打烊。老妈经历一次与死神擦肩而过之后,似乎深刻认识到了生死由命,富贵在天,不必为生计而拼命的道理。

我在餐馆帮忙刷完碗筷,回到家刚冲完澡出来,就传来了电话铃声。老妈开口就抱怨:"你要把自己洗脱皮吗?快过来,你静雅阿姨来了。"

静雅阿姨是熙子阿姨的挚友,也是老妈的小学学姐。每当见到温顺、仁慈的静雅阿姨时,我都会有一种心疼的感觉,并伴随着一种莫名其妙的亲近感。我用干发帽包起头发,急匆匆地跑向便利店,从冰柜里拿出一瓶黑啤酒,贴到脸上试了一下温度,"好凉啊,喝起来一定很爽"。于是,我非常满意地拿出了三瓶。

我刚走进老妈餐馆,就受到了老妈和阿姨们的热情欢迎。不过,她们好像一副更欢迎黑啤酒的表情。我突然想搞个恶作剧,于是,先把两瓶啤酒放到老妈和阿姨们前边的桌子上。然后,用力摇晃剩下的一瓶啤酒。静雅阿姨见状,马上蜷起身子摆手制止:"别晃啊,别浪费钱,千万别!"

恶作剧的乐趣就在于让对方示弱求饶。于是,我更加用力地摇晃着啤酒瓶,一步步靠近老妈和阿姨们。

"我就晃,我就晃,看你们还能把我怎么样?这酒是我花钱买的,我想怎样就怎样!你们这些老太太,要玩就乖乖玩,大白天就开始喝酒……要玩吗?想要吗?我来陪你们玩吧。"

阿姨们见我大摇大摆地走过去,吓得一边蜷缩身子躲避,一边开心地笑个不停。

"丫头,别这样!你简直就像个小混混,怎么能这样啊?"

"喂,喂,快去和你妈玩吧。"

"你往我身上浇一下试试,今天就是你的死期!"

老妈一边吓唬我一边伺机逃跑。她似乎并不讨厌这样的恶作剧,脸上洋溢着笑容。

"我就不明白了,怎么会从您嘴里随意就说出想弄死自己女儿的话?"

我们就像小时候和伙伴们调皮捣蛋一样,尽情地耍闹着。我努力想往老妈身上喷洒啤酒,老妈则东逃西窜忙着躲避。两位阿姨看着我们娘俩的样子,笑得前仰后合。这场骚乱最终以老妈揪住我的头发,把我摁到椅子上才宣告结束。熙子阿姨这时看了一眼静雅阿姨,莞尔一笑:"静雅,你穿了我给你买的衣服啊。"

"对呀,就是你给买的。"

静雅阿姨就像孩子一样乖巧地回答。老妈把静雅阿姨带来的包裹里外翻了一遍,回到座位开始抱怨:"你又从孩子家拿吃剩的东西啦?那个被子就扔了吧?"

两个包裹里分别是静雅阿姨从孩子家带回来的旧被子和剩饭菜。除此之外，我所看到的还有静雅阿姨身上与那件法式风衣极不相称的旧鞋子和旧裤子。对于静雅阿姨来说，她唯一的奢侈品就是很多年前熙子阿姨送给她的这件法式风衣，还有阿姨在少女时期曾经崇拜的偶像全慧莲喜欢喝的黑啤酒。当然，黑啤酒也只有在别人请客的时候她才能享受得到。

　　静雅阿姨没有儿子，只有三个女儿。大女儿的老公是大学教授，二女儿离异单身，三女儿开了一家幼儿园。阿姨每周都会去女儿家三四次，为她们打理生活，每小时收取一万韩元。

　　大女儿顺英在研究生院学习。静雅阿姨去她家打扫时，就算她偶尔碰巧待在家里，每次也都是背对着门躺在卧室里睡觉，从来不理睬阿姨。静雅阿姨以为女儿身体疲乏，所以也不去打扰她。但是，即使这样，大女儿也时不时头都不转过来，就以种种借口对母亲发脾气。不是嫌洗衣机声音太吵了，就是埋怨吸尘器太闹了。静雅阿姨不能不考虑大女儿的心情，所以根本放不开手脚做家务。

　　二女儿浩英离婚以后一直独自生活，对待静雅阿姨完全就像钟点工一样。三女儿秀英在幼儿园工作繁忙的时候，会把年幼的孩子和所有家务都托付给静雅阿姨，而且总打电话提醒阿姨，不要喂孩子这个那个的，事事加以干涉。

　　静雅阿姨就这样到三个女儿家帮他们打理家务，每周能赚三十万韩元劳务费。她会把这些钱全部用在疗养院里的娘家妈身上，自己不花一分钱。静雅阿姨尽管日子过得很辛苦，却从来不抱怨，每天都是幸福知足的样子。那是因为静雅阿姨和老公锡钧叔有一个足以让她忘记一生辛劳的梦幻般的约定。叔叔承诺和她一起从意大利的罗马出发环游世界，然后再回到意大利的西西里岛，尽享只有他们的二人世界。所以，静雅阿姨每天晚上都会观看电视中的海外旅行节目,以此来抚慰自己辛苦的一天。

"等着我,西西里,我很快就去喽。嘻嘻嘻……"

那天,静雅阿姨也和往日一样,坐在电视前一边啃着干瘪的黄瓜,一边做着周游世界的美梦,竟然没察觉到锡钧叔已经下班归来。锡钧叔紧皱着眉头,关掉客厅大灯后打开了小灯。叔叔一辈子节俭,看不得他人浪费一分钱。

"难道我不在家时,你就是这么过日子的吗?看电视时还点亮所有的灯!"

静雅阿姨见状慌忙站起来,一边嚼黄瓜一边笑着和锡钧叔打招呼:"你今天回来得这么早啊。"

可叔叔却不加理睬,顺手又关掉了电视。

"你竟啃黄瓜?"

"都蔫巴了,扔掉不是有点可惜嘛。"

"那你花钱买回来,怎么一直放到它蔫巴呢?就算你再没有脑子,也都大大咧咧一千年了,真是个败家娘们儿!"

锡钧叔又看到了沙发上放着的锅巴,终于忍无可忍,大声吼叫道:"天天都把饭烧焦!"

"我也是上了年纪后才烧焦的,年轻时哪烧焦过一粒米了?"

"我真服你了,什么都吃得下。真能吃!"

静雅阿姨听着锡钧叔无休无止的唠叨,走进了厨房。

餐桌上摆放着锡钧叔的晚餐,非常简单的饭菜又引发了叔叔的牢骚。

"你竟然做了三个菜?"

静雅阿姨无奈地耸了一下肩,伸手拿起一盘菜放进了冰箱。

"我钱多烧的,所以做了三个菜。那你就留着明天吃吧,明天!多给你做两个菜,也成我的不是了。"静雅阿姨小声嘟囔。

小气鬼丈夫也不是这一两天才对自己发牢骚,静雅阿姨早就习以为常。倒是没能观看刚才电视里播放的旅游节目让阿姨觉得非常遗憾,所以,她就时不时地看向客厅。

"老公,你自己一个人在这吃饭,行不?"

静雅阿姨笑眯眯地望着锡钧叔讨好地问道。可叔叔却只顾埋头吃饭,头都不抬地回了一句:"坐下!"

"电视正在播放有关西西里的旅游节目……"

静雅阿姨自言自语着,依然不死心。可一看到锡钧叔冷冷地瞪着她,只好乖乖地坐到了餐桌旁的椅子上。

"老公……你什么时候才能退休,和我一起去旅游啊?十年前,你卸任厂长的时候,还有两年前辞掉工厂门卫的时候,你都说过去旅游。可最后还不都泡汤了吗?这次等你辞掉公寓门卫后,咱们可真得去周游世界啊!"

静雅阿姨夹了一块辣白菜,一边放到锡钧叔的饭勺上,一边冲他撒起娇来。

"我替你说出下一句话呀?'你要继续工作的时候,我已经让步了,这些你都知道吧?我都忍耐很久了。先是为你父母养老送终,后来又天天给你们八兄妹做饭、洗衣服,一直照顾到他们全都娶妻、出嫁。你要是再不带我去周游世界,可就真不是东西了,你知道吧?!'"

锡钧叔模仿静雅阿姨的语气,倒背如流地说出了她一辈子挂在嘴边的话,逗得阿姨咯咯笑个不停。不管怎样,丈夫没有忘记她的话,也算让她感到一丝安慰。

"你笑什么?"

锡钧叔又瞪大眼睛责问静雅阿姨。虽然锡钧叔喜欢看到妻子的笑容,却从来不会表露出来,反倒习惯用反话来刺激她,总给人一种木讷的感觉。静雅阿姨呆呆地看着只顾吃饭的锡钧叔,又柔声打探道:"老公,你有多少钱呀?五亿?十亿?你以前当厂长时的退休金,还有打工攒的钱,加到一起肯定不少吧?我付完我妈的疗养费用后还剩六百万韩元,你应该有十亿多吧?"

"别说了!"

就仿佛谁在向他要钱一样,锡钧叔急得口喷饭粒,赶忙制止静雅。

静雅阿姨不知道小气鬼丈夫背着她到底攒了多少钱,只猜想他应该存了很多钱在银行。五亿也好,十亿也罢,静雅阿姨都不在意,她只要锡钧叔能信守与她周游世界的诺言。一想到周游世界,静雅阿姨的脸上就泛起了笑容。

"老公,这次校友会,你是和小锋、长敏他们一起去吗?是你开车吗?"

"当然是我开车!就算他们大学毕业又怎么样,连个车都开不好……"

"这星期,我的道路驾驶技能训练就结束了。到时候咱们开车周游世界吧,两个人轮换着开车。"

静雅阿姨用支付母亲疗养费剩余的钱报考了驾校,就是为周游世界做准备。

"你就这样活到死去吧!"

锡钧叔又给兴致正浓的阿姨泼了一盆冷水。想当年,锡钧叔执着地追求漂亮的静雅阿姨,为了得到阿姨,不惜到处散播传言说:"静雅是我的!"可等他追到静雅阿姨,把她娶进家门后,却让她受尽了艰辛。而如今,竟然还会因为静雅阿姨花几个小钱而大发牢骚。

老妈和熙子阿姨认为锡钧叔不是说空话的人,坚信静雅阿姨一定能够实现周游世界的梦想。可我却心存疑惑,那个小气又吝啬的锡钧叔真的会信守承诺吗?

此刻，我正在与斯洛文尼亚的研贺视频通话中。研贺今天偏偏背对我而坐，他那占满整个电脑屏幕的宽阔的后背深深地刺激着我，让我突然很想拥抱他。但是，我并没有告诉研贺这一想法，因为我没有自信拥抱他。

在过去的三年里，研贺一次也没有问过我，为什么要离开他，我对那件事也只字不提。依然可以像老朋友那样嘻哈地通电话，这是留给我们俩的，也是我们所能做到的相爱的全部体现。虽然已经过去了三年，但突如其来涌上心头的思念会经常让我摇摆不定。尽管如此，我还是咬紧牙关坚持着。

远在与韩国时差七小时的斯洛文尼亚，研贺若无其事地告诉我："我没有食欲，消化也不好，所以就用培根饼干代替了午餐。"我听他这么一说，不禁有些难过。心里默默念叨："你这个傻瓜，可要好好吃饭啊……"却不想让研贺看透我的心思。我为了转换一下气氛，正想和他谈起老妈校友会的话题，就听手机提示音响个不停，接二连三地收到了熙子阿姨和静雅阿姨的信息，足有二十多个爱心表情包和感谢我明天带她们去参加校友会的文字内容。我一下子火冒三丈，立刻拿起手机拨通了老妈的电话。

"妈妈，我什么时候说过要带阿姨们去参加您的校友会了？我什么时候说了？您到底要我说几遍呀？我的稿件马上就得提交了，难道杂志社的稿子就不是稿子吗？妈，妈?!"

老妈对我说，刊登在杂志上的碎片文章算不上稿子。她就这样激怒我以后，说自己正在可乐吧和朋友们玩得尽兴，便挂断了我的电话。

研贺见我大发雷霆，大概猜到了事情的来龙去脉。于是就劝我别生气，帮老妈她们去参加校友会，说不定也许能从长辈那里学到一些东西呢。我听研贺这样一说，更加生气，忍不住挖苦道："学什么？有什么可学的。他们这些人一见面就吵架,见谁不在现场就说人家的闲话,爱生气,爱哭闹,还耍无赖。难道只要年纪大就是长辈吗?老人和长辈并不是一个概念,明显不同,截然不同!"

"你该不会在长辈们面前也这么没有礼貌吧?"

研贺就像对待小妹妹一样,语气和蔼地教育我。虽然比我小五岁,可此时的他却更像是一个哥哥。

"当然,我会忍的。"

我小声笑着回答。也不知道到底哪里好笑,只见研贺笑得肩膀都在颤抖。看到他摇晃的肩膀,我突然很想看一眼他那张甜蜜的笑脸,于是命令道:"你把摄像头摆正点,让我看见你的脸!"

"不要!"

研贺调皮地把身子更往旁边挪了挪,直到完全从屏幕中消失。

"为什么?"

我有些不悦。研贺把头稍微往镜头前探了一下,小声回答:"我就是想让你……焦急。"

说完,又把镜头一转彻底消失了。你这个坏小子……竟然用这种方式折磨我。

"我数到三,到时如果你还不让我看到你的脸,我就把视频关掉。1……2……3……"

正在这时,放在床上的手机铃声响了起来,来电显示是东震学长。于是我立刻接通了电话。

"哦,学长。"

他是我的大学前辈,也是我现在就职的出版公司总编,于公于私,在外人看来我们之间就是这种关系。我从斯洛文尼亚回来后,因为研贺而摇摆不定时,需要一个能够安慰我的人,一个能与我共同回味我和研贺之间美好回忆的倾谈对象。那时陪伴在我身边的就是东震学长，他尽其所能地承担起我所需要的全部角色。不知不觉中，我们之间变成了朋友以上，恋人未满的关系。

电话中传来了球的撞击声和嘈杂的叫喊声，东震学长说他正在台球室和出版社职员们打球。

"你们竟然抛下我一个人去玩耍啊？"

"那你也过来吧。我看大家兴致都很高，也许要玩通宵呢。"

透过手机，传来东震学长诱惑我的声音。

"不去，我不去！要是和您单独见面还可以。那么一大帮人，我可不喜欢！"

东震学长却沉默不语了。

"您怎么不回答啊？"

正当我追问学长时，"喂！"电脑里传来了研贺招呼我的声音。我朝屏幕瞟了一眼，只见刚刚还不想让我看到正脸的研贺，此刻正在视频中催促我："你快让我消失吧。"

研贺可能看到我和东震学长通话，感觉不舒服。

"那你就自己退出呗。"

"我不是你的化身嘛，没有自我意识哟。"

研贺说完耸了耸肩。

"那你就等着，等我通话结束吧。"

"我可不想听你和其他男人通话，快点关掉视频！"

就算我和研贺可以像朋友一样相处，也难免会有情感冲突，研贺现在或许就是这种情形。我默默关了电脑，于是研贺从屏幕中消失不见。研贺和我，我们之间维持到目前这种程度刚刚好。

"学长，告诉我到底要怎么办？"

我又追问东震学长。

"你,还是别来了!"

东震学长想了一会,最终还是拒绝了只有我和他的约会。我竟然感到一丝惋惜,痴痴地望着已经结束通话的手机。这时,收到了老妈的一条信息:"明天一起去!"

我无奈地露出了一丝苦笑。老妈还是一如既往,不是拜托我,而是向我下达通告。可是,这次我却不想如她所愿。

我放下手机,然后戴上眼镜,正准备开始工作时,电话铃又响了起来。

"英媛阿姨?"

实在太过意外,我不由自主地提高了声音。

英媛阿姨曾经是老妈最亲密的朋友。我也不清楚她们二人之间究竟发生了什么,现在关系很疏远,或许更糟糕。每当有人提到英媛阿姨,老妈都会情绪异常激动,与人针锋相对。这一切分明表示她们两人之间肯定发生过重大冲突。

不管她们之间关系如何,英媛阿姨是老妈朋友中我最喜欢的一位阿姨。英媛阿姨打从年轻时就开始了演员生涯,一直到移民美国。我在美国留学时,阿姨经常来看我、照顾我。以前,阿姨偶尔也会因为拍摄影视剧而短期回韩国。阿姨刚刚告诉我,她这次是彻底回来了,还要参加明天的校友会,让我先保密不要告诉别人。当阿姨对我说"明天见"时,我竟然不由自主地应答了下来。我虽然一直顽强地抗拒着,但这次也毫不例外,最终还是让老妈如愿以偿了。

时间，真能解决一切吗

当我依次接完老太太们，去往校友会的路途并没有一帆风顺。但凡我迄今为止修炼的涵养稍有欠缺，我都可能会把她们半路丢弃，不管不问。明明已经到了约定的时间，可熙子阿姨却还在教堂里心无旁骛地做着弥撒。老妈见我把车违停在道路边，大发牢骚后就急匆匆地跑进了教堂，看见熙子阿姨正安然地站在神父面前，虔诚地接受着洗礼。等熙子阿姨回到座位，老妈终于忍不住低声埋怨起来。

"我不是叫你出来等着吗？真是的！你要不是我姐姐，我早就……你，糊涂了吗？明明要去参加校友会的人，怎么会在这里？"

"我得参加弥撒啊。"

熙子阿姨就仿佛理所当然地回答。

"好，接受洗礼就行了，咱们走吧！"

"我还得忏悔呢……"

熙子阿姨满不情愿地挪动着脚步，恋恋不舍。

"那你就别犯错！我一辈子都不用忏悔。你那包里又是什么？难道要去避难吗?"

老妈一把夺过熙子阿姨的大背包,强拉着她走出教堂,让阿姨坐到了车上。然后,我们又去驾校接练习驾驶的静雅阿姨。等她们三人聚齐后,车里立刻就热闹起来。

熙子阿姨说她手机里有好听的歌曲,然后就一首接一首不停地播放;静雅阿姨则没完没了,不停地往我嘴里塞东西干扰我开车;老妈呢,就在旁边大喊大叫地和外婆通电话,说什么去接她还是不接她的。车里一片喧嚣闹腾,搞得我完全无法集中注意力开车。更让我生气的是后边紧跟着一辆车试图超过我们,在这狭窄的国道上,后边那辆车一会儿猛踩油门露出车头,一会儿又放慢速度缩回原位,不停地干扰我的脑神经。突然,后边那辆车猛一踩油门强行超了过去,吓得我一激灵偏离了车道,赶忙踩住了脚刹。至此,我从早晨一直憋在心中的怒火终于一发而不可收拾。

"喂,臭小子!疯小子!你这个疯……狗!乞丐!垃圾!渣滓!喂,你找死啊?!"

我从车里下来,朝着远去的那辆车疯狂地怒吼。老妈颇感意外地望着我,透过车窗责怪道:"喂,难道你嘴里塞了抹布吗?在谁面前骂脏话呢!"

"妈妈,您干吗要给外婆打那么久电话嘛。您不知道外婆耳朵不好,听不清楚吗?外婆说要自己去,那您就说'知道了'就行呗,干吗还非得要……吵得我心烦意乱的。您让我怎么好好开车,如果出了车祸,您能负责吗?!"

静雅阿姨瞥了我一眼,识趣地小声提醒熙子阿姨把音乐关掉。熙子阿姨好似恍然大悟一般赶紧关掉音乐,柔声安抚我:"阿婉啊,快上车吧。"

我这才意识到对不起两位阿姨,急忙解释:"两位阿姨,对不起。刚才那个兔崽子开车太粗暴……"

"我也看见了,那个臭小子!"静雅阿姨大声痛骂。

"狗崽子,臭崽子!"熙子阿姨竟也跟着骂了起来。

"别再闹腾了,你赶紧开车吧。"

我瞪了老妈一眼,上车启动了车子。可刚要出发,熙子阿姨却突然说自己肚子疼。

"阿姨,您稍微忍一下吧,再开十分钟就是服务区了。"

"姐姐,下车吧。"

老妈根本不理会我的话,一边观察周围情况,一边催促熙子阿姨下车。

"去哪儿啊?"

静雅阿姨根本无视我的无奈,拽着熙子阿姨就下了车。

"走吧,下车吧!"

"下车了还能怎么办,这荒郊野外的。阿姨,再走十分钟……"

"你到阿姨这个年纪看看,能憋住大小便吗?真是啥也不懂。"

"妈妈!"

眨眼间,老妈已经带着阿姨们跑向草丛中。清晨开始就接踵而来的一连串突发状况,搞得我无可奈何,精疲力竭。于是,我便靠在驾驶座上闭上了眼睛。

过了好久,我睁开双眼,透过后视镜看到老妈和两个阿姨从那边大树下有说有笑地走了过来。熙子阿姨似乎方便后神清气爽,从旁边草丛中摘了两朵花,插到了老妈和静雅阿姨的耳鬓上。"真臭!""你干什么呀,像个疯婆子一样!"她们就这样相互追逐嬉戏着,脸上荡漾着少女般天真烂漫的笑容。我担心带着这帮老太太无法在今天之内赶到校友会举办地,不由得叹了一口气。可是,看到她们露出的笑容宛如插在耳鬓上的花朵一样美丽,也禁不住暗自偷笑。

就这样经过一波三折,我们终于到达老妈家乡附近的一家露天咖啡馆,校友会将在这里举行。经营这家咖啡馆的老板娘是老妈的学姐忠楠阿姨。尽管稍欠艺术氛围,但可以从精心布置在咖啡馆庭院里的那些小巧玲珑的工艺品上,感受到忠楠阿姨的一片诚意和良苦用心。

我们刚到达目的地,老妈就迫不及待地去见独自驾驶四轮摩托而来的外婆了。我外婆年过七旬才进入小学学习韩文,而且还拿到了毕业证,顺理成章地成了老妈和阿姨们的学妹。从此以后,外婆便以最小学妹的身份一次不落地参加每年举行的校友会。

两位阿姨也各自散去,忙着向久违的朋友或前辈们问好。我终于被解放,独自留在车里得到了喘息的机会。咖啡馆里熙熙攘攘地挤满了老年人,混迹在这些吵乱纷扰的老年人中,我突然觉得自己的青春竟是如此不尽如人意,不由得产生一种悲悯之情。

"咚咚咚!"听到有人敲车窗的声音,我转过头,看见锡钧叔正站在车窗前瞪着我,满脸不悦的表情。

"你见到长辈,怎么连一声招呼都不打呢?"

虽然关着车窗,但锡钧叔的声音却非常响亮。我尴尬地笑着摇下车窗,朝他点头问候。

"您……您好,叔叔。"

"你嫁人了吗?"

我特别讨厌锡钧叔以这种方式和我对话。他并不是因为关心我的近况才如此询问,他的意图很明显,就是想责怪我还没有结婚。我尽管心里极不舒服,但还是满怀诚意,礼貌地回答:"还没有。"

本以为锡钧叔会就此打住,却没想到他依旧不依不饶地继续责问:

"你不是作家吗,出书了吗?""你大学毕业后到底都干了些什么?"句句戳痛我的短处,着实令我气馁。我实在气不过,正想一走了之不理睬他时,看到老妈走过来一把搂住了锡钧叔。锡钧叔为了甩开老妈,一边不住地摇晃身体,还一边不停地唠叨:"你怎么每次都带着她啊?她小时候就带,长大了还领着!"

"谁带她啦?是她自己跑来的。她说今天要采访在场的长辈们,她马上就要出书了。"

老妈边说边朝我眨了眨眼睛,我无语地看着她。老妈又对锡钧叔说了一句"快过来吧"便向外婆那里跑去。锡钧叔临走之前还不忘抛下一句他的老生常谈,然后走进了咖啡馆。

"身上都没个带把儿的,还开什么车……真是瞎嘚瑟!"

我看着远去的锡钧叔,无奈地摇了摇头。虽然这里的绝大部分老年人我都不太喜欢,但锡钧叔绝对是我最最讨厌的一个人。我非常敬佩和锡钧叔一起过日子的静雅阿姨,但同时也为静雅阿姨感到悲哀。

咖啡馆里聚集了很多老年人,只见他们每个人都争先恐后地讲述着关于自己的故事,吵得翻天覆地。我埋头奔波于餐桌之间,不停地为他们送酒添菜,就算对他们的谈话再不感兴趣,有些谈话也会令人生厌地不时传入耳中挥之不去。就在这时,奇子阿姨不由分说,把我拉过去摁到座位上,开始讲述起她的人生故事。

"阿婉,你写我的故事吧。你不是也知道我的情况嘛,一个离婚的儿子,再加上死去的脑瘫女儿,到现在我都没过过一天安稳日子。我是上当被骗婚的,错就错在我听信了同村一个姐姐的话去相亲,本以为男方是初婚小伙儿,后来才知道竟然是结过三次婚的人。真是一念之差嫁错郎,婆家的苦日子无尽头啊。自打结婚以后,我每天忙前忙后累得像条狗,伺候两个还没出嫁的小姑子、两个没有娶媳妇的小叔子,还有离婚回娘家的姑婆、婆婆、公公,再加上我们全家一共老少十口人的吃喝拉撒。"

我无可奈何地听着老太太那句句辛酸的故事,难掩无聊,巴不得快快离开那里。奇子阿姨的一个朋友这时走过来突然插嘴:"我这一辈子也是天天累死累活地干活。结婚以后,老公在一家西装店工作,光干活的师傅就二十多人,我每天还得准备他们的便当……"

"喂,你怎么在我说话的时候插嘴呀!"

奇子阿姨勃然大怒,打断了她的朋友。

"你的故事有什么意思?"

"我的故事怎么没意思了?我婆家人喜欢吃猪头肉,所以我三天两头就得去马场洞(地名,"洞"是韩国行政区划的一个名称)的屠宰场买猪头,把买回来的猪头洗干净后再煮熟。买回来的那些猪头,有眼睛凸出来的,也有舌头伸出来的,还有牙缝里沾满辣椒粉的。你吃过猪的睾丸吗?"

对于奇子阿姨的这个提问,我恶心地摇了摇头。熙子阿姨这时像救世主一样,走过来为我解围:"奇子啊,你怎么和阿婉说那些煮猪头的事呢?她可是从首尔来的孩子,会觉得倒胃口的。"

"阿姨和你说那些猪头、睾丸的事,你觉得倒胃口了吗?"

"没有,阿姨。"

我强装笑颜回答。熙子阿姨继续帮我解围:"你喝多了,我们走吧。奇子,走!"

"对,我就是喝多了,怎么了?我老公死的时候你怎么没来啊?为什么没来?是因为我穷,所以你才没来吧?!"

"你又因为自卑怀疑我吧?我那时不是有事嘛。"

"什么自卑?我有什么自卑感?我怎么自卑了?"

我好不容易才从奇子阿姨那里逃脱出来,却没想到又不得不硬着头皮去聆听自卑感超强人物锡钧叔的故事。

"你怎么那么说话呀！韩国搞政治的人有一个算一个，都是投机倒把分子，哪有什么好人。啊，对了，搞政治的人当中，我就看到过一个不投机倒把的人。他就是'6·25'战争时期，仅次于麦克阿瑟将军的我军将领金正五。我1965年当兵后，幸运地在他手下当了一名运输兵。不过，他后来也从政了……"

锡钧叔的朋友打断了他那无聊的演讲。

"喂，别提那个了，还是说说你周游世界的事吧。"

"周游世界？"

锡钧叔就好像第一次听说此事一样，反问了一句。

"静雅说要和你去周游世界，还和大家炫耀了一番呢。"

"我疯了吗？我哪来的钱去周游世界！她还真是疯得不轻，明明吃光了我挣的钱！"

锡钧叔的话让我气愤不已。我非常清楚静雅阿姨是多么渴望那个旅行，所以，锡钧叔的这番话让我感同身受，为静雅阿姨抱不平。

"接着说金正五将军的事……"

"喂，不要说那件事了，我们喝酒吧！"朋友又打断了锡钧叔。

"难道中学毕业的小子就不能在大学毕业的家伙面前演讲吗？"

"锡钧你小子，又怎么了？"

尽管伙伴们极力劝阻，但锡钧叔的嗓音却越来越大。

"我读小学的时候，还当过全校学生会主席呢。我为什么只有初中毕业？那是因为当年我爸为了做军事生意，变卖了全部家当，去了丽水……"

"行啦，参加校友会竟然还要演讲！"

这时，正好拿酒过来的静雅阿姨阻止了锡钧叔。

"你说什么？老公说话哪有你插嘴的份儿！"

静雅阿姨不理睬锡钧叔的呵斥,默默走到了熙子阿姨旁边。

"没想到锡钧的自卑感还是不减当年啊。他不让我讲话,也是因为我是大专毕业吧?"

熙子阿姨一直默默地旁观锡钧叔,这时开口安慰静雅阿姨。

"幸好有你了解我。我嫁给他之后,就因为自己有高中毕业证,别提心里多有负罪感呢,总觉得他挺可怜。"

"你也只能那么想才会好受些吧。对了,苏子怎么没来?还有韩锡哥?"

"没来,就是过世了呗,你还问什么呀?"

"啊……我们下次还会再来吗?"

"我会再来的!你不想再来吗?"

熙子阿姨被静雅阿姨这样一问,只是微笑不答。

我趁着闲暇走出咖啡馆,点了一支烟,这才多少有些呼吸顺畅的感觉。然而,因为要躲避遍布四周的老太太们的目光,这支烟抽的也并不太心安。当我迅速喷上口腔除味剂和香水回到咖啡馆,忠楠阿姨突然碰了我一下。就在我以为自己吸烟被她发现而惊恐万分时,只见她指着一个角落问我:"你看那个漂亮吧? 价值一千万韩元,朴教授七百万韩元卖给了我。"

我顺着忠楠阿姨所指之处望去,只见那里摆放着各种摄影作品和绘画,还有陶瓷工艺品。忠楠阿姨所说的价值一千万的东西,好像是指那些陶瓷品。

"阿姨,这些都是您从外边那些家伙手上花钱买的吗?"

我想起了忠楠阿姨的教授朋友们在背后说她的坏话,便气不打一处来,愤愤地问阿姨。今天,咖啡馆里除了老妈的校友们以外,还有忠楠阿姨的几位教授朋友。他们一边喝着阿姨免费赠送的高级葡萄酒,还一边毫不掩饰地嘲笑着阿姨。

"她好歹还定期买你的摄影作品,可到现在就只买过我的三件陶瓷作品。还说什么自己是效仿引领文艺复兴的意大利美第奇家族……结果也没怎么买我的作品。""她不是给你喝免费的酒了嘛。""真是一个有钱无知的婆娘。她上次还跟我说新罗西山摩崖三尊佛像最棒,西山哪是什么新罗时期的呀,是百济时期。她简直无知极了。"

忠楠阿姨可能连做梦都想不到,他的那帮朋友会在背地里这样浅薄地议论她,竟然还天真地告诉我:"那是当然的啦,我怎么可以免费接受那些贫穷艺术家和知识分子的作品呢?"

我努力调整呼吸,压抑着心底针对那些贫穷艺术家和知识分子的怒火,提醒忠楠阿姨:"阿姨,您有钱就把家里的电视和沙发换一下吧。什么有文化……都是一群混混。阿姨,您不要再和那些人来往了。就和我妈,还有熙子阿姨、静雅阿姨……"

"我不爱和老太婆们一起玩。"

忠楠阿姨打断了我的话。她们明明是一起变老的同龄朋友,阿姨却不愿意承认这一点,让我啼笑皆非。

"阿姨,您不是老太婆吗?"

"我怎么是老太婆呢? 我可是未婚姑娘啊!"

未婚与老龄有什么关系……虽然我很理解忠楠阿姨那种想永葆青春、直面生活的心情,但她付出的代价也过于残酷,令我唏嘘。

"英媛阿姨什么时候来啊? 我是为了见她才来的。"

我不想继续这个话题,所以就向她询问。

"你怎么知道英媛会来啊?"

"是英媛阿姨给我打电话说她会来这里,让我也来。哎? 那您是怎么知道的？她说要给大家一个惊喜呢。"

"因为我是她的挚友嘛。"

忠楠阿姨就是这样，每句话都会噎得你心生厌恶而又无言以对。刚刚她还说不喜欢和老年人交往，这会儿又说英媛阿姨是她的朋友，而且还是挚友。

就在这时，外面传来了喧闹声。我回头看去，只见英媛阿姨正向咖啡馆庭院走来。英媛阿姨身着两件套，完美地展现出她依旧保持良好的身体曲线，戴着酷酷的墨镜，简直就是一位大牌明星。英媛阿姨向大家介绍，说旁边拿着礼物袋的男人是她男朋友。"我们的明星来了！""我看过你上次新拍的广告了！"人们热情地欢迎英媛阿姨。我就站在远处，静静地注视着英媛阿姨，开心地微笑不语。

"果然是英媛阿姨，酷毙了！"

老妈正坐在远处喝着啤酒，不屑一顾地看着英媛阿姨，疑惑地自言自语："她怎么又找到这儿了？真讨厌，倒胃口！"

说完，老妈猛地从座位上站了起来。熙子阿姨担心地看着静雅阿姨，小心翼翼地问道："唉哟，这可怎么办啊？看来兰姬还是那么讨厌英媛。"

"讨厌又能怎样，都是校友。都三十多年前的事了，兰姬那脾气也真是的！"

静雅阿姨看着老妈远去的背影，一副担心的神色。

"姐姐！熙子姐、静雅姐！"

英媛阿姨这时跑过来，哽咽着抱住了两位阿姨。静雅阿姨虽然内心欢喜，却又要顾虑老妈的情绪，就向坐在远处的外婆那边扬了扬下巴，提醒英媛阿姨："你先去那边和妈妈打招呼吧。"

于是，英媛阿姨抱着被阿姨们称作"妈妈"的我的外婆，满眼泪花地问候："妈妈，我上个月从美国寄来的鹿茸您收到了吧？还有我写给您的信也收到了吧？"

外婆眼角湿润，点了点头，怜爱地抚摸着英媛阿姨的脸。

"她老人家到现在还不知道吗？"

熙子阿姨看着仿佛亲生母女般亲热的两个人，问旁边的静雅阿姨。

"可不是嘛。要是她知道的话，肯定不会那么开心……"

静雅阿姨点了点头，话尾含糊不清。然后，又瞧向英媛阿姨带来的那个男人，小声嘀咕："她又换了一个男人啊。"

我即使到了这一刻也始终不明白，老妈为什么和英媛阿姨如此疏远，宛如仇人一般，其他阿姨们又为何都在远远地看着英媛阿姨窃窃私语。

夜色降临，多数老校友都已经离去，咖啡馆里只剩下寥寥几人。老妈不仅没有离去的意思，还执意要去镇上买酒回来。

"既然都没酒了，那就到此为止吧。妈妈，咱们回家吧，好不好？"

"我干吗就这么离开？要是英媛那娘儿们先离开还差不多。"

英媛阿姨这时突然来到了我们身边。

"哎呀，这可怎么办呀？英媛那娘儿们不会走的啦！"

英媛阿姨笑着接过了老妈的话。见此情形，熙子阿姨吓得不禁打了一个寒噤，静雅阿姨和我则尴尬得不知所措。

"你脸皮还真厚，竟然能在我面前笑出来？在我回来之前，你赶紧滚蛋！"

老妈猛地站起来，话中带刺，攥着熙子阿姨和静雅阿姨走向外边，非要让她们一起去买酒。英媛阿姨见我满是歉意、不知所措，赶紧抚慰我："我对你妈犯下了死罪，所以你不要责怪你妈。"

死罪？到底发生过什么事情呢？我认识的英媛阿姨根本不像一个能犯下死罪的狠心人啊。我满怀不解，心情郁闷地跟着老妈离开了咖啡馆。

在开车去买酒的一路上，我不停地埋怨老妈。告诉她我在美国留学的时候,英媛阿姨每年都来看我,不仅给我零花钱,还听我倾诉烦恼,就像亲妈一样代替忙碌的老妈关照我。老妈为什么如此对待和蔼可亲、真诚待人的英媛阿姨呢?我知道她们曾经是最要好的朋友,可总得让我知道她们之间疏远了近三十年的原因吧。然而,老妈却始终一言不发,只是一直怒视着我,直到镇上的小超市。

当我从超市买了一大袋子啤酒回到车上时,看到老妈和阿姨们正在目不转睛地盯着一个方向。我顺着她们的视线转头望过去,瞬间吓得目瞪口呆。

"妈呀,那不是英媛阿姨的男朋友吗?!"

只见英媛阿姨介绍说是自己男朋友的那个男人,正在超市对面的汽车旅馆窗前,和一个年轻女人激烈地亲吻着。阿姨们也都好像颇受惊吓,小声嘀咕着什么。老妈则突然掏出手机,拍下了这一情景。

"妈妈!"

老妈推开我要阻拦她的手,接二连三地又拍了几张,然后对熙子阿姨和静雅阿姨大声提醒:"姐姐们,到时候你们不要阻拦我!英媛那丫头,今天肯定死在我手里了!阿婉,快开车!"

老妈就像做了什么理直气壮的事情一样,一副得意扬扬的神情。虽然不知道英媛阿姨到底犯了什么死罪,但是老妈也不应该如此卑劣啊。只有廉价的狗仔们才会做出这种违背常识、侵犯他人私生活的行为。我忍不住向老妈伸出手,命令道:"把手机给我!"

老妈或许已经觉察到我的态度非常强硬,突然打开车门跳了下去,搭上正巧驶过来的出租车溜之大吉了。

一切晚矣!当我们急匆匆地奔回咖啡馆时,事态已经无法挽回。只见英媛阿姨正在认真地翻看着老妈手机里的照片,老妈则在一旁幸灾乐祸地看着她,脸上露出了令人厌恶的笑容。

"我说,你这次怎么不找一个好一点的?有妇之夫、姐弟恋,这次竟然还找了一个出轨的家伙。"

我简直不敢相信,老妈竟然会说出如此狠毒的话。于是我立刻跑过去,从英媛阿姨手中夺回了老妈的手机。

"阿姨,对不起!"

英媛阿姨淡定地掏出自己的手机,准备拨打电话。老妈似乎还不过瘾,试图更加激怒阿姨,继续质问:"他不是说要出去办事吗?怎么去汽车旅馆了,是不是?"

"阿姨,您过会再打电话……"

我心想不能因为老妈而把事情闹大,所以就极力劝阻英媛阿姨。阿姨甩开我的手,开始拨打那个男朋友的电话。电话接通后,英媛阿姨立刻神情一变,表情灿烂。

"喂,朋友,恭喜你啊,是和妻子和好了吗?"

周围的人们一直紧张兮兮地观望着英媛,担心会立刻陷入一场惊心动魄、难以收拾的窘境。看到英媛阿姨分外明朗地笑着通话,一个个竟目瞪口呆不知所以然。特别是我老妈,完全是丈二和尚摸不着头一样,呆若木鸡。

"你问我是怎么知道的?当然是我那个一辈子都讲义气的好朋友告诉我的啦。不多说了,你就和妻子回首尔吧,她都跟着你到这乡下来求你了。嗯,好,好,祝你度过一个火热的夜晚。晚安!"

英媛阿姨结束通话后,看着老妈神态坚定,声音清晰地问道:"原来是你没听懂我的话呀?那个人不是我的恋人,只是男性朋友,朋友!"

我也不亚于神色慌张的老妈,感到脸上火辣辣的。虽然我很庆幸那个男人不是英媛阿姨的恋人,只是男朋友,但老妈那充满恶意且幼稚的告密行为却无法抹消。老妈自觉理亏、颜面尽失,便借口送外婆回家想一走了之。

英媛阿姨一把抓住正往外走的老妈的手腕。

"喂,和我喝一杯,等咱们和解以后你再走!"

"有什么好和解的?"

老妈粗暴地甩开了英媛阿姨的手,眼里噙满泪水,吐出了长期以来积压在心里的话:"有什么好和解的?你那样还算是人吗?我是不是对你说过,总觉得淑姬那娘儿们和我老公有些不对劲儿。可你是怎么对我说的?你说绝对不会有那种事。对吧?你明明知道一切,还替他们瞒着我。如果你没有对我说谎骗我,我也不会在自家卧室里亲眼看到自己老公和淑姬那娘儿们干出的恶心事。我……我是那么信任你,可你怎能那样瞒着我?!"

闻听此言,我就好像后脑勺被人重重打了一拳一样,突然感到一阵眩晕。那一刻,我觉得完全可以理解并原谅老妈那些幼稚且不可理喻的行为了。这一切,不管过去多少年,对老妈来说永远都是无法抹去的侮辱和遭受背叛的伤痛。就连我都觉得如此愤恨不已,更何况当事者老妈呢?

"好!今天不管你们其中一人死在这里也好,还是两个人不计前嫌和好如初,手牵手走出去这里也好,在此做个了结吧!因为这件恶心的事,你们都别扭几十年了……"

忠楠阿姨这时挤进老妈和英媛阿姨之间想进行调停,听到电话铃声响起,就拾起了掉在角落里的手机。

"喂,淑姬的电话!"

英媛阿姨接听电话后,脸上顿时失去了血色。淑姬,就是那个和爸爸出轨的罪魁祸首。顷刻间,老妈那充满怨恨的眼里又燃起了熊熊火焰。

"真有你的!到现在你还和跟我老公有一腿的淑姬来往啊!你不是

告诉我已经和她绝交了吗？难道你是说谎专家吗？"

说时迟那时快，老妈扑向英媛阿姨，一把就揪住了她的头发。聚集在一起的人们被这突如其来的状况吓得大惊失色，蜂拥而上好不容易才把老妈拉开。就在大家刚要松一口气的瞬间，没想到英媛阿姨的头发又被一个人揪住。那个人，正是我的外婆——双芬女士。

回家的路上，老妈头靠车窗一言不发。虽然已经过去了三十年，可老妈当时所感受到的遭人背叛和侮辱的感觉，至今依然如被撕裂的血淋淋的伤口一样难以愈合。时间，自始至终并没能解决问题。

我一边替老妈感到心痛，但又觉得她们撕扯英媛阿姨头发的做法未免太过分。这种感觉一直在脑海里挥之不去，加上窗外的喧嚣，闹得我越发心烦意乱。

"妈妈，我明确告诉您，今天是我最后一次参加您的校友会。您如果再让我来一次，我就直接……"

老妈抬起靠在车窗上的头反问："再让你来，你还能怎么样？说呀，我再让你参加校友会，你还能怎么样？"

老妈好像还没有完全消气，听我这么一说，立刻火冒三丈，怒目逼视着我。

"我的四轮子呢？四轮子……"外婆一边找寻放在忠楠阿姨家咖啡馆的四轮摩托车，一边叫喊。

"您快看看外婆吧，她一直在叫您呢！"

我自知招惹老妈的时机不对，便赶紧转移了话题。

"你到底是我的女儿，还是英媛的女儿啊？"

老妈似乎在为我没有挺身而出帮她说话而难过，所以就要无赖似的如此荒唐无稽地追问我。我郁闷地看着老妈默不作声，老妈则用一副非要听到我回答才肯罢休的表情盯着我。

"妈妈,您有父母,还有我在。可是,英媛阿姨却是孤身一人啊。"

我完全理解老妈的心情,但也不能因此就认可她的无理取闹。

"你是我女儿,可有什么用呢,你这丫头又不帮我!"

也许我的话让老妈难过,她又和我耍起了小脾气。外婆这时好像有话要说一样,拍了拍老妈的肩膀。

"怎么了,又怎么了?"

老妈随即转过头,只见外婆默默地伸出胳膊,慢慢展开了紧握着的拳头。天哪!外婆的手掌上竟然有一撮头发。

"这回您该高兴了吧!外婆揪了她一直以来视如亲闺女般疼爱的英媛阿姨的头发。您该解恨了吧?"

老妈不理睬我对她的挖苦,顺手打开车窗,让风吹走了外婆手上的头发。

时间可以解决一切的说法,根本就是一派胡言。就像尽管已经过去三十年,但那个过去的伤疤并没有彻底消失,依然会时不时让老妈感到疼痛一样。

老妈经历的往事让我彻底绝望。我虽然离开研贺已有三年,但现在仍然无法走出那段时光。在那万劫不复般的三年时光里,让我坚持下来的唯一希望,就是因为我相信"时间会解决一切"。随着时间的流逝,伤痛和爱情终将会成为遥远的回忆,一切烟消云散的日子一定会到来。我现在终于明白,原来我坚信的竟是如此毫无意义的信念。

就像塞尔玛与路易斯一样

熙子今天又在看《塞尔玛和路易斯》(中文又译《末路狂花》),这部电影真是让她百看不厌。两个女主人公就像静雅和她一样,虽然性格迥异却亲如姐妹。再加上影片中她们耍弄男人的场景,实在令她开心舒畅。熙子看着画面中两个女人驾车飞奔在一望无尽的边境公路上,不禁心潮澎湃,就连梦中都未曾出现过的那种奔向自由的驰骋着实令她心驰神往。

熙子一边津津有味地看电影,一边习惯性地单手拿抹布擦拭着地板,另一只手则用滚刷粘着地上的灰尘。这时,敏浩打来了电话。

"哦,是敏浩呀。我正准备收拾完屋子后吃晚饭呢。有干萝卜条,还有带鱼……你是问吃完饭以后呀?还得刷碗呀。然后看电视,不寂寞。知道了,我会运动的,知道啦。我还要去教堂了解一下参加慈善活动的事。知道,我不会让自己寂寞的。没有不舒服。你怎么这么啰唆,我独自一个人都很好……好,晚安!"

熙子挂断电话,自言自语道:"这孩子,谁让你瞎操心了。还说什么我让他心累了?虽说他是我儿子,可总觉得这孩子有点怪。"

熙子说完就站起来，从冰箱里拿出了一个冰激淋。熙子吃过冰激淋，冻得不禁打了一个寒噤。看了看房间的落地钟，此刻正好八点整。熙子疾步走到窗边，轻轻地掀开了窗帘一角，抬头向马路对面的三层公寓楼顶看去。果不其然，那个外国男人又裸着上身正在健身中。只见他将头转向熙子所在的方向，忽然咧嘴一笑。熙子吓得慌忙拉好窗帘，站在窗边一动不敢动。就在这时，熙子突然听到"啪"的一声响，客厅吊灯上的一个电灯泡爆掉了。熙子惊慌失色，背靠着墙跌坐到窗边。稍试调整情绪后，熙子再次从窗帘缝隙向外看去，只见那个男人正毫不掩饰地朝她挤眉弄眼呢。

"一天三次，他都是那副德性冲我笑，真是个神经病！就因为我是一个孤寡老人，他就可以这样藐视我吗?!"

那个男人每天三次，分秒不差地分别于早八点、下午三点、晚八点准时盯视着熙子家方向，露出阴险的笑容。今天，就连电灯泡都好像因为那个外国男人而爆丝了。所有这一切，让熙子越发感到不安和恐惧。

夜色渐浓，熙子虽然打开了电视和房间里所有的灯，躺在被窝里却丝毫没有睡意。她闭着眼睛，辗转反侧几个小时也难以入睡，脑海里反复回响着上次校友会时听到的锡钧和奇子的对话。

"原来那个传闻是真的呀，熙子丈夫是在壁橱里饿死的！"

熙子似睡非睡，迷迷糊糊睁开眼时刚刚凌晨三点，她心想无论如何都得好好睡一觉，就再次努力闭上了眼睛。这时，突然传来了"砰砰砰！"的敲门声，熙子吓得慌忙睁开双眼，目不转睛地注视着房门。可是，就好像谁在和她开玩笑一样，外面又恢复了安静。

于是，熙子又闭上了眼睛。没想到脑海里却浮现出丈夫去世前一天的最后一幕。丈夫像往常一样，拿着自己的小便器走进了壁橱，躺到狭小的壁橱里，仿佛在传递某种信号一样，冲她点了点头。丈夫的表情就像修道士一样，凄然而淡定。熙子和往常一样，为他关上壁橱门后，将勺子插在了门把手上。她万万没想到，那竟是自己和丈夫的最后一面。

熙子猛地坐起来，拿起放在枕边的手机拨打了静雅的电话。铃声响了好几声才接通，电话里传来了静雅睡意蒙眬的声音。

"怎么了，你怎么了？熙子！"

"静雅，奇子怎么知道我丈夫死在壁橱里的呢？我并没告诉她啊，难道是你说的吗？"

"我哪能说那种话呀？快睡觉吧，睡觉！熙子啊，现在才三点。"

"锡钧说我有疑夫症，你不会……也那么想吧，静雅？"

静雅看熙子并没什么急事，便用略带疲倦的语气说道："熙子，我明天还要去干活呢。"

熙子听静雅如此一说，立刻恼怒地挂断了电话。

熙子直到凌晨左右才勉强睡着。她早早地醒来走进厨房，倒了一杯番茄汁喝下，又吃了一大把治疗纤维肌痛和低血压的药。然后，回到客厅猛地拉开了客厅的窗帘，只见住在对面楼的那个年轻外国男子一如既往在盯着她坏笑。

"连他也藐视我吗？就因为我没有老公，他就小瞧我。"

熙子始终对那个男人耿耿于怀，各种胡思乱想让她忐忑不安。那个家伙是不是看不起我，还想欺负我啊？要么就是知道这里只有老奶奶一人独居，想进来偷窃，所以才窥视？熙子思来想去也不知所以然，于是就呼啦一下又拉上了窗帘。

熙子想找一个人倾诉烦恼，就又拨通了静雅的电话。她听到正忙着准备早餐的静雅有一搭没一搭，心不在焉地敷衍自己，反而更加伤心。于是，熙子想找点事情做，环视了一下室内，看到了昨晚爆掉的客厅吊灯。

想亲手更换它,于是走进厨房,从洗碗池上方的橱柜里拿出了一个新灯泡。她将餐厅的椅子搬到客厅,小心翼翼地踩着椅子,折腾半天终于拧下了坏掉的电灯泡。她额头汗津津,颤抖着胳膊想重新安上新灯泡时,并不顺利。可是熙子却依然不死心,不想就此打住。

熙子费了一番周折,好不容易才拧上灯泡,点亮了灯。这可是她这辈子第一次独自一人换好了灯泡,所以异常兴奋和欣慰。我也可以独自生活! 熙子觉得自己很了不起,顿时容光焕发起来。

熙子开心至极,想从椅子上下来,没想到一只脚刚碰触地板就扭了一下,直接摔倒在地板上。真是雪上加霜,她刚换好的电灯泡闪烁几下,"啪!"的一声炸裂,灯泡碎片撒落满地。熙子看着自己手背和脚背上的划伤和流出的血,伤心地抽噎起来。本以为自己终于成功了,结果却弄成这样,反而更糟糕了。

熙子给静雅打电话却没有打通,末了还是之前说脱不开身的敏浩放下手中的活儿赶了过来。熙子觉得自己又给儿子添了麻烦,不禁懊恼自己实在太没用。

敏浩收拾好地板上的灯泡碎片,重新换上了新灯泡。然后,又仔细检查了熙子的身体各处,给每个受伤的部位贴上了创可贴,还"呼呼"不停地为她吹气减缓疼痛。熙子似乎并不讨厌儿子把自己当成孩童般对待的举动,一副很享受的样子。

"现在没事了。"

敏浩虽然一脸疲惫的样子,却依然面带微笑看着熙子。

"哎哟……您可真可爱!"

敏浩张开双臂躺到客厅地板上,拍拍自己的胳膊,示意熙子躺到他旁边。于是,熙子一瘸一拐地走到敏浩旁边,枕着他的胳膊躺了下来。敏浩吻了一下她的额头,咧嘴一笑。

"我们好久都没这样一起躺着了,对吧?"

"是啊。"

"妈妈,对不起!我没能马上赶过来。我本想让荷娜过来的,可正好赶上和我们同住的岳母要去医院做定期检查……"

敏浩为了不让熙子难过,不停地解释着很多迟到的理由。

"别说话,你睡一会儿午觉再走吧。你不是说工作很忙嘛。"

"是啊,好困啊。我昨天忙到很晚,今天凌晨又来了很多活儿。妈妈,荷娜很喜欢您,可是岳母和我们一起生活……"

也许过于疲劳,敏浩说着说着就轻轻地闭上了眼睛。熙子心疼地看着儿子,轻轻抚摸着他的脸颊。

"我知道,荷娜得照顾中风的娘家妈啊。她自己还有孕在身,一定很辛苦。你妈我不管得什么病,可千万不能患中风或者老年痴呆啊!"

眨眼间,敏浩就进入了梦乡,还打起了呼噜。熙子轻轻拍打着儿子,唱起了摇篮曲,那是敏浩小时候最喜欢的一首童谣。

"我牵着妈妈的手去郊游的时候,吃过的棉花糖。呼,呼,一吹就漏孔的,大大的棉花糖。"

敏浩小睡一会儿就离开了熙子家。没过多久静雅来了,或许是因为自己当时没能接听电话而感到歉疚,她笑嘻嘻地拿出冰激淋递给熙子。可是,熙子并没有接过来,只是冷冰冰地看着静雅,不停地埋怨。

"静雅,明明有你在,我为啥要叫兰姬过来啊?当然兰姬也没有来,最后还是敏浩过来了。"

"我给你打电话,是你没有接。我打了两次呢。"

"是你先不接我的电话的。"

"是我不对,快吃这个吧。"

熙子怔怔地看着静雅递过来的冰激淋,突然冒出一句莫名其妙的话:"是你告诉奇子的吗?关于我丈夫死在壁柜里的事。"

"又来了,又来了……"

熙子见静雅满脸无奈地看着自己,觉得自己如果再啰唆只会遭到她的痛斥,于是就识趣地闭上了嘴安静下来。熙子深知尽管静雅是一个对她百依百顺、有求必应的好人,但如果惹她厌烦的话,她就会变成刀枪不入的铁人一样。

静雅走到客厅沙发上坐下,熙子也一边吃着冰激淋,一边坐到她旁边。电视里正播放着电影《塞尔玛和路易斯》。

"这个电影,看几遍都好看吧?!"看着塞尔玛和路易斯驾车在高速公路上狂奔的场面,熙子问静雅。

"好看什么呀!女人们大口抽烟,还拿枪杀人……哎哟,我好害怕!"

"静雅,我们把这个房子卖了去旅行吧,就像塞尔玛和路易斯一样。"

"你要是把房子卖了和我去旅行,那你家孩子肯定会说:'哎哟,妈妈,可真有你的!'"

"把钱花光了,就是死的时候了,还管孩子们说什么呢。"

熙子好像突然想起了什么,往静雅旁边凑了凑,问道:"不过,你觉得你老公会遵守和你一起周游世界的诺言吗?万一你老公不去呢?"

"那我就自己去!"静雅喃喃自语着,视线却一直没有离开电影画面。"哪怕就我一个人,我也一定要去。我妈辛苦了一辈子,结果五年前却因为脑出血瘫痪在床。我在送她进疗养院的那天就对天发了誓:我可不想像我妈那样,被关在疗养院里等死……就算要死,我也要死在路上……"

"死在路上……好帅气啊!那咱们一起死吧。"

"死的时候,咱俩就分开死吧。干吗一辈子都要黏在一起啊?"

熙子看着依然目不转睛地盯着电影画面的静雅，竟莫名其妙地感到了一丝心酸。

　　"你妈也是……当时家里生活那么困难，她却一个人包揽了田里所有的农活，送你到就连你弟弟们都没能读的高中去读书，看来她就是不想让你活成她那个样子……可你们娘俩的命运还真是如出一辙，不相上下啊。"

　　一辈子都在照料老公的八个兄弟，侍奉卧病在床的公婆，还要帮女儿们操持家务。静雅的这一生各种辛酸疾苦，比起娘家妈来真是有过之而无不及。

　　"就是啊。我妈的愿望是死了以后变成一只在空中自由翱翔的鸟儿……也不知道她死后到底能不能实现。"

　　熙子又把视线转移到电影画面，自言自语道："不过……塞尔玛和路易斯可真像我们俩啊！"

　　熙子和静雅此时此刻做梦都绝对没有想到，几天后，她们的处境竟然会像塞尔玛和路易斯一样，被世人像垃圾般唾弃。

　　时钟指向了三点。熙子一跃而起，拉开了客厅的窗帘。果然，对面的那个外国男人穿着运动衫，正在楼顶看着这边咧嘴笑呢。

　　"我真受不了了，那个家伙！"

　　熙子又把窗帘拉上，招手示意静雅过来看。于是，正专心看电影的静雅走到熙子身边。熙子再次轻轻地拉开窗帘，用下巴指着对面的楼顶。

　　"你看那儿！"

　　一个朝这边咧嘴笑的外国男人映入了静雅的眼帘。熙子意味深长地小声问静雅："你看见那个美国人了吧？"

　　"我不知道他是不是美国人，但肯定是洋人。"

"他每天都会朝我这里看。早上八点,下午三点,晚上八点。"

"不会吧?他偷看老人干吗?"

静雅觉得熙子是无稽之谈,就又回到沙发上继续看电影。

"正因为我老,他才一直在观察呀。'她真老啊,一定好对付啊,杀她不费劲吧',他心里肯定就是这样想的呗!"

"怎么可能!"

静雅对熙子的过激反应感到荒唐不经。

"要不然他干吗每天都准时无误地早晨八点,下午三点,晚上八点观察我啊?还能有什么理由?"

"把窗帘拉上!是你自己掀开窗帘偷看人家的,还说这种话。喂,你真奇怪!"

"是我不正常吗?一个大块头男人,每天透过窗帘偷看我,难道不奇怪吗?"

"我觉得那家伙不是在看你,是在看马路,马路!"

熙子一听静雅不仅不担心自己,反而说自己不正常,不免有些伤心。

"啊,这么说是我过度敏感、疑神疑鬼、神经病、没事找碴喽!"

静雅从熙子的语气中察觉到了一触即发的紧张空气,赶紧关掉电视,猛地站起来,大声附和熙子:"该死的家伙!你干吗要一直盯着老人家看啊。干脆,我现在就把他……。我去找他算账,这个该死的家伙!"

静雅心里很清楚,即使自己再怎么开导熙子,她也不会接受。如果不带她去当面确认一下,她还会一直说那些稀奇古怪的话。

"静雅,我说静雅,你今天不要冲他大喊大叫,要有涵养,知道吗?有涵养。"

熙子看到静雅要出面帮她,这才放下心来,跟着她走出了家门。

两个人来到对面公寓楼,熙子一边气喘吁吁地爬楼梯,一边向静雅滔滔不绝地揭露那个外国人这段时间所犯下的罪行,那家伙眨了眨眼,自己家电灯泡就炸了啦;大晚上敲完她家门就跑了啦,等等。静雅总觉得熙子说的这些事听起来都很牵强。

"他和今天不一样,平时总是脱了上衣盯着我看。"

"身材好吗?"

"肌肉很发达,胸部差不多和你一样大。"

静雅看到熙子边说边露出极其厌恶的表情,哈哈大笑:"那还真有看头儿啊。"

二人终于爬到了公寓三楼,只见楼顶有一个相当宽敞的阁楼,还有一个简约的露台。静雅按响了门铃,却没有人应答。

"他怎么不开门呢?明明刚刚还在家啊。"

熙子听到静雅低声埋怨,便立刻充满自信地附和静雅。

"你看,他在躲避呢!"

静雅觉得奇怪,正要再次按门铃时,门突然被打开。静雅和熙子始料不及,吓得打了个趔趄。那个男人也同样因为老奶奶们的突然到访而露出了诧异的神色。

"什么事?"

静雅听外国男人用英语搭话,不免有些慌张,但还是马上故作镇静、理直气壮地质问:"你是不是偷看这位老奶奶了?"

外国男人好像听不懂韩国话,只是不停地反问:"你说什么?"于是,神情亢奋的熙子便用生疏的英语责问他:"你……你……你偷看我!每天……一次是八点,三……"

外国男人好像根本听不懂熙子她们在说什么,指着自己问:"我?"

"我住在……静雅,对面那家怎么说?反……反正,你偷看我!还敲了我家的门,昨天!"

外国男人一边听熙子说话,一边认真思考,然后笑着对她们说了一句"进来吧"就进了房间。熙子见状惊恐万分,一脸不悦。

"我们为什么要进去啊!"

"用英语说,他好像不太懂韩国话。"

"为什么……进去?"

熙子对着屋内大声喊了一句,又问静雅要不要进去。静雅朝里边瞟了一眼,好奇心促使她向里迈了一步,然后催促熙子:"进去看看,咱们开着门进去不就行嘛。"

静雅走进玄关,又朝里边大声问道:"我……我进来啦?"

熙子紧跟在静雅后面,小心翼翼地向屋内走去。外国男人家的墙上挂满了照片,都是面带微笑的老人的照片。有白种人、黑种人、黄种人等,好像汇集了全世界各个人种。室内到处挂着照片和多台照相机,旁边还有一个布置得像摄影棚一样的明亮的房间,一看这里就是摄影师的家。

"他疯了吧!这么多老人的照片。都是他把人抓来,杀掉以后拍摄的吧?"

"被杀的人怎么可能会笑呢?他可能是摄影师吧,这么多照相机。不知道他拍不拍遗照?"

与惊恐万分的熙子截然相反,静雅饶有兴趣地看着那些照片,自言自语。

"过来吧!"

外国男人在阳台上喊她们。熙子和静雅走到露台,男人站在露台栏杆边,指着对面说:"你们看!"

他所指的地方正是熙子家围墙的墙根处,那里有一只小猫,正在舔着碗里的牛奶。

"我给它牛奶……宝贝就会来。每天上午八点、下午三点和八点。"

外国男人一边用英语慢慢解释，一边伸出了三根手指，意思是说自己每天给小猫喂三次牛奶。然后，斩钉截铁地对熙子说："我绝对不是偷看你！"熙子看了一眼小猫，又看了看围墙那边的自家院子和客厅的窗户，摇着头离开了露台。

"嗨，拍照？拍照！"外国男人冲着头也不回走出去的熙子喊道。

这时，留在后面的静雅轻轻拍了一下他的肩膀："拍照吗？你能拍我吗？免费？免费拍照吗？什么时候？现在……现在吗？"

"可以！"

外国男人点了点头，走进客厅拿起照相机，指了指旁边摄影棚里的椅子。

"坐下吗？"

静雅心里想着可以免费拍遗照，就觉得像发了一笔横财一样。可转念一想到要和一个语言不通的外国男人独处，不免又有些害怕。"难道他还能杀了我吗？"静雅心中暗自想着，就照着摄影师的要求对着镜头开怀大笑起来。

静雅拍完照回来，看见熙子坐在沙发上陷入沉思的模样，感到既无奈又担心。

"你去教堂参加公益活动吧，要么去运动。总是自己一个人窝在家里会变得奇怪的。"

"你相信那家伙是在看猫吗？小猫怎么可能一天三次，而且还是同一时间到那里？难道小猫戴手表了吗？"

静雅看到熙子又开始无理取闹，便提高了嗓门，提醒她清醒一点。

"这稀奇的世道，说不定也可能有戴手表的猫呗！"

"我都记不清自己吃饭的时间呢，猫怎么会知道？之前那个家伙对我挤眉弄眼，然后灯泡就炸了，这个怎么解释？昨晚的敲门声又是怎么回事?"

"你老年痴呆啊？怎么回事啊？要是痴呆就去医院看医生，我得去浩英家干活了。"

静雅被熙子的无理取闹折腾得筋疲力尽，明知道她会伤心，还是披上外衣准备回去。熙子见状，也跟着穿上了外衣。

"你穿衣服干啥？"

"你不是说我痴呆吗？那我得早点去医院啊！你陪我一起去吧。我也没有老公，你比我的孩子们对我更好，所以你得陪我去！"

静雅看到熙子眼中含泪呜咽，禁不住心一软，安慰道："今天浩英家有公司的人来做客，我得去做饭……"

"是你跟奇子说的吧？说我把老公关在壁橱里弄死了。是你说的吧？"

静雅不知如何回答熙子是好，万般无奈地望着她。

"下星期三你没什么事吧？到时候我们一起去医院检查吧。比起我，我倒是更担心你！"

熙子命令式地向静雅下了一道通牒，便独自走进卧室躺下了。

"好，去吧，去，咱们一起去！你可真是的，什么话也说不得！"

静雅无可奈何地摇了摇头，脑海中突然闪现了一个何谓岁月的疑问。她知道自己交往六十多年的熙子，是一个温柔而感情细腻的朋友，绝不是如此柔弱，对人纠缠不休的人。熙子不再年轻，又遇变故孤身一人，竟然变得如此脆弱。静雅心一酸，不禁为好友感到难过。

生活，也会背叛我们

我等东震学长把车停在英媛阿姨画廊门前后，就嬉皮笑脸地和他讨价还价。

"您真小气啊。我马上出来，就等我三十分钟，然后送我回家就OK，我不会再留您。"

我不甘心让学长就这么一走了之，所以就无理取闹，想和他尽量多待一会儿。

"当一个花心大萝卜在最后一个堡垒前豁出命来守护你，你可要知道感激，丫头！"

我心如明镜，学长虽然满怀柔情地对我微笑，内心却在极力控制，不让自己越过感情的最后一道防线。

"我可没求您守护啊……"

我心里有些不是滋味，故意噘着嘴把话尾拖得长长的。

"来这儿的路上，我接到了美国那边的电话，说小儿子病了要去医院。我想在家里等待检查结果，而不是在这喧嚣的大街上。"

学长收起笑容，一脸正色地向我解释。闻听此言，我懊恼自己太不懂事，立刻催促学长："对不起，您快回去吧！"

我呆呆地望着学长的车驶出停车场，陷入了自我烦恼中。

对我来说，东震学长究竟是怎样一种存在呢？自从离开研贺以后，我孤独得几近发疯，害怕自己被孤独所吞噬，特别需要一个可以依靠的人，于是就经常去找东震学长。绝情抛弃研贺的强烈负罪感一直压抑着我，时刻提醒我以后不要正常恋爱。我就在这种心境下，时常与学长见面，因为他是有家室的人。如此看来，在过去三年里，我纯粹是为了自己的方便和欲望才把东震学长留在了身边。很难想象如果没有学长，我是否能够保证自己不走向歧途，坚强地挺过那段时间。无须怀疑，学长是支撑我坚持下去的坚强后盾，是我现在非常需要的人。他还是目前最了解我、理解我，并能够接纳我的人。

看到学长的车完全驶离我的视线，我突然想到一个问题：如果学长不是有妇之夫，我们的关系会怎么样呢？我会忘记研贺，全心投入学长的怀抱吗？这种违心的妄想让我露出了一丝苦笑。

"你在勾引有妇之夫吗？"

突然传来的声音吓了我一跳，回头一看，忠楠阿姨正充满疑惑地看着我。我不知道她究竟何时开始注视我们，但可以感觉到她非常怀疑东震学长和我的关系。

"阿姨，您疯了吗？！"

我就像做坏事被人发现了一样，尽管脸上火辣辣的，却还是若无其事地回了她一句。忠楠阿姨这时突然向我伸出了手。

"把你手机借我用一下，我的手机落家里了。"

我虽然感觉有点不太对头，还是拿出手机，解锁后递给了忠楠阿姨。她默默注视我的一番操作后，说了一句"行了，不用了"就走进了画廊。我为老太太这种出尔反尔的行为叹了一口气,又把手机放回包里,也跟着走进了画廊。

趁英媛阿姨准备茶的工夫,我环顾了一下画廊,由衷钦佩阿姨的眼光。就像把纽约的小画廊搬了过来一样,画廊里挂满了近期艺术家的充满活力和才气的作品。

"你工作那么忙,干吗还来看我?多辛苦啊!"

英媛阿姨一边递茶,一边和蔼地看着我。

"我必须要来啊。我外婆和妈妈,她们俩撕扯过我最亲爱的英媛阿姨的头发呢……阿姨,对不起!"

"我们本来就那样,只要见面就会争吵打闹。在我小时候,别的孩子都对我指指点点,背后说我是小老婆的女儿。可你妈却会跟我一起玩耍,还帮我打那些孩子……你外婆也帮我妈撕扯过村里好几个大妈的头发呢。昨天的事根本就不算啥。"

"您能那样想,我就太感激了。我还以为您在美国生活,只会偶尔回韩国拍拍电影或广告呢。您什么时候竟收藏了这么多好作品啊?真有眼光!"

"她也得糊口啊。我说阿婉啊,你可一定要转告你妈,如果她再对英媛动一次手,我就不会坐视不管了。"

忠楠阿姨在一边默默不语吃着苹果,这时突然插了一句。她为了参加资格考试的补习班学习,每周都会来首尔几次。虽然忠楠阿姨居住的地方也有补习班,可她不想暴露自己初中毕业的身份,所以就特意报了首尔的补习班。看来她今天也是补习班下课后来到画廊的。

"姐姐,你又想说什么?"

英媛阿姨匆忙阻止忠楠阿姨。但是,忠楠阿姨却毫不理睬,继续滔滔不绝。

"在很久以前,兰姬和她妈被她爸打得头破血流,到你家躲避,是你和你妈又给她们拿衣服又给她们做饭吃……兰姬要是还记得那些事,那她做得就太过分了。兰姬她个性太强,对什么都太执着,占有欲也太强。"

忠楠阿姨对我老妈的语言攻击让我越发觉得不堪入耳,感到心情烦躁。于是我也毫不示弱,反问阿姨:"阿姨,我妈又怎么执着,占有欲强了?"

"你妈完全把英媛当成了自己的跟班。从前是,现在也是,她看不得我们两个人亲近。你不是也因为你妈很郁闷吗?你妈可能把你也当成她的玩偶了。"

"姐姐,你今晚想跟我绝交吗?干吗说那些不该说的话!"

英媛阿姨实在听不下去,提高声音怒斥忠楠阿姨。可忠楠阿姨却毫不理会,继续唠叨不停。不知曾几何时,忠楠阿姨对英媛阿姨说过,自己最大的缺点就是无知和没有思想。她从不顾及对方会如何感受,总是口无遮拦。虽然她这个人没有恶意,但过于直率也是她的缺点。

"当年你爸要跟淑姬私奔时,英媛下跪怎么求淑姬都没用,没办法只好去找淑姬的老公告状。结果淑姬被关在家里没跑成,最后还被赶出了家门。英媛为了你妈,闹得自己最要好的朋友离了婚。你爸一直到去世之前还能和你妈,还有你一起生活,那都是亏了英媛,你得知道这些!"

我真不知道自己为什么要听忠楠阿姨说这些荒唐透顶的无聊往事。就算我爸曾经出轨老妈的朋友,但他对我来说绝对是一个好爸爸。忠楠阿姨却想抹杀我的这段宝贵记忆,就如同把揉皱的纸片扔进垃圾桶一样,实在让我无法忍受。

"阿姨,您才要弄清楚呢!我爸能跟我妈一起过下去,那是多亏有了我!十年前,爸爸因事故去世前对我说过,他本想和相好的女人私奔,但看到我睡觉的样子实在可爱就没有逃走。您根本什么都不了解！"

"没错，你爸最爱你！比起女人，女儿更重要！但在女人当中，他最喜欢的是淑姬！"

忠楠阿姨的最后一句话让我心如刀割。原来老妈在爸爸心目中，竟然远不如自己的朋友，所以才始终被冷落。我为老妈感到心痛，原来老妈是一个被爱撕碎、受伤落魄的女人。

"真该死！阿婉啊，你回去吧。姐姐，你也走吧，赶紧离开！"

英媛阿姨气冲冲地放下茶杯离开了房间。忠楠阿姨似乎意犹未尽，还在对我大声叫嚷不停。

"我告诉你这些事，是想让你好好对待你妈。你妈去乐吧，既不跳舞，也不见男人，就喜欢在那里被别人关注。你就多关心一下她吧，你妈这辈子都没有受到过你爸的关注，哪怕只有你一人，也要多关心一下你妈！"

对于忠楠阿姨的这种忠告，我没有丝毫感激之情。我本可以不被这些陈芝麻烂谷子搅得心烦意乱，她却说这一切都是为了我好，我才不相信她这种鬼话。

"阿姨，您还是管好您自己吧！您进拍卖网站看看，我都了解过了，您那些知识分子朋友的作品一件不到一百万韩元，您竟然花几百万韩元收购。阿姨，我知道您因为自己初中毕业而自卑，所以就和教授们来往。您就到此为止吧，好不好？"

我实在忍无可忍，冲忠楠阿姨大发雷霆后，心情惨淡地匆忙走出了画廊。

我虽然走到了公交车站，可对忠楠阿姨的不满依旧没有消逝。一方面又觉得对不起老妈，心里特别难过。正当我靠在站牌下陷入沉思时，有人拍了拍我。回头一看，忠楠阿姨拿着我的手机朝我晃了几下。我不禁有些奇怪，急忙翻看自己的包包，果然手机没在里边。

"我手机怎么会在您那里?"

"所以,你要好好保管啊!"

我急忙抢过手机,放进了包里。

"刚才那个人是做什么的?是你们出版社的总编吗?"

忠楠阿姨问我。我感觉她似乎不单是出于好奇,或许已经猜到些什么,甚至都可能偷看过我的手机。于是,我狠狠地瞪着她,沉默不语。

"瞧你那眼神。我是把你当亲生女儿看待才问你,你却像要吃了我一样……你不是我们大家的女儿嘛,我可没少背过你啊。"

忠楠阿姨若无其事、满面和蔼地微笑着。我哪有什么心情和她聊天。

"我拒绝当您的女儿!当我妈的女儿就已经让我很累了。"

我说完便转过身不再看她,可心情却异常沉重。

我坐在回家的公交车上,脑海里一直萦绕着忠楠阿姨的那番话。

"她懂什么呀,区区一个老太婆。我叫她一声阿姨,她还真以为自己成了我的姨妈呢,真搞笑!"

我撇着嘴不停地说着忠楠阿姨的坏话,心绪却依然难以平静,烦躁不已。我非常清楚,忠楠阿姨说得绝对没错。

正如忠楠阿姨所说那样,老妈一直都是被他人排在末尾考虑的对象。从来没被外公关心过;外婆心中的第一位也是她那个年过四十,老来得来的长子——在进行电工作业时,从电线杆上摔下来,腿部落下残疾的——比我还小的舅舅;我爸心中所爱的女人是淑姬;虽然我很爱我老妈……但我却希望她不要过多干涉我,去寻找自己的幸福。

我闭上眼睛,眼前浮现出小时候和老妈在那一天的情景。或许一切源自当天发生的那件事,让我觉得和老妈相处……非常……不舒坦。

我猛地睁开眼睛,长长地吐了一口气。每当我感觉自己和老妈相处不舒坦时,对老妈的怜悯之心和歉疚之意也会油然而生。于是,我从包里拿出手机,即便不能对老妈说什么诸如"对不起""我爱你"之类肉麻的话,我也想和老妈说一句贴心话,也想向她撒个娇。我想象着这些情景,难以控制激动的心情,就仿佛要和心爱的恋人通话一样,拨通了老妈电话。

"嗨,妈咪,干什么呢?"

老妈被我比平时高八度的柔情的声音搞得一头雾水,说我太反常,感觉好奇怪。

"有什么奇怪的?难道我心情愉快也反常吗?我发脾气才好呗,那样您才觉得舒服吗?您在干吗呀?"

这是因为我平时对老妈过于冷淡,才让她觉得如此反常啊。正当我要更加柔情细语的瞬间,老妈的一句"正在去你住处的途中",顿时让我火冒三丈。我最讨厌老妈这种随心所欲进出我公寓的访问方式,她根本不尊重已经独立生活的女儿的私生活和个人空间。

"我什么时候跟您要过泡菜了?我都跟您说过几遍了,我不在家时您不要去我家。就算我家里乱成狗窝,也不用您老人家费心。请您不要去我住处,那是我付钱买的,银行贷款也是由我来还!"

老妈听到我冲她发火,大喊大叫,索性就挂断了电话。公交车上的乘客们都用诧异的目光注视着我。

"我想对她好一点,可实在是好不了啊,真是讨厌死了!"

既是老妈梦寐以求的,也是我所期盼的亲密的母女关系,总因为老妈的自以为是、一意孤行而被搅得一塌糊涂。对于我们两个人来说,理想的母女关系只有在梦里才能实现。

我下了公交车就拼命往家里跑,因为我的桌子上摆放着烟灰缸,屋子里还随处可见空烟盒。老妈做梦也想不到自己女儿会抽烟,看见这些肯定会气得吐血,朝我咆哮。我拼尽全力奔跑,脑海中不断浮现老妈愤怒的表情。无论如何我都要阻止这种状况的发生。

当我气喘吁吁跑到家时,庆幸老妈尚未到达。我匆忙修改好房门密码,立刻开始清理满屋子散落的香烟痕迹,瞬间就装满了垃圾桶。

好像是老妈到了,门口传来了按密码的声音。"哔哔哔,密码不正确……",虽然门锁响起提示音,可老妈依旧不死心,继续不停地按密码。我急忙奔过去打开房门,老妈一脸不耐烦地冲我抱怨:"密码怎么不好使啊?你改密码了吗,什么时候?"

"刚回来就改了。"

我简单回答老妈后,开始收拾散落在床上的衣服。老妈走到厨房,打开自己带来的包裹,看到满满的垃圾桶,眉头一皱又试探地问我:"你该不会是不想让我进来才改密码吧?"

"就是!"

"好啊,那我就叫开锁大叔来打开房门!"

我无语地看着老妈。老妈根本不在乎我的态度,打开冰箱门把泡菜放进了冷藏室。然后,想把做好的菜肴放进冷冻室,打开冷冻室门的一瞬间,神情严肃地回头问我:"这是什么?"

"哪个呀?"

我走近一看,只见冰箱的冷冻室里堆满了香烟,顿感不妙。马上故作镇静,就像没什么大不了似的关上冰箱门,若无其事地告诉她:"那不是我的,是东震学长和出版社的人过来玩时……"

"你要是抽烟,就死定了!"

老妈就这样恐吓我一句,走到电脑桌前,看着以前研贺给我画的肖像,又问:"你究竟为什么和研贺分手啊?"

我没有正面回答,把画像摘下来放到一个角落里,然后给老妈下了逐客令。

"妈妈,我要工作了!"

可老妈却依旧站在那里纹丝不动。

"你这里除了出版社的人以外,真的没有别的男人来吗?真的吗?"

"要是来过呢?来了又怎么了?您不是想让我嫁人吗?那得有男人来这里我才能结婚啊。再过几年我就四十了,您一直盼着我结婚,所以有男人来我家有什么问题吗?"

"我说有问题了吗?让他们来吧。常来几个男人,没准儿就能遇到一个可以结婚的人呢。不过,就算这世上所有男人都可以,有两种男人也绝对不行。有妇之夫,还有……像你舅舅一样的残疾人!"

这句话听得我都已经耳朵起茧,如同烙印般刻在了心里。我自以为自己早就可以坦然面对,但是听到老妈这句话,心脏依然就像被撕裂了一角一样,血淋淋地疼痛不已。为了不让老妈看出我的心思,我转过头,轻轻叹了一口气。

"您回去吧,我要工作了!"

"你真不想写长辈们的故事吗?喂,写吧。你上次也说不想写外婆的故事,结果写了以后出道成了作家,还出版发行赚到钱了啊。这次也一样,你只要写了肯定就会火,题目就是妈妈的老年朋友!Dear My Mother's old friend,还是 friends 来着?喂,听妈的话,你什么时候失败过啊!"

老妈又触碰了我正处于敏感状态的脑神经。

"您的话,我已经听那么多了,还不够吗?您到底想让我听到什么时候为止啊?您说啊?"

老妈根本不清楚,我为了当一个听话的好女儿,付出了多少痛苦和艰辛的努力,更不知道我是多么讨厌这样的自己。

"丫头,我这都是为了你好才说这些话,难道是为了我吗?你好不容易留学回来成了翻译作家,结果隔三岔五就没活可干,只能赚点零钱,勉强养活自己……"

"干吗所有人都得像您那样,二十四小时不停地拼命工作呢,为什么?您真希望我也像您那样拼命干活儿,然后累得晕倒几次吗?我可不想像您那样活。我就喜欢这样的生活,挣一天钱,过一天日子又怎么了?人生就该随心所欲,那又怎样呢?"

"你以为我愿意干活吗?我为什么那样拼死拼活地干活儿……"

"肯定是因为我呗!所以,我不是已经回报您了嘛。笨头笨脑的我,拼命学习为您考上了名校;害怕远离家门的我,为了您出国去留学;您让我留长发我就留,让我穿长裤我就穿。难道这些还不够补偿吗?就算不够,我也不想再继续补偿了。您就认命吧,您的女儿就这副德行了。"

我情绪激动,高声反驳老妈后,腾地站起来开始整理桌子。是的,迄今为止,我一直都在按照老妈的意愿生活。虽然我嘴上说是为了报答含辛茹苦的老妈,老妈似乎也认为那是理所当然。可是,难道真的就只因为这个原因吗?老妈到现在也不清楚。因为迄今为止,我一次也没有说出过真正的原因。老妈完全不知道,连做梦都不会想到的那个原因。

"别人家的女儿,过了青春期就会黏着妈妈,还撒娇……"

"噢,是吗?那您就去和别人家的女儿一起过吧!"

老妈也许实在无法忍受我的嘲讽,突然站了起来。或许我现在才经历着别人十几岁时就经历的青春期,老妈的所有干涉都在束缚我,让我感到压抑。此时的我,完全就像一个事事反应敏感的青春期孩子。

"你以前那么乖巧,现在为什么变得这么凶啊?就是从斯洛文尼亚回来以后。"

我一听到斯洛文尼亚,心脏就仿佛完全被撕碎了一样。我背对着老妈,紧紧闭上了眼睛。

"你在那里经历了什么人生倍受打击的大事吗?和我说说,那么乖的孩子怎么会变成这样。难道在那儿和研贺分手时发生了什么……"

"一直当乖乖女,让我感到厌倦了呗。也许经历了……什么事。"

我吼叫着打断了老妈。老妈见状,气得"砰"地关上门,就离开了我的住处。我强忍着快要溢出的眼泪,深深叹息一声。

这时手机铃响,是研贺来电。看到这个名字,刚刚强忍着的眼泪瞬间喷涌而出。我紧紧抱着手机,让自己平静了一会儿。然后,若无其事地面带微笑接通了电话。

"什么事?"

"想你了!"

嘭的一声,我的心又沉了下去。

"我也很想你,想得要发疯,真想马上就飞到你所在的斯洛文尼亚!"

我把提到嗓子眼的话又努力咽了回去,敷衍研贺。

"我突然很想吃你做的炒菜了。"

"你不想听我说想你了,是吗?"

"也想喝你早晨煮的牛奶。"

我现在只能用这种方式向研贺传递我对他的思念和依恋。

"打开电脑!我给你准备了很棒的礼物。"

"我就喜欢听你命令式的口吻:'打开电脑!'"

我稍微平复了一下心情,蜷坐在椅子上,打开了电脑。

"打开电脑后,你就躺到床上吧!"

"好的!"

我拿着笔记本电脑躺到了床上。

"打开邮箱!"

"你发视频了呀。"

"别说话,好好看!"

研贺发来的视频画面,是我们尽情相爱的那个夏天一起去过的斯洛文尼亚海边。我正用手机拍摄着从海边跑过来的研贺那帅气的身影。研贺一边跑,一边一件一件地脱下衣服扔到海边,跳进了海里。他想把我也拉下水,我则拼命地挣脱,于是他就对我一顿狂吻。结果,我的手机从手中脱落,立刻被涌来的海浪卷走。正当我要去捡拾手机时,研贺竟幼稚又调皮地和我开起玩笑:"吻完了再捡!我好,还是手机好?""现在是手机。天啊,怎么办,我的手机!"我在研贺的怀里急得大喊大叫,视频到此结束。

我看着视频不禁心头一热,勉强平复的心情又因无尽的思念泪湿了眼眶。于是,强装笑颜直视着视频。"下一个是照片!"

啊,那张照片!这是一张研贺悠闲地走在回家小巷的照片。我仿佛刹那间陷入了一种错觉,感觉吹到斯洛文尼亚研贺家阳台的海风扑鼻而来。

那天,我正在他家阳台上,用手机拍摄朝着自己家方向走在狭窄小巷里的研贺。我当时突然萌发一种逗他玩的想法,就拨打了他的电话,看到研贺接了电话,我就问他:"你在哪里?"

"我……在回家的路上。"

"到我家来!"

"你不是说不见我吗?因为我说不想结婚,你说那以后就不跟我睡了。那现在还让我去你家干吗?"

"因为我输了。我不要结婚了,就按你说的,我们每天都是恋人!"

只要能和研贺在一起,即使不结婚也没关系。因为只要他是我的恋人,我就仿佛拥有了全世界。比起遵循老妈那个一定要结婚的信念,那一刻,守护我的爱情更重要。

"知道了,我马上过去!"

研贺挂断电话,立刻转身朝我家的方向拼命奔跑起来。我看着他那个样子,幸福得要发疯,真的就像拥有了全世界。

在研贺即将从我的视线中消失之前,我又拨打了他的电话。告诉他我其实不在自己家,正在他的家里,让他赶快回来。只见他转过身,气喘吁吁地看着站在自家阳台上的我。于是,我继续逗他:"你也得尝一尝上当的滋味,是不是?我都做好了被我妈打死的思想准备,放弃了结婚愿望,选择和你同居……我数到十,你赶不回来我就走了。"

"那可是五层啊……"

"一……二……"

研贺看到我一边数数一边调皮地解着衬衫纽扣,立刻挂断电话,开始疯狂地奔跑。看着向我奔跑而来的研贺,我是何等的幸福啊。

好思念那天的我们俩。我抚摸着照片中研贺的脸,只要能回到那一刻……

"那张照片里,我的腿显得特别修长吧?"

电话那边传来了研贺的声音,唤醒了沉浸在回忆中的我。研贺的腿立刻出现在镜头中,出现在我的眼前。

"我的腿伸得特别直吧?你快回答呀,我在问你呢。我的腿是不是很修长?阿婉?朴婉!"

一直忍着的眼泪终于喷涌而出,我默默挂断了电话。一想到再也看不到他那双非常漂亮的长腿,我呜咽不止。

我能做到，我可以独自生活

阳光透过彩色玻璃，柔和地照射到教堂里。熙子正在教堂做上午的弥撒。因为这一天是平日，所以信徒不多，很多座位都空着。可偏偏有一个男人，却紧挨着熙子坐了下来。熙子正看着圣歌本唱赞美诗，见那个男人坐到自己身边，便面露不悦，悻悻地往旁边位子挪动了一下。这时，放在拎包上的手机屏幕显示一条信息，是静雅发来的。

"咱们去医院吧。"

熙子合上圣歌本放进包里，双目直视那个男人，仿佛在示意他："我要出去！"只见那个男人稍稍挪动了一下腿，熙子以为他在给自己让路，没想到他却突然一把抓住了自己的手腕。

"我是胜载，李胜载！"

熙子被那个男人猝不及防的举动吓了一跳，反问道："所以呢？"

然后，疑惑不解地看了一眼那个男人，甩开他的手走出了教堂。

"你……不认识我啦？"

熙子和静雅按照预约时间来到医院,在护士的陪同下接受了各项检查。两个多小时以后,熙子先做完检查坐在大厅里等着静雅。又过了好久,静雅才走出检查室。

"检查完了吗?"

"嗯。不会白花钱吧?"

熙子听到静雅极不情愿的回答,也表情冷淡地回了她一句:"你不是说我老年痴呆吗?"

熙子还在为几天前的事对静雅心存不悦。她似乎并不担心自己的检查结果,神情坦然地等待着结果出来。这时,护士召唤静雅和熙子,告诉她们检查结果出来了。

静雅和熙子一同走进诊室,一位年轻的医生面带微笑迎接了两个人。医生等两个人坐下,便开口告诉她们:"您确实有点妄想症征兆。"

熙子转过头,看着与她并肩而坐的静雅,恻隐之心油然而生。于是,马上安抚静雅:"你可怎么办啊?"

"是你!"

熙子听静雅这么一说,不由得瞪大了眼睛,再次确认一遍:"是我吗?"

简直就是晴天霹雳!熙子向医生投去充满疑惑的目光,医生朝她点了点头。

"妄想症征兆?是我?"

医生告诉熙子,目前状况还不是很严重,只要小心注意就不会有问题,让她不用太担心。可是,熙子却根本无法放下心来。因为她听说过,妄想症是一种最接近痴呆症的疾病。对于一直认为即使上了年纪也绝对不能得痴呆症的熙子来说,这个结果无疑就是一个可怕的宣判。自己怎么可能是妄想症!熙子好不容易才下定决心振作起来,认为自己可以独自生活,自己也能独立,所以实在难以接受这个事实。就算医生了解她,又会了解多少呢？

熙子一回到家，马上决定打电话，联系安装监控设备的公司。然后，等安装师傅到来后，心神不定地看着他们在家里各处安装监控设备。静雅见熙子从医院出来后，一直默默无语，满脸怒气，非常担心。在一旁不停地安慰她："医生不是说没什么大碍嘛。这也不算什么病，只要注意一下就好。"

"我知道！所以这不是按照医生的话，在安装监控嘛。医生不是说如果感觉有疑惑，只要查看监控就可以解开疑惑吗？"

熙子冲静雅大声吼道。

"你发什么火啊？"

"难道医生说我有妄想症，我还得笑吗？等你听到那种话时你再笑吧！"

"哎哟，真是……随你便吧！"

静雅觉得自己再和熙子搭话也只会惹火上身，于是就从沙发上起来离开了熙子家。回家的路上，静雅给熙子的儿子敏浩打了电话。尽管静雅很清楚，如果熙子知道自己打电话肯定又会生气，不过她觉得还是应该告诉熙子的儿子实情。敏浩听了这个突如其来的消息很是难过，答应静雅以后会把监控设备连接到自己手机上，随时观察妈妈是否发生什么意外。静雅听敏浩这么一说，这才略感安心。

翌日，熙子定了定神，提醒自己："我来保护我自己！"

家里已经到处安装了监控设备，应该可以像医生说的那样客观地观察自己。熙子觉得这样还不够，于是又把自己要铭记的内容工整地写到纸上，把它贴在了洗碗池上方的橱柜门上。然后，又逐字逐句高声读了一遍。

我自己能做到，我可以独自生活：

1. 绝对不给他人和孩子们制造麻烦。
2. 如果生病了，不要去麻烦别人，自己去医院。
3. 疗养院将是我的第二故乡，该去的时候，面带微笑从容而去。
4. 如果得了痴呆症，我一定要听从敏浩、静雅、忠楠、英媛、兰姬的忠告。

每天读三遍，铭记在心！！！

熙子读完备忘录，自信满满地走回客厅，又拿出一个笔记本开始写起来。

"我今天要做的事情是……打扫房间、洗碗，还有……玩十遍网络花牌、腌泡菜……"

熙子认真地写了一会儿，抬起头看着客厅天花板角落里的监控摄像头，问道："你在好好监视吗？还有那个邻居家的洋小子……"

熙子摇了摇头，不想再回忆起那件事，就重新把视线转向了记事本，打算继续做笔记。可是，还是有些不放心。

"你真的在好好……监视吗？我得检查一下，看你是不是在认真工作……"

今天凌晨，电灯也是一闪一闪的，有人在外面走动，然后还粗暴地摇晃卧室的房门，吓得她瑟瑟发抖。熙子坚信一定有鬼，有人在盯着她。她决定亲自确认一下，如果自己拿到证据，医生就不会再说她有妄想症之类的胡话。

于是，熙子打开安装师傅给她连接的电脑，开始观察视频中的自己。她看到自己在看电视、吃饭、开着电视睡在客厅里，都是一些特别普通的日常生活画面。熙子把视频回放到凌晨时段，就是她认为有人在外面晃动房门,想要闯进卧室的那个时段的视频。在卧室的监控视频中,熙子看到了自己睡醒后惊恐万分的样子,顿时想起了当时自己感受到的恐惧,不禁毛骨悚然。如此看来,从当时那个时段的客厅监控画面里应该能看到什么,于是,熙子又切换到客厅的监控视频。然而,熙子实在无法相信,不管她回放几遍监控视频,客厅里却连一只老鼠都没有出现过,异常安静。

"昨天凌晨,电灯忽闪忽闪的……明明有人走来走去……可是,画面里怎么看不到啊……难道我真得了痴呆症吗?"

熙子顿时泄了气。她又想了一会儿,觉得也没什么大不了的,便自言自语:"痴呆又怎么样? 大不了一死了之! 不管以后死,还是现在死……没什么可怕的。我都年过七十了,就算发生战争,我也不会害怕!"

熙子觉得死亡并不可怕。在送走丈夫以后,她顿悟到了死亡也不过一瞬间的事。比死亡更可怕的,反倒是记忆会从脑海里一个一个地逝去,那个活到现在的自己将会慢慢消失,而残酷的是本人对此却无法察觉……熙子觉得这种结局光是想想就令人恐惧,自己在不知不觉中,变成一个与现在截然相反的粗鲁之人。熙子无法接受自己变成那种人,也不想每天混日子苟且偷生,更不想让善良的儿子被那样的自己拖累。

"就算死,我也要死得干净……"

熙子经过一番深思熟虑,精心装扮后便走出了家门。她坐在高楼林立的十字路口附近的咖啡厅露台上,一边喝着咖啡,一边漫不经心地抬头环视了一遍周围的大厦,心想每个大厦都可以成为自己纵身一跃的安息之地。那也就是一瞬间的事,只要自己把脚迈出去,那一刻,所有的一切就会结束。

于是,熙子撑起阳伞走出了咖啡厅。此时此刻,她觉得自己从未如此轻松愉快。

熙子走进了其中最显眼的一个高层大厦。大楼保安们正围在一起下象棋，完全没有意识到她的出现。就在熙子因为不知道电梯密码而不知所措时，恰巧一个似乎从超市回来的女人替她按下了密码。熙子见那个女人目光友好地看自己，也优雅地朝她一笑，顺手按下了最高层的电梯按钮。

"您是去尚敏家吗？"

女人好像认识最高层那户人家，向熙子随意问道。

"不，……我去静雅家。"

"是静雅……家吗？20层是尚敏家和夏林家啊。您确定是105栋吗？"

熙子一听女人如此询问自己，神色略显慌张，马上镇静地取消了20层的按钮，接着又按下了1层的按钮。然后自我解嘲道："哎呀，瞧我这记性……是104栋。"

那个女人朝熙子微微一笑，仿佛告诉熙子自己明白了，然后便在15层下了电梯。熙子在电梯里看着那个女人走进家门后，立刻取消了1层的按键，重新按下了20层的按键。

熙子用阳伞撬开楼顶出入口上挂着的锁，径直走向了楼顶露台的护栏处，感到一阵凉爽的风扑面而来。熙子悄悄朝下面看了看大楼高度，非常满意地自言自语："这里跳楼正合适啊。"

熙子做了一个深呼吸，正准备向栏杆外迈出一只脚的刹那，看到了大厦下面道路上的景象。今天天气宜人，川流不息的人群中还有几个推着婴儿车的年轻妈妈们。熙子马上意识到自己不能在这里跳楼，如果从这里跳下去，说不定就会砸到下面过路的行人而伤及无辜。

于是，熙子又走到一个公交车站，决定在这里等到晚上。在漫长的等待过程中，熙子感到些许饥饿，就用面包和牛奶饱腹。就算自己将要死去，她也绝不能忍受饥肠辘辘的感觉。

终于过了下班高峰期，人来人往的公交车站逐渐恢复了安静。熙子觉得时不我待，就把自己的拎包放到候车亭的长椅上，走到马路中央，停下脚步，静静地闭上了眼睛。这时，一辆大卡车朝着熙子狂奔而来。熙子的脸颊感受到了迎面吹来的风，头发也被风吹起。就在熙子祈祷，希望自己能像轻盈的花瓣一样随风飘散的时候，向她飞来的不是花瓣，而是滔滔不绝的辱骂声。

"喂，你疯了吗，该死的老太婆！像幽灵一样站在那里……难道，你想死吗？！"

卡车司机慌乱中匆忙变换了车道，紧急刹车后，探出头朝熙子高声怒吼。

"你想死就自己去死，干吗要连累别人？！"

熙子听到司机的吼叫，睁开眼睛看了看司机。她本以为被车撞死不会给别人添麻烦，可以让自己痛快地死掉，这时才明白，原来并非自己所愿。

"看什么看？想死，就从桥上跳下去啊……"

司机朝车窗外"噗"地吐了一口口水，迅速驶过熙子身旁消失不见了。

"汉江大桥……"

于是，熙子又上了一辆出租车。当出租车行驶到麻浦大桥中途时，熙子大喊一声："停下！"

"就在这里停车吧。"

"老奶奶，这里不能停车的。"

"为什么不能？客人要下车，哪有不行的道理？你赶紧停车！"

出租车司机见熙子大声喊叫非要下车，没有办法只好把车停了下来。然后回头看着熙子，亲切地劝告："老奶奶，在这里停车会出大事的。我再往前开一点，给您停在车站……"

"干吗要再往前开？我的目的地就是这里，还要往哪儿去？你这司机还真逗。"

熙子一脸不屑地掏出一万韩元交到司机手里。

"我就想随心所欲。我属于我，我的事情我做主！你不用找零钱了！"

出租车司机觉得自己没法说服熙子，无奈地摇摇头，开车离去。

熙子跨过车道和人行道之间的防护栏，径直朝大桥栏杆方向走去。当她扶着栏杆向桥下望去时，看见了倒映在水面微微晃动的月亮，不由得心生一种虚无缥缈、凄凉的感觉。熙子觉得这里正是自己要找的安息之地。

"月色真……安静啊！"

这时，熙子的脑海里快速掠过三个儿子的面庞，过去的岁月就像走马灯一样转瞬即逝。熙子觉得自己这段人生还算完美，曾经得到过爱，也给予过他人无微不至的爱。把孩子们抚养成人，而且他们各自有了自己的事业……这是一个没有遗憾，也没有留恋的人生。

熙子放下拎包，又把鞋整齐地摆放到一边。正要抬起右腿放到栏杆上时，听见远处传来了哨声，她回头一看，只见一个警察惊慌失措地正朝自己这里拼命奔跑。熙子望着越来越近的警察，嘀咕了一句："来不及了，我要跳了！"

熙子看着深不可测的江水，使尽全力将一条腿搭在栏杆上，准备纵身跃下。可是，没想到那个飞奔而来的警察一把抓住了她的衣角。熙子既伤心又懊恼，想到自己求死都不能如愿，于是就一边挣扎一边吼叫："放开我，别管我……放开我！放开！"

痛过之后，生活还要继续

"你管我去哪里呢！你不是说我让你活得很郁闷吗？"

结束出版社的会议，开车回家途中我给连续几天没有联络的老妈打了电话。让我感到意外的是老妈依然怒火未消，说话一股火药味。如果让我和老妈保持距离，漠然置之的话，我会觉得过意不去。可若要我与她亲密无间，对她言听计从，我又会感到无比压抑难以适应。我自己也非常清楚，与老妈保持若即若离、不冷不热的适当关系是最理想的状态。话虽如此，这却不是依我所愿，容易实现的一种状态。

"喂，您气还没消啊。吵架对咱们来说不是家常便饭吗？您闹什么情绪啊，就好像第一次和我吵架似的。"

"不和你说了，我得去警察局！"

"您去警察局干什么？"

"是因为你从来都不感兴趣的熙子阿姨。她想从麻浦大桥跳河自杀，结果被警察逮着了。知道了吧？"

她这又是唱的哪出戏啊。我也听说过眼下韩国老年人的自杀率在提高,可我实在难以相信,那个平时看似无忧无虑、生活富足、幸福无比的熙子阿姨竟会做出那种事。

我急忙掉转车头赶到警察局,看见一名警察正站在安然自若地吃着糖果的熙子阿姨面前,不停地叹着气。再往旁边一看,静雅阿姨一副失魂落魄的样子,老妈则满脸怒气地站在熙子阿姨身后。警察说需要联络监护人,让熙子阿姨把孩子的电话号码告诉他。可是,熙子阿姨坚决不说自己儿子的联络方式,两个人就这样已经僵持了一个多小时。熙子阿姨高声叫嚷着警告大家,如果有谁给她儿子打电话,她就再去寻死。被熙子阿姨这么一闹,静雅阿姨也无法说出敏浩的电话号码。

那名警察也许觉得和我可能好沟通一些,就把我叫了过去。可是,这种情况下,我又怎么能违背老人家的意愿呢?

"虽然她有三个儿子,可是我阿姨说绝对不能告诉他们……您能不能就通融一次啊?警官先生。"

"你在开玩笑吗?还要我说几次,赶紧让她的子女过来!不然,我们就会通过强制采集指纹的方式加以解决。你们都走吧,又不是她的监护人,一大帮人跑这里来干什么?"

那名警察面带不悦,训斥了我们一通。我知道警察是在遵照法律程序办案,熙子阿姨应该配合他们,所以就央求阿姨:"阿姨,您就告诉他们吧,敏浩的电话是多少啊?"

老妈好像也被熙子阿姨和警察的这种拉锯战搞得疲惫不堪,忍不住插嘴劝解阿姨:"你快告诉他们吧,人家说要强制采集指纹呢。敏浩电话是多少?你一直都不说,到底想怎么样啊?难道要在这里耗一晚上吗?"

"有什么不能耗的!"

熙子阿姨伸直了腿,相互摩擦着两只鞋尖,低声说了一句。

"你还真是个老顽固!"

老妈实在憋不住,大声责备起熙子阿姨来。我看静雅阿姨坐在熙子阿姨旁边直视前方一直默不作声,实在无奈便向她投去了求助的眼神。

"阿姨,静雅阿姨!"

静雅阿姨和正看她的熙子阿姨对视了一下,会意地点点头,小声嘟囔:"我不说,我不说!我不想看到你死掉的熊样子,我不说行了吧?!"

完了!看这情形今晚是回不成家了。就在我像漏气的气球一样泄气时,"当啷"一声,随着警察局门上挂着的铃铛声响,走进来一个人。

"您好啊!"

英媛阿姨就像从荧屏中走出来一样,穿戴华丽时尚,优雅地打着招呼走了进来。然后,走到警察局正中央的那个人面前,热情地向他问候。

"哎哟,这不是孙警官嘛。"

只见那个长官模样的男人满面笑容,起身热情地和英媛阿姨握手打招呼。

"哎呀,这是谁来了呀?!"

"真高兴见到您,孙警官!您已经荣升局长了吧?"

我还以为双方无休止的争执会持续到天亮,却没想到随着英媛阿姨的出现,就这样简单轻松地结束了。

后来,我才弄清了事情的来龙去脉。熙子阿姨一开始在警察局指定的监护人是静雅阿姨,可静雅阿姨接到警察电话后因为锡钧叔的纠缠而无法前往警察局,就急忙给我老妈发了短信,老妈在去警察局的路上又给忠楠阿姨打电话问她警察局里有没有熟人,然后,忠楠阿姨就让闻名全国的电影明星英媛阿姨来到了警察局。

从警察局出来后,英媛阿姨紧握着熙子阿姨的手,让她向自己保证。

"姐姐,你刚才听到警官说的话了吧?你要再做那种事,他们就会把我关进去。以后再也不许做那种傻事了，嗯？"

"嗯。"

熙子阿姨就像听话的乖孩子一样，点点头笑着应允。英媛阿姨看到熙子阿姨的微笑带着一丝寂寞，便心生怜悯，又温柔地问熙子阿姨："姐姐，咱们一起生活啊？你想去我家吗？"

"真的可以吗？"

静雅阿姨见熙子阿姨腼腆地回应，便一脸无语地插嘴，催促英媛阿姨："你说什么呢……赶紧走吧，快走！你不是工作中途过来的吗？"

英媛阿姨是在拍摄现场接到电话后匆忙赶过来的。见事情已经解决，便与熙子阿姨和静雅阿姨打过招呼，又笑着向站在远处、自始至终满脸不悦的老妈说了一句："再见哟！"

老妈故意视而不见看着远处，听英媛阿姨在向自己打招呼，便瞪了她一眼："跟谁搭话呢？"

说完，看着英媛阿姨远去的背影，"呸"地吐了一下口水。

我把英媛阿姨送到警察局正门，回到停车场时，看到老妈她们三个人正围在我的车前神情凝重。就在我察言观色心里犯嘀咕"这又是怎么了"的时候，老妈朝我一伸手，"把车钥匙给我！"

原来熙子阿姨执意要让静雅阿姨开车。我绝对不能让一个刚学会驾驶的新手，而且还年过七旬的老人夜里开车。于是就尽量心平气和、温柔地哄熙子阿姨。

"阿姨，我带您去兜风吧。"

"我就想坐静雅开的车！"

熙子阿姨连看都不看我一眼，执意要让静雅开车。静雅阿姨见状，忍无可忍，生气地高声责问熙子："你是小孩子吗？这么任性！阿婉都说不行了，你作为长辈就得让步呀，怎么还非让我开不可。还噘嘴……你是小孩子吗？白长那么多岁数啦？"

熙子阿姨依旧纹丝不动。于是，老妈大声命令我："把车钥匙给我！"

静雅阿姨见熙子阿姨大半夜还在这里不依不饶，便吐出了一直憋在心里的话："难道你不知道，自杀就去不了天堂了？连我这个佛教徒都知道这个道理。上帝要是讨厌你怎么办，你到时候去不了天堂，怎么办？"

"上帝真的会讨厌我吗？他怎么会讨厌一个柔弱的老人呀。"

老妈听熙子阿姨如此淡定地回答，忍不住也插嘴呵斥她："说这种话会下火海的。姐姐，你不考虑孩子们吗？上帝每天日理万机，要操心的事那么多，你怎么也跟着凑热闹，让上帝操心啊？这是信徒的态度和道理吗？"

"上帝会为所有人操心的。还有孩子们，他们顶多哭两天，然后就会回归正常生活。"

"等上帝让你去报到的时候你再去吧。别不请自去，当个不速之客！"

老妈忧心忡忡地唠叨了一会儿，又向我伸出了手："怎么还不把车钥匙给我？"

我被逼无奈，只好把车钥匙交给了静雅阿姨。然后，坐到副驾驶座上，如果遇到紧急情况，我也可以帮她把握一下方向盘。

我们行驶在江北滨海路上，熙子阿姨打开所有车窗，开心地哼起了小曲。我不禁有些怀疑，这个人真的是就在几个小时前还企图自杀、引起骚乱的那个人吗？我担心静雅阿姨这个新手会被喧嚣嘈杂干扰而发生意外，一直紧绷着神经不敢放松片刻。

"啊，我又活了……真好！"

熙子阿姨尽情地唱了一会儿，自言自语道。

"刚刚还要自杀……真是胡闹。你干吗要那样？到底为什么要自杀？"

静雅阿姨一直郁郁寡欢，这时终于忍不住难过地问熙子阿姨。

"我连爆丝的电灯泡都更换不了，医生还说我有妄想症。这样下去，要是我得了痴呆症……我一想到善良的敏浩最终也会对我发脾气，为我劳神……"

"作为子女就应该尽孝。再说了，难道你现在真得了老年痴呆吗？医生只说有可能，让你多注意一些。你就是自己吓唬自己，你不是说过要和我一起死吗？你死了，让我怎么办？那我呢？"

静雅阿姨一边呜咽，一边不停地怪罪熙子阿姨，她们可是足足相伴六十多年的老朋友啊。因为熙子阿姨时常会像一个小孩子一样，所以静雅阿姨一直把她当作妹妹一样对待。在她的人生中，熙子比任何人都重要。可这个朋友竟然要寻短见，而且不和自己打一声招呼就想无情地弃她而去。静雅阿姨觉得自己的一片真心遭到了好朋友的背叛，这种感觉让她无比心痛和无语。可她转念又一想，熙子该多么无奈，才会如此狠心作出自杀的决定啊。静雅阿姨想到这里心如刀绞，越想越难过。熙子阿姨就仿佛了解静雅阿姨的心思一样，一双漂亮的大眼睛眼泪汪汪地看着静雅，平静地一笑。

"是呀，我有你在啊。对吧？"

"臭丫头……不讲义气的丫头。"

熙子阿姨神情安然、恬静优雅。此时此刻，身边能有这般珍惜自己、爱惜自己的朋友，她庆幸自己还活着，感到无比幸福。熙子完全忘记了几个小时前自己还企图自杀的事情，喃喃自语："真好，此时此刻……"

如果让我简单明了地概括熙子阿姨，那就是：不懂事、胡闹、四次元。然而，这样的熙子阿姨竟会企图自杀。她为了不让自己死得难堪，一番精心装扮，穿过夜色孤零零地站在汉江大桥上。我的脑海中始终浮现着阿姨的身影，挥之不去。寻死之心就在一瞬间，而想活下去的理由也仅仅是因为汉江大桥上的灯光和微风……对于像我这样每日忙于生活、日子如同过山车般大起大落的年轻人来说实在无法理解。熙子阿姨竟可以如此轻松地跨越生与死的境界。

正在这时,一阵手机铃声打破了车内的寂静。

"这是我的手机铃声,我的手机在哪里?"

正在开车的静雅阿姨慌张地询问。老妈和熙子阿姨开始忙乱地帮忙找手机。我从静雅阿姨的上衣口袋里掏出手机,看到来电显示是"熊样儿"。

"熊样儿?难道是锡钧叔叔?"

"挂掉!"

我听到静雅阿姨如此命令,就毫不犹豫地按下了拒绝键。

"真解气,你竟敢无视锡钧!"

熙子阿姨竟然对此微笑夸赞。

"静雅阿姨,上次校友会时,我听锡钧叔说他不会跟您去周游世界,您打算怎么办啊?"

"那还能怎么办,不是离婚就想别的办法呗。反正我不会放过他。"

"好样的!"

老妈和熙子阿姨异口同声夸赞静雅阿姨,然后就咯咯笑个不停。静雅阿姨同样也开怀大笑,突然又想到了什么似的吩咐我:"喂,喂,你帮我看看那个短信,就是用英文写的那个。我完全搞不懂说什么。"

"英文?"

我打开那条短信,把外国人发来的信息翻译成韩文大声读了起来。

"您好,我是马克·史密斯。请您再到我这里来一次吧,夫人的微笑太美了。"

我原本以为静雅阿姨碰到了骗人的"鸭子",可当我看到短信附上的照片,马上就消除了疑问。

"哇,看看这个!"

照片中的静雅阿姨漂亮得让人怀疑她是不是真的有过这样的微笑。我把手机递到后座,老妈看到照片后也连连感叹:"哇,这是谁,这是谁呀?"

"我要拿这个当遗照哦!"

静雅阿姨露出了灿烂的笑容。

"太合适了!姐姐,我们也去拍照吧,拍遗照。"

老妈拍了一下熙子阿姨,积极地建议。

"连我自己都不爱看,干吗还照满脸皱纹的老太婆呀……"

老妈似乎不满意熙子阿姨的消极反应,一边责怪阿姨自私一边说:"那要是将来死了,到时候连遗像都没有,还怎么举行葬礼啊?"

就在她们说笑期间,我用手机检索了一下马克·史密斯,搜索结果再次令我大吃一惊。

"啊?马克·史密斯,这个人很有名的。"

于是我继续检索,竟发现这个人原来是曾几何时我在杂志上报道过的摄影师。

"真的吗?那你明天去把外婆接过来吧,去拍遗照。我也要趁机拍一张遗照,毕竟人生不可预测。"

"您拍什么遗照啊?"

"遗照",当然会让人联想到死亡,可老妈竟说要为自己拍遗照。我满怀不悦地责怪老妈,没想到她却"哼"了一声,反问我:"难道我就不会死吗?"

"您怎么会死呢?您要等我死了一天之后再死。"

记得小时候,我也曾经这样说过。当时老妈还说我可爱一笑了之,可没想到这次她却狠狠地打了一下我的后脑勺，嗔怒道："看你还敢不敢胡说！"

回到住处，等我冲完澡出来时，响了半天的电话铃声戛然而止。我打开手机，发现竟有研贺的好几个未接电话，不觉心里一痛，我已经连续几天都在回避他的电话。自从上次看到研贺发来的视频和照片以后，我始终无法释怀，痛苦万分。因为心痛，所以就强迫自己不去看那些视频和照片。以我目前的心境，还没有信心去面对那些时光，一切尚不会改变，时间不会倒流，我也无法再回到研贺身边。

我拿着正在翻译的书籍和笔记本电脑靠着床头坐下，手机又传来了短信提示音，是研贺的留言。

"你怎么啦？难道我们之间就这样结束吗？如果你真希望如此，那就说清楚，我会如你所愿。你不要逃避，马上打开电脑！"

研贺这次发来的短信，语气与往日和蔼亲切的他简直判若两人。我知道研贺是一个说到做到，会毅然决然抽身而去的人。就此结束，对于我来说真是正确的选择吗？我是否真心想和研贺就此结束呢？我心如明镜，知道自己做不到。那么与其和他分手，莫不如一如既往地和他若无其事地通通电话，也许痛苦就会减轻一百倍，不，是一万倍！

我又为自己的感情加固了一道锁，然后打开笔记本电脑，接通了研贺的视频电话。

"我们之间有什么问题吗？"研贺问我。很显然，他在追究我不接电话的原因。

"没有啊，没什么问题。你那边的天气怎么样？"

研贺默默地望着我，用双手搓了搓脸，无奈地笑了。他似乎早已看穿我想逃避的心理，略显忧郁地回答："很好，就是有点雾。"

"这种天气,最适合吃你做的煎鸡蛋了。"

研贺默默地凝视着我。光看他的眼神我就清楚他想说什么,所以就故意说一些不合时宜的话。

"你把食谱告诉我吧,我怎么也想不出那道菜的做法。前两天我想吃你做的煎鸡蛋,使出浑身解数做了一次⋯⋯却完全失败了。"

"你很喜欢讲这些琐事来消磨时间吗?"

研贺的表情有些僵硬,看来他今天不想就此罢手。我努力淡定地回答:"嗯⋯⋯"

"你不想说关于我的腿的⋯⋯事吗?"

我转过头避开他的目光。即使不看他,我也能感受到研贺望着我的焦虑的目光。此刻,我只想能躲就躲。

"那我现在就告诉你那个食谱吧。"

研贺好像放弃了之前的执念,拿着笔记本电脑进了厨房,然后放到了洗碗池边上。我从屏幕里可以看到,他把鸡蛋打到碗里搅拌后,又加入了汤水。

"啊,原来那个就是秘诀啊,海带汤!"

"再加牛奶。然后在煎锅上放点黄油⋯⋯"

研贺在打好的鸡蛋碗里倒入牛奶,用打蛋器搅拌后,东张西望地找煎锅。他从放在洗碗池边的电脑上取下摄像头,把它转向了厨房方向。于是我就看到了墙上挂着的小巧的厨具,还有研贺在找的那个煎锅。

"原来在那儿啊,我去取过来。"

研贺把摄像头放回原处后就从屏幕上消失了。过了一会儿,屏幕外传来了"哐当当"的声音,我不由得心一沉,立刻担心地大喊:"研贺?研贺!发生什么事了?徐研贺!"

我大声呼喊着研贺,他却没有任何反应。正当我焦急万分时,研贺仿佛什么也没发生一样,笑着举起煎锅,一边让我看一边问我:"你等急了吧?"

"你有没有伤到哪里啊?"

研贺明知我在担心他却故意不回答,把煎锅放到电磁炉上,继续做他的料理。

"喂,我在问你呢,有没有伤到哪儿?"

研贺听我提高了音量,这才转过头来看着我回答:"没有。不过……腿不好使,还真不方便啊。"

我一直想逃避的那个话题,竟然就这样被他提及,我全身像石头一样僵硬,默默地看着研贺。他苦涩地一笑,继续说:"咱们不可能不说腿的事吧。小婉,我怀念我的腿。即使这样……也不能提起它吗?我在首尔的爸爸,还有和我同住的姐姐,只要我一说起腿的事,他们就回避这个话题……我要就此放弃吗?就算以后再怎么怀念,也……?"

研贺自嘲地笑了笑。我当然怀念了,怀念那双修长的双腿,曾经健康地行走和奔跑的双腿,向我奔跑而来的那双腿。就连我都如此怀念他的腿,何况他本人,肯定更加怀念吧。我比任何人都更了解他的内心,所以就更想回避这个话题。因为过于痛苦,我担心自己无法正视他,所以就一直在努力回避。研贺语气平静地继续述说着:"就算我无法忘记,也非要让我忘掉吗?要是难以忘怀的话,我就这样告诫自己:'你这个浑小子,干吗想那些没用的?'要不我就扇自己的耳光啊?这样行吗?我……"

研贺无法继续讲下去,转过头不想让我看到他泪流满面。我虽然看不见他的脸,但也能感受到他的心痛。此时此刻,我是多么想拥抱他,安慰他。但是,我又能为他做什么呢?

"我……我怀念我的腿。小婉,所以我很想找个人倾诉。怀念又能怎么样?是的,确实不能改变什么。不过……怀念就应该如实承认自己在怀念,不是吗?我想跑、想游泳、想和你一起散步……我说这些,你听着会很难过吗?"

我咬紧嘴唇不让自己流泪。我逃离了研贺,还能对他说什么呢?现在的我,连和他一起拥抱痛哭、安慰他的资格都没有。

"你忍耐一下,听我说完可以吗?我真的好想对你倾诉。如果我连和你都不能说这个话题的话,那我们就……到此为止吧。再见,朋友!"

研贺为我忍到最后都没有流泪,微笑着结束了通话。

我没有资格为研贺流泪。我憎恶自己的眼泪,所以就拼命不让它流淌。我使劲瞪大眼睛,心不在焉地翻阅着书本,最后还是把它扔到了一边。我无法独自忍受这种撕心裂肺的悲痛,不由自主地拨通了东震学长的电话。

"学长,您在哪儿呢?哦……在喝酒,加我一个好吗?OK,好的,等着我!"

我为了逃离无尽的痛苦,再次奔向了东震学长。

这一刻,就是余生最年轻的瞬间

约定拍遗照的那天凌晨,我驱车前往外婆家接外婆。尽管我到达得很早,外婆却早已经穿好碧绿色的韩服在等我。我们在返回首尔的途中又去咖啡馆接了忠楠阿姨,最后来到了老妈家。我们一走进老妈家,就看见里边异常热闹。静雅阿姨先于我们到达这里,正一边唠叨着自己没有合适的衣服,一边只穿着内衣在房间里转来转去,不停地试穿着老妈的服装。老妈也忙着在衣柜里挑选自己要穿的衣服,两个人忙得不亦乐乎。忠楠阿姨坐到客厅一角,打开装得满满的化妆包开始化妆,我则拿出卷发器,开始给外婆卷发。只有熙子阿姨一人就像与己无关一样,悠闲地坐在那里,她始终坚持不拍遗照。

"姐姐,你就不要再推托了,拍吧。别等以后死了,连张遗照都没有。"

忠楠阿姨正往嘴唇上涂口红,还不时转过头劝说坐在沙发上吃冰激淋的熙子阿姨。可是,熙子阿姨却默默地摇了摇头。

"哎哟,那看来给姐姐举行葬礼时,遗照只能使用二十年前的身份证照片喽。"

就在忠楠阿姨还在劝说熙子阿姨的时候,传来了门铃声。老妈听到声音,从卧室里出来打开了房门,只见英媛阿姨满面春风地笑着走了进来。

"你来这里干吗?"

老妈一声冷冷的质问顿时让房间里的气氛紧张起来,忠楠阿姨站在玄关前,看着两人的神色不知如何是好。老妈冰冷地看了一眼英媛阿姨,拉着她走出了家门,忠楠阿姨见状也紧随其后跟了出去。

"忠楠她干吗叫英媛过来啊……真能闹……哎哟,她们还真是精力充沛啊,精力过剩!她们真得尝尝人生的苦头,才会明白她们之间的那点事根本就不算什么。这帮丫头!"

静雅阿姨咂着舌说完,回头看到熙子阿姨还在吃冰激淋,于是又冲她大吼一声:"你也一样!"

"兰姬还有我,我们俩的老公都死了,你还要我们再尝什么人间疾苦?"

"也是哦……"

三人走到胡同后,老妈禁不住愤怒和悲伤又一次涌上心头,气呼呼地站在那里半天说不出话来。忠楠阿姨见她们二人一触即发的架势,赶紧站到两个人中间解释:"你别怪她,是我叫她过来的。你要算账,就和我算吧!"

老妈全然不顾忠楠阿姨的解释,愤怒地埋怨英媛:"我老公和淑姬那娘儿们在我卧室鬼混那天,我就只告诉过你我要回娘家。是你告诉她的吧?说我不在家,让他们两个在我卧室厮混!"

"不是那样的……"

英媛阿姨看着别处,正想继续说下去,老妈突然就扇了她一巴掌,紧接着扑上去又要抓英媛阿姨的头发。只见英媛阿姨说时迟那时快,反手一把抓住老妈的手腕猛地甩了出去。

"喂,喂,喂!"

忠楠阿姨被英媛阿姨这突如其来的反应吓了一跳,赶紧扶住了快要摔倒的老妈。

"你别抓我头发,我真会疯掉的!"

英媛阿姨说完,重新梳理了一下自己的假发。

"你这娘儿们,还戴假发……要不是你告诉他们,他们怎么知道我不在家,胆大包天在我家床上鬼混!"

"你赶紧趁现在这个机会解释啊,你干吗呢?"

忠楠阿姨看英媛阿姨一直沉默不语,在一旁焦急郁闷地催促她。英媛阿姨这才开口说话。

"我威胁过他们,说要把他们的事情告诉淑姬老公,所以他们就一个月没见面。后来,淑姬求我让他们再见一面,那样就会和他分手……"

"喂,你说的像话吗?还大学毕业呢,你就那么傻吗?他们俩瞒着我交往了三年,果真会再见一面就分手吗?真该死,你这缺心眼儿的娘儿们!"

"对,我就是这么缺心眼儿!"英媛阿姨淡淡地说道。

"你说什么?"

"喂,张兰姬,你说实话,这世上真有像我这么傻的人吗?我听信了已经和老婆分手的有妇之夫的甜言蜜语,结婚一个月后就被他无情抛弃。那之后我又开始了姐弟恋,结婚以后,那个家伙对我说自己破产了不想连累我,我又相信他的话,把公寓转让给他后和他离了婚,结果人家在澳门和年轻女人过上了豪华的生活。对,我是一个地地道道的傻瓜,你就承认吧,我是一个大傻瓜!"

"好啊,我认可了,你这个大傻瓜!所以从今天起,你就别在校友会出现了!"

"不想见我,那你就别去!"

"什么?"

老妈一看英媛阿姨如此理直气壮,便又提高了声音。没想到英媛阿姨一脸轻松地走向停在胡同口的汽车,一边走一边提醒忠楠阿姨:"你叫姐姐们出来吧。"

老妈见状,气急败坏地对着英媛阿姨的背影咆哮:"好啊,那你以后就像今天这样,像幽灵一样跟在我身边吧,我会骂你骂到嘴皮烂!"

一场骚乱过后,我们蜂拥而至马克家门口,竟然意外地吃了闭门羹。马克说他不拍化妆的女人,然后就生气地关上了门。他的艺术精神固然令人敬佩,但我更为老妈和阿姨们的精心装扮感到惋惜,还可惜我为外婆费力做好的发型。大家愤愤不平地抱怨:"有什么了不起,不拍就不拍,不如干脆去照相馆拍照。"就在这时,忠楠阿姨气汹汹地敲起了马克家的门。

"阿姨,咱们回去吧。"

忠楠阿姨毫不理会我的劝阻,继续敲门。马克打开门,满脸怒气地质问:"干什么?"

"你就这样给我们拍照!"

忠楠阿姨对马克一副命令的口吻。于是,我赶紧出面和马克沟通,又把会话的大致意思转达给了阿姨们。

"他说想拍自然一点的。我看过有关他的报道,说他为了环游世界,连自己父母临终时都没能陪在身边。所以,打那以后他就专门拍老人的照片。听说他父母是加拿大一个果园的勤杂工,也许他母亲不怎么化妆吧。"

忠楠阿姨依然不肯善罢甘休，一步步走到马克面前，就像 rap 歌手一样，慷慨陈词起来："喂，我们都是一辈子不化妆的人，我们种田、种地、做生意……你知道我们过得多辛苦吗？我是初中毕业，难道你要我们死的时候也要使用一张没化妆的寒酸照片当遗照吗？臭小子，就算你妈没有对你说过，难道她真就不想化妆吗？你身为儿子，连你老妈的心思都不懂，竟敢叫我们把妆卸掉。"

"阿姨，您慢点说，我哪能一下子翻译那么多话啊。"

老妈和忠楠阿姨见我一副局促不安的样子，就你一言我一语地大声训斥，数落我："一个留学回来靠翻译赚钱吃饭的人，翻译这些有那么难吗？看来你也就会啃书本了。"老妈一边推忠楠阿姨，一边劝她去照相馆花钱拍照。可忠楠阿姨却丝毫没有退缩的样子，继续不依不饶。

"喂，你多大了？我今年六十岁，在韩国，年纪大的人会受尊重。我绝不会让我的姐姐们卸妆，拍那种寒酸的照片！"

我又把忠楠阿姨的话翻译给马克，只见他还是心不在焉地似听非听。突然，他端起挂在脖子上的相机，对着坐在楼梯上闲聊的熙子阿姨和外婆连续拍了起来。直到抓拍到我们被这突如其来的快门声惊吓的表情后，马克才咧嘴一笑，说他就按照我们的意愿给大家拍照。但他有一个条件，就是让我们也要听从他的安排，再拍一次。

"阿姨，您赢了！"

"凭什么？"

"凭年纪！"

忠楠阿姨就像在比赛中获胜的人一样，兴奋地弹响了手指。

马克不愧是一位专业摄影师，在自然的氛围中引导着大家拍照。阿姨们也都兴高采烈，满脸喜悦。不管轮到谁坐在摄影棚里拍照，其他人都会七嘴八舌地围在一旁指手画脚，看到有谁像明星一样摆出夸张的姿势，大家就捧腹大笑，一片欢乐气氛。在这欢声笑语中，阿姨们把我也推进了摄影棚。阿姨们说我正值芳龄，应该把外衣脱下来拍照。于是，我在阿姨们的助威声中兴奋地脱掉外衣，穿着背心摆出了一副夸张的性感姿势。摄影棚里，充满了我们的笑声和喧闹声。

"外婆，照相了。"

我走到怔怔地坐在原地等着拍照的外婆身边，从后边紧紧地抱住了她。

"外婆，这就是普通的照片，您不要把它想成遗照，要高兴地拍哟……"

"等我死了，你可要哭哦。"

外婆打断我的话，抚摸着我的胳膊。

"您别说这种话。"

"说这种话怎么了？我的一只脚早就迈进地狱大门了。"

"外婆！"

虽然外婆说自己距离死亡越来越近时的语气异常平静，可我却根本不想联想那一时刻。

"你别担心，我现在还不能去见阎王爷，地里的活还在等着我去干呢！"

我心想无论如何也不能让死神带走外婆，便紧紧搂住了她。这时，我看到了墙上挂着的一排相框，上面还有一句话。

"每个人的时间都是有限的！"

于是，我又转过头看着兴高采烈、边说笑边拍照的老妈和阿姨们。就在忙着拍遗照的这一刻，她们每个人也都在尽情散发着生命的光芒。此刻，我看着她们灿烂的笑容竟觉得异常美丽，第一次对老妈的老年朋友们产生了兴趣。就像做游戏般嬉笑着拍遗照的阿姨们，还有说自己一只脚已经踏进地狱大门却还在惦记今天的农活儿的我外婆，"每个人的时间都是有限的!"看似永远的这一刻,真的会有结束的那一天吗？到现在,我也不敢相信。

所有人离开以后,马克独自在空荡荡的摄影棚里忙碌着。听到门铃声响,他停下手中的工作打开了门,只见刚刚还一直坚持说自己绝不拍遗照的熙子阿姨站在门前,没有化妆的脸显得格外的端庄。

"我想拍照！"

熙子阿姨尴尬地笑着做个手势,也不等马克回答就径直走进了房间,坐到摄影棚的椅子上。马克开心地拿起了相机。

"笑一笑！"

"不过……你不要告诉我的朋友们……我拍照的事,永远！"

熙子阿姨让马克对她许诺替她保密。马克似乎听懂了熙子阿姨那蹩脚的英语,微笑着点了点头,顺势捕捉到了熙子阿姨单手捂住嘴、羞涩地微笑的那一瞬间。

很久以后,我问过熙子阿姨。既然那么不喜欢自己年老的模样,怎么还不化妆就拍照呢？熙子阿姨告诉我,当她看朋友们拍照时突然感悟到,对每个人来说,今天这一刻就是余生最年轻的瞬间。

"永记人生中最年轻的一刻。"熙子阿姨的这种情怀深深触动了我。是的,无论对谁都一样,现在这一刻,就是剩下的人生中最年轻的瞬间。我对熙子阿姨由衷地产生了一股敬佩之情,是她让我明白了这个哲理。熙子阿姨真棒！

梦想的破灭

那天下午，静雅照常来到大女儿顺英家。然而不知为何，门却被反锁着，怎么也打不开。以往顺英每次都会在静雅到来之前提前打开门锁等待她，可今天任凭静雅几次按门铃里边也没有反应。难道顺英病得连门铃声都听不到吗？就在静雅焦急万分继续按门铃的时候，大姑爷的电话打了进来。

"岳母，我是吴姑爷。您已经到我家了吗？"

"是啊，我来打扫房间，门怎么反锁着，顺英不在家吗？……哦，原来是门坏了呀。顺英她感冒了怎么还出去见朋友，我知道了。你在学校吗？那就忙你的吧。"

静雅放心不下女儿的身体，便拨通了顺英的电话。电话中传来顺英不太清晰的声音。

"你嗓子不舒服吗？感冒了也不乖乖待在家里，还出去见什么朋友啊。"

静雅因为担心女儿，说话不免提高了声音。

"您发什么火啊？"

"当然要发火。你身体不舒服还出去乱跑。"

"我真的是您女儿吗？那您昨天为什么没过来啊？如果是浩英或秀英的话,您肯定就会过去了吧？因为我是捡来的女儿,所以您就没过来！"

今天不知为何,顺英情绪异常激动。也许因为生病,她才这样敏感吧,静雅尽管这样安慰自己,心里却不免有些难过。

静雅昨晚接到警察电话,得知熙子要自杀的事情后,惊慌得立刻就要赶去警察局。正在这时顺英来电话说自己身体不舒服,让静雅过去一下。可是,锡钧既不让静雅去警察局,也不让她去顺英家,弄得静雅左右为难不知如何是好。静雅好不容易等锡钧睡着了,才偷偷溜出家门给顺英打了电话,听姑爷接电话说顺英已经睡了,便匆忙赶去了警察局。

静雅无法对顺英一一解释昨晚的具体情况,心情烦躁,不由得又提高了声音。

"你不知道你爸的脾气吗？就算我想去你那里,你爸就会让我去吗？还有,谁说你是捡来的啦,你和谁胡说八道呢。"

"我朋友在旁边,以后再聊吧。"

静雅没想到顺英勾起自己的伤心事却挂断了电话。

"疯丫头,竟敢和我说自己是捡来的。明知道自己爸爸的臭脾气……"

静雅结婚五年间都没有生育。虽然也曾怀过孕,但因为那个动不动就会抓她头发虐待她的恶婆婆不幸两次流产。后来,他们领养了大女儿顺英。顺英就像福娃娃一样,让静雅在几年后连续生下两个女儿。静雅自从生下两个女儿以后,自然而然地将大部分精力放到了照顾两个幼小的女儿身上,无暇顾及顺英,或者是私心使然,让她更加疼爱自己怀胎十月生下的孩子们。对静雅来说,顺英让她体会到了初为人母的喜悦,但同时顺英也是她没能照顾好，令她心疼、愧疚的存在。

顺英嫁给大学教授的那天，静雅别提多开心了。她打心底默默为女儿祈祷："孩子啊，你一定要过上好日子，你完全有资格过好日子。"可是她却没想到，女儿自从结婚以后却经常有病卧床不起。静雅百思不得其解，以前那么健康的孩子为何总是生病，还无缘无故乱发脾气。静雅想到这里，不免忧郁地长长叹了一口气。

熙子听从静雅的劝告来到教堂，拜托其他信徒以后做志愿者时带着她。

"您想做志愿者啊？做志愿者很辛苦的。您平常就像公主一样能做得来吗？就连我们这些吃过各种苦的人都会觉得很辛苦呢。"

一个信徒听到熙子的请求，不无担心地向熙子确认。

"还请各位多多帮忙啦。我一直过得比较安逸，所以什么都不会做。我经历过的最大事就是把刚过一周岁的大儿子送到了上帝那里，另外一件事就是我丈夫一年前因为心脏停搏突然去世。除了这两件事，我再没经历其他……"

信徒们聚在一起，听熙子如此若无其事地诉说自己经历的人生大事，竟然不知如何应对是好。只见熙子从包里拿出药，抓一把塞进嘴里，又继续坦白："我低血压、关节炎、偏头痛、心血管也不好……一辈子就这样过来的。不过，我可以做志愿者，如果有什么事情需要我做的话，还请大家通知我。"

说完，熙子走出了教堂。这时一个女信徒跟在后边，一把抓住了她。

"喂……玛利亚，你认识那边那位约瑟夫·李胜载吗？"

熙子顺着那个女信徒所指方向看去，只见那里站着一个人，正是前几天在教堂抓住自己手腕做自我介绍的那个男人。熙子怎么会不认识李胜载呢？简直太了解这个人了。然而，熙子故意装作不认识，一直在躲避着他。

"你不要和他走得太近，他是一个风流人物。三年前死了夫人，最近突然出现在教堂，总盯着你看呢。你可要小心点哦，他是撒旦。"

那个女信徒仿佛告诉熙子什么大秘密一样，贴在她耳边低声细语后走回了教堂。

熙子瞟了一眼胜载所在的方向，就奔公交车站走去。她虽然知道胜载跟在自己身后，却装作不知加快了脚步。

"你认识我吧？"

不知何时胜载已经走到熙子旁边，伸出头问她。熙子对此视而不见，紧走两步登上了正好驶进站的公交车。哪承想那个男人也跟着上了公交车，还坐到了熙子后排座位上。这简直就是明目张胆的跟踪狂啊，熙子忍无可忍，质问胜载："您这是去哪里啊？"

"回家。"

"您家在哪里？"

"延南洞。你呢？"

熙子没想到竟然和她一个方向。虽然可以排除他跟踪的嫌疑，但他的那种自来熟的语气让人听起来很不舒服。

"请您不要和我说平语（韩国语有'平语'和'敬语'之分，对长辈和不熟悉的人要使用敬语），我不认识您。"

"你真的不认识我吗？"

熙子干脆闭上眼睛，不再理会胜载。胜载觉得熙子这个样子很可爱，静静地看了她一会儿，站起来按了下车铃。

"以后再见！我今天约了锡钧哥。很高兴见到你。"

胜载说完就下了公交车。熙子这才睁开眼睛，自言自语："都这么老了,真恶心……就算你认识我,还能怎么样……"

熙子觉得胜载老了许多。

这天晚上,静雅和往常一样,把剩饭泡在水里,就着泡菜一边吃饭一边看《塞尔玛和路易斯》。两个女人驾车飞奔在笔直的公路上的场面让她百看不厌,她沉醉于电影中展开了想象的翅膀。她开着红色敞篷车飞驰在广阔的大自然中,丝巾随风飘扬。熙子一身时尚穿戴,正坐在自己旁边喝着一瓶黑啤酒。静雅兴奋地抢过啤酒瓶喝了一口,大声喊"哇,自由了!"心情酣畅无比。

"哈哈哈!"

静雅不由自主地举起双臂,豪爽地笑出了声,一想到自己马上也要去周游世界,激动不已。

锡钧这时气喘吁吁地走了进来,额头上一片瘀青,脸和脖子上留有被狗撕咬过的痕迹。

对锡钧来说,今天是非常糟糕的一天。他清早上班就听说要按照年龄大小顺序来解雇公寓保安;然后在电梯出现故障的状态下,从25楼帮助业主上下来回搬运沉重物品;更晦气的是下班后几个男校友聚会喝酒,他最讨厌的那个胜载居然也来了,而且不停地在他们面前炫耀,说什么自己从律所退休后每天吃喝不愁悠闲度日啦,拥有三栋大楼啦,孩子们都留学移民到国外啦,等等。锡钧对此既羡慕又嫉妒,喝得醉醺醺,回家路上踩到了一坨狗屎。他恼怒不已,便向绑在电线杆上的猎犬发泄,结果被挣开拴拘绳的猎犬疯狂追咬,拼命挣脱才逃回了家。

静雅一边给锡钧擦药膏一边埋怨:"都说老了以后连鬼都会来找碴……你干吗要去招惹狗啊?难道想被咬死啊!"

锡钧本来就心气不顺,听静雅这般唠叨,就一把推开了她的手。

"我怎么会死呢?"

"说的也是啊。你还得和我去周游世界呢,对吧?"

"你在说什么周游世界的屁话!"

锡钧说完就戴上老花镜,开始翻阅招聘广告。静雅见状颇感意外,急忙追问:"你看那个干吗,想看就看这个吧。"

静雅把一本几乎翻烂的旅游指南递给了锡钧。没想到锡钧顺手扔掉后,又拿起招聘广告看起来。静雅尴尬地翻开自己几乎倒背如流的旅游指南,自言自语道:"今天我们来看看比萨斜塔在哪里?"突然,又觉得锡钧今天的举动有些奇怪,就问他:"你干吗要看那个?"

"我听妇女会那帮人说,公司要炒掉年纪大的保安,彻底解雇!"

这个消息对静雅来说简直就是一个捷报,让她不由得情绪亢奋起来:"那好啊,咱们去旅游吧。要预约吗?我来预约啊?你说什么价位的?几天行程的?"

然而,锡钧顿时泼了兴高采烈的静雅一盆冷水。

"你是钱多没地方花了吧,我要重新找工作。"

静雅强忍怒火,一把抢过招聘广告藏到背后,然后和锡钧理论起来。

"那环游世界旅行呢?新婚旅行的时候,侍奉你父母的时候,你和我约定的环游世界旅行呢?照顾你们八兄弟的时候,你每次使唤我的时候,你答应我的环游世界旅行呢?"

静雅心生忧虑,担心那个让自己坚持了一辈子的唯一梦想会破灭。锡钧根本不理会静雅的心情,突然站起来夺走了招聘广告。

"我要不用那种方法拴住你,你早就跑了,还会一直待在我身边吗?等我死了,你就把这个房子卖了,自己去旅行吧!你什么时候才能死?要死肯定也是我先累死!你真是个无知的娘们儿,以后人类能活到一百多岁呢。从现在开始计算,咱们也还有三十年。人要往前看,要是咱们生病,医药费会从天而降吗?"

锡钧说完,再次将目光投向了招聘广告。

静雅一直满怀周游世界的期待和希望,所以才坚持到了今天。一直以来,她忍受了他人的各种欺侮和蔑视,之所以能够不辞辛苦坚持下来,都是因为还有一个值得期待的回报。可是,万万没想到锡钧就这样冷酷无情地将她这一生的梦想踩得稀巴烂。静雅实在忍无可忍,抢过锡钧正在翻阅的招聘广告撕得粉碎。

"你想干吗?有点自知之明吧。就你这样还想周游世界,发什么神经呢,神经病!"

静雅无视锡钧的抱怨,抱着最后一丝希望哀求锡钧:"要是我将来生病了,你不用送我去医院,直接把我丢到马路上就行。所以,老公,咱们一起去周游世界吧。"

"你自己挣钱去意大利吧。"

"我哪有钱啊?我的钱都缴了我妈的疗养费,还有生活费。"

"没钱,那就去不成呗。你还不赶紧铺被子!"

"我可不想像我妈那样辛苦一辈子,老了躺在医院里等死。我要像小鸟一样自由飞翔,就算死,我也要死在路上!"

静雅说着说着,想起了养老院里的娘家妈,禁不住呜咽起来。

"你妈怎么了?她够有福气啦,能住在干净的医院里。人活着不都一样吗?我父母,还有你、我……不都这样过日子,直到最后去世吗?再说了,你那么重,根本飞不动,还说什么要像小鸟一样飞翔。你少说废话,赶紧铺被子吧!"

静雅听锡钧竟如此不体谅自己的心情,不由得悲从中来,老泪纵横。想当初,新婚旅行也不过去了一趟锡钧乡下的朋友家。打那以后迄今为止,别说意大利,就连济州岛她都没有去过一次。静雅一想到她日夜期待的旅行根本不会实现,难过不已,任凭眼泪流淌不止。既然如此,当初你干吗还要给我一份期待啊。

静雅忽地站起来,从衣柜里拿出衣服穿上,又从抽屉里取出车钥匙,默默走出了房间。

"你干吗?别浪费油钱,别开车!"

静雅无视锡钧的制止,看都不看他一眼,毅然走出了家门。

熙子正在笔记本上记录着自己每天要做的事情,还不忘写下保证努力独自做好的决心。虽然她也不清楚此举是否有意义,但在回想自己做记录的时候,也会觉得比较放心和踏实。

英媛的电话打破了这一瞬间的宁静。英媛告诉熙子,奇子总打电话问自己,是不是熙子杀害了自己老公。

"那你怎么说的?"

熙子又开始烦躁起来。

"我还能怎么说,直接就把电话挂了。姐姐,你要是接到奇子姐的电话,不要理她,直接挂掉!……"

熙子没等英媛把话说完,就气呼呼地挂断了电话。为了平息怒气,她用力在笔记本上写下:"奇子这个坏蛋!"就在这时,静雅打来了电话。

"难道你也接到奇子电话了吗?"

熙子拿起电话,劈头就对静雅大发脾气。没想到却听到了静雅的哭声。熙子意识到静雅一定是发生了什么状况,马上和静雅赔礼道歉,然后立刻打车赶到了静雅所在的加油站。

"我从家里跑了出来,可又无处可去……车没有油,身上也没有钱……"

"你有朋友啊!"

静雅为自己深更半夜把熙子叫出来深感歉疚，所以就不停地唠叨为自己辩解。没想到熙子却十分高兴和欣慰，她觉得静雅在遇到困难时首先想到了自己，而且自己可以帮助静雅，成为她的依靠。

"那个神经病臭老头子说，他不去周游世界。还说等我老了以后，也要像我妈那样在疗养院里等死。"

熙子其实早就预料到了锡钧会食言，静雅却始终无法接受这一事实。熙子上下仔细打量了一番静雅，发现她竟然光脚穿着拖鞋。熙子望着静雅的那双脚，已经猜到了静雅离家出来时的心境，不禁为她感到心痛。

"咱们去妈妈那里啊？"

熙子笑着问静雅。熙子原本就是随口一问，反倒觉得这个主意也不错。

"咱们去妈妈那儿吧，买双鞋穿上。妈妈要是看见你开车，一定会很开心。我们今天就和妈妈一起开车兜风一宿吧。"

熙子就像征求静雅同意一样，张开手掌举了起来。静雅非常感激对自己了如指掌的朋友，也开心地笑着与熙子击掌。

"好，走吧。在臭老头的饭里下毒，然后拿上钱，咱们两个人去周游世界吧。"

"哎呀，好可怕，你可别说那种话！"

静雅和熙子一边跟着车载音乐放声高歌，一边驰骋在国道上。此时此刻，静雅觉得就和自己以前在家看电影时曾经幻想过的场景一模一样。她和熙子一起驱车快乐地飞奔在公路上，真的既开心又神奇。就像塞尔玛和路易斯一样，静雅觉得今晚只要和熙子在一起，她就可以驰骋到任何地方。

就这样她们驱车飞奔了好久，不知不觉间驶进了路灯稀少、人迹罕见、只有双车道的乡间道路。

"那是什么,什么呀?"

熙子看到黑暗中突然出现的一个影子,慌忙问静雅。

"哪里?"

静雅下意识地转过头,看了看熙子。

"静……静雅,刹……刹……踩刹车……踩刹车!"

熙子吓得尖声高叫。

"怎么了?"

静雅这时也看到了黑暗中的一个模糊物体。

"那是什么?"

"静雅,踩右边!不是,左边,不、不,是右边吧?妈呀,怎么办!"

"这可怎么办啊!"

惊慌之余,静雅使劲踩下了油门。

"哐!"

只听一声闷响,感觉有东西撞到了车上。慌乱中静雅一直踩着油门,开出距离撞击处很远的地方好不容易才刹住车,把车停了下来。静雅受到惊吓,满脸冷汗,声音颤抖地问熙子:"熙……熙子,那是什……什么呀?"

"不……知道。"

"我……是我……撞……撞到人了吗?"

静雅和熙子神情恍惚,回头看了看淹没在黑暗中的乡道。

静雅由于惊吓全身瑟瑟发抖,呼吸急促。熙子觉得照此下去情况不妙,就哆哆嗦嗦地费力打开一颗糖的包装纸,将里边的糖果递给了静雅,同时安抚她:"你会晕倒的,快吃下去。张嘴,听话!"

静雅甩开熙子的手,打开车门走了出去。别说这辈子梦想的旅行了,没准儿余生都有可能会被关在铁窗里度过呢,她哪里还咽得下什么糖果。

"不会撞到人了吧?千万别……"

静雅在黑暗中迈着沉重的步伐,朝着刚刚开过来的方向走回去,距离越近越感到害怕。就在这时,在黑暗中逐渐清晰地看到了一个黑色物体,她终于坚持不住瘫坐在了地上。

只见路中央躺着一个昏迷的老人,殷红的鲜血正从他的头部流淌。静雅虽然不清楚昏倒在地的这个老人的具体情况,但从他那晒得黝黑的脸庞和满脸的皱纹,大致猜到他是一位饱经沧桑的乡下老人。静雅既震惊又恐惧,失魂落魄,呆呆地看着老人。熙子这时也已经走到了静雅身边,看到眼前景象,同样不知所措。

这时,她们看到远处有几个灯光,闪烁着朝她们这边走来。熙子本想再仔细看看老人,可当她靠近老人时看到了远处的灯光,便惊恐不已,跑向静雅急促地催促道:"走,走吧!走,快离开!"

熙子想让远处过来的人照顾老人,自己尽快逃离现场。她很清楚自己的行为有失得当,但在目前这种状况下,只想快点逃脱。于是,熙子费尽九牛二虎之力,把瘫坐在地、茫然若失的静雅拖回了车上。二人虽然坐在车里,却始终无法平复恐惧、颤抖的心情。她们一辈子忠厚老实、淳朴善良,可此时此刻,人生却出现了动荡。

这帮老家伙,真是厚颜无耻

研贺在视频中目不转睛地盯视着我。我自从上次和研贺通话时听到他说思念自己的双腿后,也下定决心鼓起勇气面对现实。尽管一直以来,我都因为害怕痛苦而始终回避有关他双腿的话题,现在觉得可以坦然面对了。然而,当我看到研贺时,却依旧难以开口。于是,为了增加勇气,我就不停地喝着啤酒。研贺静静地看着我,面露担心的神情。

"你不是说要工作……怎么还喝酒?"

我把酒杯推得远远的。即使喝了酒,也依然无助于我鼓起勇气谈那个话题。

"我想喝醉,可这酒真不好喝,不喝了。"

我看着研贺,强装轻松地笑着敷衍。我心知再拖延时间也毫无意义,于是就打开了话匣子。

"我觉得今天得……告诉你,我也和你一样……很怀念……你的腿。"

研贺见我终于提起这个话题,便微微一笑。

"我曾经……觉得不应该和你谈这个话题。因为我一直认为和你谈有关腿的话题会让你心情不适,受到伤害。"

"你什么时候最怀念我的腿?"

"每次我想你,就会……"

研贺似乎很满意我的回答,竟然笑了起来。我怕自己控制不住流泪,转头避开了他的视线,可脑海里却不断浮现出那段美好的时光。

"还有和你玩耍的时候,在床上打闹的时候。"

"那时我赢了吗?"

"No,No,No,是我赢了。你忘了我的力气很大吗?"

研贺开怀大笑,仿佛在告诉我,两个人一起回忆曾经的幸福时光是多么美好。我每天都在思念和研贺一起度过的时光,眼前浮现各种光景:向我奋力奔跑而来的研贺;两人从美梦中醒来,在床上互扔枕头打闹嬉戏的清晨;散步途中,随着街头乐师的演奏翩翩起舞的研贺……所有的瞬间,都让我疯狂地思念他。

"还有……所有的一切。我们一起走、一起笑,我仰头看着你,跳……"

"是啊……那个时候。"

研贺好像想起了我向他家奔跑的那一刻,露出了深情的微笑。

"我也喜欢,现在的你。"

我终于向研贺说出了始终没有表达的心情。

"那时候比现在更好,这是事实。无论是你,还是我。"

研贺就这样异常淡定地说出了虽然很痛苦,但又不得不承认的事实。然后继续说道:"你看,只要想通了就没什么大不了的。我们可以这么自然地谈我的腿,也可以回忆过去的美好时光。其实我一直在想,本来腿残的事实就已经让我非常郁闷了,如果还要把我们的回忆也一同抹去的话……那未免太残忍了吧。"

我怀着无比思念的心情静静地注视着研贺。如果能触摸到他,如果能再次感受到他的呼吸……突然间,我觉察到自己紧闭的心门松动了一下,压抑已久的渴望喷涌而出。

研贺说:"我现在……依然爱你。"

当初是我先喜欢研贺并主动向他表白的。研贺接受了我的告白,然后简短而平淡地对我说:"我也爱你!"从那以后,他只要一有空闲,就会对我窃窃私语:"我爱你,我爱你!"自从离开研贺以后,我虽然明知自己厚颜无耻,心里却非常思念那句话,并想听到那句话。时隔三年,我再次听到了研贺的表白:"即使现在,我也爱着你。"就像当时一样,研贺那情意绵绵的爱的告白顿时让我心潮荡漾。研贺似乎怕自己的表白会增加我的心理负担,紧接着又补充道:"你别误会,我并不是要求你回到我身边,只想告诉你我爱你。一、二……我数到十,如果你不说话,我们就转移话题。三、四、五……"

"我也依然爱着你!"

我和第一次向他表白时一样,向他表明了自己的心意。我们的爱情依然是进行时,虽然我一直在欺骗自己,一切都已经过去,但对于我和研贺来说,无论谁都始终无法否认这一事实。

"你,再也不可能重新回到我的身边……是吧?"

研贺或许不想无望地期待,所以在试探我的心意。

"是的,我绝对不会重新回到你身边。但我还在爱你!"

我明知自己有愧于研贺,但还是明确表达了自己的态度,因为我认为这是我能为他做的最好的考量。

"那……东震学长呢?"

研贺苦笑着问我。我不想回答,不对,是无法回答。因为我也不清楚自己对东震学长是哪一种感情。单纯因为孤独或者因为需要依靠,还是因为爱着他呢?

"你不希望我问吗？"

"嗯。"

"如果我一定要问呢？"

"那我就回避呗，像现在这样。"

我就像示威似的拿起手机，拨通了东震学长的电话。

"喂，东震学长，您到哪儿了？快到了吗？买好吃的了吗？……我正在和研贺视频通话呢。"

虽然我是为了回避研贺的提问才给东震学长打电话，但其实正巧东震学长今天要过来取校样，所以我顺便确认一下他目前在哪里。

我结束和东震学长的通话后，淡定地看了看研贺。研贺只是苦涩地笑了笑，沉默不语。

没过多久听到了按玄关密码的声音，我以为东震学长来了，却没想到老妈也随其后一起进来。我惊讶地问老妈："妈妈，您怎么会来呢？"

"来给你送你喜欢的海鲜汤。"

我曾经几次提醒老妈到我住处来之前一定要事先打招呼，但老妈依然置若罔闻，我行我素。

"拜托您别再这样！"

几乎就在我满心不悦站起来的同时，研贺高兴地和老妈打招呼："伯母！"

"喂，你安静点！"

我正想制止研贺，老妈却推开我，走到笔记本电脑前回应研贺："是研贺啊，研贺！"

"伯母，您看起来气色不错啊。"

"我们这是多久没见了，五年多了吧？还是我去你那里的时候见过吧。看到你真高兴。"

东震学长也许因为老妈的突然出现,以及老妈和研贺热情的问候感到尴尬,悄悄走过来向我要了一杯水。

"喂,你为什么不和我们家阿婉结婚啊,你有别的女人了吗?"

老妈似乎觉得机会难得,竟然追问起研贺来。

"妈妈!"

我担心老妈不了解研贺近况而胡言乱语,特意提高声音想阻止她。

"是阿婉姐姐嫌我年纪小。我和她哀求好久都没用,所以厌倦了。"

研贺添油加醋地回答老妈的质问,而且似乎很享受这种感觉。老妈瞪着我,骂我:"疯丫头!"我把水杯递给东震学长,为了赶快结束这种窘况,便走到笔记本电脑前辩解:"女儿疯了您开心啊。研贺,你退出吧,关电脑!"

"喂,你别这样,直接把她按倒征服,趁她还年轻娶回家吧。你知道她脱光以后有多好看吗?我都不舍得给别人看。"

老妈的一番话逗得研贺哈哈大笑。

"您走吧,快回去吧!"

我慌忙将老妈从电脑前推开。

"我会回去,你不让我走也会走。"

老妈甩开我的胳膊,把带来的海鲜汤整齐地摆放进冰箱里,还特意提高嗓音大声说道:"我爱你,研贺。我想你,研贺!"

我本以为终于恢复安静了,没想到研贺又在喊东震学长。我不想让两个男人尴尬地见面,就命令研贺关掉电脑。没想到东震学长却若无其事地把笔记本电脑转向自己,并和研贺打招呼:"你过得好吗?"

"东震哥,嫂子和孩子们都好吧?"

刹那间,只见东震学长脸色一沉。我们三人都很清楚,研贺的问候意图分明,是想让学长难堪。我惊慌失措,匆忙和研贺打过招呼后便结束了视频通话。然后,满怀歉意地看着东震学长。

"我们出去啊?"

"你把稿子给我吧。"

东震学长机械地伸出了手。

"您跟我喝一杯啤酒……"

我随便拿件外衣准备出门,实在不忍心就这样让学长离开。

"喝什么啤酒……和有妇之夫。就算你们是大学前后辈,可男女一起……别喝了!"

老妈一本正经地插嘴阻止道。我突然升起一股怒火,狠狠地瞪了老妈一眼,老妈却无动于衷。东震学长拿起堆在桌子一边的稿子,满脸尴尬地问我:"是这个稿子吧?伯母,我有点急事先走了。"

"走吧。对了,你别再两地生活了,让老婆回来吧。"

"好的。"

东震学长竭力表情自然地和老妈打完招呼便向玄关走去,我走近东震学长轻轻握住了他的手。让学长就这么离开,我既过意不去又感到一丝遗憾。学长似乎受到研贺和老妈的双重打击,轻轻甩开我的手走出了玄关。

"东震最近还是那么花心吗?你上大学和他交往的时候,不就是因为他脚踩两只船才分手的嘛。要不是因为你在他们出版社工作,我恨不得想弄死他。"

老妈到现在还不能原谅曾经甩了自己女儿的学长。

"行了,您有完没完啊。"

"所以,你赶紧嫁人啊。别让人家以为你对他还藕断丝连呢。"

老妈就这样勾起我的无尽烦恼后,愤愤不平地离开了我的住处。

他们三个人就这样留给我沉重的负罪感后离我而去。我对不起研贺，对不起东震学长，也对不起一无所知却让我心烦意乱的老妈。我现在究竟在干吗？就像站在悬空的钢丝上一样，无法诚实地面对他们每个人，被恐惧所俘虏无法前行。我，就是一个懦夫！

就在我心烦意乱坐立不安之际，电话铃响起，来电显示是熙子阿姨。我叹了口气，按下了拒绝键。心想与其心烦不宁，不如静心工作，于是就打开了笔记本电脑。只有投入工作的那一刻，我才能让自己摆脱复杂的心绪。

当我好不容易才集中精力时，电话铃再次响起，这次来电显示是静雅阿姨。她们两个人究竟为何轮番给我打电话呢，我无可奈何接通了电话。熙子阿姨在电话中哽咽着告诉我，她们现在在京畿道的什么地方遇到点麻烦，让我去接她们。我现在完全没有心情理会她们，所以就无情地拒绝了她们的请求。本来我就心烦意乱，哪还有什么心思去那么远的地方接两位老人。熙子阿姨似乎很伤心，情绪激动地对我哭喊："你……为……为什么不能来？你连考虑都不考虑一下就拒绝吗？阿……阿姨又不是每天都给你打这种电话。我和你静雅阿姨开车出来，现在她瘫坐在地上说自己开不了车……你要是不来，难道让我们两个老人家冻死在路上吗？"

"这个天气冻不死人的。让你们的子女过去吧，那样就可以了呀。难道我是你们的女儿吗？不是，你们干吗一有事情就让我出面呀。我也有自己的事情要做，不是每天游手好闲的人，您别再这样了，真是的！"

我没想到自己竟会歇斯底里大声抱怨阿姨。熙子阿姨说自己儿子可能喝酒了，一直不接听电话，叫代驾又怕陌生人会伤害她们，说了一堆毫不相干的借口。当听我说不能去接她们以后，熙子阿姨气愤地挂断了电话。

又过了一会儿，熙子阿姨发来了一条短信。

"阿婉，你真冷酷无情！"

我腾地升起一股怒火,顿感自己呼吸急促。这帮水妖一样的老太婆,只要对她们好一点,就蹬鼻子上脸,时刻缠住你不放,还想让你随叫随到。我下定决心不再理会她们,便用力敲打着键盘。但没坚持多久,到底还是站了起来。

"啊,啊,真是的!这算什么呀,真是的!你们又不是螨虫,怎么能这么折磨人啊。真是折腾人的老手,这大晚上的,老年人就老实待在家里呗,干吗还开车出去瞎胡闹啊?胡闹!啊,我简直要疯了,真是的!您还害怕什么?难道上次闹自杀都是作秀吗?我要是活到你们那个年纪,就算今天死去也不会觉得一丝遗憾。活得差不多了还有什么害怕的,害怕什么。真是烦死了,真是!"

我虽然很想对她们置之不顾,却又于心不忍,愤愤地换上衣服,万分不情愿地拿起包离开了家门。

阿姨们告诉我的地址是京畿道一个偏远的国道旁。当我打车到那里时,只见她们把车停在路上,正浑身颤抖不停地等着我。我看到她们两人一言不发,互相紧握双手满脸流汗的样子,不免又升起了一丝怜悯之情。然而心中的厌烦并没有完全消失。

"你们要是感冒严重就该老实待在家里,干吗还要去疗养院呢?而且还开车,我不想和你们发脾气都很难。还有啊,阿姨,你们没有子女吗?有吧。我应付我外婆和老妈就已经很吃力了,真是的!难道……阿姨们的亲生子女就金贵,我是别人家的女儿,就可以不分昼夜地随便使唤吗?是吗?如果你们真那么想,我真的真的很伤心,非常伤心,真的!"

我一边开车一边不停地埋怨阿姨们。可她们却始终一言不发,依旧相互紧握对方的手,失魂落魄地望着漆黑的窗外。

等我终于把车开到熙子阿姨家门口,她们却一句"谢谢"都不说就下了车。

"静雅阿姨怎么也下车呀,您不回家吗?"

没想到阿姨们竟然无视我的问话,径直朝家中走去。我明白自己又白辛苦了一趟,实在气不过,就大声抱怨道:"喂,两个老太婆,你们真厚颜无耻!竟连一句'谢谢'都没有。我可不能像你们那样老去,啊……真讨厌!"

我早已习惯她们的做法,知道生气发怒也只会自己伤肝,所以不想和她们一般见识。于是,就从大门下塞进车钥匙,迈步朝自己公寓方向走去。

一切皆因寂寞

熙子让失魂落魄的静雅坐到沙发上,自己拿出被褥在客厅地板上铺好,又从抽屉里取出清心丸塞进静雅嘴里一粒,自己也吃了一粒,疲惫地爬到铺好的被子上躺下,催促静雅:"快躺下吧,你自己过来躺下。我累了,快点。"

静雅吃力地走过来,躺到了熙子旁边。

"别多想了,快睡吧。明天的事,咱们明天再想。"

熙子虽然竭力安抚静雅,但自己也因为恐惧和不安,心脏跳动得异常激烈,始终难以入眠。朦朦胧胧的凌晨,熙子突然睁开眼睛惊叫:"血……血!"

只见熙子慌张地爬起来,披上披肩急匆匆地朝外边走去。静雅听到声响,也睡眼蒙眬地跟着熙子走了出去。

"怎么了,什么事啊?"

一片雾气灰蒙蒙地笼罩着院子,根本无法看清前方。熙子就仿佛在回答静雅的询问一样,突然从浓雾中露出身影,重新返回房间,找出手电筒后又回到了院子里。静雅跟在熙子身后走出大门,随手捡起了被自己踩在脚下的车钥匙。

熙子打开手电筒照向了汽车保险杠,只见一团乌黑的血迹清晰地残留在那里,令人毛骨悚然。熙子和静雅看到保险杠上的血迹,顿觉心搏骤停,眼前浮现出昨晚被她们抛弃在路边的那个乡下老人的面庞。他后来怎样了呢?死了吗?记得当时,远远地看见了骑自行车的游客距离昏倒在地的老人越来越近。

熙子深吸一口气,从院子角落里拽出了塑料排水管。静雅则满含热泪,从汽车后备箱取出了抹布。活了七十岁,一辈子没犯过大罪,也没想象过自己会犯罪。可到了晚年,这是遭了什么天谴啊。此时此刻,两人心中只有一个想法,即使真的会遭天谴也要逃得远远的。她们一边祈祷昨晚的一切只是一个噩梦,一边用水枪用力冲洗和擦拭着沾满血迹的保险杠。

这时,忽然传来了口哨声。熙子和静雅惊讶地寻声转头望去,只见马克正在对面公寓楼顶朝她们微笑。

"别理他!他不会说韩国话,想报警也不可能。"

熙子安慰受到惊吓的静雅,继续用水冲洗保险杠。静雅确认保险杠已经清洗干净后,就像逃跑一样钻进了驾驶室。

"我走了!"

"好,走吧!走吧,快点!"

熙子目送静雅的车驶出胡同口后,立刻回到了室内,她已经无暇顾及马克诧异的反应。

静雅回到家,立刻忙着准备锡钧的早饭,内心却始终忐忑不安,不停地胡思乱想。

"如果我被警察抓走,我那可怜的老妈可怎么办啊?"

静雅一边想一边流眼泪。锡钧这时洗漱完毕走出卫生间,一见到静雅就责问:"你说讨厌我就跑出去,这会儿怎么又回来了?你既然出去了就别回来啊!我家又不是村里的凉亭,是你随意想进就进、想出就出的地方吗?啊?啊!"

锡钧全然不考虑静雅究竟为何会深更半夜离家出走,反倒喋喋不休地责怪静雅。

"你是不是出去以后才发现自己无处可去了?你怎么会没有地方可去呢?去你喜欢的熙子家呀,难道熙子她不愿意吗?那你还可以去忠楠、英媛家呀。怎么连她们也都不欢迎吗?当然了,换成我也不会欢迎啊。成天就知道吃,饭量还不只一碗、两碗、三碗、四碗……吃菜也那么吓人。要是谁看见你一日三餐的饭量,还不得以为你是摔跤选手啊,而且还是力士中的大力士。白头山大力士,天下力士……"

"够了,我什么时候吃那么多了?!"

只见一直默默无语的静雅突然大喝一声,将手中拌萝卜丝的菜盆朝锡钧扔了过去。静雅把昨晚发生的一切归罪于锡钧,难忍心中怒火。静雅一想到自己梦想已久的旅行计划将化为泡影,实在不想听这个男人的连篇鬼话。

"就算吃得多又怎么了?我每天就像狗一样、牛一样地干活,多吃点怎么了?你这个狗东西!"

锡钧被泼了一身拌萝卜丝,又听妻子对自己这般恶语相向,惊得目瞪口呆。只见静雅从自己面前走过,进到客厅,拿过枕头躺在了沙发上。

"你这个娘儿们,疯了吗?"

锡钧见状依然不依不饶,趾高气扬地扯着嗓子骂静雅。

"疯了,我就是疯了,你能把我怎么样!"

静雅气势汹汹地拿起自己枕着的枕头朝锡钧扔了过去。锡钧这时才意识到事态的严重,不敢再惹静雅,小心翼翼地拾起掉在地上的萝卜丝,一边吃一边观察妻子的脸色。

熙子吃完早饭,换好外衣,一边涂口红一边像念咒语般不停地念叨:"要像往常一样,是的,不要惊慌,就像往常一样去教堂。去教堂,去见上帝。"

然而,熙子念叨时眼前又浮现出那个乡下老人的面孔。他会不会死于昨天的事故啊?熙子想到这里,难过得紧闭双眼,继续自言自语:"只要忏悔就行,忏悔……"

就在这时,家里的电话铃声突然响起,熙子吓得手一抖,把正涂着的口红划到了脸上。自从那晚以后,熙子只要一听到电话铃声就会吓得心率加速。她抑制着极度的恐惧,强装镇定地接听了电话。

"喂,喂……你好。"

"姐姐,是我。"

原来是忠楠打来的电话。

"是你……怎么了?"

"你说这事,我到底该怎么办呢?"

听忠楠语气略带不满,熙子立刻心一沉,以为忠楠知道些情况,便问道:"怎么……和你联系了吗?"

"是啊。"

"……说什么了?"

"我真无语了。连我都这么无语,何况姐姐你又该怎么办……"

"是啊,你现在很无语吧。"

熙子以为昨晚自己肇事逃逸被发现了,一副哭腔。

"姐姐,你别这样……"

"我知道了,自首。"

熙子并不是没想过去自首。

"什么慈秀(韩语'慈秀'发音和'自首'相同)姐？……那个姐姐早就死了,我提她干吗？我说的是奇子姐。"

"奇子？"

"正因为这样我才不喜欢老年人。姐姐,奇子姐好像老年痴呆了。要不是痴呆,她干吗每隔一天就给我打一次电话。今天,我都告诉她我在补习班学习呢,可她还没完没了说你老公的事,让我说实话。"

熙子听到并不是有关肇事逃逸的事,稍微松了一口气。可一听说那个喜欢说别人家长里短的奇子在四处打电话打听自己丈夫的事,就特别生气。

"她到底让你说什么？"

"她让我如实坦白,是不是你把自己丈夫关在壁橱里给饿死的……"

"你告诉她,就是我做的！"

熙子不由得提高了声音。

"是真的吗？"

"我把自己的丈夫关在壁橱里饿死与否与她何干。你就告诉她,没错,是我干的,让她报警吧！"

熙子对着电话怒气冲冲地喊叫一通便挂断了电话。本就已经心烦意乱,又有这种稀奇古怪的事来扰乱她,让她越发郁闷。

熙子一到教堂,立刻就找神父说有事和他商量。熙子和年轻的神父面对面坐在空荡荡的教堂里,神父和她又确认了一遍："您刚才说什么？我没听清楚,请您声音稍微大一点……"

熙子看了一会儿耶稣像,然后目光转向神父,一字一句地说道:"我杀了人,神父!是我朋友开的车……是我提议要逃跑……"

"在哪里?"

"是在去龙仁的岘村十字路口处,昨晚十点左右。我比开车的朋友责任更大,我考完驾照后就一直压在箱底,所以不会开车……我让我的新手司机朋友踩右边……可那不是刹车,而是油门……"

熙子向神父告白以后,觉得心里轻松了很多,见神父惊慌地举起双手划着十字,便说:"看来吓到您了。"

"没有。不过这件事,您应该去找比我年长的米卡尔神父商量……"

熙子见神父不知所措,又对耶稣像微微一笑:"不,我已经听到答案了。上帝如此仁慈,超出我这种人的想象。看来上帝真的存在,无论任何时候都在我的身边。我为什么就没想到这一点呢?"

"玛利亚姐妹……"

"上帝会赞同我的,我的决定没错。请为受害者祈祷吧,神父!"

熙子向神父点头微微行了一个礼,便从座位上站了起来。这时,胜载走进教堂,看到熙子便开心地抓住她的手腕,喊道:"赵熙子!"

然而,熙子连看都不看他一眼,甩开他的手走出了教堂。胜载望着渐渐远去的熙子,竟然觉得特别可爱。神父这时走过来,问胜载:"请问约瑟夫兄弟,您是顾问律师吧?"

"是的,您有什么……事吗?"

于是,神父就把刚才从熙子那里听到的事情告诉了胜载。胜载听完,脸色立刻暗了下来。如果那件事是真的,就会涉及法律问题。如果不是真的,那就说明熙子精神方面有问题。无论哪一种情况,都很令人担心。

这天晚上,静雅神情恍惚、呆呆地望着窗外,脑海中总浮现被自己撞到的那个乡下老人的面孔,令她痛苦不堪。每当她决心要去自首的时候就会想:如果自己进了监狱,谁来负担可怜的老母亲的疗养费?而且,自己将来还可能无法为病危中的老母亲送终。所以,她始终无法鼓起勇气去自首。锡钧对此一无所知,一边看电视,一边笑着自言自语:"哎哟,真是笑死我了。对了,阿婉今天早晨到我那里去过,说自己把什么东西落在了我车里。这丫头片子,什么臭脑瓜……"

静雅哪有心情理睬锡钧听他唠叨,听到卧室传来手机铃声,便走进卧室拿起了手机。看到来电显示是熙子,犹豫一会儿还是决定不接电话。静雅觉得如果还是谈论昨天发生的事,只会让彼此更加心累。

第二天早晨,熙子拿出存折、印章、银行卡和昨晚写好的信,整齐地摆放到桌子上。她准备今天去自首,昨天在教堂她就做了决定。于是,她首先给静雅打了电话:"你是一个善良的人,肇事肯定会难过。但事故原因不怪你,是我指挥不当,让你踩的油门,这是事实。所以到了警察局,你千万不要乱说话。都是因为我才出的事故,你没有罪。"

"怎么是你造成的事故呢?是我开的车,所以肇事人是我。我有罪,有罪!"

静雅认为无论过程如何,肇事者始终都是自己。所以一听熙子叮嘱自己说那些牵强的理由时,便不耐烦地高声打断她后挂断了电话。

熙子放下电话,又读了一遍昨晚权当遗嘱写好的信。

"最后,我没什么话特别嘱咐你们。你们要保重身体,夫妻之间不要吵架。你们的妈妈此生过得很好,没有遗憾。我想说的早就说过了,都说过了。"

熙子把自己刚刚仔细阅读一遍的信纸折叠好,然后放到桌子上走到了外边。刚跨出大门,就看见胜载正站在那里等她,也不知他是如何找到这里的。

"你知道我是律师吧？而且知道我是谁。前天晚上，你们的事情……我听说了，请你详细告诉我。"

熙子对此视而不见，神情淡然地从胜载面前走过，走向停在一旁的出租车。胜载见状，立刻跑到马上就要上出租车的熙子面前，焦急地叮嘱道："你一定要联系我，不然我还会再来这里。"

胜载说完，便把名片塞到熙子手里转身离去。熙子静静地看着胜载的背影，心中暗想，那个令她讨厌的家伙或许会成为自己坚强的后盾。

熙子经历那天的事故以后彻底醒悟了。之前的种种行为都是因为自己寂寞，其实自己绝对没有想自杀的念头。看到蓝天，看到树木，看到人们，觉得唯有活着最幸福。熙子终于明白，孩子们就算没有她也会过得很好，无论何时何地上帝也会始终守护自己。另外，她认为自己能够替代饱受折磨的静雅承担所有罪过，并为此感到无比幸福和欣慰，由衷地佩服自己能做出这种明智的决定。

熙子打车到了电影院。她想在去自首前和小儿子敏浩一起看电影，这也许是她和敏浩的最后一次约会。敏浩看到妈妈买的是动漫电影票，非常不解。

"怎么看动漫？"

"是我请你看电影，所以我随便看哪部都行！"

"您用了我的卡。"

"这是老二的卡，我舍不得用你的卡。"

"您做得对！"

敏浩哈哈一笑，把手伸到熙子面前，熙子非常熟练地握住了儿子的手。

动漫开始还不到三十分钟，熙子就靠在敏浩肩上进入了梦乡，手里还拿着一个棉花糖,是她之前说想一边看电影一边吃的棉花糖。敏浩咬了一口妈妈手里的棉花糖,眼角有些湿润。他突然有一种预感,不知何时,妈妈也可能会像嘴里的棉花糖一样消失得无影无踪。敏浩一直搂着熟睡的妈妈,直到动漫反复播放两次、三次。他突然意识到,将来即使自己想像现在这样抱着妈妈,却也无法如愿,那一天终会到来。

静雅尽管满脑子都是那天的交通事故,根本无心干活,但还是来到了大女儿家。她刚打扫完浴室,正在厨房忙着腌泡菜。一直待在卧室里没有动静的大女儿顺英似乎刚睡醒,从房间里走出来便催促静雅:"您回去吧。"

"睡你的觉吧。干吗醒了就出来撵干活的人走啊。"

"我会给您钱,您快走吧。快点,我要去学校了。"

"你去学校呗,我又没拦着你。等我干完手里的活,收拾好屋子就走。"

"不用了,您快走吧,我都说过不需要了!"

顺英推着静雅后背,不满地大声下了逐客令。静雅费力地摘下粘在手上的橡胶手套扔到一边,高声反问女儿:"你怎么成天不高兴啊。你是有孩子让你操心呢,还是老公赚不到钱?大学毕业还不知足,一把年纪还读研究生,这样你还不满吗?再说了,难道我是你家保姆吗?臭丫头!就算是保姆也不会受这种待遇。每次我来这里,你都躲在房间睡大觉,从不正脸看你老妈一眼。今天总算露个脸,结果对我说什么?给我钱,让我走?这是女儿该对妈妈说的话吗?"

"吵死了,您快走吧!"

顺英冷漠地抛下这么一句就进了卧室。

"我走,你不让走我也走! 就算我无处可去也会离开,我说过要住你这里吗?"

静雅气得本想一走了之,可一看到客厅里凌乱的白菜和各种调料,又不忍心离开,蹲下开始收拾。

"您快走吧!"

没想到顺英又走出房间,勃然大怒。

"收拾完这些……我就走,收拾完就走!"

静雅觉得自己这样脏兮兮地出去肯定会让人笑话,可那个无论自己怎么关心也只会对自己发脾气的大女儿实在让她生气和伤心,于是,就扔掉手中的调料盒甩门而去。

静雅在大街上一边走一边擦眼泪,倍感委屈,觉得自己这一辈子真是白活了。她始终认为自己一无是处,唯一能够依靠的就是自己的好身板。所以只要力所能及,无论多么辛苦她都尽力而为,认为自己只能为家人做这些。静雅从不奢望别人对她感恩戴德,一切都是她的自愿行为。然而,事到如今她终于明白,自己的付出和期待分文不值。自己梦寐以求的旅行计划,也只不过是老公用来利用她的空头支票;女儿待自己不如家政保姆;自己还肇事撞死了人。千错万错,一切都是自己的错。自己的人生究竟错在哪里,又是什么时候开始错的呢?静雅百思不得其解,不禁悲从心来,难过不已。

我这个黄毛丫头怎能明白

　　这已经是我的第五杯咖啡。我在家里实在难以集中精力便来到了出版社，删掉再写，写了再删，就这样屡次反复修改着文章，咖啡喝了一杯又一杯。

　　"写不下去吗？你在家写不了，出来还是无法集中精力，到底在哪里才能工作啊？"

　　东震学长笑着随意说了一句。我并不理睬他，只是紧盯着电脑，努力让自己集中精力。

　　我今天之所以完全无法集中精力写作，都是因为熙子和静雅阿姨，总觉得她们肯定有什么事瞒着我。让我感到特别不解的是，自己去接阿姨们那天穿的裤子上不知为何会沾有血迹。而且，昨天去取落在静雅阿姨车上的手机时，又发现那辆车的轮胎上也沾有血迹。两位阿姨那天的举止也特别异常，静雅阿姨和熙子阿姨似乎受到了惊吓，两人十指紧扣握在一起，满脸汗水流淌不止。我心里总惦记着那件事，完全无法集中精力工作。

我突然想起那天开车时看到的路标,立刻上网搜索"岘村十字路口交通事故",只见网络窗口立即弹出了当晚龙仁岘村十字路口发生肇事逃逸事故的短讯。联想到阿姨们那天的奇怪行为和血迹,"难道是……"我努力摇头想否定这个念头,结果还是忍不住站起来,决定去现场确认一下。

当我驱车到达那天接阿姨们的地点附近时,看到了一个寻找肇事逃逸目击者的大横幅,地面上清晰地留有标明事故当时受害者昏倒在地的轮廓和血迹。日期、事故时间、地点都与当天阿姨们的行动路线一致。

我突然感到一阵眩晕。我捋了一下头发,我该怎么办?正当我不知如何是好,发出一声叹息的时候,身体突然僵硬地站在那里无法动弹。远处一个熟悉的身影映入我的眼帘,静雅阿姨正靠在路边的一棵大树上,呆坐在那里。

静雅阿姨就好像在等待我的到来一样,我把车开过去,她便一声不响地坐到了后排座位上。一想到阿姨撞了人还想逃逸,我就特别生气。可转念一想,阿姨肯定是放心不下才会再次回到事故现场,我就不再开口说话,静静地观察着阿姨的神色。在返回首尔的途中,静雅阿姨一直看着窗外不语。过了一会儿,她平静地告诉我:"就在刚才那个地方,好像有个老人出了车祸。幸好不是小孩子或者年轻人……"

"阿姨,我们找个地方喝杯茶吧。"

"不喝!"

"不喝也得喝,我一定要和您喝一杯茶!"

"下次再喝吧。"

静雅阿姨又把目光转向前面,盯着车内的后视镜。后视镜里出现了一个满脸皱纹,苍老不已,眼含悲伤的女人。

"阿姨,您不该这样啊。我觉得这样不对,人都……"

"阿婉,你别烦我!"

静雅阿姨打断了我的话。我虽然很生气,但又不知如何是好,只好默默地开车行进。等到了阿姨家楼下,她依旧不打一声招呼径直走回家。

"疯了,真是的!这帮老家伙……不自首,逃避又能怎么样!好啊,随便吧,随便!我又不是闲来无事才管你们的糗事,随您便吧。难道你们还想长命百岁吗,真不知羞耻!"

后来我才知道,就在我恶狠狠地谩骂两位阿姨的那个时候,她们已经决定要去自首。

熙子阿姨下定决心去自首以后,发现自己竟然没有什么可整理的东西。静雅阿姨起初下定决心不去自首,因为她觉得撞死行将就木的老人不算大罪,没什么可怜的。比起那个老人,反倒是自己的人生更可怜。孩子刁钻刻薄、丈夫自私且有怪癖、老母亲也将不久于人世,这样的自己才更加凄惨可怜。静雅阿姨告诉我,自己当时曾经有过这样冷酷无情的念头,可是在和我一起回家的车里,看到映在后视镜里的自己苍老的面庞时,突然醒悟到:"我也已经老了,是不是也可以像那个老人一样横死在马路上呢?"静雅阿姨觉得绝对不能那样。自己这是造了什么孽啊!发自内心的负罪感令她心痛不已。

那天晚上,熙子阿姨和静雅阿姨面对面坐在咖啡厅里,异常平静地喝着茶。她们已经决定,喝完茶就手牵手走进咖啡厅前的警察局。熙子阿姨心想这也许是最后一次和朋友悠闲喝茶的时刻,所以就想更加优雅、温馨地享受这一时刻。

"你的围巾,好漂亮!"

静雅阿姨看着熙子阿姨,随口夸了一句。于是,熙子阿姨解下围巾把它围到了朋友的脖子上,把它作为礼物,送给从来没为自己花钱买过一条这么漂亮围巾的朋友。

"别这样,你自己戴着吧。"

静雅阿姨无力地拍了拍朋友的手背推诿。

"你戴吧。还有,一会儿到了警察局,你就说是我做的。我没有什么牵挂,也没有丈夫。本来我想一个人去的……"

静雅阿姨满怀感激微微一笑,眼角却已经湿润。熙子阿姨精心地为她打了一个结,满目疼惜地看着眼前的朋友。

她们多想充分享受这一时刻,所以就慢慢地喝着茶。见茶尽杯空,熙子阿姨便召唤服务员:"再来一杯茶!不,两杯!"

两位阿姨想再慢慢饮一杯热茶,为自己落魄委屈的人生。

"那就联系阿婉吧。"

熙子阿姨按照静雅阿姨的吩咐,拿起手机生疏地写着短信。

"阿婉,我们是静雅阿姨和熙子阿姨,我们现在正在去警察局的路上。阿婉,谢谢你。也对不起你。你要幸福啊!"

我一收到短信,便立刻向两位阿姨所在的地方奔去。一边跑一边懊悔,自己不但不理解阿姨们的心意,还妄下定论对她们大发雷霆。愧疚和歉意的泪水夺眶而出。

一路上,我的脑海里不停地闪烁着自己曾经对她们的所作所为:无情地挂断熙子阿姨受到惊吓后打来的电话,还愤愤不平:"有什么好怕的?自杀是在作秀吗?"还对那天蜷缩在路边冒着冷汗瑟瑟发抖的阿姨们谩骂:"深更半夜,老年人不老实待在家里,开车出去瞎折腾。"当看到再次来到事故现场的静雅阿姨后,还高声责怪她:"疯了,真是的!这帮老家伙……不自首,逃避又能怎么样!好啊,随便吧,随便!我又不是闲来无事才管你们的糗事,随您便吧!难道你们还想长命百岁吗,真不知羞耻!"

阿姨们哪里是厚颜无耻。我一个乳臭未干的黄毛丫头不知深浅，竟敢对经历各种人生磨难，艰苦挣扎活到七十岁的阿姨们胡说八道。我为自己的言行心痛不已，后悔莫及。我多想诚挚地向她们忏悔：都是我无知，不懂事，是我错怪了你们！

熙子阿姨，您在哪里？咖啡厅在哪儿啊？你们等等我。阿姨，请您一定要等我过去再去自首吧。咖啡厅在哪里？

我等到熙子阿姨接听电话，强忍着喷涌而出的泪水迫切地恳求她。然后就分秒必争地拼命奔跑，生怕就此错过两位阿姨，害怕从此再也见不到她们。我不能让她们就这样离开！

当我跑到阿姨说的那家咖啡厅，破门而入时，两位阿姨已经离开，咖啡厅的桌子上只剩下两只还有余温的茶杯。我顿感浑身无力，驻足俯视阿姨们刚刚坐过的桌子。如果当时我在这里，我会为熙子阿姨点一杯红酒，为静雅阿姨要一瓶苦涩的黑啤，而不是一杯茶……

皱纹,就是人生的年轮

"我们……杀了人!"

熙子淡定地开口,极力为静雅辩解:"是我误将油门当成刹车,指挥她急刹车。一切都是我指挥错误造成的,所以都是我的错。"静雅一副哀怨的表情,静静地看着一直袒护自己的熙子,从包中掏出沾着血迹的抹布,把它放在了坐在对面的警官面前。

"但是,是我踩了油门!"

警官刚刚还半信半疑,一看到沾满鲜血的抹布后立刻表情严肃,从桌子抽屉里拿出一个塑料袋将抹布放进去。然后吩咐旁边的一个年轻警察:"你先将这两位带到收留所,然后把这个交给检方,了解一下岘村十字路口是否发生过交通肇事逃逸事件。"

两位阿姨虽然是自我决意到警察局自首,可是一听到马上就要被送进监狱,顿时像泄了气的皮球一样,垂下头默默看着地面。

"请随我来!"

年轻警察带着她们二人来到了收留所。只见里边坐满了各类被收留人员,衣衫褴褛、肮脏的街头露宿者;打架斗殴、全身血迹的醉鬼;还有伪装成年浓妆艳抹的女高中生。熙子惊恐地看着他们,一把抓住刚要转身出去的警察,哀求道:"我们俩,无论到哪里都要在一起……"

熙子觉得自己活到七十岁,最大收获就是结交了静雅这个朋友。是静雅从不让自己感到孤独,温馨呵护、照顾自己。虽然她们不能像静雅所梦想的那样,在路上自由奔跑着幸福地死去,但即使在铁窗里,她们也想紧紧相依不惧怕孤独。

熙子见警察诧异地看着自己,便又清楚地重复了一遍:"等进牢房时,请一定要把我们安排到一起!"

静雅望着熙子,暗自庆幸此时此刻有人陪伴。她苦笑着安慰自己,自己真幸运,原来自己也有一件值得庆幸的事。

没过多久,一名负责的警官来接她们。警官让她们坐到自己对面,并为她们冲了两杯咖啡。然后,转过办公桌上的电脑显示器,让她们看屏幕上的画面。

"两位真幸运!因为这里属于事故多发地带,所以装有监控摄像头,而且拍摄效果清晰。两位请看,肇事车辆完全不一样。看清这里了吧,车牌号,这不是两位奶奶的车。"

静雅和熙子匆忙戴上老花镜,只见警官的电脑中正播放着监控视频画面,一辆与静雅的车体颜色完全不同的车,在撞到乡下老人后逃离了现场。从另一个角度拍摄的画面中可以清晰地看到车牌号,正如警官所说那样,撞倒乡下老人的不是静雅当晚开的车。

"不过,经过调查,发现奶奶们确实撞到了某一物体。"警官接着又补充了一句。

就在这时,阿婉泪流满面、气喘吁吁地冲进了警察局。

"阿姨!"

静雅和熙子回过头,呆呆地看着阿婉。

"不幸的是,它死了,它!"

俩人听到警官的话,又提心吊胆地扭头转向电脑屏幕,透过花镜仔细地看着流着血倒在地上的它。

"哎呀,你们别推托,必须吃!我听说从牢房回来的人都得吃豆腐。"

阿婉从便利店买来一块豆腐,一边大笑一边使劲往静雅脸上涂抹。熙子和静雅这才回过神来,坐在便利店前的桌子上,喝着啤酒,露出了安心的笑容。

阿姨们的肇事逃逸事件,以撞死一头鹿而有惊无险地宣告结束。两个老家伙因一头鹿饱受惊吓和折磨,实在可爱又好笑,竟让我笑了一晚。然而,她们二人却无法释怀。

熙子为死去的鹿祈祷到凌晨。

"谢谢你,是一头老鹿,就和我一样即使今天死去也无关紧要。我为失去母鹿的小鹿们祈祷,祈祷上帝永远保佑你的小鹿们!"

静雅怎么也无法原谅自己,那个在关键时刻对死者视而不见、仓皇逃逸的自己。

"唉……我再也无法对老天说自己无罪了。明明知道自己撞了人,怎么能只为自己活命而逃跑呢?唉……"

静雅面壁跪在客厅地板上,不停地责备着自己。锡钧在卧室里看着她的举动,气愤地呵斥道:"你在干什么!"

静雅正在接受锡钧对她的体罚。听到锡钧呵斥自己,撇了撇嘴,又重新举起了刚刚放下的胳膊。

"我那么忍让,你竟不知好歹得寸进尺,还敢骂丈夫是狗东西。每天晚上饭也不做到处乱跑,就算梦里我也无法消气。你竟敢对一家之主,对我这个顶梁柱丈夫这么放肆……胳膊再举高点！举高点！"

锡钧正在惩罚静雅。静雅认识到自己竟然也有坏心，出于反省便心甘情愿地接受了老公的惩罚。

英媛正在整理画廊时来了一位不速之客，那个客人正是顺英，英媛对顺英突如其来的到访既高兴又诧异。虽然顺英小时候总跟在妈妈身后去见阿姨，可是与阿姨的关系并没达到可以独自来访的亲密程度。

二人一边喝茶一边闲聊，没聊几句，顺英就小心谨慎地和英媛提起了金钱的话题。

"钱？"

顺英见英媛非常不解的神情，便打开了自己随身携带的行李箱。只见里边装满了各种首饰，似乎是顺英积攒的全部贵重物品。

"我大概估算了一下，应该值三千万。"

顺英尴尬地向英媛解释。发现行李箱里还有自己的周岁戒指后，便拿出来戴在自己小指上，又补充一句："啊，这个就别算了。除了这个以外，您给我两千万韩元吧，阿姨。"

英媛虽然很担心顺英为何会突然急需用钱，但又不好多问，就从桌子旁拿出纸和笔递给顺英："你把账号写下来吧。"

"您给我现金吧。能不能去银行一趟？"

顺英说完，一只手哆嗦着推回了纸和笔。英媛这时才发现顺英手腕上的一块淤青，不仔细观察很难察觉。英媛见顺英用刘海遮住半边脸，始终侧头不让自己看到她正面的样子，立刻意识到顺英发生了不测。她本以为顺英嫁给大学教授以后生活幸福，现在看来并非如此。

"你稍等十分钟。"

这时，从身后传来了一个人的声音。忠楠从补习班下课后临时到访这里,刚好听到两人的对话就插了一嘴。忠楠向来喜欢帮助他人,所以当她听到顺英的情况后,自然无法置之不顾。

"难道你非要英媛的钱不可吗?怎么,我的钱不行?"

"阿姨……不是的。"

"把那些都装起来!"

忠楠仰起下巴,指着顺英行李箱里满满的首饰命令道。顺英见状,马上摆手谢绝。

"不,这样我心里才舒服。"

"好吧,那就先放这儿吧。"

英媛替忠楠回答后,便站起来把她拉到画廊的角落,叮嘱道:"要对静雅姐保密!"

"每家的闺女们都这么不省心!"忠楠小声抱怨。

"还有谁家的女儿不省心了?"

"兰姬女儿阿婉,不是在和有妇之夫交往吗?你明明知道还佯装不知,所以你才能当演员啊。"

忠楠偷偷瞟了一眼英媛,对她冷嘲热讽后拍了拍她的肩膀,示意她回到顺英那里。英媛理解忠楠的义气,不过又担心她爱多管闲事,不由得摇了摇头。

翌日清晨,尚未营业的忠楠正坐在咖啡馆的桌子前,一份一份地分放着纸钞。她前一天从银行取出的钞票堆满了桌子,这是她每月的例行公事。

"六、七、八、九、十。全北嫂子的生活费十万韩元。"

忠楠仔细确认过备忘录后,把钱递给了坐在一旁的二侄子珠英。珠英满脸不悦地接过来,放进了写有名字的信封里。

"全南姐姐的住院费,一百五十万韩元。"

忠楠说着又把一大捆钞票递给了珠英。正在擦桌子的大侄子钟植这时问了一句:"什么住院费?"

"说膝盖要换人工关节。"

"都八十岁了,还做什么手术……"珠英一边把钱放进信封里,一边抱怨。

"真搞不懂,做什么手术啊,都八十岁了!"钟植拿着抹布走过来,也跟着珠英发泄不满。

"她说想走路嘛。一个八十岁的老人想自己走路,她可怜兮兮地对我说,想用自己的两条腿过正常生活,我作为妹妹难道还能让她爬吗?"

"这个月营业额又亏损了。您上次卖掉剩下的最后一栋楼,现在只剩下这个咖啡馆,还有从教授们那里收购的那些像垃圾一样的绘画、陶瓷工艺品、摄影作品了。您就告诉大姑,以后不能再给她钱了。"

钟植和珠英两个侄子这几年一直在咖啡馆帮忙,很了解忠楠的近况,所以感同身受特别难过。

"就算我说不能给,你大姑就会同意吗?她一定会每天早晚打电话哭闹,还派子女们过来要钱。到时候就我一个人难受吗?你们也会一样。就可怜他们一下吧!"

钟植实在郁闷,便把抹布往地上一摔,走了出去。

"等我死后,你们再也不要搭理那些亲戚,和他们彻底断绝关系,好好过自己的日子吧!"

忠楠说完继续读备忘录,指挥珠英按照数额将纸钞分装到信封里。

"大侄子五十、小侄子六十……"

"啊,真过分!干吗连哥哥家儿子的教育费也要姑妈您出啊?太讨厌了!"

珠英实在忍无可忍，一通抱怨后甩手走了出去。

"难道就你们烦心吗？出钱的我呢？出钱的我呢！穷人家里好不容易才出了一个脑瓜好使的，成绩第一考进了大学，我能不管吗？"

忠楠同样心情郁闷，于是朝着侄子们出去的方向高声抱怨。

用一句话概括人的一生的话，无非就是一场滑稽的喜剧。忠楠也不例外，始终抹消不掉初中毕业的自卑感；身为老者却藐视其他老人，顾及年轻人的感受；一个害怕孤独终老的可怜的老妇人！虽然可以如此概括忠楠，但是，如果真正了解了她所经历的岁月后，就不会妄下定论了。

忠楠出生在贫困的农村，上有十一个哥哥姐姐。小学时期坚持不懈读夜校，十三岁到纺织厂当女工，之后历经首尔公交车、乡村公交车等各种公交车售票员职业。再后来和哥哥姐姐们一起经商，辛苦奔波于全国八道（韩国共有八个道级行政区划）市场十余年，终于有了积蓄。又在三十岁时，赶上全国范围的房地产投资风潮，赚得盆满钵满。然而，这些仍然无法改变十二个兄弟姐妹和他们的子女以及子女的子女等六十多口人的贫穷境况。

忠楠的父亲在她十岁时死于水灾，母亲因痴呆症死在路边，大姐和二姐因麻疹和伤寒不满一周岁夭折，三哥、四哥、五哥在战争中逃难时死于敌我两军的炮火下，给她撇下了六个年幼的孩子，她最喜欢的读大学的六哥酒后从楼梯坠落去世，最小的姐姐因生活贫困吊死在家中。然后剩下的哥哥姐姐和他们的配偶，以及其他一大家人都要由她来赡养。亲戚中那些患中风、心肌梗死、痴呆、癌症、骨关节坏死和糖尿病、高血压、低血压、肝硬化的人汇聚在医院的某一个楼层，不停地吸食着她的血汗。

忠楠终生未嫁，独自守护着家族，光亲戚们的葬礼就举办了四十余次。忠楠认为她们家贫困的根源就在于没有知识，所以她讨厌老人。她为何会沉溺于与知识分子的交往中,只要了解了她的经历,自然就会完全理解她的这一独特爱好了。

英媛正在拍摄现场附近的餐厅吃饭。她的粉丝们不知如何得到了消息,为了得到她的签名蜂拥而至。英媛为了应对粉丝们的热情,尽管无法安心午餐,内心却沾沾自喜。自己虽已芳华不再,此刻却仍然备受瞩目和欢迎。

"哎哟,谢谢,谢谢!啊,请大家排好队,别摔倒了,别摔倒!我在这附近拍戏,还没吃午饭呢……请大家谅解。"

英媛说完放下勺子,开始端庄优雅地为粉丝们签名。

英媛大学一年级时在街上被星探发现,至今为止一直从事影视活动,衣食无忧。然而,关于她的种种传闻始终不断:一条千娇百媚、时刻诱惑男人的美女蛇;一个所有投资一帆风顺、常胜不败的企业家;一生奢侈富华、无忧无虑。

"我不喜欢那个演员,总更换男人。有妇之夫、姐弟恋……听说她结了四次婚?"

"她传绯闻好像不止十次了吧?听说她最近攀上了一个老企业家呢。哎哟,真恶心,扮演的角色也那么令人讨厌。竟演那些见钱眼开,不明是非还折磨儿媳妇的恶婆婆。上次还为了钱杀了自己丈夫呢。"

在餐厅的一角,一帮女人看到英媛为粉丝们签名,便开始窃窃私语起来。英媛对于这种背后议论早已习以为常,神情坦然。

"编剧就那样写的,我哪能擅自改编啊?对,我结过两次婚。绯闻,顾名思义只是绯闻。我现在并没有和老企业家一起生活,是单身状态。一切都是谣言!我总不能对每个人都解释一遍吧,莫非要我登报澄清一下吗?"

那些女人听英媛这样笑着应对,尴尬地离开了餐厅。这时,经纪人走进餐厅,提醒英媛:"老师,现在要拍摄了!"

"哦。"

英媛想着吃饱才有力气拍戏,便囫囵吞枣地吃完剩下的饭菜,站了起来。

拍摄完被水泼的戏份后,英媛冻得瑟瑟发抖。她这次扮演的是一个极其恶毒、令人憎恶的角色,被人全身泼洒污物。英媛服从角色安排,不辞辛苦竭尽全力地配合拍摄。没想到剧务人员在拍摄中途突然匆忙更换背后场景,英媛紧接着还要拍摄下一个场景,无法更换湿漉漉的服装,冻得浑身哆嗦。她忍不住高声抱怨:"喂,你们搞什么呢?为何拍摄中途还要重新布景啊。我这样全身湿透……感冒了怎么办!快点布置,难道我是年轻人吗?"

经纪人见英媛喷嚏不止,便担心地把她带到车上,让她等布置好后再出来。于是,英媛调整好座椅倚靠上去。

"把药给我!"

经纪人取出药盒,神情忧郁地看着英媛,生怕她坚持不住。

"今天别拍了……"

"把药给我!"

正当英媛吞下药准备躺下时,一个剧务人员打开车门,探头进来督促道:"请您出来吧。"

又开始了拍摄。英媛和刚才判若两人,丝毫看不出身体不适,完全投入了那个恶毒的角色中。只见她一边叫骂:"你这个贱人,贱人!"一边撕扯着年轻女人的头发。根本没有人注意到,此时英媛的额头和脖子上已经冷汗津津。英媛就是这样一个无论身体多么疲惫,多么伤心难过,在摄影机前也会不失笑容,赢得他人满意的演员。

直到深夜拍摄才结束。英嫒拨通了阿婉的电话，她始终记挂着忠楠在画廊说的那番话，她凭第六感猜想阿婉和东震的关系非同一般。因为她比任何人清楚，人一旦陷进爱情就会无法自拔，现实又会令人痛苦无比。如果东震不是有妇之夫该有多好。

"你最近怎么样？是在和东震交往吗？"

英嫒以熙子和静雅的肇事逃逸事件为话题，谈笑一番后若无其事地问阿婉。然而，阿婉并没有回答她。

"这件事，你不方便说吗？"

"嗯。"

"研贺……有联系吗？"

"大多是我联系他，他偶尔也会联系我。阿姨，我还是……很思念研贺。"

英嫒对至今依然思念研贺的阿婉感到心痛不已，知道自己除了叮嘱她好好吃饭以外再无话可说。虽说迫于无奈，是自己选择放弃了爱情，却始终无法忘记对方，英嫒比任何人都清楚这种痛苦。可转念又一想，该如何处理和东震的关系呢？既然阿婉不否认与东震交往，说明他们之间关系非同一般。如果让兰姬知道肯定很糟糕，英嫒知道兰姬这个故交三十年来一直都在怨恨自己，但她仍然因为担心兰姬而心情沉重。

想要恨你不容易……

兰姬正在娘家那块巴掌大的一小块田里,替已经力不从心的母亲——双芬种着小萝卜。双芬趁机坐在地头监督仁峰做康复锻炼,老父亲浩振在一旁目不转睛地看着老伴。浩振年轻时爱风流,几次流连于其他女人的怀抱。自从中风病倒后,眼睛就像葵花向阳一样,每天从早到晚跟着妻子转,就仿佛在懊悔自己年轻时不懂珍惜感情一样,眼神里充满了对妻子的爱恋。

"37、38、29……"

仁峰本来一直按照双芬的口令做着俯卧撑,却突然停止动作,大声抗议:"该39了,什么29!"

"你只管继续做!"

双芬一边指挥,一边用手中的抹布啪啪地拍打着仁峰后背。兰姬停下手中的活,转过头笑着问双芬:"您打得那么轻,他能疼吗?要不要换个棍子?"

"没你的事!"

仁峰又停下动作,怒视着兰姬。双芬见状狠狠地朝他后脑勺一拍,继续抱怨:"我让你考大学,你却跑去念职高,还从电线杆上摔下来。等我死了,看你自己怎么过。"

"我不是还有姐姐嘛,还有爸爸。"

"我走的时候要把你爸也带走,你也不能再吸你姐的血汗了。"

兰姬听双芬这样一说,笑得坐到地上。打趣道:"哎哟,咱爸可怎么办啊?我妈说一定要带您走呢。"

耳背的浩振并不知道她们在说什么,只是看着双芬傻笑。于是,双芬看着浩振,语气坚决地提醒道:"我走的时候,一定要把你带走,带走!"

"这要是让别人看见了,不知道您一辈子都被爸爸打骂,反而会说你们夫妻很恩爱呢。妈,把你们合葬啊?两个人肩并肩躺着。"

"合葬个屁!到时候,就把我埋在这座山上,你爸埋在那座山上!"

兰姬闻听此言,又哈哈大笑。这时听到口袋中电话铃响,便抖了抖沾满泥土的手拿出了手机,看到来电人的名字是奇子后,立刻就皱起了眉头。兰姬清楚奇子会说什么,但又不想过后听她埋怨,就无奈地接通了电话。

"干吗,又要说熙子姐丈夫的事吗?姐,你别这样。我知道姐姐闲来无事很寂寞,但也别到处说闲话啊!"

"我就是好奇嘛。"

兰姬实在不喜欢奇子那种不怀好意的笑声,于是就对她强调,熙子姐的丈夫是自然死亡,让她就此打住。哪曾想奇子并不相信兰姬的话,依旧不肯罢休。

"喂喂,别搞笑了,什么自然死亡……不是关在壁橱里死的吗?先不说这个,胜载说要请校友们吃饭呢。你会参加吧?一定要来哟,就当你参加哦。"

奇子不等兰姬回答便挂断了电话。兰姬实在不理解，怎么总有像奇子这样的人，喜欢在背后说别人的闲话。于是，她摇了摇头，又继续手中的农活。

"姐，你今晚住这里吗？"仁峰锻炼完毕，走到兰姬旁边问道。

"我今晚要找英媛算账，不能住这儿。"

兰姬翘首期待英媛不拍戏的日子，今天终于等来了机会。即使她们二人经常在校友会上见面，却不太方便和她理论。兰姬越想理解英媛就越气愤难耐，所以打算趁此和英媛好好谈判做个了结。

兰姬干完田里的活，晚上来到了英媛家。英媛明知兰姬到访不怀好意，依旧热情相迎。

"快请进，怎么这么晚。"

"你别高兴太早，我是来找你算账的！"

兰姬推开英媛，径直走进室内。英媛笑容满面地指了一下沙发。

"坐那儿吧。"

兰姬趁英媛准备茶水的时候环视了一下室内，发现了放在桌子上的照片，照片中的人是英媛的第一任丈夫大哲。当年，身为有妇之夫的大哲为了和英媛结婚，竟然与妻子离了婚。兰姬看到他的照片不禁想起了自己那个与淑姬搞外遇的丈夫，便把照片推翻在桌子上。

英媛端来水果和茶水放到桌子上，又立起了被推翻的照片。兰姬见状，不怀好意地讥讽英媛："那个男人就是和你生活过的有妇之夫吧？"

"他是和我相爱结婚，却迫不得已才离婚的人。"

"听说他又回到前妻那里了？"

"他不是因为讨厌我而离开的，是因为他前妻威胁他，如果没有他就去死，所以他才回去的。离开归离开，但忘不掉的就是忘不掉。"

尽管英媛明知兰姬是有意刺痛她，依旧一笑置之。

"啊，算了。你怎么到现在还和淑姬来往？既然跟她往来，怎么还和我来往？这又不是脚踏两只船，你到底想干吗？"

兰姬终于说出自己久憋在心、不吐不快的实话。英媛是她唯一的好友，因为她是自己最喜欢和信任的朋友，所以当时那件事带给她的背叛感也是双倍的。而且让兰姬更加无法理解的是，英媛究竟为何一直和自己视为仇人的淑姬交往。

"我听说医院放弃了对淑姬的治疗，因为她已经是癌症晚期了。我在那之前一直没有和她联系，但听她说想见我最后一面……咱们这把年纪的人都这样，对吧？黄泉路就在眼前了。"

兰姬听着英媛这出乎意料的叙述，瞬间感觉到了一丝动摇，但这个动摇尚未达到可以推翻自己积压三十多年的怨恨和委屈的程度。

"好了，够了，不要再说了！患病又怎么了？病了，所有罪恶就能得到原谅吗？是吗？那我也想得病，我也想得病。实话告诉你，比起毁掉我人生的淑姬，我更恨你！你，我最好的朋友，对我说要跟她绝交，结果却在美国和她见面，一起开心地游玩……"

兰姬就这样连珠炮般地向英媛发泄着心中堆积已久的怨恨。只见英媛突然解开围在脖子上的丝巾，露出了一条长长的疤痕。兰姬见状，顿时哑口无言不知所措。英媛慢慢开口说道："我没有割脖子，这是甲状腺癌。当时手术技术不好，很难看吧？我刚到美国就生病，淑姬听说后便来找我。"

"好，那……就算那样。就……就算当时是因为手术。可那以后呢？那之后你们不也有来往吗？！"

兰姬惊慌失措，语无伦次，但依旧不依不饶地逼问英媛。

英媛决定今天消除二人之间的所有误会，于是先脱掉了衬衫和内衣，又摘下了假发。兰姬受不了展现在自己眼前的冲击，顿时身体僵硬哑口无言。只见英媛原本丰满的乳房处只有术后留下的疤痕，曾经蓬松美丽的头发也几近脱落，让人不忍直视。当英媛转过身，后背上各处伤疤也惨不忍睹。英媛到底发生了什么？兰姬一时无言以对，怔怔地看着那些伤疤，眼角逐渐泛红。

英媛一件一件穿好衣服，继续讲述："刚开始只是一侧有癌细胞，就割后背做了修复手术。但因为另一侧又发现了肿瘤……所以就全部切除了。再后来，又因为卵巢癌摘除了一侧卵巢，现在还剩一个月的化疗。一年前，另一侧的卵巢又复发。癌症，并不是得过一次就终生免疫。即使化疗结束，也会让人忐忑不安。是我利用了淑姬，因为当时没有人照顾我。阿婉和妈妈都知道我的情况，是我没让她们告诉你。我不想在你生我气的时候，因为我生病而同情我。然后因为无法发泄情绪，结果让自己郁愤成疾。另外，我作为演员也要顾及自己的形象。"

英媛就这样若无其事，淡定地说出了自己的重大遭遇。然后戴上假发，问兰姬："怎么样，我戴好了吗？"

"你自己看镜子不就知道嘛。"

兰姬见英媛即使不照镜子也能如此熟练地戴上假发，尽管心里特别难受，依然嘴不饶人。

"我家没镜子。我不想看自己的身体，讨厌看镜子。你吃完饭再走吧。"

兰姬一直对英媛充满了恨意，正是靠这种怨恨来化解自己的愤懑和委屈才支撑到今天。她觉得自己只有满怀怨恨和英媛恶语相向才能得到些许安慰，可万万没想到，英媛竟然让自己的怨恨变成了罪过。英媛实在可恶，在孤独面对生死攸关之际，也不想让兰姬了解实情，宁愿被兰姬怨恨终生。兰姬为自己充满怨恨的岁月感到愧疚，也为伤痕累累站在自己眼前的朋友心痛难过。

"那……你干吗要和有妇之夫交往,生活一塌糊涂?所以你才会得那种病!你罪有应得,知道吗?你还想辩解吗?"

"没有。我这个遭天谴的人哪有资格辩解。我只想告诉你我患病,和淑姬来往事出有因……就这些而已。"

英媛噙满泪水,兰姬同样热泪盈眶。兰姬已经明白,自己再也无法怨恨英媛,她为自己说过的狠毒话语感到羞愧,慌忙逃离了英媛家。兰姬哭得一把鼻涕一把泪,走在路上根本不在意路人的眼光。自己曾经憎恨过的岁月,曾经满怀抱怨的心绪,此刻,一切就这样崩塌消失了。

再打再闹,友情依旧

熙子结束早晨的弥撒,决定今天一定要向那个一如既往跟在自己身后的胜载问个究竟。

"您前几天好像说过知道我那天晚上的事情,我那天晚上怎么了?究竟干什么了?"

胜载静静地望着不停追问自己的熙子,觉得天真可爱,便微笑着回答:"你撞到鹿了吧?"

熙子特别讨厌无论以前还是现在,都以捉弄自己为乐趣的胜载。便怒目而视,愤然责问胜载:"您怎么总捉弄人啊……不管以前还是现在,难道捉弄女人是您的爱好吗,李胜载先生?"

"哦?原来你知道我是李胜载啊,还一直佯装不认识我。"胜载开心地反问。

"在我的人生中,早在五十年前就没有李胜载先生了。"

"五十年前?就是因为在你搬家前一天,我没守约去山岭那边的城隍庙和你见面吗?"

熙子突然想起了被胜载抛弃的那个夜晚，一阵难过。在那个猫头鹰鸣叫不停的夜晚，熙子强忍着极度的恐惧，在黑暗的城隍庙里等着胜载的到来。然而，他却始终没有出现。

熙子愤愤地瞪了一眼胜载，立刻转身离去。胜载见状，赶忙挡住她的去路，向她解释道："我原本打算去见你，但我妈突然晕倒了。于是我就拜托你丈夫正哲哥给你捎信儿，让他转告我无法赴约的原因。哪曾想正哲哥没有替我转达，反而到那里甜言蜜语诱惑了你。从此，你就不再联系我。我在你和正哲哥结婚以后才了解事情的经过，是他亲口告诉我，我才知道的。"

这番话让熙子更加生气。她没想到，胜载竟然将五十年前的往事推诿到自己死去的丈夫身上。

"因为死人不能说话，你就信口雌黄吗？"

"因为这是事实！"

尽管胜载如实说出了事情的缘由，可熙子却还是不予理会，径直走向了公交车站。

"所以你就不参加校友会吗？锡钧哥、双芬妈妈、静雅、忠楠、英媛、兰姬、奇子都来呢，你真不来吗？"

胜载在后边追问离去的熙子。熙子已经听说胜载明天要邀请校友到家中聚会，本来并没打算参加。但是，听到胜载提到奇子的名字后，虽然稍微犹豫了一下，还是没有回答是否参加，就朝车站走去。

"好啊，算了，不来就不来吧。我又不是非邀请你来不可，不来拉倒！"

胜载快步撵上熙子，一边小声嘀咕一边向前走去。

"我去！奇子去，那我也去！"

熙子说完就赶超了过去。胜载见状，笑着摇了摇头。

忠楠收到胜载的短信，说想请她帮忙准备校友聚会的食物，竟然春心荡漾。因为胜载是她的初恋。忠楠虽然暗自害羞，自己已经上了年纪，可又一想现在两人都是单身，谈情说爱也无可非议。

忠楠和胜载一起采购结束，跟着胜载走进了他的住处。虽然是七十多岁矜寡老人的住宅，房间里却到处充满了年轻气息。家里随处摆放着胜载和妻子的合影，照片中的两人温馨甜蜜，他妻子那因病消瘦的脸上露着幸福的微笑。

"你夫人真漂亮啊。"

忠楠看着照片，不由自主地夸赞道。胜载似乎想回避有关已故妻子的话题，话锋一转："托你的福，明天的校友会可以举办得很丰盛。你怎么一直单身啊？难不成是在等我吗？"

"你瞎说什么！"

"你以前总是一口一个'哥哥'地叫着，跟在我后边，还央求我带你去看电影。"

"什么时候啊？哪有的事！我为了家人，磨破嘴皮到处求爷爷告奶奶地借钱。所以，自打我上了年纪就再也没有求过谁，你老糊涂了吗？编这种瞎话！"

忠楠讨厌胜载竟提起陈年往事来逗她，所以，就想佯装不知蒙混过关。

"是吗？难道是我记错了？不过说真的，你现在还是那么可爱啊。哈哈哈。"

胜载望着面颊泛起潮红的忠楠，觉得她与儿时别无二样，就像以前一样伸手弄乱了她的刘海。忠楠虽然并不讨厌那只手，但还是尴尬地拍了一下他的手背："干吗摸老女人的头发！听说你特会撩拨女人，看来果真如此啊。"

"哈哈哈,还是那时候好啊。还能拈花惹草的时候,那时候真好!"胜载豪爽地笑着打趣。

二人准备好食物后,胜载说开车送忠楠回去,就跟着她走出了家门。忠楠看着胜载戴着酷酷的墨镜开车前行,一边听着车载音响中的轻快音乐,一边欣赏着车窗外掠过的风景,心潮跃动,感觉无比浪漫。

"咱俩这样驾车行驶,就像年轻人谈恋爱一样,对吧?"胜载内心愉悦,面带微笑地问忠楠。

"胜载哥是那么想的吗?我可没那么觉得。"忠楠口是心非地回答。

"真奇怪……就算年纪再老,可心却不会老。如果心和身体一起变老的话,就不会那么孤独了……"

胜载说完就自顾自地哼起歌来。听胜载如此一说,忠楠竟然感到了自己的心在颤动。那是一种久违的悸动,是她早已忘却的一种感觉。也许正如胜载刚刚所说那样,虽然身体老了,心却不会变老。忠楠体会着一阵心痒难搔的悸动,低声告诉自己:"我的人生和爱情还没有结束!"

翌日清晨,熙子和静雅去超市,准备买一份礼物带到胜载家。没想到静雅无意中提到的一件事,惹得熙子非常不快。几天前,锡钧在酒桌上问胜载是否和熙子睡过觉,胜载却不置可否,笑而不答。

"他笑了?"熙子愤怒地反问静雅。

"是啊,听说胜载光笑没回答。我家那老头子听了后开心得不得了,说你和胜载睡在一起了,一起睡过了。"

"他疯了吗,怎么还会笑?"

"我也在想他干吗笑啊,不怕被别人误会吗?"

静雅一边试探地随声附和熙子,一边瞟了一眼她。只见熙子立刻呼吸急促,把静雅挑好的东西又放回货架上,大声叫嚷:"不买了,空手去!"

静雅颠颠地跟在大步走在前面的熙子身后,又问:"你要和他算账吗?"

"当然要算账!"

"那你等吃完饭再算账吧。不要在吃饭的时候扫大家的兴,等吃完饭以后。不过……你们俩真的睡了吗?"

熙子停下脚步,瞪了她一眼。静雅尴尬地掏出手机,小声嘟囔:"都这把年纪了,这种事还算玩笑吗?顺英怎么不接电话,难道她还为上次的事和我耍脾气吗?哎哟……这哪是子女,简直就是主子啊,主子!"

因为连续几天都联系不上顺英,静雅不禁有些担心,还以为顺英是在和自己怄气。她做梦也没有想到,顺英会收拾行李离家出走,住进了连窗户都没有的考试院。

胜载家里正在准备校友会,忠楠第一个到来,帮胜载把食物端上了餐桌。英媛见大门敞开着,便走进来高声向他们打招呼。

"姐姐,你这么早就来了?"

"喂,这是谁啊?原来是英媛!"

胜载认出英媛后,赶忙迎了过去。英媛紧紧地抱住了他。忠楠见两人拥抱在一起,难掩嫉妒:"你们又不是美国人,这是在干什么?"

"既然你那么说,那就顺便再来一下这个吧!"

英媛仿佛在向忠楠示威一样,又在胜载的脸颊上吻了一下。

"坐吧,快坐下!我偶尔会在电视里看到你,就仿佛昨天和你见过面一样呢。我去端茶。"

胜载哈哈大笑着走进厨房。忠楠把食物放到客厅桌子上,满脸不悦地命令英媛:"过来端菜!"

英媛似乎察觉到了忠楠的心思,贴在她耳边小声打趣道:"你们俩就像新婚夫妻一样，挺开心吧？"

"你真疯了！"

忠楠瞟了一眼英媛，虽然看似在责怪英媛，可微微上扬的嘴角却暴露了她暗自窃喜的内心。

过了不久，奇子、锡钧、静雅、熙子、兰姬和双芬相继到来，热闹的校友会正式开始。熙子决定今天与奇子谈判，所以始终情绪低落。尽管在超市买东西时她就已经心情不爽，但还是遵从静雅的叮嘱，强压住不悦的心情，准备饭后再追究奇子。熙子在几轮推杯换盏之后，终于按捺不住自己，情绪激动地说出了憋在心中已久的话。

"你们听说我丈夫出轨，是不是大吃一惊？其实我过得也很糟糕！可我当时并没有告诉任何人，因为我要为孩子们着想。我那时受不了打击，得了各种病，经常去医院……这些事，我连静雅都没……"

"对，都没告诉过我。"

见静雅在一旁附和熙子，一直默默听熙子讲述的兰姬也站起来替熙子抱不平。

"姐夫他……知道熙子姐一直在默默忍受自己的缺德行为，以致郁闷生病，因为愧疚才自己走进了壁橱。还央求熙子姐，'老婆，你把我关进卧室的壁橱里吧，别让我再出去乱搞'。"

"是我老公自己要进壁橱里的，他说是为了向我赎罪！"熙子难以控制情绪，亢奋地高声吼道。本来丈夫的突然死亡已经令她悲愤不已，没想到还让她背负饿死老公的罪名。

"没想到他突然就去世了。是在睡觉的时候没的，姐姐当然不知道了。"兰姬就这样道出了事情的来龙去脉。

"臭男人们，怎么都爱出轨？真想把你们下边的那个东西都……下辈子就变成猪狗吧！"奇子自觉对不住熙子，冲在座的男人们大吼起来。同时又觉得委屈,为何只有自己不了解这件事情。于是,就责怪熙子:"我也是你的朋友。你就该像今天一样,把事情经过详细告诉我啊,干吗含糊不清……"

"含糊不清?……我都告诉过你,是你执意不信,偏要把我们往坏了想。快说'对不起,我错了!'然后这件事就翻篇吧,姐姐。"

英媛安静地听着这帮女人们的絮叨,突然言辞犀利地打断了奇子。奇子明白就算自己再坚持也徒劳,就闭嘴闷头喝水。可熙子却并不善罢甘休,继续质问奇子:"是谁告诉你的?我并没有告诉过你,我老公死在壁橱里。是谁,到底是谁和你说的?"

这时,只见锡钧和忠楠两人仿佛被戳中了痛处一样,同时打了一个寒噤。忠楠见大家的视线集中到自己身上,慌忙摆手否认:"你们看我干吗?是锡钧哥你说的吧?"

锡钧听忠楠这样追问自己,也是惊慌失措,只顾咕嘟咕嘟大口喝水,不再言语。静雅见状,狠狠地掐了一下锡钧大腿,责怪道:"你呀!"

"啊……我就……就……"锡钧结结巴巴,语无伦次,突然对奇子大发雷霆,"你这人,怎么这样?我就说过死在壁橱里,哪说过是被关死的啦?哎,看来我只有离开,才不受你们这种待遇。"

锡钧就像受人诬陷一样,暴跳如雷,腾地站了起来。胜载本想留住锡钧,却被静雅制止。

"别管他!他要去上班。还有你,奇子,哪能老戳别人的伤痛呢?就算不安慰她,也不能那么做吧。都这把年纪了。"

奇子听静雅如此责怪自己,便眉头一皱,满腹委屈地抱怨起来:"是,都是我的错。都是我不对!可你们也不该那样吧。一大帮人孤立我……说到底还不是因为我穷,一无所有,你们才这样瞧不起我。你们要是考虑过我的经历,就不该这样对待我。在座的哪个女人比我过得更苦,站起来看看。婆家人、丈夫、离婚的孩子们,一个赛一个……真有比我活得更累的女人的话,那就报上名吧!"

"在这里,吴双芬女士!"

兰姬不满地指了指自己母亲。然而,双芬却打着瞌睡,全然不知在说自己。

"你们看这里,看看我老妈。在我之后生下的孩子死了两个,挨丈夫打骂六十多年。女儿寡妇,儿子残疾。我爸六代单传,腿折了以后才开始戒酒、不骂人,放下了那根用来打我妈的棍子。姐姐,就算你再想狡辩,也不能当我妈面比谁更辛苦啊。"

"对,是,都是我该死,我是该死的女人!"奇子觉得自己有口难辩,便愤愤地走了出去。英媛正想跟着出去时,被兰姬抓住了手。

"坐下!如果你想安慰那个姐姐,今天就去她做服务生的那家可乐吧吧。"

"可乐吧?"

"奇子姐想把我们带到她那里,又碍于面子说不出口,所以才故意找碴的。如果服务生带客人去店里,就会有提成。"

英媛虽然听兰姬努力向自己讲解,却仍然一头雾水不知所以然。于是,兰姬又笑着说道:"你去了就知道了!"说完还递给英媛一块儿水果。

"你必须得去,漂亮的女明星!"

英媛终于明白了,兰姬是在以这种方式来替代一声"对不起!"想与自己和解。于是,马上接过水果送进嘴里,欣然一笑。

静雅看到房间里的气氛逐渐平息下来,向熙子使了一个眼色,催促道:"咱们也走吧。"

没想到熙子不理自己,又向胜载质问:"我听说你和锡钧说咱俩睡过觉了?咱们什么时候睡过?除……除了亲过一次嘴,咱们什么时候睡过啦？"

忠楠被熙子这突如其来的一番话吓得一哆嗦，不禁又打了一个嗝儿。她明知那是五十多年前的往事，不知为何却对胜载感到了一丝遗憾。

女人们约好在可乐吧见面，便各自乘车离开了胜载家。英媛让忠楠上了自己的车，半开玩笑半认真地怂恿她和胜载交往。

"一切已经过去了。"忠楠看着窗外回答。

"什么过去了呀……那你刚才喂胜载哥吃东西，打嗝儿，还经常偷看他……都是为什么？你就和他告白吧。"忠楠听英媛如此劝导，便转过头，用一副无奈的神情直视着英媛。

"看什么？你和他就像朋友一样，恋人一样相处不好吗？谈恋爱还可以预防痴呆。"

"为了不痴呆就谈恋爱吗？"

"那又怎么啦？"

"好了，好了。再说了，干吗要我向他告白呢？要是他向我告白还差不多。"

"都这把年纪了，这有什么关系？"

"我在二十二岁第一次拿到零存整取的存款时，就对老天发过誓，以后再也不求任何人！我们家兄弟姐妹为生活奔波，四处借钱，到处找工作……那时我就充分体会到了向人哀求、乞讨的感受。我绝对，绝对，再也不会向任何人低头求助了！"

"低一次头能怎样？脑袋又不会掉下来。姐姐，你以前交往过的那个校长，当时如果你低姿态主动告白就能留住他，结果你不想讨好那个男人而固执己见，可等那个人离开后，你忘了自己哭多久了吗？"

"行了，我不想低头。我最讨厌可怜寒酸！"

忠楠为了掩饰自己内心的伤痛,又将视线转向了窗外。

"那你随便!你一个人孤芳自赏,独自清高吧!我真不该对你说这些。"

"我一个人活到现在好好的,干吗要向人低头呢?我又不孤独。"

忠楠尽管理直气壮地强调自己并不孤独,内心却很清楚自己是在狡辩。恰巧这时,收到了胜载的短信。

"见到你很高兴,下次再见!"

忠楠目不转睛地看着短信发呆。莫非自己真的寂寞?就这一条短信竟让忠楠的心绪像春风一样躁动起来。

熙子跟着静雅来到可乐吧门前,却怎么也不肯进店内。大家无奈,只好丢下熙子走了进去。双芬第一次来可乐吧,觉得一切都很新奇,看着跳舞的老人们兴奋不已,"他们疯了吗?转得挺好啊!"静雅也双手拍掌笑个不停,"我要是再不知道还有这种世界前就死了,简直冤死了!"奇子见英媛也来到这里,既高兴又感激,搂着她连连道谢。

这时,一位老人走到忠楠面前,伸手邀请她跳舞。兰姬非常清楚忠楠不愿和老人相处,根本瞧不上这个老人,便赶紧站到老人面前解释:"这位姐姐不会跳舞,请您回去吧,老先生。"

说完,从口袋里掏出手机,确认过短信后,面露微笑。

"你五分钟后出来,五分钟!"

兰姬对奇子耳语几句后,拿着手机走出了可乐吧。看见熙子站在可乐吧门前,就劝道:"进去待会儿再走吧。你来都来了,干吗还不进去啊?"

熙子见兰姬拉着自己的手想进店内,露出一副厌烦的表情,挥手拒绝。

"我讨厌这种地方!你也别去,有失品位!就算赚钱再怎么辛苦,也不能在这种地方当服务生。还不如去当保姆、拾破烂！"

"她做了腰部手术，能做保姆，拾破烂吗？姐姐，咱们命好，不用为吃穿养家担心。可奇子姐不一样，她能这样过日子，挺了不起的。另外，你不要看不起到这里来的老年人。人老了，总待在家里会生病。所以，他们才花点零钱到这里打发时间。这都是因为孤独，因为孤独！我和他们一样，不来这里还能干什么？阿婉那丫头说她一个人过得很好，不让我管她。在家看电视，也就新鲜一两天呗！"

熙子听兰姬这么一说，觉得有些道理，不免心生歉意。

"我知道了。那你就经常来玩儿吧，我就不进去了。"

奇子这时正好走了出来，冷冰冰地问熙子："干吗，你叫我出来，又要和我算账吗？"

兰姬告诉奇子并非如此，叮嘱她要和气说话，说完就走进了可乐吧。熙子牵着奇子的手走进了胡同里。

"怎么，你想在胡同里和我干一仗吗？"奇子依旧一副不依不饶的口气。她看到熙子递来装着钞票的信封，慌忙摆手谢绝。

"喂，别……别这样，你干吗给我钱！"

来可乐吧之前，熙子听静雅说了奇子的情况，知道奇子独自一人抚养离异儿子的孩子后，十分心疼，就想帮衬奇子一些生活费。原本还想劝奇子别在这种地方打工，刚刚听了兰姬的解释，就打消了那个念头。

"你别声张，拿着就是！"

"你这是同情我吗？"奇子手拿信封，伤心地哽咽起来。

"哪是同情……朋友之间是友情。你觉得不好的话，就当是我给你孙子的零花钱吧。难道我不能给你孙子零花钱吗？"

熙子担心奇子退回钱，就匆忙挪动了脚步。走了几步，似乎又想起什么，重新回到奇子旁边，解释道："我不进店内，并不是瞧不起你，是因为我不喜欢嘈杂的地方。对了,你要小心自己的腰。记住啦?常打电话,嗯?"

熙子紧紧握了一下奇子的手,就匆忙离开了她。奇子看着朋友的背影,轻轻打开了手中的信封。看到里边一沓五万元面额的纸币,不禁感慨万千,高声说道:"谢谢你……朋友!"

熙子听奇子这么一说,不由自主地停下了脚步,转身小跑到朋友面前:"那好吧,我进可乐吧看看!"

青春,转眼即逝。暮年,又有多少时光,能与友共度。

朴婉，到此为止

研贺这几天一直拒接我的电话。我既担心他是否发生了意外，又害怕他就此与我断绝关系，所以心中非常忐忑。我又拨打一次电话，他依然没有接听。

我究竟为何如此呢？我到底是一个什么样的人？在别人眼中又是什么形象呢？原本是我先爱上了研贺，向他表白会爱他到永远，最终让他成了自己的男人。我曾经对那个男人发誓，无论春夏秋冬都要永远与他在一起。然而，我却在他发生交通事故以后，没有一丝留恋地将他抛弃……我是一个冷酷无情的女人。这种概括恰如其分，但是，真就这样用简单一句话概括我的人生的话，未免会让我感到些许凄凉和孤寂。

今天，我在出版社复印稿件时，又抽空拨打了研贺的电话，却依然没有接通。研贺迄今为止从未擅自躲避过我的联系，可这次却有些异常，这让我不由得联想到他的心境可能有了变化，或是他的身体出现了问题。无论是其中哪一种，都不是我所希望的。当我无比焦虑，想再次拨打研贺电话时，东震学长走了过来。

"研贺今天也不接电话吗?"

我满脑子都是研贺,没有回答东震学长。于是,他拍拍我的肩膀,表情凝重地走开了。我根本无暇顾及学长,不顾电话一直处于无人接听的状态,执拗地继续拨打电话。研贺,你到底在哪里?你究竟在想什么?对于今天的我来说,研贺所在的斯洛文尼亚怎么会如此遥远,那么遥不可及啊。

深夜,当我坐在床上,郁闷地喝着啤酒时,听到电脑提示有一个新到邮件。我心想或许是研贺,就立刻查看邮箱。当我充满期待地打开邮件后,看到了研贺发过来的一个视频文件。

视频画面中,研贺正坐在行驶的车上,头发被车窗外的风吹拂飘扬。我多想和他一起感受那风吹过的滋味。只见研贺表情灿烂地面对着镜头,开始讲话。

"喂,我正在兜风,负责驾驶的是……"

说着他镜头一转,照到了驾驶座位。只见一个满头金发、朝气蓬勃的波希米亚风格的女人,正笑容满面地握着方向盘。

"她是我这周刚搞定的,不懂韩国语的女人。"

"你说什么……"我心底不禁升起一股嫉妒,瞪视着屏幕自言自语。

"今天天气实在好,所以我就去了三年来一直没能去的那个地方。那天,我就在这条路上狂奔,那天是我一生中心情最激动的一天。"

一开始我还搞不清研贺究竟去了哪里。但看到那熟悉的建筑和道路,顿觉眼角湿润,此生不想再次回想起的那天的记忆又重新复燃,冷飕飕地掠过了我的全身。

那天,我和研贺一边通话一边在不同的马路上奔跑。

"怎么了,干吗?干吗要奔跑,为什么?"

"今天我要向你求婚！"

研贺的声音非常激动。因为研贺一直不想结婚，所以我心甘情愿选择了与他同居。没想到他竟然说要向我求婚，那一刻，我就仿佛得到了全世界，满心喜悦，倍感幸福。

"有这么一个传说：如果下午六点整，能在我们现在奔去的那个教堂求婚的话，爱情就会永恒。是真的，我们结婚吧！你不会在一路慢跑吧？"

研贺正从另一条马路奔向教堂。

"快，快，快点，快跑！"

我也在奔跑。

"马上就六点了！"

从他那气喘吁吁的声音中，我感受到了无比的喜悦。

"我马上就到。Go,Go,Go,Go!"

我只要跑到那里就可以，跑到研贺即将到达的那个地方。尽管我也早已气喘吁吁，但谁也阻挡不了我向他奔去。我要在魔法开始的那一刻跑到那里。

我看到了教堂，也看到了从另一条路上奔跑而来的研贺。他也发现了我，笑容灿烂地跑出胡同，奔向广场。我继续不停地奔跑，一边向他挥手，一边奔向两个人即将紧紧拥抱的那个地方，奔向他要向我求婚的那个魔法世界。

突然，不知何处驶来一辆大卡车，正朝着研贺奔跑的方向疾驰而来。"不要啊！"一阵激烈刺耳的刹车声和被撞飞的研贺。随着我绝望的尖叫声，整个世界就仿佛按下了暂停键。在所有声音和动作都停止的那一刻，我看到了躺在血泊里的研贺，看到人们正往研贺周围聚拢。我就像掉进了万丈深渊一样，瘫坐在那里。这时，从教堂传来了宣告六点的钟声，就像恶魔的诅咒一样。

从研贺发来的视频中，传来了那座教堂清脆的钟声。

"你听到钟声了吗？虽然我也不想来这里，但还是鼓起了勇气，因为我想祈祷我们永远的友谊。小婉，我永远爱你，以朋友之名。你不要感到孤单，你还有我！"

看完视频，我合上了笔记本电脑。研贺最终还是将我推向了我想永久封印的那个诅咒的瞬间。就仿佛一切不曾发生，我们两个人小心翼翼，若无其事般维系至今的关系就这样结束了。无论我如何咬紧嘴唇努力控制，依然感受到了撕心裂肺般的伤痛。我一口喝干剩下的啤酒，又从冰箱里随便拿出了一瓶酒。我希望通过酒醉来忘记这个伤痛，结果也搞不清自己究竟喝了多少瓶。

我已经喝得控制不了自己的身体。可是，不但没有减轻伤痛，反而犹如打开记忆闸门一样，回想起我和研贺相爱的那些瞬间，这让我更加痛苦难耐，几乎窒息。于是，我漫无目的地离开家，只想着要逃离这一切，能逃多远跑多远，即使前方是地狱也在所不辞。

然而，我能去的地方只有东震学长的出版社。我浑身湿漉漉地跑到出版社前，看到学长接到我电话后在楼下等我，立刻瘫坐到地上痛哭起来。

"学长……删除我的记忆吧，求您把我所有记忆全部删除吧。研贺……帮我把研贺删除掉！"

我心如刀割，痛哭流涕地央求东震学长。学长怜惜地看了我一下，慢慢贴过嘴唇亲吻我。只要能抹去研贺，真能抹掉研贺的话，我愿意像沙利叶（Sariel，恶魔天使）一样出卖自己的灵魂给恶魔。于是，我接受了学长的亲吻。

当我感到心头的痛苦渐渐消失后，才觉得愧对学长，不禁有些尴尬，不敢正视他。每当因为研贺痛苦不堪时，我就会去找学长，而他却始终清醒理性、从未越界。学长虽然已婚并有儿子，可身为男性怎会对异性没有欲望。学长一直以来的冷静克制虽然让我感到些许遗憾，同时却让我更加信任和依赖他。但是，学长却越过了那条界线。不，是我让他越了界。就在我们突破最后防线后，我马上认识到自己的过激行为有失得当。

学长撑着雨伞送我回家。我本想在家门口与他告别，见学长并无此意，明知孤男寡女两人进公寓有失分寸，还是邀请他进屋喝杯茶再走。

学长见我进到室内后慌忙收拾到处散落的书本，便催促道："你先冲个热水澡吧，别冻感冒了。你现在翻译的稿子时间紧迫，难道你想因感冒影响翻译进展吗？"

"那……那等我十分钟！"

我为了趁机换掉湿漉漉的衣服，便快速淋浴后走出了浴室。只见学长已经煮好茶，还找出了一个影碟准备一起观看电影。我虽然若无其事地和学长一边嬉笑一边观看电影，却始终无法静心坦然面对他，内心深处一直不停地警告自己：这是一个错误。就算为了忘记研贺，我也不能再利用学长。为了学长，也为了自己，不能再让这种关系继续下去。

"我说……学长。"

学长似乎已经猜到了我的心思，立刻站了起来。"其实我早看过这个电影了。你自己看完再睡吧，那样心情会好些。别想其他杂事，也别再胡思乱想，更不要想稀奇古怪的事。就这样……你看完就睡吧。"

"对不起，学长！真的……对……"

"再见！"

东震学长没等我道歉完毕，便已经走出了家门。他很清楚，我只不过暂时停留在他身边，随即就会离他而去。我走到窗边，望着东震学长离开公寓的背影,自言自语:"学长……我们真该结束了。朴婉,到此为止吧!"

这一刻,我听到了自己的心声:我和研贺,归根到底是我的个人问题。现在即使没有学长的帮助,我也能独自面对。我知道,这个时刻已经来到!

随她去吧

　　一大清早，熙子就找出外出穿戴的衣服，始终犹豫不决是否要去教堂。既然决定做志愿者就得去教堂，可一想到见到胜载未免会尴尬，就无法下定决心走出家门。

　　胜载昨晚在电话里对她说了一声"good night"后，就挂断了电话。熙子问敏浩那是什么意思，敏浩告诉她是"晚安"的意思。熙子心想，别人睡得好不好与你何干，真恶心。上次在教堂见面，胜载还提到自己死去的丈夫；再就是前天当着那么多校友们，面对熙子一本正经的质问他俩何时睡过的时候，他竟然也是一笑了之没有立刻否定。人老了，就得知书达理，可胜载却根本分不清什么该讲，什么不该讲。熙子担心到教堂遇见胜载，所以就一直犹豫不决。

　　"真是的，我干吗要躲他。"

　　熙子说完，一件一件换上早已准备好的衣服。一边往教堂走，一边给奇子打电话。静雅今天似乎无心听她倾诉，熙子便对着电话开始数落胜载的不是。奇子不停地应声附和着她。

"你也感觉到了吧？其实我早就猜到,平时不太会察言观色的你也会察觉。"

"胜载现在对你依旧有意,我一看就知道了。不过,你对他真没有那个意思吗?"奇子暗暗打探熙子。

"我干吗对他有意思啊？都快入土的老人了,还能有什么想法,我可从来没想过。"熙子正对着电话委屈地辩解,胜载不知从何处突然出现在她面前,吓得她赶紧挂断了电话。

"睡得好吗,小朋友?"熙子担心被别人听到,赶紧环视了一下周围,然后对胜载怒目而视,"我都七十岁了,谁是小朋友?"

胜载似乎觉得逗熙子很开心,竟哈哈大笑不止。熙子不理会胜载,满脸怒气地从他前面走过。胜载就像跟屁虫一样,走在她身后。

"听说你今天去做志愿者？我也是。不过会不会累着你啊?"

熙子暗想胜载真是"咸吃萝卜淡操心"就头也不回地走进了教堂。

今天的志愿者活动是打扫教堂卫生,需要每个志愿者负责清扫一片区域。熙子的任务是打扫卫生间,本来就没干过粗活,今天却让她刷洗令人作呕的脏马桶,这让熙子倍感困扰。她一只手捂着嘴,紧闭双眼刷洗着马桶,还是恶心地干呕不停。

这时有人轻轻拍了熙子的后背。熙子回头,见胜载抿嘴笑着从她手里抢走了刷子,还劝她:"你先休息一下,我来做!"

胜载低头怜惜地看着一只手捂嘴,满头流汗的熙子。依熙子原来的性子,肯定会推开胜载继续刷洗马桶。但是,此刻她实在无法忍受那令人作呕的马桶,便虚弱无力地走出卫生间,尝试搬运水桶,终究力不从心,只好再次交给胜载来代替她。熙子一番折腾后越发难过伤心,不停地责怪自己,竟连这些小事都做不好。

信徒们忙碌几小时后,结束了教堂的大扫除,手拉手围聚在一起,分享各自当志愿者的感受。

"以前都是年轻人帮忙。今天,各位长辈聚集一起打扫我们的教堂,真好!"

"在约瑟夫先生的参与下,今天的任务顺利完成。"

"看到年长者们来做志愿者,我心怀感恩,倍感充实呢。"

年轻的神父听信徒们发表感言后,十分满意地微笑赞许。

"我也体会到了做志愿者的乐趣,非常开心,特别高兴。"

胜载说完,看了看旁边的熙子。熙子并不知道轮到自己发言,一脸疲惫地呆望着地面。尽管是她自己决定做志愿者,却没能起太多作用。所以,熙子对自己很是失望。

"玛利亚?玛利亚……"

熙子低头陷入沉思中,根本没听到大家在喊自己,让她发言。等胜载摇了摇她的手,才突然回过神抬起了头。

"什……什么……你们在说什么?"

"在说今天做志愿者的感受,玛丽亚。"

"志愿者……感受?要说什么啊?"

"就实话实说呗。"神父解释。

"好,那我就说实话……"

熙子认真想了一下,突然满面悲伤地补充了一句:"我觉得很累!"

"还有呢?"只见一个信徒满脸不屑地追问熙子。

"嗯……再就是,我真的很……很累,太……就这些。"

熙子特别羞愧,自己竟然只会说这种大实话。胜载看着窘迫的熙子,还是觉得可爱无比,忍不住大笑起来。

胜载见熙子拖着疲惫的双腿转身离去,便递给她一块巧克力:"你看起来很疲倦,吃了这个吧。"

熙子尴尬地看了看周围,只见那个曾经提醒她胜载是花花公子、撒旦、小心一点为好的女信徒正在远处盯着自己和胜载。于是,故意推开胜载递过来的巧克力。

"别给我这些!难怪有人说你是撒旦。"

"谁说的,谁说我是撒旦?"

熙子眼睛一瞥,抬起下巴指向渐渐远去的女信徒。

"是那个姐妹。"

"这是那位信徒给我的巧克力呀。她好像有点喜欢我,总和我搭话,还给我东西。"

胜载说完,笑着把巧克力放进了嘴里。熙子实在搞不清她们的心思,情绪低落。

"我去你家喝杯茶好吗?"

"不行!"

熙子累得懒得和胜载发火。

"那等以后有机会再说。对了,我开车来的,送你回家吧?"

熙子这时停下脚步,淡淡地告诉胜载:"那你把车开过来吧。"

"你答应坐我车啦?好嘞,我马上回来,你在这里等我!"胜载兴奋地快步奔向停车场。

"别飘飘然了……只有让你吃点苦头才会清醒吧。"熙子撇嘴自言自语。

当胜载匆忙把车开过来时,并不见熙子在说好的地方等他。

"哈哈哈!走了。唉……你还是这么迷人,赵熙子!有魅力,有魅力!"胜载不由得开心地吹起了口哨。

静雅觉得熙子昨晚和她抱怨胜载的牢骚非同寻常,又想到忠楠昨天在校友会的怪异行为,大脑一片混乱。突然意识到,自己的几个老年朋友可能会陷入三角恋关系,维系六十年的友情说不好即将崩塌。静雅的脑海里始终萦绕着这个想法,这让她无法安心做家务。于是,她便拨通了英媛的电话。

她向英媛求证忠楠是否对胜载有意,却没想到英媛斩钉截铁地否定了她的想法。

"你别否认,以为我傻吗？我都看到忠楠偷看胜载了,你还说没有？你就瞒着我吧,这样下去要出大事的,哪是我误会她们了？"静雅焦急难耐,不由自主地提高了声音。

"姐姐,你干吗那么激动呀！"

英媛不想让正在厨房煮茶的忠楠听到,就拿着手机走到了阳台。她和兰姬、忠楠三人昨晚一起喝酒到很晚,所以就留宿在了兰姬家。

"我哪能不激动？我的朋友和前后辈,都一大把年纪了却搞成这种关系。我是乱说话的人吗？还不都是因为担心她们。你一定要阻止忠楠！"

"姐姐,你还是劝阻熙子姐吧,干吗让我劝阻忠楠姐？她活了一辈子,现在才开始有爱情滋润呢。"

"谁能阻止赵熙子？"英媛没明白静雅的意思。因为在她看来,熙子似乎并不在意胜载,"熙子姐说过喜欢胜载哥吗？"

"她什么时候说过喜欢或不喜欢了？熙子就是那种人,只要男人牵着她,她连问都不问就会跟着走。"

英媛听静雅这么一说,才点点头恍然大悟:"说的也是。想当年,姐夫长得就像牛头犬一样……我以为熙子姐不会跟他好呢,结果人家一番甜言蜜语就把她给勾走了。"

忠楠这时用托盘端着茶来到阳台,正准备坐下。英媛见状,立刻挥手示意让她走开。忠楠意味深长地微笑着,把自己手机伸到英媛面前,只见手机屏幕上一串可爱的表情图和文字:"小朋友,睡得好吗？很抱歉,昨天没能和你出去。下次见！"

"是胜载哥！"忠楠炫耀似的说完，得意扬扬地走回客厅。英媛的手机里又传来了静雅的声音。

"英媛啊，你在听我说话吗？忠楠的事，到底怎么办？"

"姐姐，你和顺英联系过吗？"英媛本意是转换话题，没想到言不由己突然就冒出了顺英，吓得自己赶紧闭紧了嘴唇。

"你怎么突然提起顺英啊？"静雅似乎一无所知。

"我就想知道顺英她过得好不好？"

"当然过得好啦。她就知道折磨我这个好欺负的妈妈。喂，继续刚才的话，你打算怎么处理忠楠的事？"

"我要帮忠楠姐一把。姐姐，你自己看着办吧。"

"你疯了？神经病！帮什么帮！明后天就要进棺材的人，还要为了一个男人，让维系六十多年的姐妹情谊出现隔阂和裂缝。不许你帮忙，你给我老实闭嘴！"

静雅严厉地呵斥英媛一通后，就挂断了电话。英媛摇了摇头，刚喝一口茶，就见兰姬打开阳台拉门走了出来。兰姬满脸疲倦地喝着茶，一副了如指掌的样子。

"忠楠姐和熙子姐，还有胜载哥，他们好像进入三角恋关系了。"

"静雅姐让我少管闲事。"

兰姬听英媛这么一说，手指放到嘴唇上意味深长地一笑："嘘！去吃饭吧。"

兰姬刚走出阳台，忠楠又推门进来，劈头盖脸就问英媛："昨天咱们看到的，阿婉……怎么办？"

昨天，她们偶然看到了阿婉和东震在一起。忠楠昨天被那几个经常光顾自家咖啡馆的年轻艺术家和大学教授放了鸽子，心情不爽就把英媛叫了出去。无巧不成书,忠楠被放鸽子的酒吧就在东震出版社附近。当忠楠和英媛喝了一杯酒,准备离开酒吧的时候,恰巧看到东震亲吻浑身湿透、痛哭不止的阿婉。

"你懂什么是'道'吗?世上有许多'道',活了这么多年,我才发现真正的道中之道就是'不知道'!阿婉自己会解决的,别管了!"

英媛认为最好佯装不知阿婉昨天的事。

"对!"忠楠想了一下表示同意。就算阿婉亲如女儿,也不能对她的私生活指手画脚。

英媛有事提前离开。兰姬和忠楠吃完早饭,也各自忙着准备出门。忠楠一边涂乳液,一边饶有兴致地看着镶满一面墙的阿婉小时候的照片。看到阿婉跳芭蕾,参加歌唱比赛,拉小提琴的儿时照片,禁不住又想起了昨天的情景,心乱如麻。

"嘻嘻嘻,我家阿婉那时候特别可爱吧?漂亮吧?"兰姬在她身旁,一边涂口红,一边欣慰地笑着。

"她学过很多东西啊。"

"都是我让她学的。我家阿婉,只要我说的她都会听话去做。你也知道,我的梦想不是当作家嘛,所以有一天我就让她放弃一切当作家。"

"然后她……听你的话了吗?"忠楠难以置信地回头看兰姬。

"当然了!所以我才活了下来呀。就算丈夫出轨,爸爸喝酒、赌博,还虐待我妈,因为有了阿婉,我才能坚持活下来。"

忠楠看完所有照片之后,举起了其中一张:"这里还有我呢。"那是忠楠在阿婉的大学毕业典礼上和她一起拍的纪念照。

"你拿去吧。"兰姬大发善心。

"真的吗?"忠楠看着照片,仿佛回想起了往事,满脸喜悦之情。阿婉这么漂亮,就像自己亲生女儿一样,怎么就会迷上了有妇之夫呢?忠楠不解又难过。

就在二人快要化妆完毕的时候,阿婉竟然突然来到。兰姬见女儿没有事先联系主动找上门来,开心地立刻给她摆好了饭菜。

"你真的是来送我去餐馆的吗?"兰姬一边帮阿婉夹菜,一边向她确认。

"是啊,咱们不是很久没见了嘛,我想你了。每当晚上下雨的时候啊,我就特别担心这位大婶睡得好不好。"

兰姬听阿婉这样一说,开心地在阿婉脸上亲了一下。

"别这样。"

"我真开心死了。"

阿婉见兰姬像对恋人一样,羞涩地向自己表白,便开怀大笑。然后反问兰姬:"您就那么喜欢我吗?"

忠楠一副不忍直视的表情,默默地看着这对母女在她面前卿卿我我的样子。自己别说女儿,就连婚都没结过,她们竟然在自己面前这样毫无忌惮地亲热,心中不免有些嫉妒。突然又有些疑惑,兰姬如果知道了阿婉的事情,是否还会觉得自己女儿可爱呢?

"你没女儿,那就别说话。"兰姬见忠楠一副不满的眼神,觉得有些抱歉,就随口说一句,然后又夹菜放到阿婉的勺子上,"我要是喜欢男人能喜欢到这个程度,可能都不止上百次得相思病了。嘻嘻,你尝尝这个。"

"阿婉啊,你妈喜欢你喜欢得要死,你也喜欢你妈吗?"忠楠就像确认似的轻声问阿婉。

"我吗?"阿婉看了看兰姬充满期待的眼神。

"我会感到是一种负担。"

"我就想让你有负担!"兰姬笑着又说了一句。阿婉觉得此刻的老妈非常可爱,就笑着在她脸上亲了一下:"您真漂亮,真的……"

兰姬被女儿这么一亲,简直开心得不得了。

"那就行了。"忠楠一边翻看鉴定考试材料,一边小声嘀咕。

"您什么意思呀?"

忠楠并不回答阿婉的提问,心中暗想,既然阿婉是一个听妈妈话的乖女儿,肯定就会处理好有妇之夫的问题。忠楠虽然这样安慰自己,却又无法彻底放下不管,不免又担心起阿婉来。人一旦坠入爱河,就会目空一切,阿婉自己到底能否分清事理呢?

对不起，都怪妈妈不懂你

英媛带顺英去了医院，检查结果显示顺英的状况远比想象的更严重。医生看顺英有多处脱臼、骨裂，不停地摇头，说这根本不可能是一两次挨打留下的伤痕。英媛怜惜地看着胳膊打着石膏走在自己前面的顺英。

两人走出医院，在附近公园的长椅上坐下来。顺英或许因为拿到了诊断书，可以着手准备办理离婚手续开始新生活，反倒一副轻松的神情。

"我要和朋友去美国。我打听过了，只有餐厅或咖啡厅能找到工作，所以打算过去后先暂时做那些工作。是阿姨您生活过的佛罗里达，那里怎么样呢？"

英媛看着顺英打着石膏的胳膊，长叹了一口气："这么大的事，你怎么不跟爸妈商量？就算你怕爸爸，那你妈……难道你跟你妈之间也有什么心结吗？"

"跟我爸倒是有心结。"

顺英忧郁地一笑，抬起头仰望着天空。

"我跟我妈能有什么心结啊，她把我这个别人家的孩子养这么大。没有,哪有什么心结。"

这时顺英手机铃响,她看着来电显示的"妈妈"二字,满脸悲伤,最终还是没有接听电话。不,是不能接听,因为她不想让英媛看到自己流泪。顺英对母亲静雅没有丝毫不满,相反还打心眼里感激她。母亲本来就生活不易,却一直把非亲生的自己留在身边养育,自己如何才能报答母亲呢?顺英本想好好生活,不让母亲操心,以此报答她的养育之恩。可是,没想到自己现在却弄成这个样子,实在让她伤心和愧疚。

静雅看着手机,担心地自言自语:"看来她真生气了。"

顺英接连几天都不接静雅的电话,也不像以前那样让自己过去打扫卫生,实在让她放心不下。静雅正背着孩子,一边担心顺英,一边打扫客厅,秀英睡眼蒙眬地走出卧室,问静雅:"我的饭呢?"

静雅急忙关掉吸尘器,从冰箱里拿出了早已准备好的菜肴。

"你给姐姐打过电话吗?"

静雅因为联系不上顺英,就让秀英给姐姐打电话看看。

"还没打呢。"秀英坐在餐桌前,一边吃着静雅做好的饭菜,一边漫不经心地回答。

"你怎么这样啊。等爸妈死了以后就只剩下姐妹了,你们姐妹应该亲近点。我不是告诉过你,你姐姐状态不太好,让你给她打电话吗?你怎么这么没人情味啊。"

静雅由于担心和难过,不免冲秀英提高了嗓音。

"我正为幼儿园生源减少烦恼呢,怎么连您也来烦我。难道我在玩吗?我活得也很累。"秀英放下勺子,不满地埋怨静雅。

"生源……减少很多吗?"静雅后悔不该说那些话,一边给女儿夹菜,一边担心地询问。

英媛和顺英分别后就向静雅家走去。一路上心烦意乱,正琢磨如何向静雅开口时,忠楠打来了电话:"胜载哥给我来短信了,'小朋友,什么时候一起喝杯茶吧,有空的时候给我打电话'。你说我该怎么办?"

英媛此时根本无暇顾及忠楠的恋爱,直截了当地问忠楠:"顺英被她丈夫打的诊断书出来了,痊愈需要十二周。我现在正要去静雅姐家,你想让我听你电话吗?"

"不用啦!"忠楠二话不说,就挂断了电话。她虽然偶尔好管闲事,却分辨事理,从不胡搅蛮缠。

英媛对自己不打电话贸然到访深感歉意。静雅却热情相迎,还马上端出了水果:"真糟糕,都没东西招待你,只有几块放了很久的水果。就算你是顺路过来,我这也太寒酸了。"

英媛吃了一块水果,艰难地一笑:"挺好吃的。"

静雅看到英媛,似乎想起了可乐吧的事,呵呵笑个不停。

"那个,可乐吧还是什么的,真挺好玩啊。没想到居然有一群和我一样的老人。我一想到自己去过那里,就会笑出声,那些老人怎么都能跳得那么好。这样,这样。"静雅突然站起来,模仿老人们的舞蹈动作。然后,又咯咯笑着坐了下来,"哎哟,差点笑死我了。"

英媛心烦意乱地看着静雅,艰难地开了口:"姐姐,我来这里是因为……"

正在这时,静雅手机响起了短信提示音。

"你等一下。"静雅看到短信,立刻面露喜色,还自豪地让英媛看手机,"你看。"

只见手机屏幕上显示:"我在回家的路上。对不起,上次对您发了脾气。"还有顺英在疗养院和外婆一起的合影。静雅抚摸了一下照片中的两人,把手机放在了旁边。

"嘻嘻,这丫头。这丫头虽然有点个性,可在女儿中最漂亮。英媛,你有时间和我一起去看看我妈吧,说不定这是最后一次见我妈呢。"

"锡钧哥呢?"

"他去见顺英老公了。他俩好像挺投缘,还互相称呼'教授姑爷''岳父大人'的。"

英媛一想到自己要告诉静雅那个教授姑爷的所作所为,简直心如刀绞。

"姐姐……我来这里……其实是因为顺英。"

"因为顺英?顺英怎么了?"

英媛简单说了一下顺英的情况,然后从包里拿出几张照片,放在了静雅面前。静雅表情茫然,就像根本不明白英媛在说什么。一个女人挨了老公打,痊愈需要十二周,而且,那个女人就是自己的女儿顺英。照片中到处淤青、骨折到打石膏,那个仿佛被猛兽踩躏的弱小动物一样的女人,她,竟然是自己的女儿顺英。

静雅拿着照片的手开始颤抖,两眼充满了泪水。女儿这得多疼啊,一个人默默忍受那份痛苦,该有多么孤单无助啊。静雅一想到自己女儿所承受的痛苦,悲痛欲绝,放声大哭起来。自己光以为顺英体弱多病,还埋怨女儿不露脸。静雅懊悔自己没照顾好女儿,没察觉到女儿的痛苦,越想越觉得对不住女儿,一边哭一边自责。

英媛也早已泪眼婆娑,扭头不忍直视静雅。静雅大哭一场,总算恢复平静,站了起来,"走,咱们去顺英那儿!"

顺英在考试院前面的一间咖啡厅里,一边翻看移民美国的宣传册,一边和朋友开心地聊着天。静雅和英媛坐在车里,远远地观望着咖啡厅里的顺英,顺英那幸福的表情,让人难以相信她是一个被丈夫家暴的女人。

终于摆脱了暴力的恐惧，才会让她如此开心愉快吧。静雅怜惜地深深叹了一口气。

"顺英刚结婚时，好像说过一两次……说她丈夫喝醉后性格暴躁，她有点害怕。当时我还训斥她，告诉她男人都那副德性，不算什么大毛病。后来她再也没提起过，我还以为没事了，哪知道是这个样子啊。"

如果自己当时多关心顺英一下，也不至于弄到今天这种地步。静雅越想越难受，又流下了自责的眼泪。

"得让顺英离婚，医生说她伤情很严重。姐姐那个年代，就算这样也都将就过来了。但现在时代不同……"

"你别说了！"

静雅紧闭双唇，不再言语。不用英媛提醒她也明白，就算再有一卡车的教授姑爷，她也不会说让顺英忍着过日子的蠢话了。

"姐姐，锡钧哥和顺英爷俩好像有点不好办，……以后慢慢解决吧。"

过了一会，顺英和朋友挽着胳膊说笑着走出了咖啡厅。英媛看着顺英笑容满面地从她们车后走过，才启动了车子。

"走吧，姐姐。"

静雅心疼地望着顺英消失的背影。

锡钧接到教授姑爷要给他买衣服的电话后，无比兴奋和期待。只要和教授姑爷在一起，锡钧就会底气十足，说话声音都会自然而然地上扬。锡钧因为自己初中毕业自卑一辈子，所以一直脖子挺得笔直，维护着自尊。有大学教授职称且性格温和的姑爷总算让他扬眉吐气了。

"吴教授，你看这个怎么样？"锡钧举起藏青色的拼接西服问姑爷。

"很好啊。"锡钧听姑爷如此爽快地回答，便又兴致勃勃地拿起了挂在旁边的夹克，"哎呀，这个也不错。"

"那个也很好。岳父,买吧,我都给您买,买吧。对了……岳母今天去我家了吗?"姑爷察言观色地问锡钧。

"她应该去秀英家了吧。她上次好像和顺英闹了别扭,说什么在顺英求她之前再也不去了。"锡钧心不在焉地回答姑爷。

"哦,那样啊……"

"好好管管你老婆,吴教授,别再让她天天跟自己妈妈大吼大叫。"锡钧根本不了解顺英的处境,反倒在袒护和讨好姑爷。

锡钧和姑爷分别后,立刻就送给弟弟一件姑爷买给自己的衣服。又喝了一杯酒,兴高采烈地回到家里。

静雅坐在沙发上凝神望着窗外,感谢顺英让自己看到了她的笑容。静雅没想到单单一个离家出走就让顺英那么开心,既难过又心疼。

"哎,你在家啊?"锡钧因为今天心情不错,走进室内主动和静雅搭话。刚刚他在外边,扯着嗓子把几个女儿的名字喊了一遍,也不见静雅给他开门,便自己用钥匙开门走了进来。

"那怎么不给我开门啊?真是的,你把老公当什么了……"锡钧把姑爷在商场买给自己的衣服扔到一边,走向静雅。"哼,我真想这样。"锡钧做了一个抬脚踢人的动作,嬉笑着坐到静雅旁边。

"你要感谢我了,感谢我今天心情好,去给我倒杯水!"

"顺英要离婚了。"静雅淡淡地告诉锡钧。

"她疯啦!……想干吗?怎么了,为什么?是因为丈夫对她太好吗?还是因为丈夫为她赚的钱太多,丈夫给她讨厌的老爸买这么好的衣服,所以才要离婚吗?"

静雅转头看着窗外,眼里噙满泪水不再理睬锡钧。锡钧对此毫无察觉,继续抱怨:"哎,这个疯丫头。真是吃饱了撑的,身在福中不知福。她一天到晚不是花钱去学东西,就是躺在那儿睡大觉,每天花着自己老公赚的钱吃喝玩乐。"

锡钧嘻嘻笑着,突然朝静雅耳朵大喝一声:"因为像你,她才会发神经,你知道吗?"

闻听此言,静雅猛地站起身,"啪!"地扇了锡钧一巴掌,又把放在桌子上的照片狠狠地朝锡钧脸上摔去:"对,因为像我,她才忍耐到现在。她就像笨熊一样的我,一直忍受虐待。都是我的罪过,我有罪!"

静雅泪流满面,朝锡钧怒吼一声,拿起姑爷买给锡钧的衣服撕成碎片,走进卧室号啕大哭起来。锡钧一脸茫然,一张一张捡起静雅扔过来的照片,那是顺英到处骨裂和淤青的照片。锡钧突然膝盖一软,心沉到了谷底。

没有什么解不开的心结

静雅一直不理睬要去上班的锡钧。若是以前,无论静雅多么生气,从来也没有懈怠过锡钧的早饭,可今天她却无动于衷。锡钧因为愧疚,一直找借口和静雅搭话,都被静雅无视。

锡钧乘坐公交车在他工作的小区门前下了车,却没有到岗。一直站在公交车站,思来想去沉思了几个小时。他曾经因为有个教授姑爷而得意扬扬,哪曾想那家伙竟然动手打顺英,锡钧觉得姑爷背叛了自己。那家伙把顺英打得遍体鳞伤,浑身淤青,竟然还为了讨好岳父给他买礼物,实在是可恶。

锡钧也不知道自己究竟站了多长时间,和自己共事的一个保安向他走来,满脸不悦地向他抱怨:"哎?您在这儿干吗呢,怎么没去上班啊?就因为大叔您,害得我今天多干了两个小时,还拜托一区的大叔照看咱们区……这叫什么事啊?"

锡钧并不理会冲他发脾气的那个同事,一步登上了刚驶进站的公交车,他终于想到了惩治那个可恶姑爷的好办法。

锡钧一进姑爷大学的校园,就抓住一个路过的学生问路:"心理学系吴世伍教授的办公室在哪里?"

"人文学院在那边。"学生指了指不远处的大楼,锡钧看到姑爷的车就停在大楼前。

锡钧定了定神走进大楼,站在教授间门前,看到门上贴着的名牌后,一把摘下来扔到地上,猛地推门走了进去。正在伏案工作的姑爷吓了一跳,赶紧站起来招呼锡钧:"岳父!"

锡钧拿起放在茶几上的矿泉水瓶扔向姑爷,又扑上去抓住姑爷的衣领,挥起拳头砸下去。

"哎呀,您这是干什么,岳父!"姑爷一边躲避着锡钧落在他背后和头部的拳头,一边装腔作势地责问锡钧。锡钧抓起桌上的书和文件扔了一地,又从口袋里掏出照片朝姑爷脸上摔了过去。

"你看看,这是什么?"姑爷看到散落在地上的顺英的照片,颇感意外和惊恐。锡钧仍不解气,又抡起椅子向姑爷扔去。

"疼吗?你挨打也疼吧?你这个狗杂种!"

锡钧看到姑爷满脸流血,却并没有住手,脱下鞋子继续朝姑爷后背一通乱打。抱头蜷缩的姑爷这时突然大吼一声:"哎,你个老东西!"然后就反手把锡钧的胳膊往后一扭,将他猛地推到了墙上。

"谁让你不好好管教自己的女儿了!"姑爷一只手抓住锡钧的胳膊,另一只手掏出手机拍着自己流血的脸。然后,满脸鄙视地打开手机相册推到锡钧面前。

"你自己看吧,这个。"那是顺英在咖啡馆和男老师学习咖啡的制作方法,品尝咖啡的照片。

"那怎么了?那是学习制作咖啡的学生们……"

"你现在想为女儿说话啦?她明明就是捡来的女儿,现在你想当爹了呀。不是你告诉她,不能对丈夫隐瞒任何事情吗?还有啊,听说你也知道她上小学时发生的那件事?"

姑爷咆哮以后,又更加用力把锡钧胳膊往后一扭。锡钧闻听此言,犹如挨了当头一棒,怔怔地愣在那里。他根本没有想到,那件事对顺英的伤害如此长久。更没有想到,那件事会成为自己女儿被怀疑,甚至被丈夫殴打的借口。

"爸爸,社长儿子摸我!他把手伸进了我裤子里。爸爸,您听见我说话了吗?"

顺英当时刚上小学六年级。有一天,顺英找到在一家钢铁厂上班的锡钧,向他大声哭诉。可锡钧不但不安慰顺英,反倒呵斥一通:"是谁死了吗?谁让你穿裙子了?"

锡钧竟然对痛哭流涕的顺英大发雷霆。他恨自己没学问,还贫困潦倒,觉得自己女儿会遭受那种坏事,都是因为自己无能。比起担心流泪的顺英,锡钧更懊悔自己的无能。

"我是穿的裤子,是他非要摸我!"

锡钧依然无视自己大声辩解的顺英,紧咬嘴唇一声不吭地继续切割钢筋。锡钧觉得自己是一个没出息的父亲,根本没想到要去安慰女儿。

锡钧回想起当年的往事,浑身瘫软下来,想到女儿的不幸是自己造成的,脑子里一片空白。姑爷趁势把锡钧摔到地上,锡钧的脸被地面擦蹭流出了鲜血。

"你也知道,她本来就是那种人。是,我稍微打了她一下,不对,打了很多下。怎么啦?就凭这些照片能证明是我打了她吗?不能吧?她已经自残成性。我听说她从初中开始就自残了,是她亲口告诉我的。只要我咬定她自残就OK!见好就收吧,你就别再闹了!"

姑爷说完，朝一动不动的锡钧吐了口唾沫，离开了自己办公室。

看来那个女孩至今也无法原谅，原谅那个当时没抚慰年幼女儿伤痛的父亲。如果那天他好好抚慰一下哭泣不止的顺英……现在就算自己捶胸顿足懊悔不已，也为时已晚无法挽回了。

锡钧难过得泪如泉涌，强打精神坐起来，用手机拍下了自己流血的脸。然后拾起地上那些被踩脏的顺英的照片，一一擦拭干净后放进了口袋里。暗暗发誓，这次一定要为女儿而战，绝不退缩！

锡钧在校园里四处寻找合适的东西，不知从何处找到了一把铁锹，拿着它来到姑爷车旁。刚刚被姑爷扭过的胳膊和地面擦蹭的脸，让他感到了阵阵剧痛。锡钧强忍着疼痛，决心今天一定要为一直忍受姑爷家暴，不向娘家诉一句苦的女儿出口气。于是，锡钧抡起铁锹，用力砸向了姑爷的车子。

"哗、哗、哗、哗！"

锡钧无视刺耳的汽车警报，依然挥锹不停地猛砸汽车。每当他抡起铁锹砸向车子时，眼前就会浮现女儿被姑爷挥鞭抽打、倒地呻吟的情景，心如刀割般疼痛。

在锡钧把车窗砸得粉碎时，警车才赶到现场。在去警察局的路上，锡钧从口袋里掏出手机，打开了自己偷录的音频文件。

"是，我稍微打了她一下，不对，打了很多下。怎么啦？就凭这些照片能证明是我打了她吗？不能吧？她已经自残成性。"

锡钧听了一遍又一遍，自己刚刚录下的姑爷的说话声，清清楚楚没有一丝杂音。

静雅来到了顺英暂住的考试院。看着眼前狭小的房间连窗户都没有，就和自己的心情一样憋屈，不由得感到一阵窒息。她一想到顺英竟住在这种地方,不免又是一阵心痛。

静雅责怪顺英怎么发生那么大的事都不告诉娘家妈一声。想到顺英对自己肯定有很多不满,既伤心又难过。没想到顺英却微笑着安慰她。

"我没什么不满,真的。我对您哪能心存不满呢?"

"如果没有不满,你怎么不告诉我,肯定有不满才会这样。"

"没有,真的没有!"

"每次你和秀英、浩英吵架的时候,我都偏袒她们……"

"老大和不懂事的老二、老三吵架,大人当然会责怪老大,难不成要责怪小的吗?"

顺英努力安慰静雅,说自己真的没有伤心事。

"我知道自己做了很多让你伤心的事,你哪能不记得呢?"

静雅想起了一个下雨天,自己去接秀英和浩英,还给她们买热狗吃,却把顺英忘了让她挨雨淋的事,既愧疚又难过。

"哎,别说了,没有。就算有也忘了,算了!"

就算顺英说没关系,静雅却依旧无法释怀。

"是的,我对你不公平。养你一个时我并没有感觉到,可经过产痛生下自己的孩子后,却觉得亲生孩子更可爱。那都是以前的事,是我年轻不懂道理时的事。我现在老了,你也长大了……咱俩这样对面坐着,都是可怜人啊。你有什么委屈就都告诉妈。你的嘴干吗的? 遭遇这么大事也不跟妈说一声,为什么?"

"别说了,妈。别累着了。"顺英强忍住眼泪,拿出一条叠得整齐的毛巾,为静雅擦拭眼泪。

"臭丫头,你还知道担心我累吗? 为我担心的丫头怎么还这样!"

"对不起,妈妈! 我以为我结婚了您就会心情舒坦,可没想到又添了这么多麻烦。"

"你说什么?"

"在我结婚那天,您不是笑着告诉自己的朋友们:'都结束了,全结束了。哎哟,心情好清爽啊。'"静雅根本没想到,自己当时顺口说的一句话却伤害了顺英,心里很不是滋味。

"那句话,让你伤心了吗?"

"没有。只是……我知道您有多难。我知道您因为不能生孩子,因为领养了我,因为不能生儿子,受尽了婆家的各种虐待。当时,我就下定决心不能让妈妈更辛苦,因我而受的折磨就到我结婚为止。所以,我就忍着没告诉您。对不起,文女士!"

"起诉他吧!"静雅终于停止哭泣,语气坚决地劝顺英。

"不!"

"你干吗不起诉啊?身无分文怎么过?打官司!我可不想就此了结,我要撕裂那家伙的四肢,他竟敢……竟敢打我的女儿。"

顺英紧紧地抱住愤懑流泪的静雅,叮嘱她:"忍住,千万!妈,求你了!我想过安静的日子。我从孤儿院到现在,经历了太多事,比起想弄死那个人,其实我更想安静地……安静地。"

顺英早已心力交瘁,身心千疮百孔。既没有战斗的力量,也没有战斗的意志。她只想安静地离开这里,开始新的生活。

"啊,我忍不了!我咽不下这口气!"

"要是您难受的话,我会更痛苦。咱们就安静地……"

"哎哟……妈妈,这可怜的孩子该怎么办啊。哎哟……妈妈……"静雅想到顺英一直以来就像傻瓜一样忍受着生活,又要像傻瓜一样憋屈地离开,难过得抱着女儿号啕大哭起来。

顺英带着哭得筋疲力尽的静雅去了附近的餐厅,看着妈妈双眼肿胀,默默吃饭不语,露出了久违的笑容。顺英觉得比起那些伤心的往事,自己更应该感谢妈妈,感谢她领养了自己。想到这个善良得只为别人着想,从不考虑自己的愚蠢的妈妈,顺英又不禁有些伤感。

"真好吃!"顺英都不记得自己究竟多久没和妈妈这样面对面吃饭了。她怕被妈妈发现自己的不幸,怕妈妈伤心,所以每次妈妈到自己家时都有意回避。那段时间,自己是多么孤单无助……

"慢慢嚼,慢慢吃。"静雅帮顺英夹菜放到勺子上。

"我好高兴,嘻嘻。妈妈,我一想到要和朋友去美国就特别开心。最近睡得特别好,早上也起得很早,所以您也要开心点。我不是离婚,是解放了,解放!自由!您知道了吧?"

静雅读懂了顺英的心思,用力点了点头:"对,是解放,是自由。自由,你说得对。"

静雅似乎平复了心情,盛了满满一勺饭送进了嘴里。

"你做得对,就该这样。好好嚼。"顺英看到妈妈情绪有所好转,也露出了欣慰的笑容。

静雅送顺英回考试院后,走在回家路上思绪复杂、心情低落。看到顺英如今因为获得自由而高兴,既为顺英逝去的时间感到委屈又惋惜。庆幸的是,还可以重新开始,让她稍微感到了安慰。静雅就这样左思右想,始终觉得心里空落落的,突然想起了自己的母亲。母亲一辈子受尽苦难,最终却被关在疗养院里等死,静雅为母亲的人生抱屈不平。我可不想像母亲那样。静雅虽然决心不重蹈母亲的覆辙,又觉得自己的人生并不比母亲好多少。

静雅有些想念母亲,便拨打了疗养院的电话:"您好。哎,您过得好吗?我是车阳顺奶奶的监护人……原来您知道啊。我打电话就是想问问我母亲怎么样?啊,这样啊,她很好呀。那我趁她状态好的时候,找一个时间去看她。"

静雅说得模棱两可。因为她要看女儿和老公的眼色,很少有自由时间。静雅突然觉得没必要顾虑那些,一直顾虑这些的自己太愚蠢,于是就语气坚决地告诉对方:"我明天就去!好,好的,到时候见!"

静雅挂断电话,抬头看了看自己家的方向,然后迈开大步,走向停在停车场的锡钧车。

静雅开车来到熙子家,见熙子出来给她开门,连个招呼都不打,径直走进客厅躺到了沙发上。

"你怎么了?"熙子担心地问静雅。

"我在这睡一晚。明天早上你和我一起去看我妈吧。"

"那你明天早上来就行,干吗这么晚过来,锡钧知道你来这里吗?"

静雅不回答熙子,眼睛紧盯着电视。

"锡钧晚饭怎么办?"

"我管他吃不吃呢。"

"我给他打电话啊?告诉他你在我这里,让他放心。"熙子看着静雅的眼色,又问了一句。

"不用管!"

"你出什么事了吗?"

"别啰唆!"

"我给你铺被子呀?"

"别烦我!"

静雅一副厌烦的神情,闭上了眼睛。熙子不再说话,拿起放在沙发上的被子盖到静雅身上,本以为睡着的静雅突然开了口:"熙子,顺英她……被丈夫打了。"

熙子看到眼泪从静雅紧闭的眼睛里簌簌流下,惊吓得深吸一口气,小心翼翼地问静雅:"很……严重吗?"

静雅紧闭双眼，咬紧嘴唇默默咽下了眼泪。熙子看到朋友如此伤心流泪，已经猜到了答案。

"那怎么办？"熙子不由得眼眶一热，心疼地看着朋友，也跟着流泪不再言语。

翌日，顺英为了从警察局领回砸坏自己丈夫汽车的锡钧，无奈提交了自己的诊断书。因为丈夫威胁她，如果不交出诊断书就把她父亲移交给法庭裁决。顺英本想以医院出具的诊断书为证据要求分割丈夫财产，并用这笔钱在美国开一家咖啡馆，没想到父亲连这个机会也给破坏了。

顺英迫不得已向丈夫妥协，将诊断书交给丈夫后走出了警察局。锡钧随后带顺英走进了一家米肠汤馆，服务员刚端上汤饭，他就开始狼吞虎咽，还若无其事地问顺英："听说你要去美国？"

"是的。"

"你要经常回来。忘掉一切，好好生活。"

"我能那么快就忘掉吗？"

顺英狠狠地顶了锡钧一句。她何尝不想忘记一切，奈何实在无法轻易忘掉。比起自己小时候遭受的性骚扰伤害，反倒是父亲把一切归罪于她，并对她不闻不问的态度让她更受伤。锡钧惊讶地看了一眼顺英，然而顺英却依旧不屑一顾地继续抱怨："您让我忘记我就忘，不让我忘记就不能忘吗？"

锡钧无言以对，放下勺子站了起来："你到了那里后，告诉我们联系方式吧。"

锡钧就这样一句道歉也没有就和女儿告别。他不想为自己辩解，对女儿隐瞒了事发当天的真实情况，就这样默默地送别了女儿。

事实是在顺英对他哭诉求救的那天，锡钧就去找了社长儿子，狠狠地教训了他。一边揍还一边训斥社长儿子:"她都说讨厌了,你还摸什么!她都说讨厌了,你还摸什么!"锡钧不顾同事们在一旁劝解,提醒他这样可能会被辞退,依然挥舞拳头,大声责问社长儿子为什么要摸自己的宝贝女儿。

  我是在很久很久以后的某一天,从酩酊大醉的锡钧叔那里得知了这件事的真实情况。当时我问叔叔,既然不惜被辞退工作也尽到了父亲应尽的责任,那怎么没能对女儿说一句抱歉呢?当时为什么不告诉顺英事情真相呢?他这样简单地回答我:自己就像那个年代的所有男人一样,从来没学过如何对自家孩子道歉。再说了,什么真相不真相的,没什么好说的。比起性骚扰女儿的那个家伙,他更恨自己的贫穷。

  在愚钝的锡钧叔过世后,我把那件事的真相告诉了顺英。看着顺英抱着父亲的遗像流泪不止的样子,我明白了一个道理:所谓人生,就算人死了也不会终结;斯人已逝,心结已解,没有解不开的心结。

风起，浪涌

第二天早晨，兰姬和女儿阿婉匆匆离开住了两晚的双芬家，今天大家要一起去疗养院看望静雅母亲。兰姬接到静雅电话说她和熙子已经出发，也和女儿一起匆匆上了路。兰姬觉得这次或许是最后一次探望静雅母亲，就让阿婉开车和她一同前往。

今天，静雅母亲的状态出奇的好，又是一个风和日丽的好天气。择日不如撞日，于是大家临时决定带老人家去看海。难得有机会带静雅母亲一起出游，大家心情愉悦开心不已。

"妈妈，您认识我吗？我是谁？我小的时候，您给我做过很多次饭呢。三年前咱们也见过一次，我是谁？"

无论兰姬多么亲切地询问和提示，静雅母亲却只是不停地眨着眼睛，也不回答。

"看来我妈是认不出你了啊。"

熙子听到静雅笑着打圆场，也向老人搭话："妈妈，我是谁呀？"

"熙……熙……"静雅母亲虽然没认出兰姬，却似乎认出了熙子，口齿不清地回答熙子。熙子见状，紧紧抓住静雅母亲的手兴奋地高喊："哎呀，太谢谢啦，我的好妈妈！"

静雅站在旁边，欣慰地看着这一幕。然后，俯身贴在母亲耳边轻轻问妈妈："妈妈，我们带您去看海，开心吧？"

静雅见母亲露出笑容，甚感愉悦和欣慰。忽然，她的心咯噔一下，感觉母亲握着自己的手突然增加了力度，紧紧地握住了她。静雅立刻有了一种异样的感觉。一直以来，母亲始终精神恍惚、神志不清，就连亲生女儿都不认得，可今天却一反常态地清醒。静雅从母亲紧握她的手上预感到，今天或许是自己与母亲的最后一次同行，瞬间热泪盈眶。

"阿婉啊，咱们去近一点的地方吧。如果去太远，我妈会疲劳的。"静雅声音略带颤抖地叮嘱阿婉。

一到海边，静雅就用轮椅推着母亲漫步在一望无际的沙滩上。熙子满心喜悦地跟在轮椅左右，兰姬和阿婉则跟在她们后面，相互追逐嬉戏着。静雅看到一群海鸟排列有序地飞过上空，便举手指着鸟儿让母亲看。

"妈妈，您看，鸟儿！哎呀，多漂亮啊，鸟妈妈、鸟爸爸、小鸟、鸟朋友，那么多鸟，真全啊。"

静雅母亲费力地抬起头，神情安然地看着鸟儿们的翅膀。熙子捡起一个漂亮的贝壳，把它放到了静雅母亲手里："妈妈，您拿住！"

静雅母亲接过贝壳，再次抬头看了看鸟儿。静雅开心地看着母亲脸上泛起的淡淡微笑，跟随她的视线望向飞走的鸟儿，看着鸟儿们在浩瀚的天空中自由地飞翔。天高任鸟飞，静雅看着天空中自由飞翔的鸟儿，幻想着自己可以把世间的一切烦恼抛到九霄云外，像鸟儿一样自由地飞翔。静雅目不转睛地看着眼前飞翔的鸟儿，就仿佛自己也在遨游天空一样。

就在这时，只见静雅母亲握紧的拳头轻轻打开，手中的贝壳"啪！"的一声掉落在地。熙子捡起掉在沙滩上的贝壳,本想把它重新放到母亲手里,却突然抬起头,呆呆地看着静雅不语。静雅扭头看了看呆若木鸡的熙子,然后又异常淡定地将视线转向闭着眼睛的母亲。

静雅再次抬起头,默默地看着空中的鸟儿。心中祈祷母亲能实现生前的愿望,下辈子重生为遨游天空的小鸟,又祈祷母亲再投胎时不要像今世一样穷困潦倒,受尽苦难。静雅就这样一边祈祷,一边不停地流眼泪。

"静雅……"熙子强忍着哭泣,哀伤地呼唤着静雅。可静雅却默默无言,推着轮椅继续向前走去。

"妈妈……您看鸟儿啊,鸟儿!"静雅想陪母亲多走一会儿,和母亲多聊一会儿,"妈妈,您还记得吗?您曾经在外婆的坟前说过,想成为飞鸟。妈妈……您就变成鸟儿吧,下辈子一定要……变成鸟儿。"

静雅母亲就这样离开了。守了五十多年寡,为了抚养三个孩子,一辈子辛苦耕作累弯了腰,最后因哮喘和肌体衰竭,躺在疗养院遭了五年的罪。就在平生第一次与自己深爱的女儿来到海边的这一天,母亲就这样看着天空中自由飞翔的鸟儿离开了这个世界。

兰姬正在不远处和女儿嬉戏打闹,突然感到了一些异样。只见熙子望着大海簌簌地流着眼泪,静雅推着轮椅走向沙滩的尽头。兰姬和阿婉跑到熙子身边,神情紧张地问熙子:"怎么了?"

"妈妈……走了。"熙子一边擦着眼泪一边告诉她们,为了静雅,她在努力控制着自己的情绪。兰姬闻听此言,也立刻露出悲伤和迷茫的神情。阿婉看着她们二人不知如何是好,便催促兰姬:"您不去看看静雅阿姨吗?"

"别打扰她!"

"那该怎么办?"

"什么怎么办,准备葬礼呗!"

兰姬又低声叹息一声,掏出手机拨通了忠楠的电话。

"姐姐,静雅姐的母亲去世了。这里吗?是万里浦海水浴场附近。我知道姐姐举办葬礼有经验,所以就第一个联系你了。告诉你之后,我马上给锡钧哥打电话。啊,是吗?要先叫救护车到这里来吗?哦……人死了救护车也会来啊。姐姐你不愧多次经历过白事,连这个都懂啊。"

阿婉跟在兰姬身后,不时回头看看静雅。只见静雅紧贴着母亲的脸,尽管母亲再也听不到女儿的声音,她还是不停地说着什么。那个情景是那么凄凉、悲伤,令人心痛,阿婉不由得眼眶一热,悲从心来。兰姬不停地拨打着电话,替静雅向每个熟人传达讣告,熙子则神情自若地靠在车上陷入了沉思。阿婉见大家面对一个人的死亡都在各司其职、竭尽全力,唯有自己不知所措、无所适从,不禁感慨万千。

"毫无白事经验的自己,就像贝壳般渺小而卑微。经历过世间万事的长辈们,也有伟大而了不起的时候。逝者已逝,生者仍要继续生活,生死界限分明;凡事有力所能及和无能为力,坦然接受无能为力。长辈们早已通晓此种道理,就如巍巍高山一样雄伟、高大、了不起!"

等救护车把静雅母亲送到医院后,大家各自回家着手准备参加葬礼。

熙子打电话让敏浩带丧服过来后,自己也换上了黑色套装。敏浩放下手中的工作立刻奔到熙子家,熙子接过敏浩递给她的领带,立起他的衬衫衣领帮他系领带。敏浩默默地看着熙子仿佛丢了魂似的表情,抚摸着她发白的鬓角问熙子:"妈妈,您也有过妈妈吗?"

"当然有了,就是你外婆。因为她过世太早,你没见到而已。"熙子一想到勉强活到女儿出嫁就去世的短命的娘家母亲,不由得一阵心酸难过。

"好神奇啊,妈妈竟然也有妈妈。"

"我也……曾经有过妈妈。"熙子鼻子一酸,哪有没有母亲就来到这个世上的人呢？一想到自己也曾有过一个疼爱自己的母亲，然而，没有母亲的时光却比受到母亲庇护的时光多两倍，不免有些惆怅。

兰姬和阿婉回家换好衣服后，就去外婆家接了双芬和仁峰。阿婉本想直接去殡仪馆，兰姬和双芬却非要先去一趟超市。兰姬一进超市就来到干货柜台，先后把花生米、鱿鱼干等各种下酒菜装进了购物车里。仁峰也按照双芬的指示，一瘸一拐地把烧酒装入了购物车。兰姬不知又接到了谁的电话，握着手机高声通话中。

"她说鳐鱼太贵了，那就用生鱿鱼吧。静雅姐的弟弟们都是农民，哪有什么钱啊。喂，现在谁还吃鳐鱼啊？"

双芬正要把干鱼放进购物车，听到兰姬的通话内容后，勃然大怒："当然要放鳐鱼啊！办丧事没有鳐鱼吃什么？等我死的时候，你是不是也要在祭品桌上省钱啊。"

双芬丢下阿婉和兰姬，怒气冲冲地离开了那里。兰姬无奈地看着双芬的背影，对着手机大声喊道："好吧，奇子姐，那就摆鳐鱼吧。摆鳐鱼，嗯，摆吧！"

兰姬满脸不悦地挂断电话，重新环视了一下超市里的物品。

"咱们不是去殡仪馆吗？您说的鳐鱼又是什么，真搞不懂。这些东西不应该由殡葬服务公司准备吗？有必要买这些东西吗？"阿婉看着购物车里的东西，不解地刚问一句，兰姬就像在示意她不懂就老实待着，说了句"你别插嘴"。

仁峰这时推着购物车来到了兰姬身边："姐，妈反对我和菲律宾女孩结婚。你怎么看？"

阿婉虽然第一次听说此事，兰姬却好像早就知道了："我听说她二十岁？"

"二十二岁！"

"喂，你想和那么年轻的女孩儿……"

"你撒谎！明明都是因为我的腿。"

仁峰推着购物车离去，满脸伤心和遗憾的神情。兰姬心情郁闷地看着仁峰的背影，随即又东张西望地寻找双芬。只见双芬正站在不远处的女装卖场前，似乎很中意模特身上的那件黑色洋装，不停地摸来摸去。兰姬走到近处，发现竟是一件镶满闪光亮片的艳丽衣服，便不解地责问母亲："买它，您想什么时候穿啊？"

"是啊，我明后天就要入土了，还买它干吗？"双芬说完，收起迷恋的眼神，意志坚定地离开了模特。可是，刚走几步又突然转回身，大声吼道："就算我明后天就要入土了，咋就不能买它？你给我买！"

"妈，你真的要穿那件亮片衣服去参加葬礼吗？"兰姬跟着双芬走进服装卖场，无语地向母亲抱怨。

在医院的殡仪馆里，殡葬公司职员和静雅、锡钧以及忠楠正在商议有关葬礼物品的事宜。

"从这到火葬场，要使用豪华轿车吗？"忠楠问静雅和锡钧。锡钧一听到"豪华轿车"，似乎有些犹豫。随即听到失魂落魄地坐在自己身边的静雅回答："不要！"

"棺材呢？用梧桐木、桧木、松木，还是最便宜的柳桉？"忠楠又问。

"怎么能选柳桉？棺材当然要选梧桐。"静雅听锡钧这么郑重地答复，满眼怨恨地怒视着锡钧。

"就选柳桉！她活着的时候，你怎么没对她好一点。"

于是，锡钧闭嘴不再言语。这时，静雅的弟弟猛地推门走了进来，满脸浓密的胡须，衣着寒酸，浑身散发着浓烈的酒味儿。

"救活咱妈吧,咱妈!姐,把咱妈救活,啊,姐!"

他就这样一直纠缠着静雅哀号不停。锡钧惊慌失措地拉起小舅子走了出去,静雅自始至终不理睬弟弟,一副失魂落魄的样子。三天后,这场喧闹而嘈杂的葬礼虚幻地结束。

几天后,静雅和朋友们围坐在海边,小心翼翼地取出裹在包裹里的母亲的骨灰。

"你弟他们让你带走骨灰啦?他们竟然还怪你没侍奉妈妈,大闹一场。"忠楠颇感意外地问静雅。静雅的弟弟们在葬礼过程中,一直都在责怪静雅。他们没给母亲支付过一次赡养费,却责怪静雅不在家里侍奉母亲,而把她送到了疗养院。静雅自始至终一副失魂落魄的表情,默不作声,凄然地听着他们的牢骚和埋怨。

"弟弟们还以为把骨灰供奉在骨灰堂了。静雅姐说,她偷偷拿了一把出来。"英媛一边替静雅回答,一边怜惜地看着静雅。静雅坦然地抓了一把骨灰,站起来叮嘱大家:"我妈一辈子都没过过清静的日子,所以她最讨厌吵闹。咱们就静静地撒骨灰吧。"

于是,从静雅开始,熙子、忠楠、英媛和兰姬,每人先后抓了一把骨灰走向大海。

"这还真不是他人的事,感同身受啊。"兰姬自言自语。

静雅的母亲一辈子受尽苦难,骨灰就这样随着海风,随着海浪飘逝而去。

阿婉靠在车上看着老妈和阿姨们,神情复杂,思绪万千。总有一天,阿姨们也会那样离去吧?还有自己的老妈。看着老妈和阿姨们那种平静坦然大于悲伤的神情,阿婉暗自问自己:将来有那么一天,自己送走老妈时也会露出无悔的、坦然的微笑吗?实在好奇她们的那种淡然从何而来?

"好吧,既然这是老妈的心愿,那我就写吧。写老妈的故事,写阿姨们的故事,别等以后再后悔。"

此刻,阿婉油然而生一种想法:很久很久以后,当自己和老妈离别的日子到来之际,也许老妈和她朋友们的故事会给自己带来安慰。而且,或许还可以让老妈走得更安然一些。

当天晚上,锡钧在睡梦中突然感觉身边空荡荡的,醒来后便急切地呼喊:"顺英啊……顺英啊……"

锡钧一边叫着静雅,一边在屋内寻找,当他小心翼翼地打开卫生间房门时,看到卫生间里横七竖八地躺着几个空啤酒瓶。静雅靠在墙上,就仿佛天塌了一样号啕大哭着,她那悲伤的哭声回响在空荡荡的卫生间里。锡钧默默地看着静雅,从卫生间的收纳柜里拿出毛巾,静静地放在了她的膝盖上。

"怎么喝这么多酒……"锡钧虽然想说一些安慰话,结果却什么也没说就走出了卫生间。

漫漫人生路上,无论阅历多么丰富的成年人,也都会经历一次母亲的离世,任谁也无法不悲伤。年老的女儿就这样送别了自己年迈的老母亲。

可以回头的路，绝对无法回头的路

也许是因为平日上午，公园里既冷清又安静。我和老妈久违地一起出来溜达，顺便散散心。前几天，老妈因突然经历的白事而身心俱疲。今天似乎心情有所好转，一副神清气爽的样子。

"叮咚！"

我趁老妈听到短信提示音确认手机的空当，暂时将注意力转移到了出来散步的小狗身上。老妈这时发现了一条让她绝对不敢相信，也无法相信的短信。她在删除垃圾短信时，无意中发现了几天前忠楠阿姨发来的信息，于是就打开了短信："兰姬啊，阿婉在和有妇之夫交往，是出版社的那个总编。他是有妇之夫吧？我的直觉告诉我，她肯定在和那个有妇之夫交往，你一定要阻止她！"

老妈心想忠楠在说什么鬼话，可又觉得不能若无其事地置之不理。在善于察言观色的忠楠阿姨看来，我和东震学长曾经是恋人，两人旧情复燃的可能性也未必没有。我根本不知道当时的情况，走到老妈身边，从背后抱住了她。

"妈妈,风真舒服,是吧?"

老妈表情僵硬地看着我,沉默不语。我不知缘由,把胳膊搭在老妈肩上继续安慰她:"您还在悲伤吗?很伤心吧?是想到……外婆了吗?"

老妈还是死死地盯着我,一声不吭。

"我给您一个惊喜啊?我遵从您的心愿去写作,写阿姨们和您的故事。您高兴不?"

老妈并没有露出我内心期待的开心笑容,而是冷冷地甩开了我搭在她肩上的胳膊,独自往前走去。我做梦都没想到,老妈当时的那个冷淡反应是因为我和东震学长。

第二天,餐馆由于蜂拥而至的团体客人一片繁忙。然而,老妈却置之不顾,待在厨房里心不在焉,满脑子都是我和东震学长。眼前不时浮现出东震学长按我家门锁密码开门;我不想让东震学长回去,挽留他一起喝杯啤酒时的表情。"万一……",就算是万一,老妈也绝对不会接受。

"啊!"老妈就这样心不在焉地一边切葱,一边陷入沉思,一不小心割破了手指。她不顾店员们的担心,用厨房抹布简单包裹一下手指,就拿着手机走向了收银台。老妈认为自己女儿应该最了解她妈妈,明白妈妈因为丈夫出轨而遭受的极大精神苦痛,所以绝对不会和有妇之夫交往。自己不该怀疑无辜的女儿。想到这里,不由地怨恨忠楠阿姨发来那种奇怪短信。于是,接通电话后老妈就问忠楠阿姨:"忠楠姐,我想见你和英媛一面。是我去你家,还是你来我家?"忠楠阿姨猜到老妈因何而打电话,便乖乖地回答去老妈家。

当天晚上,老妈见忠楠阿姨随英媛阿姨一起进来,不管三七二十一,劈头盖脸就责怪忠楠:"话,有该说的和不该说的,你怎么能胡说八道呢?为什么?凭什么?你怎么能这样!"

忠楠阿姨见状，眼睛都不眨一下，目光坚定地瞪着老妈，大声提醒道："你小声点！"

"你觉得我现在能小声吗？你把我好好的女儿说成是小三，你到底把我，把我女儿看成什么人了，竟说这种话。我被淑姬那娘儿们搞成那样，怎么可能让我女儿和有妇之夫交往呢？我会那样教育自己女儿吗？姐姐，你白长那么多岁数了吗？干吗要凭空捏造？他们只是关系要好的大学师兄妹，你要不是我姐，我昨晚就找到你家和你理论了。你活得就那么无聊吗？"

老妈说完，愤怒地向忠楠阿姨扑过去。英媛阿姨坐在两人之间一直默不作声，这时伸手抓住老妈的肩膀阻拦道："喂喂喂，喂，兰姬！"

"我真要是觉得无聊才说这种话，就该去找话痨奇子了。难道我疯了，才要告诉你吗？"忠楠毫不示弱地还嘴。

"你说什么？"

英媛阿姨似乎再也听不下去，忽地从座位上站起来，一副忍无可忍的样子："你们俩想吵架就吵吧。这是干吗呢，都一大把年纪的人了。唉，我可不想留在这里了！"

"不许走，你就给我待在这儿！"老妈说着，就把英媛阿姨摁到了沙发上。当初她叫英媛阿姨一起过来，目的就是防止两人万一发生肢体冲突时，让她加以阻拦。老妈又怒目追问忠楠阿姨："你到底看见什么了？姐姐到底看到了什么，竟然乱讲我唯一女儿的闲话！你看到她们睡在一起了吗？还是看到他们两个滚在一起了？没看到的话，怎么能说那种瞎话呢？"

老妈怒从心起，说完就咕嘟咕嘟地喝起水来。

"唉……真是的……"英媛阿姨夹在中间左右为难，也跟着喝起水来。

"我没看到他们俩滚在一起，可看到他们亲嘴了。怎么了？"忠楠阿姨毫不在意两人的反应，目光犀利地看着老妈，突然说了一句。英媛阿姨慌得把水杯扔到地上，心急火燎地想阻止忠楠阿姨继续说下去。

"姐，你看到什么了，什么？你连眼前的字都看不清，还要戴老花镜。你老眼昏花，还能看见什么？"

"你给我闭嘴！你只管救兰姬好了，今天的事都算在我头上！"忠楠阿姨对英媛阿姨大发雷霆后，语气坚定地对老妈又说了一句，"我看得清清楚楚，在一个下雨天，她们两个人在出版社前亲嘴了！"

忠楠阿姨话音刚落，英媛阿姨就腾地站起来走了出去。刹那间，老妈眼里噙满泪水，瞪着眼睛追问忠楠阿姨："你……真的……看到了吗？"

"对我来说，比起你我的友谊，阿婉的人生更重要。我才不怕你讨厌我。你女儿就等于我闺女，阿婉的人生快要被毁了，你自己确认一下，如果不是那样，那对你、对阿婉的人生而言都是幸事。如果是，那你就告诉她不该走这条路，阻止她就行了。"

忠楠阿姨有条有理地说完，就拍了拍老妈的肩膀开门离去。老妈满脸悲伤地瘫坐在地板上，稍试平静后，拨通了英媛阿姨的电话："你知道阿婉为什么和研贺分手吗？是不是因为东震？你和阿婉不是亲如朋友一样吗？"

英媛阿姨虽然先一步离开房间，却一直在公寓门口等候忠楠阿姨。接到老妈的电话后，英媛阿姨平静地回答："我只知道一件事，阿婉有阿婉的人生，她会自己处理。其他的一概不知！"

英媛刚说完，忠楠阿姨不知何时走了过来，抢过她的手机告诉老妈："兰姬，你先查看一下阿婉的手机。阿婉上次来英媛画廊的时候，我瞄了一眼，她手机的解码图形是'ㄹ'，你确认一下。"

老妈见忠楠阿姨自顾自说完想说的话便挂断了电话，不由得深深地叹了一口气。

"阿婉,你有没有事瞒着妈妈?"我正在和研贺久违地视频通话,老妈打来电话不由分说就质问我。

"您怎么突然这么问……我也得有事才能瞒您啊。怎么了?您保险柜里的钱没了吗?妈妈,我正在和研贺通话谈工作呢,您快挂了吧。"我不以为然地笑着挂断了电话,根本不知道老妈当时陷入了多么绝望的境地。

"重新打开!"我看着笔记本电脑,又命令研贺。研贺打开手机相册,让我看他画的漫画女主角,那是一个活泼可爱的漂亮卡通形象。我笑呵呵地看着漫画,满怀期待。

"好可爱啊。难道这个女主角……莫非……是我?"

"不,是我新认识的妮基塔。"

"妮基塔是什么?"我尽力掩饰失望的情绪。

"我不是告诉过你了嘛。在音乐咖啡厅认识的一个打工小姐,她说自己是研究生。很漂亮吧?性感吧?"

研贺接连给我看了很多和她一起拍的照片。

"你真的在和她……交往吗?"我勉强抑制住心底的嫉妒问研贺。研贺却只是哈哈大笑不语。

"你是不是想想都开心得要死呀?"研贺无视我的冷嘲热讽,还在那里笑着和我炫耀。

"她特别唐突。好像在我们第二次约会的那天,她喝着茶,突然目光清澈地盯着我,唐突地问我:'那个,你晚上行吗?'"

"然后呢?"

"我当然说行了。然后,这次换我问她,那么你想不想在晚上……确认一下呢?"

"然后呢,她说随时可以吗?"

"嗯。"

研贺的笑声通过扬声器传了过来。我终于失去理智,拿起放在旁边的水杯向他泼了过去。"我的天啊,我的笔记本电脑!"

　　就在水离开杯子的那一刻,我马上意识到自己做了一件多么疯狂的事,但为时已晚。就在我手忙脚乱,用毛巾擦拭着笔记本电脑的时候,老妈正独自一人喝着烧酒,想着东震学长和我的关系,还有我和研贺分手的原因,饱受煎熬而痛苦不堪。

　　曾记得有人说过,人生路上,每个人都是孤独的流浪者。这条人生路一分为二,泾渭分明。一条路可以回头,另一条却绝对无法回头。

　　有的路,即使已经错过,只要下决心就可以随时回头,成为快乐的悸动和喜悦,也会成为想要重新开始的灿烂希望抑或期待。而有的路,由于已经走得太远,或者回去的路被堵住,就变成了即使想回头却无法回头的路。我和研贺,现在各自走在哪条路上呢?

老者的人生经验

忠楠从兰姬家出来后,就和英媛一起前往自己的咖啡馆。路上又收到胜载一条短信,可爱的表情图配着"晚安,小朋友"的文字。前几天,忠楠听熙子说了关于胜载的一些事,有些难过,所以今天即使收到这条短信,她也并未觉得很开心。

几天前,在结束葬礼回家的车里,熙子和忠楠提起了胜载。熙子说胜载最近总叫她小朋友,让她特别厌烦。忠楠因为自己收到胜载发的那些小朋友之类的短信而内心悸动,听到熙子的抱怨不免感到一丝哀伤。

胜载不仅用这样的语言撩拨自己,还给熙子发送同样的短信,真是荒唐透顶。忠楠觉得自己既然知道了胜载的伎俩,就不该再理他,可还是难以抑制失望和伤心。于是,毫不迟疑地拨通了胜载的电话:"胜载哥,你在搞什么?叫我小朋友,还叫熙子姐小朋友。一口一个小朋友的,你到底什么意思啊?"

胜载听到忠楠的质问,回复道:"那又怎么了?熙子比我小,是小朋友。你又年轻又可爱,当然是小朋友啊。对我来说,你们两个都是小朋友！"

忠楠被胜载这句"你又年轻又可爱"搞得再次心动，顿时哑口无言，无法继续追究，就急忙挂断了电话。就在忠楠觉得自己心跳加速，犹豫要不要吃颗清心丸时，一旁开车的英媛轻声问道："他怎么说？"

"不知道。"忠楠不好意思地把头转向了窗外。

"我姐有秘密了……嘻嘻。"英媛微微一笑，觉得此时的忠楠特别可爱。"你又年轻又可爱，当然是小朋友啊。你又年轻又可爱，当然是小朋友……"，忠楠的脑海里一直萦绕着胜载的那句话，不由自主地摇了摇头。

"你干吗摇头啊？"

"开你的车吧！"

无论英媛怎么搭话，忠楠的耳边却只有胜载的声音在回荡。忠楠呼吸急促，满脸通红，突然大声吩咐英媛："喂，快开空调！"

"现在这天气还不至于开空调呢……怎么，你刚和胜载哥通完电话，就觉得浑身燥热了吗？"

"让你开你就开！"

英媛瞥了忠楠一眼，笑了笑，逗弄似的唱起了歌："十五夜，一轮明月挂天空；姑娘的心啊在荡漾，扑通扑通，扑通通……"

第二天早上，忠楠又收到了胜载的漂亮表情图和短信："小朋友，睡得好吗？祝你今天也是美好的一天！"

忠楠开心得嘴角上扬。侄子珠英突然从卫生间里出来把牙刷递给她，吓得忠楠赶紧把手机放进口袋里，接过了牙刷。

"英媛姑妈好像化疗很辛苦，还在睡呢。"珠英非常担心地朝睡在客厅的英媛看了一眼。

"让她睡吧。"忠楠停止刷牙，问正走向咖啡馆的珠英，"你觉得姑姑谈恋爱怎么样?"

"好啊。"珠英笑着回答。忠楠闻听此言,顿时心情好转,又问正在远处擦地板的钟植,"你呢?"

"我也是。应该是柏拉图式爱情,精神恋爱。"

"难道……姑姑,你该不会想跟谁一起同床共枕吧?"

"真要那样的话,我们……哇,哇,好肉麻!"

忠楠看着钟植和珠英两个人,一边耍笑自己,一边走开,突然意志消沉,想象着自己那毫无弹性的身体,立刻就对爱情失去了自信。

忠楠走进卫生间继续刷牙,吐出牙膏后,又掏出手机浏览胜载的短信,只见她刚才还闷闷不乐的脸庞慢慢舒展开来,露出了微笑。然后突然回过神,瞪着镜子一本正经地自言自语:"你疯了吗,笑什么? 有什么好笑的? 肉麻死了!"

"姐,你疯了吗? 干吗呢?"英媛不知何时醒来,一边喝着咖啡,一边担心地望着忠楠,"你对着镜子干吗呢? 怎么还对着镜子说话? 我是谁?"

忠楠看到英媛那满是担心的表情,恨不得找个老鼠洞钻进去,匆忙漱漱口就走出了卫生间。

"姐姐,我是谁? 你快说呀,我是谁?"

"英媛!"忠楠尴尬地回答。

"还好,没有疯。"英媛这才放下心来,继续慢慢地喝咖啡。

胜载这天一大清早就来到了熙子家。熙子却全然不加理睬,自顾自地低头吃着汤泡饭。胜载就像回到自己家一样,坐到沙发上,然后从自己带来的口袋里拿出了珠子和橡皮筋。

"就算你再怎么想做志愿者,毕竟没有那个力气,所以做不来。我琢磨着给你找了一个适合你做的事,就是这个。我昨晚去教堂拿来了这个,这个活,你在家或者教堂都可以做。你看,很简单吧?"胜载戴上老花镜,往橡皮筋上一颗一颗串着珠子,然后得意地摇着串好的念珠给熙子看。

"你赶紧回去吧!"

胜载看熙子竟然如此冷淡,就摘下老花镜,伤感地埋怨熙子:"你怎么这么没人情味啊。人都找到家里来了,总得给一杯茶吧。"

"不行。我不想给你倒茶,也讨厌李胜载先生。"

熙子就像示威一样,背过身继续呼噜呼噜地吞咽着汤饭。胜载觉得熙子就连这个样子也天真可爱,忍不住哈哈大笑:"你怎么那么吃饭啊?应该好好吃饭。"

"少管闲事!"

"你干吗那么讨厌我?"胜载满腹委屈地问熙子。熙子把刚吃完的空碗放到餐桌上,回头看了看胜载:"因为你只知道笑。有什么好笑的?每天就那么傻笑……听说锡钧问你有没有和我睡过觉时,你在笑;我质问你咱们什么时候睡过觉时,你也在笑;现在你还是无缘无故地一直在笑。五十年前,李胜载先生和我分手时,是不是也像现在这样开怀大笑了呢?在我痛哭的时候,你也在笑吧?"

熙子终于控制不住情绪,把五十年前埋在自己心底的那份感情全部倾倒了出来。尽管自己是认真且慎重的态度,而胜载却总是一副调皮又轻浮的感觉。那种轻浮就仿佛是在捉弄自己一样令她厌恶,而更让她伤心的是,胜载根本不懂自己的真实情感。五十年前的那一天,他也如此。

胜载似乎这时才察觉到了熙子的心思,朝她温暖地微微一笑:"不,我哭了!听说你出嫁时,我堂堂一个男子汉哭了三天,是你比我先结婚的呀。我是四代独子,本来可以不去服兵役,可我在三十岁时,志愿报名去当兵了……你不知道这些吧?"

熙子还是第一次听胜载说真心话,惶恐不已,不知道自己该说什么,只是呆呆地看着他。

"那时,我真的很难过。"

"……你快回去吧。"

熙子走到水池边打开了水龙头,脑子有些混乱。她觉得胜载那副认真的样子像在逗自己,同时又觉得现在就算想起往事也无济于事。胜载看了看墙上的挂钟,从桌子上拿起杯子,接了杯自来水服下了早晨忘吃的药。

"我们去旅行啊?做朋友吧,好朋友!"胜载说完,突然把脸伸到正在洗碗的熙子面前。熙子一把抢过胜载喝水的杯子擦了擦,口气生硬地拒绝:"我不和男人做朋友,特别是不和吃黄色治疗心脏病药的人。我老公死于心脏病,所以不管男女,我最讨厌有心脏病的人!"

胜载觉得熙子这句话很好笑,看到餐桌上一大堆药瓶后,笑问熙子:"你也在吃很多药啊。"

这时电话铃响,熙子急忙擦干湿漉漉的双手接听电话:"哦,敏浩啊。"

"家里那个大叔是谁?"

敏浩按照静雅的吩咐连接了监控摄像,只要一有时间就会看看熙子。熙子根本不知道儿子连接了监控摄像,听到敏浩如此发问,顿时惊慌不已:"你在说什么呢?"

"我就是……感觉……您现在和男人在一起吧。怎么和男人在一起?谁叫您把男人带家里来了啊?"敏浩含糊其词,却毫不掩饰心中的不悦。

"什么男人,他是约瑟夫,教堂的人。给我带来了教堂的任务。"熙子惊慌失措,高声解释后立刻挂断了电话。然后推着胜载的后背催促道:"你走吧,我家孩子生气了!"

胜载非常不解,熙子儿子如何知道自己去她家了呢?就在他歪头苦思冥想时,看到了家里到处安装的监控摄像头,瞬间明白了原因。

"好吧,那以后再说。你好好考虑一下旅行的事,最近天气太好了。我们这把年纪的人,也不知道明年是否还能看到这样的风景。所以,你和我,咱们准备好各种药物,小心谨慎地去赏花吧。"

胜载说完,心满意足地笑着走出了熙子家。熙子很不满意胜载说的那些什么旅行之类的话,小声嘟囔:"净胡闹……"

然后,熙子立刻拨通了敏浩的电话。等敏浩一接听电话,她就马上向儿子辩解,什么男朋友,多肉麻,你不要误会。说着说着,熙子突然一歪头:"不过,你怎么知道家里来了男人呢?"

忠楠在洗碗时又想起了胜载,不由自主地看了看手机:"哎呀,我怎么这样呢。"忠楠摇了摇头,赶紧把手机放回了口袋里。此刻在她的脑海里,正在不断上演着她与胜载两人宛如电影般的甜蜜恋爱场景。两人卿卿我我地吃完早饭,胜载洗漱后,甩着头发从浴室里走出来,吩咐她:"给我冲杯咖啡。"

听到胜载的吩咐,她一边洗碗,一边故意冷冷地回答:"不!""那我给你冲吧。"胜载温柔地笑着,用他那双优雅的手开始冲咖啡,然后把热气腾腾的咖啡摆在他和她面前,两人面带幸福的微笑,相互凝视着举起了咖啡杯。是轻轻地碰杯,还是交杯,或者是优雅地喝咖啡……忠楠犹豫了片刻。

忠楠很满意自己刚才的想象,兴奋地小声笑起来。

"对,没错。胜载哥一定会给我冲咖啡。我和他交往看看啊?说不定很有乐趣呢。不过,是人都有优缺点,难道他不会有缺点吗?"

忠楠又开始继续播放自己想象中的电影。胜载喝完咖啡站了起来,然后靠近继续洗碗的她:"我说,你是怎么洗碗的啊,竟然放那么多洗洁精。你要考虑环保,用面粉或淘米水洗吧,现在谁还用泡沫洗洁精啊?"

"我……我平时也用面粉,可这是盛过肉汤的碗……"她有些惊慌,开始结结巴巴。

"哥哥教你,你就应该回答'知道了',怎么那么多话!"她在胜载的呵斥下,气呼呼地擦洗着无辜的碗筷,声音弄得很大。

忠楠又回到现实中,生气地提高了声音:"肯定会那样!他肯定张口闭口'听哥哥的',总想教育我。"

忠楠洗完碗坐在电视机前,脑海中暂停的场景再次浮现。她正在看自己最喜欢的喜剧节目,胜载一把夺过遥控器,调到了新闻频道:"看新闻吧!"

忠楠收起联想回到现实中,心情一落千丈,随手关掉了电视。"他就只会看新闻吧?显摆自己是读过书的人,看过的新闻看了又看,就这样不停地看新闻……"忠楠打开放在沙发茶几上的数学书,摇了摇头自言自语:"别乱想了,做作业吧,做作业!"

忠楠因解不开的一道数学题苦恼,又一次陷入了想象之中。胜载盯着她的数学书看了一会,难以理解地讽刺她:"喂,这时不得用第九个乘法公式嘛!"她满眼悲伤看着胜载,这是她希望胜载理解自己已经尽全力的恳切的眼神。但是,胜载却毫不留情,继续不停地指责她:"你都上了几年鉴定考试补习班了,连这个都不知道吗?集中精神!你是笨蛋吗?x 的立方加 y 的立方减 1 加 $3xy$,第九个乘法公式,第九个乘法公式!你到底还想不想学习啊?"忠楠自尊心受损,对着空中大声吼叫:"我自己看着办!我活了六十多岁,自己的事全是自己做主,你别碰!不用你管!"

"姐姐。"忠楠听到英媛喊自己,便转过头来。英媛洗漱完毕,走出卫生间时看到忠楠正对着空中大喊大叫,不禁露出了惊诧的神色。

"姐姐刚才的举动,我都看见了,你究竟怎么了?"

"我要到此为止!"忠楠满脸忧伤,突然冒出这样一句后,就在客厅的抽屉里不停地翻来翻去,"我莫名地心跳加速,再这样下去说不定就会心脏停搏死掉。到此,到此!到此为止!"

忠楠从抽屉里找到一颗清心丸,大口大口咀嚼着,竟然有些哽咽。英媛见状,失声大笑:"喂,你真要和胜载哥结束吗?你们两个开始过吗?还说什么结束。"

"当然有了。"

英媛听忠楠回答如此果断,不禁瞠目结舌。只见忠楠用手拍着自己的头:"在这脑瓜里!"

英媛惊讶得哑口无言。忠楠又十分确定地补充了一句:"我不希望是这样的结果。电视我也不能随便看,他觉得自己读书多,动不动就对我指手画脚干涉我。要是他因为自己孩子操心,我还得跟着一起担心……"

"哎哟,你这孩子都生了呀,孩子都生了!谁让你和他一起过日子了吗?只是让你和他一起玩耍。"

"那玩着玩着产生感情了呢?除了哭闹还能怎么办!你知道上了年纪的好处是什么吗?那就是有先见之明,就算不看也能知道,都能看得明明白白。如果与他交往,我将来肯定不会舒心,会很可怜。到此,到此为止!"

忠楠似乎觉得自己已经结束了一切,说完便离开了英媛。英媛满脸无奈,笑着大声提醒忠楠:"你怎么那么聪明啊!也不想用一用老了就没用的臭身体吗?好吧,你就这么活吧,就这样!"

阿婉听英媛讲完忠楠那天条理清晰的分析后,再一次羡慕长辈们的经验。难道这就是所谓的经验吗?即使不用亲眼所见,也会对结局了如指掌。

那么自己现在的混乱,都是因为没有经验吗?果真那样的话,阿婉情愿自己能更快地上年纪,然后毫无顾虑地摆脱眼前这种左右两难的混乱局面。

生离,死别……

静雅在忙着准备早餐,然而却始终心绪飘忽不定。一下子发生了太多意外,尽管已经过去了几天,却依然有一种心被掏空的感觉。她的心就仿佛跌入冰窟一样,每次吹过一阵寒风都会令她泪流不止。

"我女儿顺英找到了自由,我妈也变成了一只飞翔的鸟儿……"静雅为了让心情平复下来,便自言自语地安慰自己。怎奈眼泪不争气,依旧流淌不止,于是强忍着眼泪用力拌菜。锡钧这时睡眼蒙眬地走出房间,朝静雅喊了一声。

"给我水!"

"自己倒!"静雅背对着锡钧擦了一下眼泪,语气冷淡地回绝。锡钧欲言又止,偷偷看了一眼静雅的神情,自己从冰箱里取出了水。见静雅眼眶红肿,猜到她一定是又哭过了。

"岳母去了好地方,不可能不去好地方啊。还有啊,过后我会给顺英准备一个很大很大的礼物,到那时你肯定会好好待我,还会给我倒水。"

锡钧已经和胜载商讨好惩罚姑爷的计划,觉得这是他最后一次对顺英尽父亲之责。他不想让顺英拿不到一分精神抚慰金就去美国,到那时静雅肯定也会感谢自己。

"顺英是明天凌晨的飞机吗?"静雅无视锡钧的询问,一会儿盛饭,一会儿品尝酱汤的咸淡,根本不理睬锡钧。锡钧又问静雅:"你去送她吗?我也得去吗?我……不去也行吧?你和我以后去美国就行了……以后再见她就行了,以后再见。"

锡钧见静雅自始至终不理睬自己,尴尬地用手抓了一把菜放进嘴里,走进卫生间洗漱。静雅这才停下手,难过地抱怨:"你还真喜欢以后啊。我原来也想过以后好好伺候我妈,可是,哪有什么以后。"

静雅一想到母亲,又长长地叹了一口气。然后突然走进卧室,拉出衣柜的抽屉开始翻找。静雅从几个房契中找到自己名下的那个房契放进口袋里,拨通了熙子的电话:"熙子,你帮我卖个房子吧!"

"我吗?把房子……卖给谁?我不会卖东西啊。这种事,还是忠楠在行吧。"熙子听静雅突然拜托自己这种事,不禁有些惊慌失措。静雅这才意识到,别说卖房子了,熙子就连锅盖都没有卖过,根本指望不上。于是,她又马上拨通了忠楠的电话。

"卖房子?姐姐,我觉得不该早晨一睁眼就说这种话吧……"

"我当然知道。要不是情非得已……"

忠楠心领神会,不再继续追问静雅:"既然姐姐说是'情非得已'了,那我就无条件帮忙帮你卖。不能让锡钧哥知道,对吧?"

静雅刚放下电话,见锡钧走了进来,便装作若无其事地走出了卧室。锡钧看着散落在地板上的房契,稍显意外,但也没太当回事,把它们整理好放进了抽屉里。

静雅为了躲避锡钧,走进了卫生间,眼含热泪给自己打气:"我妈都走了,我还有什么好怕的。从现在开始,我什么也不会在乎!"

静雅和熙子带着顺英来到超市,打算提前给顺英置办一些美国之行所需物品。熙子瞥了一眼正在超市一侧通话的顺英,担心地问静雅:"你卖房子,是想给顺英钱吗?"

"嗯。"静雅似乎已经下定决心,推着装满东西的购物车漫不经心地回答。

"是锡钧让你那么做的吗?"

"不是。"

"那他要怪你呢?"

"管他呢。"

"你真要那样,锡钧会和你离婚的。"

"那就离呗。"静雅推着购物车神态淡定,一边往前走,一边回复熙子。

"静雅,你好奇怪!"熙子觉得眼前的静雅特别陌生。以前的静雅,只要是锡钧的话那就是圣旨,不仅绝对服从不说,还会掏心掏肺拼命讨好他,可现在却完全判若两人。

"和你一样?"静雅虽然像开玩笑,内心却颇有些自豪。她已经下定决心,从此以后不再理会锡钧。

顺英打完电话走过来,亲切地挽住了静雅的胳膊:"妈妈,秀英和浩英说想去练歌房。咱们好久没去了,好好玩一玩,然后再分别,好吗?"

"好吧,去玩一玩再分别吧。哎呀,好开心啊,嘻嘻嘻。"静雅满心欢喜哈哈大笑。

"您能这么开心,真太好了。"

"你能这样开心,我也很高兴。"

熙子见母女俩相互看着对方笑得像花儿一样,无比羡慕地小声嘀咕:"你多好啊,有女儿。"

静雅和三个女儿正在练歌房里开心地唱歌，桌上的手机振动不停。熙子确认了一下来电显示，把手机推给了静雅，静雅却置之不理。紧接着顺英、浩英、秀英的电话铃声依次响起。秀英见谁都不想接电话，便无奈地拿起手机走了出去："爸爸，怎么了？"

锡钧心想自己马上就可以找姑爷雪耻报仇，走起路来都是得意扬扬的样子。

"你们今天聚一起了吗？在哪里？我觉得今天会有件好事，等我把事情办完就去你们那里……"秀英闻听此言，立刻声音沮丧地谎称没聚一起。锡钧诧异地停下了脚步："你怎么不去见顺英？那你妈去哪儿了？也不接电话。"

秀英透过练歌房的窗玻璃，看着尽情歌唱的静雅："我妈？可能因为外婆的事太伤心，去熙子阿姨家了吧，我不清楚。爸爸，您就……就让姐姐安静地离开吧，我看她很伤心。以后您和我妈、我还有浩英姐，咱们一起去美国不就行了嘛。"

锡钧一想到就这样送走顺英，心理特别不是滋味："我什么时候才能去美国？知道了，那以后就去一次吧，你买飞机票。"

锡钧挂断电话，又想到那个害惨顺英的姑爷，愤怒再次涌上心头："我要把吴姑爷……不，吴世伍那个混蛋！"锡钧一边骂，一边愤愤地走进了咖啡馆。

胜载和姑爷比锡钧早来一步，已经坐在咖啡馆里等他。只见姑爷满脸通红，好像已经听过了手机录音。锡钧一看到姑爷，立刻大步走过去，揪住了他的衣领："你这个混蛋！"

"哎，哎！"胜载见状拉开了锡钧。锡钧气呼呼地刚想坐下，又站起来狠狠地扇了姑爷一巴掌。姑爷突然挨了一巴掌，恶狠狠地怒视着锡钧。

"真想把你眼珠子！"锡钧边说边伸出两个手指头，做出了刺眼睛的动作。

"大哥,行了!"胜载似乎还没有得到姑爷明确的答复,让锡钧保持冷静。

"你给这个兔崽子放录音,他怎么说?"锡钧不情愿地坐下来,依然情绪亢奋地问胜载。

"你想怎么办?"胜载淡定地问姑爷,等待他的答复。

"五千万韩元。"只听姑爷忍气吞声地回答。

"一亿韩元。不,两……两……两……两亿韩元!"锡钧大吼一声。

"大哥,你安静点!"胜载提醒锡钧后,从公文包里拿出一沓材料递到了姑爷面前,"你有很多财产啊。有公寓,还有一栋两层建筑,还有个人研究室。以保全你的教授职位为代价……"

"我怎么相信你们?"姑爷打断胜载,表示怀疑。胜载自始至终表情淡定,这时眉头一皱。

"不相信,你还能怎么样? 如果不想让你当教授,我们早就下手了。我刚到这里就告诉过你,你们大学总长是我朋友,我们是高丽大学法学院同学。你要是不相信就上网查一下,我叫李胜载。"

姑爷听胜载这么一说,立刻一副哭丧的表情。胜载泰然自若淡定地又重复了一遍。

"我再说一遍,婚已经离了,作为保留你教授职位的代价,一口价,五亿韩元!"胜载话音刚落,姑爷呼吸急促地端起桌上的冰咖啡,咕嘟咕嘟喝了下去。

"那就达成共识,你现在就把钱转过来!"胜载说完,默默地把材料放进了公文包里。

"我哪能现在马上拿出五亿……"

"那是你的事!"

锡钧听到五亿韩元,禁不住使劲咽了一下口水。他曾经骂过胜载,说他出生在富裕家庭里,有点才学就骄傲自大。今天第一次觉得胜载很酷,很伟大。托这个聪明学弟的福,锡钧感觉自己的地位也有了提升。于是,锡钧从桌子下面紧紧握了一下胜载的膝盖,示意他做得很好。

"走吧,大哥!"说完,胜载收拾好材料从座位上站起来。姑爷见状急忙抓住他的手腕哀求:"那,录音文件……"

"只要钱汇过来,马上就把它销毁。我保证!如果你不转账的话,那到时候我们就借助YouTube媒体,以及你们大学校长,想尽各种方法。你觉得我做不到吗?我可是说到做到的,曾经的大法官和律师——李胜载!"

胜载用力甩掉姑爷的胳膊,和锡钧一起走出了咖啡馆,朝停车场走去。锡钧紧紧抓住胜载的手,不停地追问:"你话虽然那么说,只要收到钱就会剥夺那个家伙的教授职位吧?对吧?对吧?你会为我女儿报仇吧?"

"嘘!"胜载惊慌地回头看了一下,用手指捂住了嘴。锡钧也回头看了看,并没发现后面有人。胜载低声开导锡钧:"如果那家伙使坏心眼怎么办?要是追到美国怎么办?那顺英就会更痛苦。咱们不能赶尽杀绝,就当他没从父母那里学会做人的道理吧。"

胜载突然不怀好意地一笑,晃了晃手机:"不过,这个绝对不能给他,直到他死。嘿嘿,也许我会比他先死吧?"

"你小子,这和咱俩说好的不一样啊。我女儿都挨打了,要钱有什么用。"

"喂,你要理智一点,大哥。"胜载环视一下四周,然后用下巴指了指一辆闪闪发光的崭新的汽车,"你的不满,就冲那个发泄吧。我刚才看到他是开这个来的,好像又买了新车呢。"

胜载一边说,一边用手指了指掉在地上的一个钉子,见锡钧东张西望地观望周围,又补充了一句:"我都看过了,没有监控。"

"真的?"锡钧立刻捡起地上的钉子,在姑爷的新车上划来划去。胜载哈哈大笑着,在一旁观望:"好了,可以走了!""再划一点,再划点。""有人来了,大哥!"

胜载听到脚步声,急忙拉着锡钧躲到了建筑物后边。只见姑爷发泄着怒气走过来,看到自己车上的划痕暴跳如雷。胜载和锡钧躲在后面看着这一幕,就像两个少年一样笑得那么开心。

托胜载的福,锡钧报仇雪恨后,坐在回家的公交车上,不停地练习着自己要对顺英说的话:"顺……顺英啊,你告诉我银行账号,爸给你汇钱,爸替你找吴世伍报仇了。不对,不对,爸找吴世伍报仇雪恨后,替你讨回了你该得到的那部分。……再见啊,你不要担心爸妈,照顾好自己。顺英啊,再见!"

锡钧终于理顺了准备对顺英说的话,深深吸了一口气,就拨打顺英的手机。"您拨打的电话暂时无法接通。"

锡钧不觉眼眶一热,再次拨打电话,听到的仍然是语音提示。锡钧放下手机,看着窗外。晚了,到底还是走了。此刻,锡钧的心就像空荡荡的公交车一样,既空虚又凄凉。

女儿顺英再过一晚就要去往遥远的异国他乡,母女俩最后的道别竟然不在家里,也不在机场,而是在马路中央。静雅虽然心痛难过,可考虑到即将远离的顺英的心情,便强忍住泪水,满面带笑地看着女儿。一旦明天离开,不知何时才能重逢。她想把女儿的音容笑貌全部看在眼里,记在心上。静雅抑制住就要夺眶而出的泪水,清了清嗓子:"你走吧。不是凌晨第一班飞机吗,别晚了。"

"您一定要保重啊!"顺英叮嘱母亲后,毅然决然地转过身,向坐在车里等着自己的妹妹们走去。突然,又转回身,直视着静雅:"妈妈!"

静雅听到女儿亲切的呼唤声,慢慢地抬起了头。她看到顺英笑容灿烂地举起了手指,在她变卖饰品时特意留下的那枚周岁戒指,正在顺英的小指上闪闪发光。

"周岁戒指!"

"周岁戒指?她不是七岁时从孤儿院领过来的吗?!"站在一旁的熙子低声问静雅。

"我在急用钱时,卖掉了所有首饰,也没卖这个。这是在我结婚时,您送给我的周岁戒指。妈妈,我会带着它去美国重生的,您多保重!"

静雅非常感激女儿至今还珍藏着它。就算在囊中羞涩的那个时刻,也没有舍得卖掉它。静雅心疼女儿,却不知如何开口表达,只是不住地朝女儿点头。顺英用力向静雅挥手告白:"妈妈,我爱您!"

顺英觉得自己第一次对妈妈说"我爱您"。怎么没有早一点说呢,干吗不经常说呢?尽管说出来有些羞涩,可你很棒。顺英欣慰地上了妹妹的车。

静雅和熙子默默地注视着渐渐远去的车,不想看到车子从自己的视野中消失,便转过身去。只听熙子惊呼:"飞过了一只小鸟!"

静雅随着熙子的视线望去,她看到一只小鸟,正追随着顺英的车在空中翱翔。于是,终于忍不住,呜咽着瘫坐到地上。熙子递给放声痛哭的静雅一个手帕,温柔地安慰她:"妈妈说过想变成一只鸟儿,是不是她变成了小鸟,跟着顺英啊?"

"熙子,我现在没了母亲……女儿也离我远去了。"静雅把脸埋在手帕里泣不成声。熙子为了不让朋友更加伤心,努力憋住眼泪,安慰静雅:"是啊,我们都成了孤儿!"

熙子那淡淡的声音淹没在静雅的哭声里,消逝在马路上。

无法抹去的记忆

尽管已经时过中午,我却依旧似睡非睡,似梦非梦。这几天由于赶稿,经常工作到凌晨。又因为夹在研贺与东震学长间左右为难,连日经受着失眠的折磨。正在我昏昏沉沉、似醒非醒时,突然传来了"砰"的一声关门声,吓得我不知发生了什么事,慌忙起床走到厨房,看到厨房的餐桌上摆满了各种餐盒。

"妈妈?妈妈!"

只见老妈的背包放在餐盒旁,却不见她的踪影。我想着老妈也许去买菜了,就伸个懒腰,刚倒了一杯水喝下肚,门又被打开,老妈走了进来。

"妈,您来了就该告诉我一声啊。这是去哪了?"

老妈没有理睬我,连看都不看我一眼,拿起放在餐桌上的包就走了出去。我又怎么惹她老人家生气了?我正想跟出去问个究竟时,手机铃响,本应在卧室桌子上的手机却在厨房里。我虽感蹊跷,却不知所以然:"难道是我出来喝水时,睡意蒙眬中拿出来的?"

电话来自东震学长。自从那天以后,我就一直回避着东震学长的电话,始终觉得愧对学长,就连工作方面的事情都用短信与他沟通。学长见我一直逃避电话联系,就给我留言让我周四晚上去出版社,如果我不去他就找到这里。

我明白无法继续回避学长,只好接了电话。照学长所说,我和他约好明晚在出版社见面。挂断电话,我才意识到老妈今天的行为有点异常,也非常不解自己的手机为何不在卧室里而在厨房。

"莫非是老妈碰了我的手机?"我莫名地有种不祥的预感。于是,打开手机,重新查看了最近与学长的短信对话内容。

"学长,昨晚很抱歉。"

"不要觉得抱歉。"

"不,真的抱歉。我们见一面吧?"

"我妻子来了,出不去。阿婉,你不要和我说那天是误会,那样我真的会生气,因为也有我爱你的原因。"

看到短信,我内心又开始混乱起来,更觉得对不起学长。深刻意识到自己该结束这种纷乱,不,我一定能够结束这种纷乱。可是,如果老妈看到这条短信呢? 我不禁一阵战栗,头晕目眩。转念又一想,老妈不可能知道我的手机解锁密码,便又放下了一颗悬着的心。

第二天早上,老妈发来一条短信:"你在干吗? 晚上要不要和妈见一面?"

虽然老妈昨天的行为让我有所疑惑,但因为今天已经约好和东震学长见面,我就给老妈回了一条短信,告诉她我得去出版社。然后,久违地集中精力开始了工作。

晚上,当我走进出版社时,正要下班的员工热情地和我打招呼:"阿婉,这大晚上的你有事吗?"我望向东震学长的办公室,尴尬地笑了笑:"嗯……我路过时看见出版社还亮着灯。""我要去见男朋友,那你去找总编玩吧。"

等那个员工离开以后，我和学长面对面坐在会议室里。会议室那个敞亮的大落地窗让我感觉心情敞亮了很多。

"非常抱歉！"我不忍直视学长，低头看着自己的双脚。

"我不是告诉过你吗，我也爱你！"

我听学长如此淡淡地表白，便抬起了头："学长！"

学长流露出一种淡淡的哀伤："我心里清楚'不行，不可以'，可还是……没控制住自己。"

"我，并没有。"我向学长老实坦白。我隐约意识到学长爱我，所以就利用了那份爱，把它当成我逃避的港湾。但是，我不能再对那份爱视而不见，不能再让我的自私扰乱学长心绪，一切该结束了。学长竟然没有嫌弃我，依然向我投来温暖的目光。

"我知道，你自始至终爱的都是研贺。即便你离开了他……仍然爱着研贺。我只是你为了忘记研贺，而暂时被你利用的……朋友？学长？男人？"

"真的……很抱歉！"我知道学长懂我，他知道我内心的挣扎。我为了让自己心情舒畅就依赖他，这一点让我觉得无地自容。

"即便这样，我也爱你！"东震学长拨弄着我的头发微微一笑。他虽然一副若无其事的表情，眼里却充满了哀伤："不过我知道，我们到此为止了。只有这样才更美好，或许说明我已经成熟，清楚自己即便有心也要适可而止……我现在可以做到了。"

我暗自庆幸，东震学长如此宽宏大量。我放下悬着的一颗心，微笑着吐了一口气："呼……那就太好了！"

我感激学长能够这样理解我，百感交集流下了眼泪。

"这真的是最后一次了。"我听东震学长这样说，便疑惑地抬起了头。

只见学长走过来,轻轻在我的额头吻了一下。这是离别的吻。我静静地闭上眼睛,接受了他的第二次,也是最后一次亲吻,以及我们的离别。东震学长把我抱在怀里,轻轻拍了拍我的后背。这是他对我的鼓励,鼓励我以后不要再徘徊。我的眼泪再次涌出,感谢他那温暖的怀抱,同时为自己在身心疲惫时主动投怀送抱后又任性冷酷地离他而去而愧疚。

"现在我们该怎么办?"

东震学长松开拥抱我的手,靠在窗边坐下。我认真想了一会儿,尴尬地回答:"该……回家了呗。"

"呵呵,就是啊。到此为止的两个人,大晚上也无事可做。"

"那我走了。"

"好。"

我向门口走去,又转过身半认真半开玩笑地向学长招手,做最后的告别:"再见,我的初恋!谢谢你,我的初恋!"

"嗯,你去找研贺吧,别再犹豫!"东震学长温暖地鼓励我。一想到研贺,我的心立刻凉了下来。

"研贺已经有恋人了。"我故意用明朗的声音回答学长,然后快速离开了那里。

大街上,盛开的樱花正随风飘散。我走在飘逸的樱花树下,心情无比轻松。我不会再像从前那样痛苦万分,想找一个人替代研贺。虽然一想到研贺依然会难过,但现在已经有了独自承受痛苦的信心。因为,那是需要自我力量独自承受的痛苦。

我觉得独自一人观赏这么美丽的落花实在可惜,就拨通了研贺的视频电话。研贺好像刚睡醒,头发蓬松地看着我。我不停地转换着手机镜头,让它在满脸轻松、开心微笑的我和樱花树之间反复交替,并忘情地歌唱:"春风漫卷……樱花飞扬……"

就在我和东震学长最后一次亲吻拥抱的那一刻,老妈正满面哀伤地盯着我们。就像有人说过悲伤的预感总是对的一样,那时我终于明白,不祥的预感同样也会十有九中。老妈偷看过我和东震学长的短信往来后,就在出版社对面的咖啡馆里暗中观察,她不想在自己亲眼确认之前妄下定论。

老妈根本不知道,映在落地窗上的拥抱是我和东震学长的最后道别,她只看到了女儿在与有妇之夫搞婚外恋。不,她只看到了一个有妇之夫在勾引那个世上最听妈妈话的乖女儿,看到一个罪该万死的家伙把她引入婚外恋陷阱。我无法想象眼前发生的情景带给老妈的打击是何等之大,应该就是世界末日到来时的心情吧。对于老妈来说,我是她的全部,就像她无法原谅勾引自己丈夫的淑姬一样,也绝对无法原谅我。老妈就像世界末日到来了一样,瘫坐在了那里。

翌日清晨,老妈眼前一直浮现我和东震学长的身影,连水都难以咽下。

"你这个家伙,在大学恋爱期间就脚踩两只船抛弃了我女儿,现在都是有妇之夫了,还来勾引我女儿?!"老妈把我对她的背叛转嫁成了对东震学长的愤怒。对老妈来说,比起讨厌自己女儿,当然更讨厌外人。老妈按捺不住心中的怒火,腾地站起来,开始准备出门的装扮。

东震学长此刻正在杂乱无章的办公室里,训斥忙着筹备会议的员工们:"喂喂,今天几点和作家开会?"

"还剩四十分钟。"

"可你还在手忙脚乱地准备中吗?你们这帮家伙,到底有没有脑子啊!"

东震学长一回头,看见老妈站在门口,颇觉意外。稍显惊慌地赶忙跑到老妈跟前招呼："哦，伯母……"

"我刚好到附近……给我一杯咖啡吧。东震啊，你现在很忙吗？"老妈微笑着若无其事般淡定地问学长。学长虽然有些慌乱，依旧笑容满面，热情地将老妈迎了进来。

"再忙也得给您冲一杯咖啡啊。伯母，您随我来吧。"学长穿过拥挤的办公桌，把老妈领到了自己办公桌前。让员工去准备一杯咖啡后，收拾起桌子上摆满的文件，尴尬地一笑："很乱吧，您稍等一下。"

"嗯……别着急。"老妈一边回答，一边环视了一下周围。学长和他妻子、孩子们的亲密照片映入眼帘。看到学长全家福的那一刻，老妈腾地升起了一股怒火。

东震学长继续收拾桌子，却依旧杂乱不堪，不免有些尴尬："看来这里不行，怎么收拾都很乱。我们去会议室吧。"这时正好员工端着咖啡来到两人身边，东震学长说："一会儿等作家来了，你们先接待一下。"

学长吩咐完员工，就带着老妈朝会议室走去。老妈端起员工送来的咖啡，用手势示意她不用跟着了。老妈跟在东震学长后面，恨得咬牙切齿："只要能让这小子和我女儿分手，我什么事都做得出来！"学长正回头笑着对老妈解释："公司最近出版了新书，忙得不可开交……"

说时迟那时快，只见老妈把手中的热咖啡朝学长脸上泼去。

"哎呀！"员工们被这突如其来的状况吓得大声惊呼，老妈却不顾一切扑向学长，抓住他的头发使劲摇晃："喂，你这个兔崽子！你竟敢动我的女儿？因为她是寡妇的女儿就好欺负吗？撕碎你这家伙我都不解恨！"

老妈撕扯着学长的头发，往墙上撞了两三次。受到惊吓的员工们这才冲上去把老妈拉开。老妈仍然不解气，依旧纠缠着学长一顿乱打。

在发生那场骚乱的时候,我正在书店里忙着寻找相关资料。当我双手捧着刚买的一摞书,走在回家的路上时听到了电话铃响。因为实在腾不出手掏手机,又没有急需联系的电话,所以就无视了急促不停的电话铃声。然后,回家后马上整理和阅读从书店买回来的资料,竟把未接来电之事忘得一干二净。

傍晚,当我大致整理完资料,冲凉出来时电话铃声再次响起。

"哦,对不起,惠美。我本想白天给你打电话,可因为忙着去书店和图书馆找资料就忘了。这次的译著是经济领域的,我不太了解……"

没想到来电并不是因为稿件。惠美告诉我,老妈早上去过出版社,还略有顾虑地问我是否和韩总编见过面?听到我一副莫名其妙的反应后,她就把白天发生在办公室的事情的前后经过告诉了我。

"那学长呢?伤得怎么样?……那好。哦,不……没关系。谢谢你!"

我挂断电话,满腹哀怨地走向冰箱,拿出了一罐啤酒。老妈到底要独断专横地掌控我的生活到何时?我不觉感到一阵胸闷窒息,深深地呼了一口气,拿起啤酒咕嘟咕嘟一饮而下。

一切从那一天开始,就是让我完全明白,自己只能成为老妈所有物的那一天。打那天以后,我就只属于老妈,只能属于老妈。

老妈粗鲁地拉着我,奔向农田尽头的荒野。虽然只有六岁,但我还是感受到了异样。妈妈眼里散发出的一股杀气腾腾的愤怒和凄凉的哀伤,让我像一棵小杨树一样瑟瑟发抖。对当时的我来说,被妈妈控制的情绪以及它所引导的地方是那么陌生和害怕。尽管那一刻,是妈妈将我引向一种未知的恐惧,但那一刻,我可以依靠信赖的人也只有妈妈。我生怕会被妈妈抛弃,便紧紧握住了妈妈的手。

妈妈一屁股坐到草地上,让我坐在她面前,并递给了我一瓶酸奶,转过头避开了我的视线。我茫然无措,不知为何被一种深沉而阴暗的预感笼罩。于是,年幼的我开始哭泣。

正在这时,手机铃响,是老妈来电。我抚慰着在我体内哭泣的六岁小孩,平静地接通了电话。

"你在干吗?"电话里传来了老妈冷冰冰的声音。

"工作。"我擦干眼泪,冷淡地回答。

"我们见一面吧。"

"我说我在工作!"

"每天都是那破工作……到底什么时候才能结束?"

"不知道!"

"你干完工作给我打电话!"

我结束和老妈的通话,强忍着泪水,目不转睛地看着寂静的窗外。

就算为了那个曾经无助的六岁的自己,我也不想再被老妈控制。是该明确告诉老妈,不要再干涉我的人生,是该赌上自己的人生,跟老妈摊牌了。我不想再逃避,就仿佛一切未曾发生一样。我不能让那个万念俱灰,只知道听从妈妈意愿的年幼无助的自己再哭泣。绝对不能如此下去!

我的人生我做主

不知何故,胜载来电话说想见忠楠一面。于是,忠楠心情激动地前往赴约。刚走进咖啡馆,她就看到胜载在等候自己,面前还放着一束漂亮的花。忠楠一想到自己的爱情开始了,便难以抑制春心荡漾。然而,胜载的一句话,让她那高涨的情绪一落千丈。

"什……什么?你刚刚说什么?"忠楠一直低头把脸埋进花束中闻着花香,简直不敢相信自己的耳朵。

"你耳朵背了吗?我说我想和熙子一起去旅行,请你帮帮我。哈哈哈,哎,还真不好意思说出口啊。"

"你想一起去旅行的人……不是我,是熙……熙子姐吗?"忠楠闻听此言,意外得语无伦次。

"我干吗要和你去旅行啊?"

胜载还以为忠楠在开玩笑,就顺嘴回了一句。忠楠见胜载若无其事地喝着咖啡,气得火冒三丈,语气坚决地回绝:"我帮不了!我不帮!"

胜载见忠楠反应如此激烈,不由得惊慌失措,匆忙环视了一下周围。

"胜载哥,你觉得现在对一个两天后就要参加鉴定考试的老年学生说这种话合适吗?"

"喂,你干吗发脾气呀? 你考试和我说的话有什么关系呢?"

"当然有关系了。因为,我也喜欢胜载哥!"

胜载听到忠楠直言不讳的表白,禁不住哈哈大笑起来。胜载觉得忠楠是在无理取闹,可察觉到忠楠的脸色不妙后,就立刻停止大笑,一副认真的态度:"丫头,我从你光腚到处乱跑的时候就认识你了……"

"你给我忘掉那些记忆!"

"喂,我是认真的。"胜载是经过深思熟虑,才拜托忠楠帮忙的。

"我也是认真的! 是不是因为我没文化,你才不喜欢我?"忠楠既委屈又难过,说完便腾地站了起来。胜载看她眼中含泪,难为情地一笑。

"喂,坐下!"

"哥哥,你给我站起来。告诉我,你为什么不喜欢我?"

胜载被忠楠的这个气势压倒了,踌躇着一边起身,一边央求忠楠:"我喜欢熙子。你是小妹妹,明明不喜欢我就不要跟着捣乱啦。你就帮帮我,让我和熙子的关系有些进展。"

胜载不仅没察觉到忠楠的一片真心,反而搅得她更加心烦意乱:"难道主角是你们,我是配角吗?"

胜载看到忠楠冰冷僵硬的表情,似乎这才感觉到她是认真的。忠楠为自己一厢情愿的悸动感到委屈,对胜载继续不停地抱怨:"以前,你就让我替你给熙子姐转交情书。现在,到老了还……你觉得我好玩吗? 好欺负吗? 我的人生主角是我自己,你让谁帮忙呢?"

忠楠满脸愤怒,向胜载一通发泄后,便冷冷地离开了那里。胜载意识到事情变得有些尴尬,不禁叹了一口气:"哎,你这个傻瓜。一个人过得好好的,怎么突然就喜欢上我了呢? 你疯了吗?"

胜载拨通英嫒的电话，向她说明了事情的原委。英嫒只是无语地微笑闻之，觉得胜载向自己寻问忠楠是否认真的做法令她好笑。同时也明白了，忠楠几天前对自己说什么要放弃恋爱并非发自真心。所以，她不禁为忠楠感到惋惜。

"我胜载哥晚年可真艳福不浅啊，那你就脚踩两只船吧。我怎么知道忠楠姐是不是真心啊？你要总问我这些让人心烦的话，那干脆我也喜欢你啊？"

英嫒玩笑般对胜载含糊其词后，就结束了通话。接着，又马上拨通了忠楠的电话："你是不是自己不想要，又舍不得给别人呀？真要那样的话，你会下地狱的！"

忠楠听英嫒训斥自己，还在强词夺理："即便我要下地狱，也不会孤零零一个人去。我要在下地狱的时候，把熙子姐、静雅姐、兰姬还有你，统统都带上，一起下地狱！我一辈子都屈居第二，现在终于可以由我说了算了，干吗要错过这个机会？我就要好好耍一耍他！"

"你这心眼真……你要真那样耍闹，到时候吓晕熙子姐怎么办啊？"

"肯定好玩啊。那时候你可得叫救护车哦。"忠楠对英嫒的话不屑一顾，说完就挂断了电话。

"好，随你便吧。还能活多久啊，真是的！随你便，随便你！"英嫒正在抱怨忠楠时，只见画廊的门被人打开，快递员手捧一个花篮走了进来。

"有您的花篮。"快递员把一个大花篮放在英嫒面前后离去，这已经是第 N 次没有卡片的花篮。虽然没有卡片，英嫒也已经猜到送花人应该是她的前夫大哲。大哲也许不顾岁月流逝，依旧对她旧情未了。英嫒同样思念大哲，但她觉得如今的英嫒已不再是从前的自己，没有了乳房，身体到处是术后的疤痕，况且还在接受化疗中。事到如今，自己与大哲相见又能如何呢？英嫒虽然有些心灰意冷，却又难以抑制油然而生的思念之情，低头深深地吸了一口花香。

人生,总有不如意

兰姬虽然去出版社找东震大闹了一番,却还是觉得不解气。另外,阿婉的态度也令她非常不解。照理阿婉应该知道自己去找过东震,还对他大打出手的事,可她却一直若无其事一样,对此事不闻不问,真是可恶。

兰姬并不指望阿婉向自己跪地求饶。可她对自己的所作所为不仅毫无歉意,昨天和自己通话时,还态度极其冷淡,一副爱理不理的熊样子。兰姬既不满意阿婉的这种态度,更担心阿婉对东震余情未了。

兰姬这天去双芬家看望母亲,一边洗衣服,一边胡思乱想。忍不住怒火,又拨通了阿婉电话。

"请问,您干完活了吗?怎么不讲话,您老还在工作吗?"

阿婉不置可否,沉默不语。

"喂,朴婉!喂,朴婉!你挂电话了吗?你无视你妈的话吗?干吗不回答?"

"我在听着呢!"

兰姬听到阿婉平静的回答,屏住了呼吸:"你和东震那家伙通过电话吗？"

"通过了。"

"那看来今天咱俩必须见个面啦！"

"是啊，今天得见面。"

"什么时候？在哪里？"

"任何时候，在哪儿都行。"

"我过去，你在家等着！"

阿婉那不仅不服软，冷冰冰的态度让兰姬越发气愤。兰姬挂断电话后，就破口大骂："该死的臭丫头！"

兰姬气呼呼地端起放在地上的洗衣盆走到院子里，像泄愤似的用力抖着洗好的衣服晾晒起来，却丝毫不觉得解气："还以为自己有多了不起，说话冷冰冰的。该死的丫头！"

仁峰此时正在院子一角大汗淋漓地做着俯卧撑。双芬摘菜时看到仁峰，便走过去，一边狠狠拍打他的后脑勺，一边责怪："你怎么不去田里干活？"

仁峰任凭老母亲在一旁唠叨不停，就是不答话，固执地做着俯卧撑。双芬忍不住大吼一声。

"杰古到底哪里好？"

"是杰奎琳！"

"杰古娜，杰奎娜！"

仁峰又沉默不语，不再理会母亲。双芬升起一股怒气，又敲打仁峰的脑袋。"还不下地干活？杰古又不是黄花闺女，哪有那么好？听说她结过一次婚，有什么好的？就因为她年轻吗，你这个偷狗贼！"

"仁峰啊，妈在问你到底喜欢她什么？"兰姬见状，深感忧虑也插嘴问了一句。可仁峰依旧不肯开口。

"地都犁好了,你却不想下田,整天光想着床上的活。庄稼汉不想着下田种地,光想着往女人身上播种。天天就惦记女人,你还能有啥出息?"

仁峰无视双芬的训斥,默默站起来,拄着拐杖离开了院子。

"仁峰啊,你真想和那个菲律宾女孩结婚吗?是吗?那就结吧,还有什么问题。"兰姬看着一瘸一拐忽然消失的仁峰,心里很不是滋味,高声安抚弟弟。

"那个杰古不是黄花闺女!"双芬继续摘着葱,语气坚决地反对。

"不是黄花闺女怎么了?他觉得好就行呗。要是那个女孩真不错,就让他们结婚吧。"兰姬一边帮母亲摘葱,一边劝解。双芬则沉默不语了。

"听说她并没和前夫过几天,因为受不了那个游手好闲,比她大很多的丈夫的家暴才逃婚出来的。听说那女孩不错,在餐厅工作很努力,二十二岁年纪也不小了。仁峰当然也想结婚啊,您别看他腿瘸了,可尿尿还挺有劲儿呢。干吗不让他结婚啊?啊?说啊,为什么?"

兰姬不停地摇晃着低头摘葱,看着沉默不语的双芬肩膀。

"难道您怕儿子被儿媳抢走吗?所以才不同意?"

双芬似乎有意躲避兰姬,腾地一下子站起来,走到丈夫浩振身边把氧气管插进他的嘴里,高声训斥:"你怎么不插这个?还想因为肺疼去医院吗?上次不就是因为这病坐救护车去医院花钱了吗?花了四十八万韩元!去年冬天,还有去年春天,每换一个季节都要坐一回救护车。你怎么不插这个啊?你又想花女儿的钱,所以就不插它吗?你嫌插它麻烦的话就去死吧,干吗活着折腾人!"

"妈!"

双芬听兰姬难过地大声制止她,就咬下一口削好的萝卜,送进丈夫的嘴里:"吃吧。"

浩振一边吃萝卜,一边向双芬投去温柔的目光。双芬凝视了一会儿丈夫,骑上门口的四轮摩托车,一声不响地朝外边驶去。

"妈,您去哪里啊? 我得回首尔,您丢下我爸去哪里啊?"双芬任凭兰姬焦急地追问,却依旧置之不理,撵上走进大门外胡同口的仁峰,在他面前停下了四轮摩托车。

"杰古她欠了多少债?"

仁峰这时才看着双芬,回答道:"两千万韩元。"

"你这个疯子……把你卖了都不值两千万韩元。你小子,不想下田种地,光想着床上的活。你这个浑小子,就你这样以后还能干啥呀!"

双芬心里也觉得仁峰可怜,本想为他做点什么,但两千万韩元实在不是她能支配的数额。

"咱把地卖了不就行了嘛,和姐姐要就行啊!"双芬不再搭理仁峰那毫不懂事的发泄,掉转了四轮摩托车。双芬原本并不反对仁峰结婚,听仁峰说他有了喜欢的女人想结婚时,也非常高兴。心想儿子腿残又如何,只要能成家生活就别无所求,压根没想到竟然需要两千万韩元。只要告诉兰姬实情,她肯定会想尽办法帮忙筹钱。但是,她实在不好开口再向女儿伸手要钱了。仁峰当年在事故中险些丧命,是兰姬倾尽全力解囊相救,而且每次老父亲生病也都是兰姬支付医药费。

兰姬神经质地不停地按着阿婉公寓的门铃,抱怨阿婉在这么短的时间内竟又更换了密码。兰姬按了几次门铃也听不到应答,终于等到门开时,却看到阿婉大白天喝得酩酊大醉,摇摇晃晃地无法控制自己的身体。阿婉费力打开门后,踉踉跄跄地走进了卫生间。兰姬看到家里一片狼藉,四处东倒西歪的啤酒罐和烧酒瓶,既生气又担心,打开卫生间的门,不满地责怪女儿:"你大白天就喝酒了吗?"

阿婉用冷水洗过脸,摇摇晃晃地坐到卫生间地上,并不言语。

"你去洗个冷水澡,清醒一下。"

"洗过了,没用。"

"你觉得怎么样才能清醒?"

"抽一支烟。"

兰姬简直不敢相信自己的耳朵,没想到阿婉的下一句话更让她难以置信。

"可是没有烟。妈妈,您能去帮我买一包吗?"

"你让我给你,买什么?"

兰姬完全搞不清楚眼前的状况,眨着眼睛反问。

"不愿意就算了。"阿婉说完,把头转向卫生间的墙壁。兰姬不知道自己该如何应对,心乱如麻。难道她就那么喜欢东震那家伙吗?疯丫头,就算喜欢,也不该喜欢有妇之夫啊。兰姬既心酸,又禁不住怒火中烧。她从来没见过女儿这副模样,突然害怕女儿就这样疯掉。"好吧,那咱们就走着瞧吧。"兰姬心情复杂,"砰"地关上门,出去买烟。

兰姬买烟回来,见阿婉蹲在阳台上,就把烟扔给女儿,又淡淡地问道:"打火机呢?"

兰姬见阿婉不回答,就在屋内环视一圈,在桌角发现了一个装有打火机的盒子,随手拿起一个扔到了阳台上。兰姬背对阳台坐着,等候阿婉把烟抽完。她强忍着因委屈、愤怒、背叛感涌上来的泪水,静静地等待着。

阿婉抽完烟走出阳台,喝了一口放在客厅桌子上的水。兰姬再也按捺不住心中的怒火,从阿婉手中夺过水杯扔到地上。然后狠狠地抓住女儿的头发,怒吼咆哮:"臭丫头,我可是你妈!你竟敢在……竟敢在……在你妈面前抽烟!你竟敢在你妈面前抽烟!!"

就在兰姬抓住阿婉头发,使劲晃来晃去的时候,阿婉口袋里震动不停的手机滑落地上,触碰到了研贺打来的电话接听键。但是,阿婉和兰姬二人谁也没有觉察到这一情况。

"我是那么……我是那么教你的吗?你竟敢……竟敢……!"

兰姬一边拍打着匍匐在地的阿婉后背,一边号啕大哭。阿婉吞咽着泪水,一动不动地趴在地上,任凭妈妈拍打。兰姬一番折腾后,疲惫不堪地走了出去。

那天晚上,英媛收到兰姬让她过去的短信,就来到了兰姬家。按门铃没有回应,她就转动了一下手柄,发现门没上锁,室内一片寂静和黑暗,似乎没有人在。英媛看到玄关处放着兰姬的鞋子,小心翼翼地走进去,打开了客厅的灯。

"兰姬?"英媛不见回音,就走进卧室打开了灯,看见兰姬还是一副外出穿戴,失魂落魄地蹲坐在地上,周围还有几个放倒的烧酒瓶。兰姬拿着喝过的烧酒瓶,眼泪汪汪地问英媛:"你知道,在我眼里和有妇之夫交往的女人都不是人吧?"

英媛点了点头。

"你还记得吧?我骂过和我老公出轨的淑姬不是人,也骂过和我亲如姐妹的你。听说你在和有妇之夫交往时,我骂你不是人。对我来说,凡是和有妇之夫交往的女人都不是人!都不是人……可是,我却没法开口骂自己的女儿不是人。所以我才让你过来,英媛啊,我……我该拿阿婉如何是好啊,怎么办好啊!"

兰姬伤心地边说边哭。英媛抱住朋友,轻轻地拍着她的后背。英媛明白,有时安慰一个人并不需要任何语言,只需向她敞开怀抱,让她痛痛快快地哭出来。英媛觉得现在正是这个时候,兰姬现在需要的就是这个。

兰姬尽情痛哭以后,便和英媛你一杯我一盏地喝了一会儿酒,铺好被褥躺到了床上。英媛打开手机选了一首歌曲,一边播放一边问兰姬:"好听吧？过来！"

"你现在是把哄男人的手段用在我身上吗？"兰姬虽然嘴上这么说，却已经躺到了英媛旁边。

"学到的技术，不用不就可惜了嘛。"

兰姬随着英媛咯咯大笑后，突然又坐起来。她想和朋友说说笑笑抛开烦恼，却始终无法释怀。于是就问英媛："我的命，是不是太悲惨？"

英媛怜惜地望着兰姬，露出一丝微笑："你居然在一个癌症病人面前埋怨自己命不好吗？"

"说的也是啊。"兰姬觉得抱歉，便尴尬地一笑了之。

"当你觉得自己命不好的时候就想想我吧。即便你再痛苦，总好过患癌的我吧。我是癌症！患癌之后，我发现还真有一个好处，那就是所有人看到我之后就会莫名其妙地获得勇气，'哎哟，我比李英媛那家伙好多了。离婚、再婚、再离婚，到了晚年动不动就要做治癌手术……'别看我现在这样，在网上也是幸运的象征呢。我每做一次手术的时候，人们都会知道，爱心表情图不断地出现在屏幕上，'Good,Good'点赞的大拇指也会暴增不停！"

英媛一边说着，一边抓住被子笑个不停。兰姬满脸忧伤看着眼前的朋友，也终于露出了笑容："哎哟，还真羡慕呀！你是幸运的象征。"

两个人就这样说笑了一会儿，英媛说现在开始安静地睡觉，就关掉了音乐。

"刚才喝多了吗？"兰姬不无担心地问英媛。

"有点。"

"我竟然让癌症病人喝酒？"

"坏女人！"

英媛调皮地瞟了一眼兰姬。

"真的……我没想到阿婉会那样。我好像没那么教她……"兰姬又哀叹一声。

"那是教就能教会的吗？我妈肯定也不会因为自己是小妾就让我和她一样吧？我妈在世的时候，一直挂在嘴边的话就是，你一定要和未婚小伙交往。还有你，你是因为双芬妈妈让你当寡妇才变成寡妇的吗？"

兰姬觉得英媛说的一点都没错，反倒更觉心情暗淡。

"不管教也好，不教也好，最终都不会如我们所愿，这就是人生。阿婉呢……烟，是可以戒掉的。至于男人嘛，分手就行了。"

"没想到你做了几次手术，都变成圣贤了啊。"

"确实……是那样啊。"英媛抚摸着兰姬的头，"睡吧。"

兰姬听着朋友亲切的声音，闭上了眼睛。英媛一边低声哼唱着歌曲，一边轻轻拍着朋友的后背："这是我妈开酒馆时经常唱的歌，她叫我千万别学……可是，我却常常想起这首歌。嘻嘻。"

兰姬看着英媛微微一笑，想起阿婉，又不觉心烦意乱起来。

不离不弃,直到永远

锡钧坐在餐桌旁,让静雅朗读自己手机上的短信,哈哈大笑不止。

"行啦,快吃饭吧!"

静雅一边发牢骚,一边用勺子吃了一口饭。

"什么行了,你快点读!"

静雅见锡钧不依不饶,无奈又读了一遍短信:"爸爸,谢谢您的汇款,大女儿。"

这条信息是锡钧将姑爷那笔赔偿金汇给顺英后收到的短信。

"再读一遍!"

静雅实在忍无可忍,生气地一把夺过锡钧的手机:"够了! 又不是一两天,都连续几天不管白天黑夜,你这是干吗呀……"

"就算你无视我,可结果呢? 顺英对我说什么了,顺英怎么对我说的?"锡钧一把抢过手机,塞进了自己口袋里。继续不停地催促着静雅读短信。

"爸爸,谢谢您!"静雅内心感谢锡钧终于尽到了父亲的责任,所以就一直不厌其烦地尽量配合他。

"就算吴世伍那家伙打了我几个耳光,可我也没有惊慌失措,头脑清醒地把那家伙说的话都录了下来。然后,我又放下自尊,跪求李胜载那家伙,让他帮帮我女儿。所以就有了一大笔钱,五亿韩元。你听说过吗,五亿?你摸过吗,五亿!你一辈子有过吗,五亿!还是现金!我一拿到那笔钱立刻就打进了顺英的账户里。"

锡钧一边神采飞扬地说着,一边伸出五根手指,然后拍了拍自己的胸脯,满脸自豪。

"我……我……我是……我就是……我就是这样的人。所以我大女儿感激地对我说什么来着?"

静雅见状,不可理喻地嗤之以鼻:"她说'谢谢!',这辈子,第一次对你说了'谢谢!'"静雅想给锡钧一个面子,就无精打采地回答。

"那么,你不感谢我吗?"锡钧依旧兴致不减,趾高气扬地追问静雅。

"感谢!"

"那就给我夹一块秋刀鱼。"

静雅用手撕下一块秋刀鱼放进锡钧的嘴里。锡钧津津有味地嚼着静雅喂到他嘴里的秋刀鱼,又把空饭碗递过来。

"饭!"

静雅刚把盛好的饭端到锡钧面前。他又喊道:"水!"

"哎哟,我也得吃口饭吧,吃饭!"

静雅刚坐到椅子上,实在憋不住就大喝一声。

"啊,好吧,你吃吧,吃吧。不过我女儿对我说什么来着,我不记得了。嘻嘻嘻。"锡钧嘻嘻笑着把饭送进嘴里,静雅一脸无奈地看着他。这时,只听门铃响起,忠楠推门走了进来。

"没想到,首尔也不锁门啊。"

"你一大早来别人家干吗?"

锡钧放下饭勺,大声责怪忠楠。忠楠走过来,看着锡钧一字一句地提醒道:"'你好!',对来访的客人要说,'你好!'"

锡钧对忠楠的提醒置若罔闻,从兜里掏出手机,打开顺英的短信,递到忠楠面前。见忠楠疑惑不解地眯起眼睛看手机屏幕,就又提高了声音:"她没眼镜啊。静雅,你来告诉她,一定告诉她这是什么。"

锡钧说完拿起上衣,哼着小调走了出去。

忠楠坐到静雅对面的椅子上,从包里拿出材料,表情异常凝重:"姐,这房子的楼下楼上都租出去了,就算卖了也剩不下五千万韩元。你不知道吗?"

"对了,还有别的。"静雅淡然地看了看材料,起身走进了卧室。忠楠看着静雅在卧室里翻腾抽屉,轻轻叹了一口气,然后又拿出了另一份材料:"是在找这些吗?"

忠楠见静雅戴上花镜,仔细看材料,继续说道:"我前天去过登记处。锡钧哥原来有四套房产吧? 不过,在三四年前都转到了他弟弟们的名下。现在剩下的只有全租出去的姐姐名下的那套房和锡钧哥名下的这个房子。看来锡钧哥是和自家弟弟们结婚了,他都没跟你商量过吗?"

忠楠说完,怜悯地望着静雅。静雅就像背后遭人袭击一样,呆呆地看着忠楠。忠楠见状,伤心地问静雅:"我能骂锡钧哥吗? 要是行,我替你骂一骂他啊? 混蛋! 该死的混蛋!"

静雅想了一会,开口说道:"就算只剩五千万韩元,你也帮我卖了吧!"

"不是说顺英的钱都搞定了吗,你还卖它干吗呀?"

"我要给自己找个房子住!"

静雅摘下眼镜,整理好材料又重新放回抽屉里。然后,从被自己刚才的一番话吓得目瞪口呆的忠楠面前走过,打开衣柜拿出了衣服:"咱们去熙子家吧。她家有很多好吃的，我家只有锅巴。"

静雅从来都是默默承受各种微小伤痛。此刻，她的心就如同经历了一场大火，只剩下漆黑的灰烬。

在和忠楠去熙子家的路上，静雅又给英媛打电话让她也过来。于是，大家就聚在了熙子家客厅里，吃着各种零食闲聊起来。突然，静雅的话犹如一声炸雷，惊得大家瞠目结舌。

"什么，离婚？"熙子露出一副荒唐无稽的表情，难以相信地重新确认。

"嗯！"静雅一边吃水果，一边神情泰然自若地回答熙子。

"姐姐，你都这把年纪了，离什么婚啊？你就撕扯锡钧哥的头发，再狠狠地咬他胳膊出口气，去找他弟弟们把房子要回来。然后，就继续和他过吧。"英媛调皮地推了一下静雅的肩膀。

"不是说锡钧还为顺英拿到赔偿金了吗？那你干吗还要离婚啊？"熙子也不解地问静雅。

"那是他作为父亲应该为女儿做的，跟我无关。"静雅的声音虽然很平静，却让大家感觉到她是认真的。于是，都瞪大眼睛，不再言语。

"哎呀，看来这位姐姐动真格啦。"

"我赞成！"一直沉默不语的忠楠这时替静雅解围。

"只要姐姐你离婚，我们就都是同志了！熙子姐是寡妇，英媛是离异，我是老姑娘，加上静雅姐是离婚女，兰姬是寡妇。太好了！"

"是啊。"熙子看到静雅还有心思耍笑，就抓住静雅的胳膊将她扭向自己，满脸忧郁："我们也许明天就会死去。既然结了婚，就那么过一辈子呗，离什么婚啊？离婚的年轻女人可能会被理解，可老太太离婚会被人笑话的。英媛啊，你说是不是？"

"是啊，姐姐。就这样再过几年，做一个永远伟大的母亲、辛苦的妻子吧。不能白辛苦一辈子，到头来以离婚告终，这不行！"英媛在一旁附和熙子。

"听说以后的平均寿命是一百岁。"忠楠听静雅这么一说，就替静雅帮腔，"往后还要和金锡钧生活三十年，太漫长了！"

熙子这时又插嘴："一百岁？那是属于我们子女的时代，也许明后天我们就会死去。"

"今天是星期五，如果我们下星期一不死的话，姐姐你能对你说的话负责吗？"

熙子见忠楠在那儿掰着手指头强词夺理地抬杠，勃然大怒："说不定是星期二呢！"

"说不定星期三也不会死呢。"

英媛不理会忠楠的无理取闹，走到静雅跟前："姐姐，我们去旅行啊？出去几天透透气，还能转换一下心情……"

"我不想转换心情，想转换人生！"大家见静雅决心已定，不知如何是好。可静雅却神情自若，语气坚决，"像我妈那样，就算死了变成小鸟又有什么用。我要活着变成自由的小鸟。我在我妈去世时就下定了决心，不是因为锡钧把房子给了小叔子们。咱们去吃面条吧。"

静雅说完，灿烂地笑着从沙发上站起来，走进厨房去煮面。熙子等到静雅一离开，就对大家小声说道："看来她是动真格的了。"

"静雅姐好像下狠心了。"

"那就是静雅姐的本性，她天生就毒。"

就在大家你一句我一句聊得正欢时，听到家里座机铃响，熙子拿起了电话："喂？"

"熙子啊，你到我家来吃海鲜饼，然后咱们去旅行吧。"熙子一听是胜载的声音，觉得没必要回答，就悄悄放下听筒，重新加入了朋友们的闲聊中。

"我很了解静雅,她就像老牛一样,蛮倔的。"

"不是蛮倔,而是很倔!"

"是啊,是很倔。我知道她说到做到。不过,要是锡钧不同意协议离婚怎么办?"

熙子就像谈论自己的事情一样,担心地叹息着。忠楠直截了当一语中的:"那就只能上法庭了,带上李胜载律师。英媛,你也得去,当证人!"

"叫兰姬也过来吧。"熙子见今天大家聚在一起就缺兰姬一人,觉得有些过意不去,找出兰姬电话就要拨打。英媛慌忙夺过了她的手机:"她现在情况不太好!"

"难道是她死去的老公让她上火吗?在梦里也折磨她?"熙子觉得现在最重要的是静雅的事情,就不满地质问英媛。忠楠见状,大声回答:"是她女儿!"

"你给我闭嘴!"英媛急忙大声制止忠楠。熙子闻听此言,脸色马上沉了下来,不无担心地问道:"阿婉……怎么了?"

英媛见熙子满怀忧虑,便瞪着忠楠示意她闭嘴。可是,忠楠却有意避开了英媛的目光:"她在和不该交往的家伙交往。就这些!"

英媛无奈地摇了摇头。

"兰姬可怎么办啊,漂亮又善良的阿婉,又该怎么办?"熙子尽管不了解详细情况,却仿佛自家孩子的事一样伤心难过。然后,又突然回头看着静雅:"她又该怎么办啊?"

"还能怎么办,离婚后跟姐姐你一起住就行了呗。"忠楠觉得熙子那仿佛天塌了一样的表情十分好笑,就顺嘴回了一句。没想到熙子表情突然一亮,露出了灿烂的微笑,信以为真。

"静雅说要和我一起住吗?"

"不是她说要和你一起住,是我说你俩可以一起住!"

"啊,静雅说要和我一起住呀。"熙子没有听懂忠楠的纠正,开心地面露微笑。

"是时候绝交了,竟然互相听不懂彼此的话。一天就说那么几句话,能绕圈到天亮……"忠楠满脸无奈地自言自语。

"静雅什么时候说的? 她要和我一起过吗?"忠楠觉得对熙子莫名其妙的问话多说无用,就心不在焉地点了点头。

英媛依然无法理解静雅的决定,站起来向静雅所在的厨房走去:"姐,别这样。锡钧哥怎么办? 咱们又不是不认识他……"

"离婚不行,那就分居呗。我要变成小鸟,我要自由地生活,飞得高高的。"

"现在不是你变成小鸟,而是金锡钧变成鸟儿了!"

静雅对英媛一番心怀焦虑的劝解置若罔闻,独自一人忙着煮面。英媛一边走回客厅,一边故意高声让静雅听到:"真是的。姐,我明确反对!离婚不行! 你知道了吧?"静雅对此充耳不闻,依然忙着手中的活计。

"那个姐也耳聋了。"忠楠看着眼前的一切,喃喃自语。熙子这时突然从静静沉思中回过神来,起身脚步匆匆地走向静雅,边走边问:"静雅,你离婚后要和我一起住吗?"

静雅对大家的闲聊不闻不顾,一直在厨房忙碌。听到熙子问自己,惊慌地回头看了她一眼:"我疯了吗,要和你一起住? 没事找事! 我连一起生活五十年的老公都嫌烦,要离婚呢,还和你一起过,算了吧,都烦死了!"

熙子刚刚还笑容灿烂,瞬间表情一沉。孩子们厌烦自己,觉得自己是累赘,多少还能让熙子理解和原谅。可现在,就连自己最要好的朋友也嫌自己烦,熙子实在难过。

"摆饭桌! 干瞪眼看着别人干活也不帮忙,快点准备!"熙子见静雅勃然大怒,不免有些气馁,正想把放在一边的桌子拉过来,又立刻住手坐到了椅子上:"你们都走吧,我不想吃面条!你对你老公也没见好到哪里去!"

熙子这突如其来的反击,让静雅和客厅里的忠楠、英媛大感意外,诧异地把视线转向了她。熙子实在难以抑制情绪,对静雅继续不停地攻击:"你每天装出一副好人的样子,表面看起来笑眯眯的,可结果却这样在背后捅我一刀!一辈子表面柔顺,心里却在磨刀霍霍。虽然朋友和妹妹们都夸你善良,但我知道,你根本不是善良的孩子,而是一个可怕的孩子。你就是双重人格!"

熙子亢奋地喘着粗气,一个人愤愤地走进了卧室。忠楠和英媛担心静雅难过,赶忙替她打圆场:"什么可怕的孩子……是可怕的老人家。""双重人格,又是怎么回事?"

"说得没错。咱们吃完再走吧,真好吃!"静雅若无其事地一边吃面条,一边自嘲。

熙子觉得静雅太令她失望,心情郁闷了一整天,直到晚上也没有好转。于是,忍不住就拨通了静雅电话,开始埋怨:"我干吗要不受你待见啊?你凭什么嫌我烦?我好端端的,能做好自己的事……怎么就烦你了?我这一辈子为了不让别人烦,一直在努力生活。就算在我丈夫出轨的时候,我有缠着你,对你发过牢骚吗?我为了不让你烦心,那时候我一直忍气吞声憋在心里。"

"就算是那样,我也要一个人生活!"

"你为什么不愿意和我一起生活?"

"我们合不来。你晚上睡觉都开着电视,开着灯。可那样我会睡不好,做噩梦。"

"你在卧室睡,我在客厅……"

"你老像跟屁虫似的跟在我身后,不停地拿着滚刷清理!"

静雅突然勃然大怒,打断了熙子。"我不再那样就行了吧。"熙子就像小孩子一样,向静雅耍赖。

"干吗不那样?那可是你的乐趣啊。就像我的乐趣是随时捡掉在地上的东西吃一样,拿着滚刷到处清理也是你的乐趣。咱们就这样,你过你的,我过我的,有时间就见一面。求你了,放过我吧。我现在满脑子事情,你怎么也这样折磨我啊?"熙子原本还期待着静雅能安慰一下自己,没想到静雅依然固执己见。

"那好,我不管你了。所以才说女人之间根本就不存在什么义气。我本以为咱俩不会这样,好吧,就这样你过你的,我过我的吧!"熙子语气沉重地说完就挂断了电话。静雅放下电话,一声叹息。

"非要无缘无故自寻烦恼,自讨苦吃。本来我活着就够烦的了,还听不懂我的话,没完没了的……"静雅很清楚,熙子是因为孤独才来纠缠她。可是,她现在哪有闲暇去听朋友的抱怨呢。静雅浑身无力地瘫软到沙发上。

"妈,我好想你啊。"

熙子在客厅不安地踱来踱去。她非常清楚,如此下去的话,自己不知又会几天几夜因为静雅而睡不着觉,所以非常郁闷。她心如明镜,在这个空荡荡的大房子里,自己肯定会那样,不如想点其他事情。熙子突然想起胜载邀她一起去旅行,马上就拨通了胜载的电话:"咱们去旅行吧!"

胜载听到熙子突如其来的联络,不禁感到意外,惶恐不已:"旅……旅行?"

"对,去旅行!"熙子就像通知胜载一样,说完就挂断了电话。

忠楠正在复习考试，这时收到了一条手机短信："谢谢你，忠楠。听说你白天见过熙子了，原来是你帮了我啊。熙子说要和我去旅行呢。太感谢你了！"

虽然只是一条短信，忠楠却完全能感受到胜载此刻无比兴奋的心情。于是，忠楠面无表情地拿起手机，拨通了熙子的电话："姐姐，今天白天见面的时候，我没来得及问你……姐，你是喜欢我，还是喜欢胜载哥？"

熙子听忠楠如此幼稚地问自己，茫然地回答："你！"

"那你就别去旅行，搞不好会和我变成三角恋关系的。因为，我喜欢胜载哥！"熙子听完，迟疑了一会儿，又觉得反正自己并不喜欢胜载，所以就爽快地答应了："知道了，我不去。不过，静雅对我……"

"姐，我在学习，挂了！"忠楠说完自己想说的话，就果断地挂断了电话。熙子本想向忠楠倾诉一会儿，无奈地轻轻叹了一口气。又给奇子打电话，奇子一如既往，耐心地听着熙子叙说，还不时地附和着她。

"我心里很不是滋味，那个……"

"啊，那是当然了。换作是我，心里也不会好受。静雅她不该那样对你，你对她多好啊。"

"我也没对她有多好……"

"怎么会没有呢，难道我不知道你有多重情义吗？我都知道，你给我一百万韩元的时候我就看出来了。你能给我一百万，那给静雅的还会少吗？不过我真的很好奇，你给静雅多少啊？两百万，三百万？"

"我说的不是钱的事……"熙子没想到话题转到了钱上，一脸哭相。

"五百万？一千万？难道你给她一亿韩元了？"奇子对此毫无察觉，继续没完没了地追问。熙子实在无法忍受，按下了结束通话键。

熙子又接连给三个儿子打电话，不知为何，每个人都那么繁忙而且理由充分。熙子连儿子的声音都没听到就放下了电话。一边不停翻阅手机通讯录,一边暗自哀叹自己太凄惨,竟连一个可以安心通话的人都没有。她强压住想给静雅打电话的心情,给胜载发了一条短信:"我不去旅行了。对我来说,忠楠比你更重要!"

胜载焦躁不已,打了数次电话,熙子却都不接听。熙子了无睡意,坐在客厅沙发上呆呆地看着电视,不知不觉间已经过了凌晨两点。熙子瞥了一眼落地钟,最终还是掏出手机,拨通了静雅的电话:"你在干吗?"

"睡觉呗。"静雅充满睡意的声音,显得异常温柔。

"那我把电话挂了呀?"

"说吧。"静雅亲切地回答。熙子觉得吵醒了熟睡的朋友而深感抱歉,又觉得自己竟如此可怜,被她嫌弃还要给她打电话。

"你睡觉的时候关掉手机多好,难道是怕顺英或其他孩子来电话吗?"

"那些丫头,也就使唤我的时候才打电话,没事从来不给我打电话。白天她们都不会给我打电话,晚上还能打吗?"

"你睡觉的时候就把电话关掉吧,不然,我会烦到你呀。"

"就是为了接你的电话,我才不关机的。"

"我的……电话?"熙子开心地反问。

"上了年纪的人,整晚都很不安,要是有什么事怎么办啊?我说不想和你一起住,让你伤心了吗?不过熙子啊,我……只是想一个人安静点,因为身边太吵了。就算咱们不一起生活,也可以经常见面,一起玩儿。伤心痛苦的时候在一起,那样就行了。就算不在一起生活……"

"即使不住在一起,你也会始终心中有我吧?永远像现在这样。"

"当然了,一直像现在这样。"

"好了……睡吧!"

"你消气了吗?"

"你不是双重人格,你对锡钧已经仁至义尽了。从现在开始,你就按照自己的意愿生活吧,我会为你加油的!"

"睡吧,快点。你要好好睡觉,才不会得痴呆症。"

"嗯。"

熙子对静雅的抱怨瞬间就烟消云散,把手机紧紧抱在怀里,一阵暖意涌上心头。熙子突然想起还有话要对静雅说,就又拨通了静雅的电话:"听我说,静雅……忠楠说她喜欢胜载。你没听说吗?啊,我也不知道。什么然后啊?我当然讲义气了呗。我本来打算和胜载去旅行,后来就说不去,推辞掉了。我是姐姐,当然得让着她。你说什么?你问我喜欢到要让步了吗?就是呢……"

熙子和静雅,就这样一直通话说个不停,直到凌晨。

三十年前的秘密

在老妈到我这里大闹一番的第二天，我从大清早就把家里翻了个底朝天，进行大扫除。扔掉堆积如山的空酒瓶，又整理好杂乱无章的书籍和资料，把它们井井有条地摆放好，再用吸尘器把房间的每个角落都吸了一遍。换上干净的床上用品，然后，又用洗涤剂把卫生间洗刷冲洗一遍。扔掉所有陈旧物品，结束大扫除后，顿觉神清气爽、精神焕发，确信自己可以重新开始。于是，我冲完澡就奔向了老妈的住处。

我已经做好决定，从今天开始着手写老妈和她朋友们的故事。虽然这是老妈的心愿，但这个决定绝不是为了老妈，纯粹是为了我自己。从现在开始，我要端正态度、面对现实，不躲避、不逃脱，不唉声叹气自寻烦恼，不战战兢兢找寻依靠、不惧怕、不胆怯！

我打开门走进去时，老妈正在吃苹果。老妈见我淡定地走到洗手池洗手，瞥了我一眼，招呼也不打就进了卧室。

我在客厅坐下，从包里拿出铅笔和笔记本电脑，又打开手机的录音功能把它放到桌子上，然后开始削铅笔。老妈准备去餐馆，于是来到客厅：

"你和东震分手了吗?"看来老妈很想确认一下。

"我们没有什么分手不分手的。"我若无其事地削着铅笔回答。老妈走到我面前又问:"你干吗不和研贺交往,却和东震交往呢?"

"妈妈,我今天是来采访您的。"

"什么?"

"这不是您的愿望嘛,让我写篇小说。写阿姨们,还有您的故事。所以我要采访她们。"

老妈双眼怒视着我,仿佛在说:"现在是说这事的时候吗?"然后继续追问:"你为什么和研贺分手? 你们好过吗? 你们交往了吗?"

老妈好像认为我是在故意回避她的问话。我以前确实那样,但现在不是,我根本就不想隐瞒。不,我一定会告诉老妈关于我和研贺的事,只是觉得时机未到一直拖延而已。

今天我要和老妈摊牌,告诉她一直埋藏在我心底的不解,然后听她解答。

"故事该从哪里开始呢? 是从您出生的时候开始吗? 不对,应该是从您有记忆的时候开始吧?"

"你们在交往,对吧? 在我看来你们肯定交往了。不过,你为什么和研贺分手了? 难道那家伙也出轨了吗? 和之前的东震那家伙一样。"

老妈执意问我有关研贺的事情,我只好告诉她:"他残废了。您不是不让我和残疾人结婚吗? 所以就分手了。不,是我抛弃了他,因为我从来都是听您话的女儿呀。"

我虽然轻描淡写地说出了原委,但内心却希望这些话能向匕首一样刺痛老妈的心脏,希望老妈多少能够感受到,因为那件事,迄今为止我有多心痛、多辛苦。正如我所期待的那样,只见老妈脸色突然黯淡,一时语塞,愕然地望着我。虽然她的嘴唇动了几下,可还是没能说出话来。或许我的这个回答对她冲击实在太大,我赶紧转换话题:"咱们现在就开始访谈吗?就选那个时候如何?您的故事的开始是……我六岁时去外婆家的时候,就从那时开始。"

我的思绪回到了当时的那个时刻。就像当时老妈对我那样,在老妈毫无防备的状态下,我突然抓住了她的手。这也是我今天到这里来的原因。我眼泪汪汪地直视老妈。

老妈那天递给我的酸奶里有一股刺鼻的药味。

"妈妈,妈妈……我不,不喝不行吗?"

我当时没有拒绝老妈。当我接过那个含有农药味的酸奶瓶时,我清醒地意识到了,我是属于妈妈的。我的想法、我的决定,甚至我的生命,都只能属于妈妈。

自从那天以后,万念俱灰的内心就像一个锁链将我和老妈捆绑到了一起。我的眼前浮现出爸爸背着那个四肢无力、年幼的我拼命奔跑的情景。那个年幼的我,正在现在的我的内心深处瑟瑟发抖。直到今天,我才能替代当年那个年幼无助的我怒视老妈,向她责问。

"您不记得了吗?那一天的事,我依然历历在目。妈妈,您当时为什么……想要毒死我?在那个荒野里。"

老妈似乎受到了极大冲击,顿时僵在那里,她可能万万没想到我还会记得当时的事。因为,我从来没有向她提起过那件事。对我来说,那件事是一个极其可怕的秘密,绝对不能说出口的老妈的另一个面目,老妈默默封印在我体内的秘密。今天,我把老妈在那一天的阴暗身影拖到了她的面前。

"那人生岂不是太悲哀了？"

"本来人生就不过如此，还悲哀什么？要知足，不过如此的人生，活得还不错。"

外婆说自己九十多年的人生不过如此，或许就是正确答案。在他们不过如此的人生里，留下的全部财产就是我们这些利己的孩子们。然而，他们这些在子女眼中可怜又令人心疼的老人们，也在各自享受着开心幸福的晚年生活。感谢我的老年朋友们，你们让我在本以为残酷的人生中找到了人生的希望。

我是如此愚钝，竟然一直认为他们是在逐渐走向死亡。正如他们以前努力生活过一样，他们依然在尽情地、堂堂正正地享受着这一刻的人生。既然最终都要回到原来的世界，那么就潇洒地踏上那条路，让当下的每一瞬间无比精彩。

我现在唯一的愿望就是，祈祷这个瞬间可以再持续，尽量不让他们留下一点遗憾，渐行渐远。

我亲爱的老年朋友们，"Bravo your life！"（为你们的人生喝彩！）

静雅阿姨又回到了锡钧叔家里,终于得到了梦寐以求的一个知心朋友,那就是锡钧叔。叔叔正在努力改变自己,宛如脱胎换骨一样,让静雅阿姨十分满意。因此,我也不会再叫叔叔老家伙了。

英媛阿姨依旧从事着演艺活动,正翘首以盼秋天飞往西雅图,去和大哲叔叔相见的那一天。听说大哲叔叔早在三十年前就已离婚,胰腺癌晚期,一直没有勇气做手术。他与英媛阿姨重逢后得到了鼓舞,决定接受手术治疗。真没想到爱情的力量如此伟大,它会带给你生活下去的力量,以及与死亡抗衡的勇气。

忠楠阿姨鉴定考试合格后,又执意要考大学,现在正在全力备考中。阿姨的梦想是考入法语系,将来带领老太太们完成巴黎之旅。我发自内心地为忠楠阿姨助威,祝她早日实现这个梦想。

我往返于斯洛文尼亚和韩国之间,过着双城生活。按照老妈的意愿,逗留在斯洛文尼亚的时间越来越长。最近,研贺终于可以拄着拐杖挪动脚步。研贺为了我,不,为自己努力的样子总是让我倍感骄傲。

某一个夏天,我也加入了老年朋友们的旅行。我们累了就途中随处休息,醒来大家一起洗漱,没有一人觉得有丝毫不便。只是经常下雨,惹来外婆的不满。

"只要一旅行就下雨,现在总算晴了。该死的天气,抽风……"

"那妈妈您下次就别参加了。"还没等锡钧叔说完,外婆立刻就破口大骂:"那你就别来吧,这个疯小子。"

我见两人斗嘴的样子实在可爱,不由得紧紧抱住了外婆:"外婆,我马上就要出书了,书名叫《我亲爱的朋友们》。"

"书写完了有什么了不起,还是赶紧怀个孩子吧。"

"我说外婆……要用一句话来概括人生的话,您想怎么说?"

"不过如此呗。"外婆的回答简明扼要。

结束语

当我的老年朋友们告诉我她们还想上路的时候,我还以为她们在开玩笑,或者在说她们无法实现的梦想。然而,是我理解有误。打那天以后,他们真的一次次踏上了旅途。

他们买了一辆大型房车,一有空就去旅行。到河流、到溪谷、到一望无际的田野、到波涛阵阵的蔚蓝大海……我的老年朋友们一直在旅行中。无论遇到多么艰难的旅程,他们也从不打退堂鼓。对于饱经人生磨难的他们来说,旅途中的困顿就像小菜一碟。

老妈一边接受化疗,一边和逸宇叔叔谈着恋爱。最近,我经常调侃老妈,问她是否和叔叔睡过了?每当这时,老妈就会骂我一句:"疯丫头!"她那满脸羞涩的表情让我越发好奇。

熙子阿姨除了旅行时以外,仍然住在疗养院里。最大变化就是时常会为拼图的老人们出出主意,逐渐适应着疗养院的生活。胜载叔恨不得每天都去疗养院,然后就像口香糖一样粘在阿姨身边。

"姐姐你什么病啊?"英媛惊讶地问忠楠。

"现代人类最大的疾病——无病长寿!"忠楠充满机智的回答再次引得哄堂大笑。

胜载问锡钧:"大哥,你害怕客死吗?"

"当然害怕了,客死就去不了天堂或极乐世界了。"

"谁说的?"大家无语地怒视锡钧,忠楠见机接住了话题:"那好,咱们现在就决定吧。有很多种死法:第一种是病死,第二种是自然死亡,自杀除外,还有孤独死、自然死……大概就这些。哥,你想怎么死?"

"当然是自然死亡了。"

"如果孤独死也属于自然死亡,你愿意孤独死吗?"

"我干吗要孤独死啊? 我要在顺英妈身边……"

"对不起,我肯定比你先死,你随后来吧。"静雅打断了锡钧的话。锡钧满脸失落,仔细想了一会儿,又改口说道:"那……那就在孩子们面前……"

"孩子们很忙的。要工作,他们还有很多事情要做。""哪有时间天天守着哥哥,等你死呀?"大家你一言我一语。

"有结论了! 那咱们就潇洒地客死他乡吧。"忠楠刚总结出结论,兰姬和英媛立刻表示不满:"什么客死……好吓人。""说好听点,别说成客死。"

"就叫'在路上'!"英媛和兰姬互相看着对方,异口同声地说完,哈哈大笑。静雅和熙子也相视而笑。

老死在路上,再没有比这更美好的结局了。聚集在简陋旅馆的朋友们就这样悠然地望着窗外的滴答落雨,各自在脑海中描绘着不知在哪段路上迎接自己最后时刻的景象。

家各自出发,前往熙子和静雅所在之处。他们就这样,这辈子第一次决定了闪电旅行。

偏偏天公不作美,大家与熙子和静雅会合,加好油刚出发就开始电闪雷鸣,紧接着大雨倾盆而下。一帮人冒雨前行一阵后,怎奈一把老骨头实在力不从心,不得不停止前进,寻找可以下榻的住所。

附近能够入住的只有一家倾斜欲倒的旅馆,外墙皮早已褪色脱落,走进楼内,一股陈年霉味扑鼻而来。幸好这里有一个大房间,让大家得到些许安慰。

忠楠看着陈旧发霉而泛黄的壁纸,不满地抱怨:"难得出来旅行却像乞丐一样。我带那么多钱,这里是什么破地方啊!"

"别为了找好旅馆再被大雨冲走,这里已经不错了。"熙子见静雅努力安慰不满的忠楠,就问道:"我们明天去哪里啊?"

"你想去哪,姐姐?"锡钧看英媛和忠楠坐到熙子身边兴奋地询问,一边看地图,一边泼冷水:"去什么去!听说要下三天雨呢,还是回家吧。"

"哥你自己回吧!"忠楠和兰姬、英媛异口同声地大声反对。静雅一看连熙子也在瞪视锡钧,就极力为锡钧帮腔说话:"干吗,你们怎么这样对我老公?"

"你们俩到底怎么回事啊?要合就合呗,分居还互相老公老婆的,搞什么吗?"静雅面对英媛的冷嘲热讽,竟哈哈大笑起来。

"分开生活挺好的,就像在谈恋爱。对吧,锡钧?"

大伙被静雅逗得哈哈大笑,唯独锡钧满脸认真的表情。

"各位,现在哪是笑的时候啊。大雨弄得我车动不了……咱们又不能都坐胜载的车,照这样下去,咱们这帮老家伙可能都得死在路上呢。忠楠啊,你身体没毛病可以远游,可万一客死他乡怎么办?"

"我怎么没病啊?你们有谁比我病得更严重啊!"

死在路上也死而无憾。

然而,甫说到世界尽头,车子刚刚驶入国道附近就停了下来。

"怎么啦,怎么啦?"

"真是的……没油了。"

"那咱们就走不了吗?"熙子沮丧不已。

"得走啊。"

不能因为这点小事就放弃。

"怎么走啊?"

"让我想想。"静雅蹲在车旁想了一会儿,便拨通了忠楠的电话:"钱?我当然有钱,姐你也知道的。"

静雅告诉忠楠,她在考虑是不是应该先把熙子送回疗养院,等做好充分的准备后再去把她接出来。

"那不行!姐姐,不能再把熙子姐留在那里。等等,我先想一想……"忠楠抬头环顾了一下自己家,只见客厅角落里堆放着绘画和等待整理的东西,凌乱不堪。瞬间,忠楠萌生了想抛弃眼前的一切,逃离这里的冲动。

"我怎么去不了啊。车嘛,我可以打车也可以搭车。我又没什么牵挂,怎么就不能去?你在那里别动,等我拿一大笔钱去找你。"忠楠放下电话,快速换好了衣服,侄子珠英这时开门走了进来:"姑姑,今天来送咖啡,要留几公斤……姑姑,您在干吗?"

"生意就交给你们了。"忠楠淡淡地说完,又给英媛打电话。

"英媛啊,咱们和姐姐们一起去旅行吧。"

"姑姑!您去什么旅行,生意怎么办啊?"

"该死的生意,生意!我做生意有什么用,赚钱还不都给你们,算了吧。英媛,你到底去不去旅行啊?"

忠楠电话联系英媛,然后英媛再告诉兰姬,于是消息传遍校友会,大

"咱们……再开车吧。静雅,你来接我吧,开车过来,好吗?"静雅听到熙子这句话,不禁心疼地热泪盈眶。熙子该有多么孤独,才会这么央求自己啊。

"静雅,你不是说过,就算死,你也要死在路上吗?我也想那样,不想死在像监狱一样狭窄的房间里。"

静雅听到熙子哽咽的语气,不由自主地环顾了一下自己躺着的房间。自己曾经扬言要在路上自由地死去,结果却只逃到这样一间又小又简陋的小破屋里。

"熙子啊,你……老实在那里别动,我去接你,你一定等着我啊。"静雅挂断电话,起身穿上熙子送她的法式风衣打车赶到锡钧家,进门就找车钥匙。等锡钧从睡梦中醒来,说要跟她一起去,然后穿好衣服出来时,静雅早已开车出发了。

熙子将堆积在房间一侧的行李整齐地装进包中,拎到了院子里。疗养院的管理员见状忐忑不安地紧随其后,不停地劝导她:"老奶奶,您儿子不接电话,可能在睡觉吧。过一会儿我再给您儿子打电话,然后再……"

"知道了,知道了,我会自己看着办的!"

就在这时,传来"嘀"的一声汽车鸣笛,静雅从驾驶座上跳了下来。熙子见状跑过去,一把抱住了静雅。两人互相拍打着对方的后背,露出了欣慰的笑容。她们就像企图越狱的逃犯一样,迅速把包扔进车里,发动了车子。

等汽车驶离疗养院,奔驰在公路上后,熙子摇下车窗放声高喊:"喂,我是赵熙子!我的朋友是文静雅!我们要走了!"

她们两个人高高举起紧握在一起的手,一边挥舞,一边哼唱着歌谣,从未体验过的解放感使她们躁动不已。静雅联想到电影《塞尔玛和路易斯》中的一幕,如果能像电影中的两人一样,驱车驰骋到世界的尽头,就算

自由驰骋在路上

熙子住进疗养院已经十天有余,却不想见任何来探望她的人。虽然当初是她自己决定住进了疗养院,可现在却感到一丝凄凉。就连第一次来疗养院那天自己想交朋友的那个老奶奶也让她心生厌烦,而不得不有意避之。熙子虽然想尽快适应这里的生活,奈何一切全不由己。于是,熙子开始思念被她拒绝探望的朋友和家人。熙子在庭院努力背诵英语单词时,偶然看到一名患者被家人开车接走,便无比羡慕地注视着那辆车,直到消失在自己视野之外。

当天夜里,熙子直到凌晨三点也无法入睡,思来想去最终还是拨通了静雅电话。电话铃刚响两声,静雅就仿佛在等这个电话似的立刻接听了电话:"丫头,我去看你,你却不见我……干吗不睡觉给我打电话啊?"

"静雅啊,我们之前……开车了吧?"

静雅立刻想起了载着熙子驰骋在公路上的快乐时光,思念的泪水一下子湿润了眼眶。

"是啊,真开心啊……那时候。"

老妈笑得那么开心:"到了那以后,让研贺多摸摸你吧。"

"您别忘了去见那位吉他先生。"我难掩忧伤,高声提醒。

"他正好今天早上来短信了,说他想我了。"老妈说完,温馨地一笑,回到了房里。

于是,我丢下生病的老妈一人,去追寻自己的人生。心中暗想,人生竟如此残酷。母亲年轻时,你始终鞭策她勇往直前,希望她拥有更多,不要错失任何东西,坚强地活下去。现在母亲不再年轻了,你却提醒她放下所有,甚至放下视如生命般宝贵的子女,放弃任何留恋与期待,悠然自得地活下去……人生,你对待她们为何如此残酷,根本不告诉她们人生的终点在哪里。我真想替长辈们问一句来去不定的人生:人生啊,你究竟想让我们怎么办?

还是没有躲过老妈的法眼："我明白您的心意,可我想……"

老妈松开拥抱我的手,不停地抚摸我的脸颊。她的嘴角虽然上扬,充满爱意的眼里却已经泪眼蒙蒙。

"研贺在床上还行吗,他能抱你吗？"

我笑着岔开话题："妈妈,您听我说……这次就算了,下次……"

"回来以后你学按摩吧。靠双臂转动轮椅肯定全身都很累,你学会以后为他按摩吧。"

那天晚上,我和老妈一直为爱不眠不休,最终还是我败下阵来。其实,打一开局就已定胜负,就算我如何努力为老妈着想,也根本无法战胜老妈为我考虑的那份爱,以往任何时候也都如此。

翌日清晨,我被老妈赶出房门,迈着沉重的脚步,一步三回头地抬头望向公寓。只见老妈把头探出窗外,大声催促我："你怎么还不走？"

"妈妈,我以后去不行吗？"

"要是我死了你怎么办？喂,又不是一两个月或一年,不就一周嘛……"

"让我撇下刚做完手术还不到一个月的人,就算几天我也没法离开呀。要不我下个月再……"

"下个月我不做化疗吗？今晚你外婆会过来,英媛阿姨和忠楠阿姨也会来的。喂,赶紧走吧,你都多大了还天天找妈妈。就因为你这样,我才更不放心。"我心情沉重地移动着脚步。

"阿婉啊,笑着离开吧,别像生气的孩子似的。"听老妈高声提醒我,我也转过身回应老妈。

"您一定要好好吃饭,好好吃药……"

"知道了,还会好好拉屎,好好睡觉。"

拿出一张纸放到我面前:"你明天去研贺那儿吧。"

我一头雾水,停下手中的活儿打开了那张纸,那是一张去往斯洛文尼亚的电子机票。老妈曾经那么坚决反对我嫁给残疾人,现在竟然改变了主意,实在令我倍感鼓舞和感激。然而,此刻我却无法理解她为何会突然让我去找研贺。于是,我重新折好那张纸,随意放到一边,拎起了准备好的行李。

"看来阿姨们已经告诉您研贺来过的事了。算了,我们结束了。走吧,回您家去。"

"你收拾行李吧,是明天早上的飞机。"

"您疯了吗?真是的。您闹什么呀,要是其他时候,就算您不允许,我也会去的,可是现在不行。起来吧,回家!"我突然一阵心酸,热泪盈眶。

"阿婉啊,妈没事的。"

"什么没事啊。您前几天睡觉时还冒冷汗呢。行了,我不去!"

"医生不是说过健康的人会感冒,何况病人呢,一样也会感冒的。我不会病死,说不定反而会为不想看到你为我担心,着急上火死得更快呢,真是的!"

"我告诉过您不许乱说话,更不要提什么'死'!"

"我这个病,要治好也不知道得一年还是五年,也许十年呢。"

"您都养了我三四十年了,不就十年嘛,没关系。"

"让你放弃自己的人生来照顾我,那我不就真成了坑害自己女儿的大蠢货嘛?癌症已经够让我烦了,难道你还想让我变成大笨蛋啊。我对你有执念,所以不会让你永远留在那里。你这次先去一周,以后等我身体好些时就去一个月,再往后等你结婚了就一直待在那里。"

我走过去紧紧抱住了老妈,这次依然还是老妈对我的爱超越了我对老妈的爱。就在我好不容易战胜自私的自己,想为老妈尽一份孝心时,却语气逐渐弱了下来。

"我也那么想过。可又一想,连我这个严重的癌症患者都能当妈妈……他虽然有残疾,却没有生命危险,咋就不能当丈夫呢?就是,他在很远的外国,好像那里的工作不错,残疾人生活也很方便。"

外婆伤心地放下手里的大蒜,看着老妈叮嘱道:"你别让她去。"

"不让她去?那就一直留在身边,让女儿变成一个老处女,死了也不出嫁,我干脆这样啊?"

外婆见老妈爽朗地笑着调侃自己,也就不再反对。第二天我才知道,那个时候,老妈已经决定让我去研贺那里,而且已经买好了机票。

老妈没有急事,第二天却从外婆家自己打车来到了我公寓。

"我都和您说了洗完衣服就去接您,您干吗还打车过来啊?下周开始就要化疗了,您得好好维持身体状态……"

老妈完全不理会我对她的责怪,顺手从冰箱里拿出水,一边喝,一边扫视了一下我的房间,面露诧异:"你怎么把研贺的照片都收起来了?"

"您昨晚睡得好吗?"我转移了话题。

"你不在我睡得更好。"

"看我对您好了,您就拿一把吗?"我一边和老妈调侃,一边收拾要带去老妈家的行李。

"你昨天写小说了吗?"

"我整理饭店的账簿了。该写熙子阿姨的部分了,可是心痛得写不下去。"老妈似乎也在担心阿姨,眉头一皱,搭着床边坐下来,平静地开了口:"下个月开始化疗,我想找一个有专业护工的疗养院。"

"在您住院的时候,我已经接受过护理培训了。我肯定比别人更合适,您就别费神经了。"

我心想老妈又在打歪主意,便瞪了她一眼。只见老妈站起身,从包里

人生竟如此残酷

老妈来到外婆家时，仁峰舅舅正在田里劳作。杰奎琳如胶似漆地跟在他身边，两人欢声笑语地干着农活。外公和老妈好像被他们二人的好气氛感染，心情看似也不错。唯独外婆一人面无表情，默默地剥着大蒜。

"他们俩很般配啊。这孩子看起来很温顺，要是下个月结婚的话，该粉刷墙壁了。"

外婆无视老妈，依然毫无反应。

"妈，您是不是吃醋了？因为仁峰要娶媳妇了。"老妈察言观色地问外婆。

"总算没有负担了。我就是现在死了也没遗憾了。"

老妈默默看了一下外婆，又接着说："妈，阿婉有男人了。"外婆闻声停住了剥大蒜的手。

"不过那个人腿有毛病，比仁峰还严重，两条腿都不好使。好在……不用种地。"

"哪能让阿婉嫁那种家伙呢，不能……嫁。"外婆也许联想到了舅舅，

"就算我不挽留你,不能留下你……我也非常……爱你!"

"你多保重!我终于明白,原来我也可以来这里。你让我更加自信,明白自己有能力做好更多事。"

"是的,你很棒啊!"

阿婉想起了研贺出现在医院的那一刻。

"朴婉,我非常爱你!"

"……你不要等我。"阿婉压抑着心痛,平静地告诉研贺。

"我不等你,就这样……做我该做的事。挂电话吧,我马上就到机场了。"

阿婉结束和研贺的通话后,立刻拨通了老妈的电话。那是她为了控制自己想要奔向研贺的躁动,也是为了不给自己感情留有退路。

"妈,您在哪儿,是和英媛阿姨在一起吗?太好了,我以为就您一个人在家呢。抱歉,是我太执着。哎哟,真是的……您怎么这样啊。"

阿婉虽然看似若无其事地絮叨着,却早已泪流满面。

"没什么,就是因为您的手太小了。"

兰姬从研贺那双充满温暖的眼神里感受到了他善良的秉性,觉得他除了腿有残疾以外,还真是一个无可挑剔的好孩子。

"你在首尔的父母身体还好吧?"

"是的。"

"那就好。对了,你赚钱多吗?"

研贺又豪爽地一笑:"还可以。"

"我很俗吧?"

研贺见兰姬尴尬地放下茶杯,轻轻地握住了她的手:"您手术顺利,真是太好了。"

兰姬突然一阵心酸,转过头时看到研贺手上的戒指和不久前阿婉戴的戒指一模一样,于是用力握住了研贺的手:"一个男孩子手长这么好看,画画的人都这样吗?你今天……要回斯洛文尼亚吧?路上小心。"

兰姬的声音比任何时候都充满了爱意。

阿婉正在餐馆替老妈忙碌时,接到了研贺的电话。研贺和往常一样,声音亲切地告诉她,今天回斯洛文尼亚。

"原来这样,现在回去啊。我在餐馆呢。我是双重身份呀,写书人和生意红火的餐馆员工。结束营业了,我正打算回家,你的电话就打进来了。"

阿婉努力让自己语气平静。

"这段时间,你怎么没给我打电话?"

"是啊……怎么没给你打电话呢? 也许……怕我挽留你,不让你走。"阿婉懊恼不已。研贺近在咫尺,就在自己附近,自己却不能为他做什么。

"那就挽留呗,那样我就不会走了。"

"我还能干什么……就是想见一面。"

"干吗要一个人去啊?要见他你就和阿婉一起去,怎么不告诉阿婉偷偷去见呢?"

英媛不知道兰姬葫芦里卖的什么药,感到惴惴不安。

"唉,我也不知道,就是觉得该正式见他一面……"

兰姬见英媛依然满脸忧虑,便笑着安慰英媛:"我不会像东震那时一样扯他的头发,你放心吧。"

"这个我相信,刚做完手术你还没恢复元气。"

英媛了解阿婉和研贺彼此深爱着对方,所以心情无比复杂。

第二天,兰姬心事重重地来到约定地点,看到研贺比照片和视频中更健康,晒得黝黑的脸庞使他原本像女孩儿一样漂亮的外貌更加散发着男人味。

研贺直接点了两份饮品端到座位前。兰姬静静地注视着研贺,暗自佩服他动作娴熟的同时,又感到一丝心酸。

兰姬小心地接过研贺递过来的茶,发现研贺在默默注视自己,于是避开研贺的视线,望着窗外喝了一口茶。研贺凝视着兰姬端起茶杯的小手,不禁感到一丝心疼。他深知正是兰姬那双小手承担了独自抚养阿婉,照顾全家老小的重担。

"我说……你怎么一直不找女朋友啊?是因为你腿不方便,所以女孩们不喜欢吗?"

研贺听兰姬直截了当地问自己,高声大笑:"是我不喜欢其他女人。"

兰姬暗想这家伙不简单啊,在这种情况下一般人可能会怯场或因自卑而发火,没想到研贺却充满了自信。研贺的目光再次停留到兰姬手上。

"怎么了,我手上沾什么了吗?你一直在看。"

"都怪你惹我生气。从早到晚就知道盯着我,也不好好写小说。我明明可以去饭店,你却不让我去……难道你妈这病一两天就能好吗?这病会跟着我一辈子的,你却天天看着我。"

"是您以前说让我多关心您啊。哦,对了!"阿婉好像突然想起了什么事,拿出手机接通了电话,"尚淑啊,是我。蔬菜店大叔今天来电话说要结算,你给他结了吗?喂,那种事得你自己看着办啊,大叔都给我妈来电话了,难道还要让我妈这个癌症患者来操心吗,你这丫头!"

兰姬见阿婉竟然还要替自己打理饭店,既伤心又气恼,索性走进了卧室。英媛这时外出采购回来,走进了玄关。

"门怎么没锁啊。"

阿婉一边打电话,一边用口型告诉英媛,妈妈在卧室里。英媛打开卧室门,见兰姬正靠墙而坐,像一个受气的孩子一样耷拉着嘴角,便走到她旁边坐下来。

"疼吗?"

"我只需要做六次化疗,是不是说明我的状态很好啊?"

"你想问什么?"

"化疗很痛苦吗?比手术还痛苦?只有六次的话……"

"就算只有六次,也可能会持续一到两年。根据我的经验,癌症会伴随一辈子,所以我劝你要怀抱希望,放弃期待!"

英媛为了不让马上就要接受化疗的朋友过于焦虑和担忧,就轻描淡写地提醒兰姬。兰姬想了一会,拿起手机拨通了研贺电话。她为这事已经踌躇了一段时间。

"是研贺吗?我手术挺好的。你现在还在首尔吗?"

英媛听兰姬约研贺见面,大吃一惊,等她一挂断电话,就立刻不安地问道:"你干吗要见研贺啊?"

我们的爱情故事

阿婉正在客厅写小说,看到躺在沙发上的兰姬坐起来,便紧跟着也站了起来:"妈妈,怎么了,您要什么?"

"我想喝水。"还没等兰姬话音落地,阿婉已经从厨房端了一杯水出来。兰姬见状,不忍心打扰阿婉工作。

"我自己来就行了,你干吗……"

"您不是刚做完手术嘛。"

兰姬觉得自己的一举一动都会干扰阿婉专注写作,既伤心又着急,默默看着坐下来继续写作的阿婉,突然站了起来。

"您去哪里?"

"这么狭窄的房子,我除了卫生间和卧室还能去哪里。我现在这种身体状况,难道还能出去溜达,或者去饭店吗?"兰姬既难过又郁闷,不免情绪有些激动。

"您发什么火啊?"阿婉边笑边看兰姬。兰姬看着若在以前早就冲自己叫嚷的女儿现在只是傻笑,越发伤心难过。

"说什么,还有什么话可说。"

敏浩又拍打着自己的胸脯高声大喊。哥几个一直重复着相同的话,根本无法达成统一,只有争吵声越来越大。

静雅听到熙子的消息后几近崩溃,全身虚弱无力,觉得就连手指头都不听话。

"这丫头到底还是犯了犟脾气……我想去接她回来……怎么这么没劲儿啊。"

"你先躺下。明天去,或者后天去吧。"锡钧不放心静雅,特意赶了过来。他把枕头推到静雅跟前,拍了拍劝静雅。见静雅无力地枕着枕头躺下闭上了眼睛,锡钧便为她按摩双腿。静雅浑身乏力,闭着眼睛,声音虚弱地劝锡钧:"你也躺下吧,累坏了。"

"你明天去医院打一瓶营养剂吧。好几天都有气无力的,到底怎么啦?"静雅见锡钧担心自己,吃力地抬起头,看了看他。

"打营养剂要花钱的呀。"

"花完拉倒。"静雅听着锡钧生硬却充满爱意的话语,露出了微笑。

面笑容地看着忠楠,眼里却已经充满了泪水,"我一辈子都没给别人添过麻烦……我想在这里优雅地度过余生,这里正合我心意。"

熙子说完,努力笑着把头转向了窗外。忠楠完全理解熙子作出此种决定的心情,如果自己将来得了老年痴呆,也会为了侄子们着想,心甘情愿选择到疗养院,自己的晚年也会和熙子别无二致。但是,理解归理解,依然心痛万分。因为理解熙子的心情,忠楠既不能阻止,也无法表示赞同,只好强忍泪水紧紧抱住了熙子。

"姐姐……"

"你和静雅一起来玩吧,带着英媛和兰姬。要是我们能在一起生活该有多好啊……只能梦中实现了。"

"……姐姐你不要说了,不要说了……"忠楠咬紧嘴唇,强忍着不让自己哭出来。她知道如果那样,就会让熙子为他人着想的果敢决定和善意变成凄凉落寞的怜悯。

就在熙子主动住进疗养院的那天晚上,她的三个儿子在家里吵得不可开交。敏浩非常气愤,哥哥们竟然觉得母亲做得正确。

"哥,我们不该那样!让妈妈待在那里,我怎能心安呀?我怎么就不能好好赡养咱妈,怎么不能了?!"敏浩一边捶胸顿足,一边怒吼。荷娜抱着孩子,坐在卧室里听着敏浩兄弟们的对话。

"不是说你不能赡养咱妈。"

"是妈妈自己说她无法安心待在这里。"

敏浩不想继续和哥哥们理论:"咱妈的病还没有严重到需要去疗养院。她跟我一起生活没问题,我得马上去她那里。"

"深更半夜你去哪里?刚刚不是和妈妈,还有医院通过电话了嘛,她在那里很安全。先接着说完咱们刚才要说的事吧……"

在聊天。稍过片刻，忠楠回到了熙子身边："姐姐，他们同意了，让我们安静地参观。我有两个姨妈都在这里疗养过，所以很熟悉这里，我给你介绍一下吧。"

忠楠拉着熙子的手，语气和蔼地边说边走。疗养院整洁安静，每个楼层设有各种教室，教室里老人们有的在学习绘画，有的在学唱儿歌。在患者生活空间，有的患者在读书，有的患者在睡觉，一派悠闲自在的景象。

"姐姐，现在只剩单人间没看了……说实话，我觉得没这个必要，是姐姐非要让我带你来我才带你来的。姐姐你不用来这种地方，这里是面向老人长期疗养三级患者的。可姐姐你……"

"单人间在哪里？"熙子笑着打断了她的话。忠楠用手指了指前方。

"到了，就在那里。"

单人间是一个只有一张床和一个小桌子，窗户很小的房间。熙子扫视了一下房间，走到窗前想打开窗户，可因为装有安全距离锁，所以只能打开到两个手指缝宽。

"现在都看完了，我们回去吧，姐姐。"熙子无视忠楠的催促，坐到床上，上下晃动着身体确认床垫的弹力。

"这床也不错嘛。"这时，一位穿着疗养院病患服的老奶奶走进房间，看着熙子微笑。

"老奶奶，您到这里干吗？"忠楠略显惊慌地询问。

"这个老奶奶一直跟在我后边，别管她，让我跟她交个朋友吧。"

"你说什么呢。快起来，我们该走了。"忠楠一本正经地督促熙子。只见那位跟进来的老奶奶从兜里掏出一块糖递给熙子，腼腆一笑走出了房间。熙子呆呆地看了一下糖果，把糖果塞到了忠楠口袋里。

"我不走！敏浩和荷娜要是和我一起生活，一定会很辛苦。我想让他们和孩子一起好好生活。忠楠啊，你就让姐姐留在这里吧。"熙子虽然满样,走到卧室门口,小心翼翼地打开了房门。她安静地看了一会怀抱婴儿熟睡的荷娜,回头看了看跟在自己身后的敏浩。

"宝宝来了吧?已经三天了,您还记得吗?"

"……我还去过兰姬病房了吗?"

"嗯。"

熙子见儿子一副伤心的神情,这才意识到自己又失忆了。她又安静地看了一会儿睡着的宝宝,关上了卧室房门。

"我不能进卧室,会吓到宝宝,还可能失手闯大祸。我也不能上二楼,说不准下楼时会摔倒。我就睡在客厅里。"熙子神志清醒地说完,就躺到了铺在客厅的褥子上。敏浩走到她旁边坐下,为她盖上了被子。

"敏浩啊,妈妈好好吃药的话,痴呆症状就不会更严重吧?你也听医生说了,妈妈现在不是特别严重,对不对?"

"对啊,当然了。"敏浩不停地点头,努力安抚熙子。熙子满脸疲惫的样子,说自己困了就闭上了眼睛。敏浩紧紧握住熙子的手,不停地安慰她。

"妈妈,听说治疗老年痴呆的特效药就快问世了,而且您现在也在按时吃药,您的症状不会加重的。所以妈妈……您不要太担心。"虽然敏浩像哄孩子一样安抚着熙子,可熙子却依然一副一筹莫展的神情。

凌晨,熙子确认敏浩已经熟睡后,蹲在客厅一角拨通了电话:"喂,忠楠啊……我有事问你……你知道好一点的痴呆疗养院吧?就是又便宜又好一点的那种地方,你能带我去那里吗?"

熙子的声音充满了忧郁和哀伤。

第二天,忠楠领着熙子来到了一家疗养院。熙子一边等候忠楠办理参观许可,一边观察着入住患者。只见大家面露笑容,或者在散步,或者

无法实现的梦想

熙子听到兰姬出院的消息后,满心不悦地向阿婉抱怨:"大家不该这样对我吧?我哪能不去,那不是别人,是你妈兰姬做癌症手术,我怎能不去探望呢?难道我死了吗?我承认我老年痴呆,可你阿姨我还不至于去不了你妈病房啊。阿婉,你说不是吗?"

熙子已经不记得自己上次去探望过兰姬的事。

"不是,阿姨您前天来过我妈病房,您真的来过了。还开心地和我拥抱,当时我还亲了阿姨的脸颊呢。那天大家都来了,静雅阿姨、忠楠阿姨、锡钧叔叔、胜载叔叔、奇子阿姨……全都来了。"阿婉温柔和蔼地提醒熙子。

"你这孩子说什么呢?我什么时候去过那里。你也耍笑我痴呆吗?怎么还编瞎话骗我啊。真是的,我没去过兰姬病房。"

敏浩这时出来,一把抢过熙子的手机:"阿婉姐,对不起,我挂了。"

敏浩挂断电话,耐心地安抚熙子:"妈妈,睡觉吧。"

熙子觉得自己也许去探望过兰姬。发了一阵呆,又好像想起什么一现在可能已经回去了。"

"他们俩好像爱得很深呢。就是……深情、美好。看到有人陪伴阿婉,真好。"

忠楠如实说出了自己的感受,同时也在表明自己支持阿婉的态度。兰姬似乎不想多听,起身走进了卧室。英媛仿佛早已预料到会这样,歪头问忠楠:"莫非她不同意?"

"那咱们就管不了了。"忠楠说完,继续喝茶。

当阿婉外出回来时,英媛和忠楠已经离开。

"阿姨们怎么回去了呢?"阿婉一边换衣服,一边问兰姬。兰姬盯着阿婉放在一旁的提包,心不在焉地回答:"阿姨们也很忙,回去办事了,哪能天天都陪我啊?姐姐、哥哥们每天忙着照顾我和熙子姐,自己可别再病倒了。"

"我先洗漱啦。"阿婉说完走向卫生间,又折回来在兰姬脸颊上亲了一下,笑着夸赞道:"您真棒!做了手术,真乖。接下来还要好好做化疗哦,加油!"

兰姬见阿婉握紧拳头冲自己莞尔一笑,只好随声附和:"加油!"

兰姬一见阿婉走进卫生间,便掏出了她的手机,从通讯录里找出了研贺的号码。耳边不停地回荡着忠楠的话:"他们俩好像爱得很深呢。就是……深情、美好。看到有人陪伴阿婉,真好。"

兰姬久久地注视着研贺的电话号码,然后又把手机放回了阿婉包里。

你们没有孩子,一旦生病就等于踏上黄泉路了。说实话,生病的时候,比起钱来,关键得有一个能照顾你的亲人。说不定哪一天你们生病的话,可能原地就会死掉。"就在大家被奇子的一番话气得瞠目结舌、无言以对时,忠楠大声回怼奇子:"就冲姐姐你这句话,我也不会坐着等死,死也要站直了!"

双芬一直沉默无语,这时实在忍不住,便开口责骂奇子:"你这个女人,明明精神好好的,怎么总是瞎胡说呢!还这么……年纪轻轻就。"

"妈,她哪里年轻啊。"

熙子一脸茫然地望着大家喧闹嬉戏,仔细观察一会儿,拍了拍静雅问道:"她们都是谁啊?"

"都是你朋友啊,你的朋友!"静雅握着熙子的手,向她耐心地说明。可是,熙子又把目光投向大家,疑惑地摇了摇头。

几天后,兰姬出院回到了家里,觉得还是自己家最舒服。医院虽然条件优越、方便,可总觉得压抑,莫名地会令人意志消沉。兰姬静静地望着暮色中的窗外,为自己能够平安归来感到欣慰。

"阿婉不是说都打扫过了吗?上了年纪的人那样跪着擦地板太累,你就用吸尘器吸一下吧。"英媛见忠楠跪着擦地板,便端来茶,让她休息一下。忠楠一边喝英媛端来的茶,一边顺口问了一句:"阿婉去见那个叫研贺的小伙子吗?"

英媛正在喝茶,听忠楠这么一问,吓得一激灵:"姐!"

"你们说什么呢,研贺来了吗?"兰姬怀疑自己没听清。英媛叹息一声,光喝茶不予理睬。

"反正都是泼出去的水了,你要是不说,我可说了啊。"英媛明白忠楠是有意挑起这个话题,于是看着兰姬,轻描淡写地回答:"嗯,听说来了。"

第二天,前一天没来探望的熙子和忠楠、英媛、胜载,还有奇子等一帮人蜂拥而入,让原本感觉空荡荡的单人间瞬间有些拥挤,异常热闹。

"不是我不让那个老家伙来可乐吧的。要是我真那么说了,被那个老家伙拧掉脑袋都不冤!"奇子刚一走进病房就喋喋不休地抱怨起来。

"是他自己没人缘才不来的。他到可乐吧,几百个老太太都没有一人愿意和他牵手。可他出去后,却告诉别人是我不让他来的,我什么时候不让他来了,什么时候啊。"

"真不讲理啊,那个老家伙。"英媛偏袒着奇子,在一旁附和道。

"虽说我是为了生计才去那里,可我打从一开始就没有钱吗?我老公活着的时候,我也有钱。在我儿子离婚之前,我和我儿子过得都不错。可是现在,我的命……"奇子说。

"姐,你肯定伤心。不过现在兰姬刚做了癌症手术啊。""没错,现在谁也不该在兰姬面前抱怨命运。"英媛和忠楠你一句我一句地劝阻着奇子,只见奇子扯着衣角擤了一下鼻涕,就像根本没哭过一样,突然话锋一转:"喂,不过兰姬啊,这病房多少钱啊,很贵吧?我要是能躺在这样的病房里,就算现在得癌症死了也心甘情愿。"

大家听奇子竟说出这番话,不禁惊愕地皱起了眉头。

"喂,你怎么那么说话啊?"静雅难以理解地责怪奇子。

"姐,这就是你的不是了。""话也有该说和不该说,你现在说的话简直狗屎不如!"忠楠和英媛实在气不过,纷纷不满地责怪奇子。可奇子不但毫不反省,反倒委屈地大声辩解:"喂,我那是羡慕兰姬的意思。手术成功,朋友们都来探病,有钱,还有女儿……"

"那也太过分了。你竟然在病人面前说想要得癌症死掉,这像话吗!"忠楠忍不住高声斥责奇子。

"多让人羡慕啊。不过你们啊,尤其是忠楠和英媛,要多注意身体。

"姐姐,来世你也找一个英俊的家伙,谈一次轰轰烈烈的恋爱吧。不对,你还这么年轻,现在也不晚。"

"我都这么一把年纪了,别人看到会笑话的。"

"那就不让别人看见呗。"

两人久违地开着玩笑,难得露出了笑脸。

几天后,静雅和锡钧一听说兰姬逐渐恢复了元气,就和双芬迫不及待地来到了病房。

"一开始,医生说我的肝上有一个肿瘤,就像我拳头这么大。"兰姬说。

"啧啧啧啧,妈呀,好吓人。"静雅听着兰姬的讲述,心疼得直咂嘴。

"医生明确告诉我,那么大的肿瘤长在肝和肺上,开刀后如果发现扩散到淋巴的话肯定活不了,会死的。还告诉我,生存的概率不足百分之二十。听医生这么一说,我吓得手和嘴不停地哆嗦……"兰姬举起双臂模仿着瑟瑟发抖的动作,静雅难过地皱起了眉头。

"要是听到那种话,换作我也会害怕。不光手和嘴,就连肝脏也会不停地颤抖呢……他怎么能那么说话呢?"

"就是啊,怎么会有那么说话的狗医生啊。"锡钧在一旁默默听着兰姬讲述,这时也随声附和了一句。于是,在床边一直为兰姬按摩手部的双芬也气愤不已,皱着眉头大骂起来:"那家伙不是狗东西,是该死的家伙,该遭斧劈砸碎脑袋的家伙。我要还有力气,就把他的皮剥下来,挂到晾衣绳上……"

兰姬就像在讲述英雄故事一样,滔滔不绝地述说着自己的病情。切开肚子一看,肿瘤根本没有棒球那么大,就像小米粒一样啦;自己体内的癌细胞是一个好家伙啦;等等。癌症虽然不是平常小病,不该高兴太早,但庆幸的是兰姬总算跨过了鬼门关。

情真意切的爱情

"没想到……他竟然独自在那里等了三四个小时,现在才离开。"忠楠看到研贺正驾驭着轮椅离开医院,一边望着窗外,一边感慨。研贺在医院一直等阿婉,直到日暮时分才离开那里。

"他太了不起了。身体那样,还大老远赶过来,从哪里来着?"英媛疼惜地追随着研贺的背影,回答忠楠:"斯洛文尼亚。"

"他太酷了,从那边赶到这里。"

"这就是美好的青春啊。"英媛满面微笑地赞叹。忠楠看着研贺凄凉的背影,心里很不是滋味。

"我去叫阿婉出来啊? 就这样让他离开,实在于心不忍……"

"别去! 阿婉说要陪在妈妈身边,咱俩替她目送研贺吧。"

忠楠本想立刻闯进病房,听英媛这么一说,心领神会地点了点头,又把目光重新投向窗外。

"这么英俊的小伙,怎么就……他们曾经热恋过吧? 不对,不是曾经,应该还在继续吧? 不然他怎么会来这里。"

"敏浩让我一定陪在你身边。他说不能去别的房间,就待在你身旁。我不碰你,你把被子放下吧。"

"静雅呢……"

"回家了。你身边不是有我嘛?"

熙子闻听此言,又把被子重新拖回到原处,然后坐到了沙发上。

"以前我身体好的时候,要是和男人在一起,他就会暴跳如雷。现在……和男人在一起他也无所谓了,敏浩这个浑小子!"胜载听到熙子低声埋怨敏浩,禁不住哈哈大笑起来。

两人看电视一直到很晚才躺下准备睡觉。熙子辗转反侧难以入睡,便问胜载:"睡了吗,胜载。"

"没有。"

"那你怎么闭着眼睛啊?"

"没什么。"

胜载睁开眼睛,和蔼可亲地笑问熙子:"怎么了,你有话要说吗?"

"胜载,我想出去走走。"熙子向胜载央求。胜载静静地看了一会儿熙子,从被子里伸出手递给熙子。熙子以为胜载要和她一起出去,便也小心翼翼地伸出手来。胜载紧紧握住她的手,笑着说道:"熙子啊,晚上不能出去。"

"如果你爱我,不就可以陪我走吗?"

"就是爱你……晚上,也不行。"

熙子听胜载语气坚定,便甩开他的手转过身,背对着他说了一句:"看来爱情也不过如此嘛。"

胜载爱怜地看着熙子难过地喃喃自语,不禁心里一酸。他又何尝不想和她一起晚上出去散步啊。只要为了熙子,别说散步,就算再过分的要求他都会满足她。但是,如果晚上出去散步成为习惯,反而会害了熙子。胜载轻轻地拍打着熙子的后背,心中无比惆怅。

胜载在一旁责怪锡钧小题大做,这么多人在旁边怎么会摔到孩子。熙子觉得锡钧说的没错,满脸遗憾地注视着孩子的小脸。

"你想想办法,让你婆婆抱一下孩子吧。"静雅怜惜地看了看熙子,提醒一旁的荷娜。于是,荷娜把孩子放到熙子怀里,敏浩则走到熙子身后,同时抱住了熙子和孩子。熙子虽然略显不安,但敏浩那坚实有力的胳膊立刻让她有了勇气,于是抱着孩子,露出了欢喜的笑容。

"妈妈,宝宝是不是特别特别漂亮啊?"

"漂亮。"

"妈妈,您给宝宝起个名字吧。"

"你们起吧,起个好听的、美好的。不过,真有名字能配得上这么可爱的宝宝吗?"

熙子又目不转睛地注视着孩子的脸庞,婴儿那嘟起的小嘴唇和脸蛋是那么可爱和乖巧,心想要是兰姬看到这孩子,肯定也会夸宝宝漂亮,心中不由得升起一丝惆怅。

熙子回到家,吃完晚饭,换好衣服来到了客厅。她看了一眼客厅里并排铺好的两床被褥,又看了看正在厨房洗碗的胜载。看来胜载并不想回家,不仅铺好了被褥,还主动在厨房清洗餐具。

"你不回家吗?"

"你没听到敏浩说话吗?今天敏浩的朋友要来看宝宝,他要一直陪在荷娜身边。所以,他让我一定要陪在你身边,是他指名让我陪你的。当时静雅和锡钧哥都在场,是他特意拜托我的呀。"

胜载洗完碗,一边在自己裤子上擦拭水滴,一边得意扬扬地告诉熙子。熙子直愣愣地看了一眼坐到沙发上打开电视的胜载,拽起一床被子就往卧室里拖。

爱情也不过如此

熙子为了看望刚出生的孙子,在静雅、胜载和锡钧的陪同下,一起来到了产后护理院(月子中心)。看到亲属接待室里有很多探望产妇和新生儿的家属,一想到马上就要见到孙子,不免有些激动,却又无法完全享受喜悦的心情。目前为止,她尚未听到一早就被推进手术室的兰姬的任何消息,忠楠和英媛的电话始终处于未接状态。因为担心兰姬,熙子一行人神色黯淡。

不一会儿,荷娜抱着孩子和敏浩一起走进接待室。熙子等四人一看到孩子,立马一扫脸上的忧郁表情,露出了灿烂的笑容。

"哪儿来的这么漂亮的宝宝啊?""瞧这小不点儿……哎哟,有嘴,有鼻子,还有耳朵……哈哈哈。"静雅等三人你一言我一语,不停地夸赞着婴儿,只有熙子紧张得一言不语,只是目不转睛地看着孩子。等她好不容易静下心来伸手想要抱孩子时,却被锡钧拦住。

"不行,不能抱! 不光熙子你,老年人胳膊无力,都不能随便抱婴儿,会出大事的,摔着孩子怎么办。"

关。直到此刻,阿婉终于松了一口气。

阿婉走进楼梯的安全出口处,靠墙垂下了头。研贺转动着轮椅,小心翼翼地靠近阿婉,柔声叫道:"阿婉!"

然后轻轻地握住了阿婉的手。阿婉抬头看到研贺,便身子一软,瘫坐在地放声大哭起来。一直压抑的感情,犹如涌泉喷发而出。终于可以,现在终于可以放声痛哭了。阿婉俯在研贺的膝盖上,就像孩子一样哭个不停。突然被释放的各种感情随着她的哭声回荡在楼梯间里。

妈,祈求手术顺利,祈求原谅自己的过错。

"阿婉,休息一会儿吧。你都五个小时一动不动了,多辛苦啊。医生说手术需要六个小时呀。"

"手术时间过长确实令人担心,可手术结束太早也未必是好事,你就找个地方休息一下吧。"

英媛和忠楠在一旁心疼地开导阿婉,她却依然目不转睛地盯着手术室的进展显示屏一动不动。就在这时,显示屏上的"手术中"突然变成了"手术结束"。

阿婉见状,立刻站起身奔向电梯。见电梯门刚刚关上,又赶忙跑向了楼梯方向。忠楠刚刚说的那句话回荡在耳边,"手术结束太早也未必是好事",阿婉感到一丝不祥的预感,一边摇头,一边朝着楼上飞奔而去。

当阿婉气喘吁吁地跑到手术室所在楼层时,看到楼梯口前停着一辆轮椅。阿婉简直不敢相信眼前的情景,是研贺!于是,顿时停住了脚步。研贺怎么会在这里?只见研贺一如既往、充满柔情地望着自己,他的眼睛仿佛在说:"有我在你身旁,不要害怕!"阿婉站在那里不知所措,目光不停地在研贺和手术室之间交替,只说了一句,"研贺,我妈……我妈……"便撇下研贺跑向手术室。那一刻,她根本无暇顾及研贺。

阿婉看到医生们先后走出手术室,就像担惊受怕的孩子一样走近医生。她不知道医生会告知自己何种结果,神情紧张地看着医生的嘴巴。医生满脸疲惫地告诉阿婉,手术很成功,症状比预想的要乐观。阿婉闻听此言,紧绷的神经倏然放松,以至于身体有些摇晃。

阿婉扶墙站了一会儿,便向楼梯口走去。就在刚刚一刹那,她的脑海中闪现无数个老妈的身影:在中餐厅喷洒啤酒嬉戏的老妈、和自己拼命厮打的老妈、充满爱意笑逐颜开的老妈、脆弱崩溃的老妈,她们一个个闪烁着耀眼的光芒,浮现在自己眼前。老妈,感谢您还活着,谢谢您挺过了难了比自己更痛苦的爱情，所以一直对她心存感激。

当然，对于研贺来说，一夜之间突然双腿瘫痪，那段时间简直生不如死。但随着时间的流逝，自己可以以"朋友"的身份和阿婉视频通话后，研贺逐渐找回了内心的宁静。两人就仿佛未曾发生一切一样，各自把真情实意深埋在心底，每次只是互相问候，打趣逗笑而已。

然后，研贺鼓起勇气首先提起交通事故的往事，一味回避此话题的阿婉也渐渐敞开了心扉。听到阿婉和自己倾诉"我也怀念你的双腿"时，研贺终于有了正视自己双腿残疾的勇气。时隔三年，自己能够再次来到发生交通事故之地——决定和阿婉举行婚礼的那个教堂，也都是阿婉给予自己的勇气。

再后来，研贺在阿婉突然到访斯洛文尼亚时竟感到一丝慌乱，以至于怀疑自己是否能够接受阿婉那炽热的爱恋。但那份动摇转瞬即逝，因为他们已不再是三年前那对犹豫不决的恋人，阿婉和研贺已经强大无比，二人可以相互接受和依赖，勇敢地面对一切状况。无论发生任何状况或不尽如人意之事，两人都会深信彼此的爱。

研贺经过一夜的深思熟虑后，拨通了姐姐电话："姐姐，你助我一臂之力吧。"

这次该轮到自己奔向阿婉了，就像当初阿婉飞奔到自己身边，给予他力量一样。研贺终于意识到他也可以飞奔到阿婉身边。

阿婉从兰姬清早被推进手术室那一刻起，一直坚守在家属等候室寸步不离。就仿佛在接受惩罚一样，坐在椅子上五个小时岿然不动，目不转睛地盯着手术室的进展状况显示屏。手术刚开始时，阿婉还满怀希望地坚信手术一定会成功，可随着手术时间的推移开始焦躁不安。迄今为止从未做过祷告的阿婉竟开始不停地、虔诚地向众神祈祷，祈求诸神保佑妈

放声痛哭吧

　　研贺挂断电话后依然心绪不宁。一来担心阿婉母亲的手术,二来更挂念要独自承受这个现实的阿婉。阿婉虽然看似坚强淡定,可毕竟也是一个内心脆弱的女人。就算研贺对阿婉说没关系,不必因为不能遵守二人的约定而过意不去,事出有因可以理解。但是,阿婉却不是一个能够原谅自己的女人,她一定会自责、内疚,再一次折磨自己。本来母亲的癌症已经让阿婉负重不堪,还要让她承受再次抛弃恋人的自责。研贺一想到这些,心情越发沉重。

　　研贺虽然不知道阿婉的真实想法,却认为是阿婉支撑自己坚持到了今天。自己遭遇事故以后,阿婉的离开反倒让自己如释重负。如果阿婉继续留在自己身边,自己也会毫不犹豫地绝情地撺她离开,然后破罐子破摔,时而后悔撺她离开,时而再抱怨自己只能如此选择而终日饱受痛苦的折磨。

　　人们通常认为被抛弃的一方更痛苦,那是因为不理解真正的爱情。实际上,抛弃心爱之人,要远比被恋人所抛弃更痛苦。研贺明白阿婉选择

"妈妈,您就忍一下吧。"

我打断了老妈。此刻不想听老妈说那些话,我根本不想听什么"如果……"之类的嘱咐。我觉得只有那样才不会发生"如果……"之类的事。只有那样,老妈才会为了没有说完的话努力睁开眼睛。

人们常说老辈更爱晚辈,父母对子女的爱超过子女对父母的爱。我觉得这句话是站在父母的立场而考虑的。我们作为子女的不是不够爱父母,唯一过错就是有一种错觉,认为父母会永远,不对,认为父母会陪伴自己很久的那种错觉。

老妈第二天折腾了一整天,直到傍晚才做完手术前的各项必要检查,回到病房就牢骚不停:"什么检查竟要做一整天……简直累死我了。喂,怎么是单人病房啊?"

"我提前透支了一点遗产。快过来!"

老妈见我躺在床上喊她,便乖乖走到我身边躺下:"你很开心吧,因为有很多遗产。忠楠姐和英媛怎么不来看我呀?你静雅阿姨也许去了熙子姐那里。"

"等手术结束后就会来的,我没让她们过来。"

"为什么?你想让我寂寞吗?"

"我想和您单独在一起。"

"就咱俩,干什么?"

"大眼瞪小眼呗。"

我侧身躺着,看着老妈和她打趣。老妈似乎觉得尴尬,把头转向了墙壁那侧。于是,我又把她的脸扭过来,固定到我这一侧。

"你这是干什么?"

"还能干什么?看您的脸呗。"

然后,我小心翼翼地为老妈整理了一下鬓角的碎发。老妈似乎很享受我的这个动作,轻轻地闭上了眼睛。我觉得就这样一整天看着老妈的脸都不会厌倦。老妈似乎有话要说,睁开眼睛看向我:"阿婉啊,如果妈妈……"

"妈妈!"

"嗯?"

"咱们今天就这样睡觉吧,什么话都别说。有什么话也忍着,等您做完手术醒来,那时候再说……"

"可是,阿婉啊……"

"我也有一点积蓄,节省到现在却要变成废纸了。"

两人相视一笑,又将视线转向了窗外。

"啊……这里可真好啊。"

"我可以牵一下你的手吗?就当为你加油……期待手术以后我们再相见。"

老妈尴尬地反问:"当然可以再见,可干吗要牵手?"

逸宇叔叔静静地握住了老妈放在桌子上的手,温暖中莫名地带着一丝惆怅。叔叔始终面带笑容,还不忘鼓励老妈"加油!"

结束突如其来的约会后,叔叔送老妈到家门口,临别还不忘叮嘱:"出院后给我打电话。"说完,恋恋不舍地一直目视着老妈,缓步向后倒退。

"你那样会摔倒的。出院后我给你打电话。"叔叔听到老妈的答复,这才笑着转过身去。老妈满面微笑,久久地望着叔叔远去的背影,压根没发现我在家门口一直观望着他们。所以,突然看到我出现后,大吃一惊。

"喂,你吓我一跳!"

"那个叔叔不错啊,就是……太年轻了。"

"你明天过来就行,干吗今天就来啊?"老妈尴尬地转移了话题。

"我来监视您啊,看您今天回家不。英媛阿姨暗示我,您今天或许不回来。"

"该死的……"

老妈羞涩地躲开我,想赶紧回家。我趁势把胳膊搭到她肩上,亲吻她的脸颊,还不忘调侃她:"你们两个是这样亲的吗?"

"哎哟,你这是干吗呀?"

"刚才和那个男人在一起时,您挺有女人味的。"

"难道你妈不是女人,是男人吗?"

研贺充满柔情的话语让我倍感温暖和欣慰,可同时涌上心头的一种悲伤又让我不知所措。

"你不要等我了。妮基塔太漂亮,你最好不要和她交往,和别的女孩……不对,还是漂亮的妮基塔好一些……"我强压着涌上心头的悲伤,和研贺开了个玩笑。

研贺说:"你……就哭出来吧?"我看着研贺充满爱怜的面庞摇了摇头,因为我根本没有资格在老妈或者研贺面前哭泣。

"我替你哭呀?"研贺调侃我,见我依然苦笑着摇头,便立刻向我举起了戴有戒指的手。我多想握紧映在屏幕中的研贺的手,好想拥抱他,立刻飞奔到他身边。看着视频中的研贺,一直以来努力压抑的感情越发浓烈地涌上心头。

"我要工作了。"

"我再给你打电话。"

我挂断电话,摘下了手指上的情侣戒指,这是我对再次失约的自己的惩罚。我匆忙关掉笔记本电脑,头靠椅背向后仰去,努力不让眼泪流躺下来,结果搞得浑身酸痛。

这天晚上,英媛阿姨给老妈带来了一个惊喜,安排了老妈和逸宇叔叔的约会。老妈诚惶诚恐地跟随逸宇来到酒店的空中餐厅,尽情地享受美酒佳肴。

"我说我是第一次光顾酒店咖啡厅,你很难相信吧?"老妈一边望着窗外美丽的夜景,一边感慨。

"我相信,我也是第一次。"

"真的吗?"

"我妻子活着的时候,我没有钱。虽然现在有一点……"

子女的唯一过错

老妈非让我回自己住处继续写小说,硬是将我赶了出来。我拗不过老妈,虽然回到了公寓,却满脑子想的都是老妈明天住院做手术,既担心又焦虑,始终心神不定。于是,为了分散不安,我将房间彻底清扫一遍后坐到了笔记本电脑前。然而,依然无法进入写作状态,这几天被我有意忽略的研贺,这时见缝插针地挤占了我的大脑。

因为无法预测老妈的病情进展,也就无法兑现我和研贺的承诺,就算我再自私,我也不可能丢下生病的老妈不顾而去见研贺。我稍试调整了一下心情,毅然地拨通了研贺的电话,告诉他老妈生病了,患了癌症:"所以……我就是想告诉你……我觉得今年夏天……这次,我恐怕还是不能遵守和你的约定……"

我本想淡定自若地告诉研贺,却还是感到了一阵刺痛。

"阿婉。"研贺温柔地呼唤着我的名字。我捋了一下头发,假装若无其事地看着他:"换作是我,如果我妈妈病了……我也不可能去你那里。"

"真的吗?"

眼对视："是这个世界亏欠我们！"

静雅擦掉眼泪，温情地望着熙子。人活一辈子，总会遇到各种意外的考验，又能埋怨谁呢？人生本就无法预测。

"你知道荷娜生了吧？"

"我……真高兴！不过，静雅，你让敏浩回去吧。我现在可以不给他们添麻烦，自己独立生活。我什么都能做，所以你告诉他们……"

熙子满怀期待地拜托静雅。静雅觉得应该告诉熙子悲痛的事实，这才是真正为她考虑。只要勇敢面对，没有过不去的坎，这就是人生。

"你以前可以独立生活……以前能够一个人生活，可现在……不能了。"

熙子一听自己寄予希望的最后一根救命稻草也折了，就像孩子一样号啕大哭起来。那哭声就仿佛一只受伤的小动物发出的阵阵哀嚎一样，让人心碎。静雅把熙子搂在怀里，轻轻地拍打着她的后背，禁不住也流下了哀伤的眼泪。

熙子这时才抬起头来,直勾勾地凝视着静雅:"敏浩他爸死了。"

"熙子,我……是谁?"静雅无法判断熙子的记忆现在停留在哪里,所以想确认一下。熙子神色茫然,没有自信地回答:"英媛……？忠楠……不是……兰姬,是静雅!"

静雅总算放下心来,露出了灿烂的微笑:"你快把衣服脱了吧,都湿了。"

静雅帮熙子脱掉衣服,让她冲洗后,关上卫生间房门走了出来。发了一会儿呆,突然回过神来,急忙走进厨房开始煮茶。过了一会儿,熙子穿着浴袍坐在沙发上,一边喝茶,一边嘟囔:"好热啊。"

于是,静雅从餐桌旁搬了一把椅子,踩上去打开了窗户上的安全锁,一阵凉风从敞开的窗户吹进室内,吹起了薄薄的窗帘。

"好凉快!"静雅说完,并排坐到熙子旁边,向她温暖地一笑。熙子却依旧低头看着茶杯,默默不语。

"你怎么不看我？是因为你上次骂我是贱女人、狗女人,觉得抱歉才这样吧?"熙子依旧看着茶杯,轻轻地点了点头。静雅见此,呵呵一笑,又亲切地问熙子:"前段时间,你怎么几乎天天晚上去教堂祈祷？你祈祷什么了?"

"请主和玛利亚原谅我,是我没照看好孩子,因为那时候我还年轻才会那样,请求主原谅我。"

静雅没想到熙子竟然因为死去的孩子如此伤心难过,忍不住流下了热泪:"当时我没能去你那里,你替我也忏悔一下。"

"我替你忏悔了。我告诉主说,静雅也是生活所迫,希望主能原谅你。"

"我那时正好孩子流产……真的对不起!"静雅一边抚弄着熙子的头发,一边不停地说着"对不起"。熙子这时才抓住静雅的手,第一次与她两子就像雕像一样,一动不动地坐在客厅沙发上。

"这丫头……真是固执,一整天都一动不动。"静雅看着胜载手机中的监控画面,难过地小声嘀咕。这时,只见敏浩从出租车上下来,打开大门走了进去。

"哎呀,他回来了。"静雅匆匆打开车门下车,回头看到胜载依旧坐在车里,没有下车的意思,便问他:"你不进去吗?"

"等熙子让我进去时……我再进去吧,可能那样比较好。"

静雅点点头,赶紧走了进去。只见敏浩正站在卫生间门口,一脸茫然地叫着熙子:"妈妈,妈妈……"

静雅听到敏浩悲伤的叫声,赶紧走了过去:"你妈怎么了?"

静雅顺着敏浩下巴所指方向看过去,发现了从沙发到卫生间门前的一条长长的水迹。

"原来是尿失禁了……敏浩啊,你去找找卫生间的钥匙。"静雅语气平和地嘱咐敏浩后,从抽屉里拿出了毛巾和浴袍。静雅接过敏浩从抽屉里找到的钥匙,小心翼翼地打开卫生间的门,又吩咐敏浩:"你把地板擦一擦,然后到外边去吧。"

"阿姨,还是我……"

"儿子也是男人。去吧,你去和叔叔吃完饭再回来。"

敏浩一边抽泣着,一边用抹布擦拭地板。静雅怜惜地看了看他,便走进了卫生间。熙子正靠着卫生间墙壁泪流满面,脚下是随着尿液流淌下来的粪便。静雅为了不让熙子难堪,若无其事地把带进来的衣服放到马桶盖上,随口一问:"难过吧?"

"敏浩他爸让我别动,一定待在家里不能乱走,我不想让他担心。"

熙子就像挨训的孩子一样,低着头喃喃自语。静雅静静地看着熙子,问道:"敏浩他爸?"

家吗?"

敏浩手忙脚乱,满头是汗地一边查看窗户上的安全锁,一边和胜载通话。熙子这时满面忧伤地走到敏浩前,一把夺过了电话:"胜载,你忙吧,不用担心我。"

说完,熙子就挂断了电话。然后,撕下贴在橱柜上的纸,一边让敏浩看上边的文字,一边催促:"你赶紧到荷娜那里,快点!这里写着妈妈听你的话,不是写着嘛,听敏浩的话。相信妈妈,我就待在家里,你走吧。我也想和你一起去,不过那样会让你们更费心。你知道女人生孩子有多害怕吗?别让荷娜孤单,你快去吧。"敏浩一副左右为难的复杂表情:"那您在这里等叔叔和静雅阿姨。"然后捂住脑袋哽咽着大声喊叫:"我怎能丢下您一个人离开啊?"

熙子感到难过,觉得儿子完全把她当成了一个废物。可又一想,只有听儿子的话才能让他安心离开,便答应儿子:"好,我知道了。那你就路上叫叔叔或者阿姨过来吧,我在家里待着。"敏浩听熙子这么一说,才放心地一边赶紧打电话,一边朝外边跑去。

静雅接到胜载电话后,匆忙来到了熙子家。可是,按了几次门铃,里面却没有任何动静,一直藏在花盆下的钥匙也不见了,不禁有些担心。正在这时,熙子打来了电话。

"熙子啊,你在哪里?"

"家里。你要是不相信,就通过监控视频确认一下吧。"

熙子口气不悦地说完就挂断了电话。静雅又敲了一次门,可无论她怎么哀求,熙子也不加理睬,最后也没有为静雅开门。

过一会儿,胜载赶了过来,熙子依然没有回应他们。于是,胜载和静雅就坐在胜载车里,静静地守在大门前,直到太阳落山。监控画面中的熙

无法改变的事实

胜载一大早就开车来到了忠楠的露天咖啡馆。虽然他很想去看望熙子,却遭到了熙子的拒绝。他觉得与其一个人待在家里郁闷难耐,还不如找个人聊天,顺便聊聊熙子,于是就来到了咖啡馆,恰巧英媛也在那里。

"你不用去熙子姐家看看吗?"

"难道熙子姐连胜载哥也不想见吗?"

"那倒不是……现在敏浩在那里。"

忠楠看出胜载的担心和难过,便半开玩笑地打趣:"所以啊,胜载哥你当初就不该和熙子姐交往,而是和我交往。"

"我也这么认为,哥哥应该和忠楠姐交往。"英媛说。

"我就说嘛。"忠楠说。

忠楠和英媛就这样你一句我一句地调侃胜载,还相互击掌叫好,逗得胜载哈哈大笑:"哎哟,哎哟……你们俩一唱一和把我都逗笑了。"

就在这时,胜载手机铃声突然响了,敏浩打来了电话。敏浩声音急促,说荷娜已经开始阵痛,被送往医院了:"那个……叔叔,您现在能来我到精神上有负担。

兰姬静静地看着熙子,张口说道:"姐……我得癌症了。"

熙子瞪大眼睛,回头看向兰姬:"说肿瘤很大,我明天就去住院。我没骗你。"

熙子一把抱住强装欢笑的兰姬,不知如何是好:"那怎么办……怎么办……"

熙子满含热泪,双手抚摸着兰姬的脸,心里想着这可怎么办啊,她还这么年轻漂亮。越想越难过,终于忍不住流下了眼泪:"姐姐,你就觉得你的情况比我好一些,我呢……我……就当我的情况比你好,咱们就彼此这么想吧。"

兰姬再次抱住了熙子,努力地冲她一笑:"我现在总算有点想开了,咱们同病相怜。"

兰姬和熙子就这样拥抱着彼此,互相感受着对方温暖的体温,传递着对老天的愤怒和埋怨:"为何偏偏让我这么不幸?"相互感受着自己怀抱中那个患病女人的哀怨。

"我爸字写得还不错啊。"兰姬重新折叠好纸条,小心翼翼地放进包里,把头转向了窗外。

"奇怪,熙子姐怎么连个电话都没有啊,好自私的姐姐。她应该听说我生病了……我正好心情郁闷,看来得找她发泄一下。"

兰姬正要打电话,阿婉这才告诉了她熙子的情况:"阿姨还不知道。妈妈,她有点不舒服。"

"你阿姨她哪里不舒服?"

兰姬一到首尔就直奔熙子家而去。熙子看到兰姬,不但没有开心地迎接她,反而像生气的人一样靠墙坐着一动不动。兰姬走近熙子坐下来,可她还是连看都不看兰姬一眼。这时,放在旁边的电话铃响,来电显示是静雅。熙子看了一眼来电显示,然后转过头不予理睬。

"是静雅姐,你为什么不接啊?"兰姬语气温柔地问熙子,可她却仍旧不回答。

"我以前还不知道,你比静雅姐更喜欢我呢,是不是?我来你家,你其实并不想让我进来,是敏浩给我开门的吗?"

"你回去吧!"熙子仍然看着窗外。

"英媛说好要来这里的,你别见她了,就看着我一个人好吗?把她们都甩开,假装我俩最亲密。怎么样,好不好?"兰姬说。

"敏浩把我当成重症患者,都结了婚的人也不回自己家。还往窗户上装安全锁、煤气报警器……把我关在家里,把我当废物。"熙子一边看着今天安装的窗户安全锁、煤气报警器和监控设备,一边哽咽地向兰姬抱怨。熙子大儿子夫妇听到她的消息后赶过来,哭了一通,晚上就走了。而熙子真正希望回去的敏浩却仍然留在这里,说什么也不肯回去。她不喜欢大家把好好的自己当成病人对待,觉得大家都紧张兮兮地围着自己,让她感第二天清晨，兰姬做好回首尔的准备，到田里召唤正在干活的双芬：
"妈！妈！"

双芬不忍心看女儿，便以干活为借口背对着兰姬坐在田里不理睬她。

"妈，我走了，您别到医院来啊。一穿上病号服，正常人也都像病人一样，所以您就等我出院后再来看我吧。要是您来医院哭的话，我会伤心的，知道了吧。妈，您听见我说的话了吗？"

"我在听！"

"那怎么不说话……我走啦。"

兰姬转身刚要离开，突然又转过来对双芬高声叮嘱："妈，等我出院了，您可要给我做清炖鸡哦。"

只见双芬猛地站起来，匆匆离开了田里。

"您要去哪里啊？"

"去杀鸡！"

"干吗现在就杀鸡？妈，我要出院的话，至少也得半个月……"兰姬无法再说下去，便转身离开了那里。

兰姬坐着阿婉的车刚驶出胡同，看到仁峰正站在停在前边的四轮摩托车旁。疑惑不解地对阿婉抱怨道："他干吗站在那里，不去田里干活。"

阿婉把车停到仁峰旁边，摇下了车窗。只见仁峰一瘸一拐地走过来，递给兰姬一张纸条，眼睛红红的好像哭过一样。

"仁峰啊，你绝对不能带爸妈到医院来，知道了吗？"无论兰姬怎么喊叫，仁峰都没有应答，开着四轮摩托车渐渐远去。

"我们家人怎么都一模一样，不知道回答啊，真闹心！"兰姬叹了一口气，随后打开了纸条："吴双芬的女儿张兰姬，张浩振的女儿张兰姬。"

这是爸爸浩振的字迹。像小学生写得一样歪歪扭扭的字迹里，透露着父亲对女儿满满的爱意。

"妈,嘻嘻……"兰姬开心地笑得像孩子一样。

"瞧你那个傻样子,干吗笑得那么开心啊?"

"因为您就让我自己吃这些,不给我爸和仁峰,而是给我。"

双芬痴痴地看着兰姬对自己撒娇,又拿起刚煎好的饼喂到兰姬嘴里。母亲忙碌一整天为女儿准备了各种她喜欢的食物,她的不再年轻的女儿则像孩子一样围着妈妈欢笑不已。

夜幕降临,兰姬在院子里洗漱完毕,正准备回屋休息时看到了躺在平床上的仁峰。因为白天一整天寸步不离地跟着双芬,所以完全没有注意到仁峰。于是,她坐到弟弟旁边,一边为他揉腿按摩,一边问弟弟:"爸妈知道我的病吗?"

"他们只知道你的肝脏有点毛病。我告诉他们你那里长了个指甲大小的东西,需要切除。"仁峰抬头看着天空,淡淡地回答。

"你做得对。姐姐不会有事的,我哪能把两个老人交给你这个不靠谱的小子呢。不过,你和杰奎琳接吻了吗?"

"当然了!"

兰姬嬉笑着抚摸了一下弟弟的脸:"哎哟,你这小子……真是长大成人了啊,看来得快点给你举办婚礼。姐给你卡里存了点钱,你好好准备,等姐一做完手术就马上结婚。你现在只能用一条腿,所以才会疼。想开点,还有失去双腿的人呢……你要这么想:我没事!不然光生气也没有用啊。"

兰姬脑海里不断浮现研贺的身影,搅得她心神不宁。

当天夜晚,母女三代睡在同一房间里。兰姬就像需要阳光呵护的向日葵一样,在睡意蒙眬中也不时扭转母亲的头部朝向自己,阿婉则在背后紧紧抱着兰姬进入了梦乡。

阿婉。

"我会看着办的。"

兰姬一直望着窗外掠过的风景沉默不语,这时轻声开口问阿婉:"阿婉啊……妈妈的手术会顺利吧?"

"当然了!"阿婉很干脆地回答。

"我以前还以为,和你待一整天肯定会好玩,也不过如此啊。"

阿婉觉得此时的老妈特别可爱,就笑着打趣她:"那您就给那个吉他先生打个电话吧,也许会好玩呢。"

阿婉本以为老妈会厉声呵斥她,没想到兰姬却问自己:"你……是不是还在和研贺交往?"

阿婉就像没听见一样,默默地开着车,不回答兰姬。

"阿婉啊,研贺……为什么不交女朋友?是因为腿有残疾……所以没有女人喜欢吗?"

阿婉转过头看了兰姬一眼,惆怅地一笑:"研贺虽然腿有毛病,却依然魅力十足。"

"那他为什么不找女朋友?难道他……在等你吗?从你回来之后一直?"

"我不知道!"

"哎哟,好吃,真好吃!防风、蒲公英都好吃,好吃!"

兰姬一边品尝双芬为她准备的满满一桌的山菜和泡菜,一边连连发出感叹。双芬则在一旁,一边煎着山菜薄饼,一边心满意足地看着女儿,为她擦掉沾在嘴角上的酱汁。

"您也吃吧。"兰姬往母亲嘴里喂了一口山菜,也像母亲那样帮她擦拭了一下嘴角。

"我是忙里偷闲参加校友会,哪有闲暇去游山逛水。这帮老家伙们也许想趁活着的时候多聊聊,特别是奇子姐,光听那姐姐聊天就到晚上了,然后就该回家……因为还得做生意啊。"兰姬说着说着,突然莫名其妙地笑起来,"你听说过吗?人的岁数越大,发牢骚时候的语速就越快。他们是想在去往那个世界之前,说出在这世上所有想说的话。所以,四十岁时的时速是40,七十岁的时候就是70。哒哒哒哒哒……"

"您和我爸也没有来过这种地方吗?"

"你爸他……应该和淑姬来过吧。"

兰姬面带苦笑悻悻地回答。阿婉本是随便一问,突然意识到不妥,就对兰姬一转话题:"我去趟洗手间,您先回车里吧。"

兰姬本想和阿婉多聊一会儿,见阿婉已经离开,不觉感到一丝遗憾。就在兰姬打开副驾驶侧的车门时,阿婉放在后座的包中传来了电话铃声。兰姬刚拿出手机,铃声戛然而止,来电显示是研贺。兰姬本想把手机放回包里,却还是没忍住,小心谨慎地解开了手机密码。她觉得虽然阿婉说自己和研贺已经结束,可如果两人真的曾经同居过的话,应该不会分手后还能若无其事地继续保持联系。

兰姬打开了阿婉的手机相册,看到了大家聚在忠楠家睡觉那天的照片,刚刚在河边散步的照片,还有可能是昨晚兰姬睡觉时拍的照片。兰姬又打开了一个名为"研贺和阿婉"的相册。阿婉和研贺灿烂地笑着躺在床上的照片,二人各自熟睡的照片,围着毯子准备吃饭的照片等,一张张日常私密照展现在兰姬眼前。

"听说分手已经三年多了……"兰姬心生疑惑,继续翻看照片,最后终于确认了拍照日期,那些照片是最近拍摄的。兰姬看到阿婉从卫生间走过来,匆忙把手机放进包里,坐到了副驾驶位置。

"你回去工作吧,把我送到外婆家就行。"兰姬低声吩咐启动车子的就挂了吧,握着电话干吗呢?"

"你姐我……这次模拟考试平均分68分。"忠楠努力咽下泪水,莫名其妙地说了这么一句。没想到兰姬喜出望外:"你以前可是58分啊。"

"让我特别高兴的是,总是超不过40分的数学,这次竟然考了58分!"

兰姬开怀大笑,又对忠楠调侃:"哎呀,天哪,这个女人说不准真的会通过鉴定考试吧?"

"我是少女,我还要上大学。你才高中毕业吧?"

"然后呢,大学想念什么专业啊?"

"英语专业。"

"哎哟,好开心,只有姐姐你才能让我开心。啊,真是太好了。"

"兰姬啊,咱们一起去小时候在法国电影里看到的巴黎吧。等我学会英语以后带你去巴黎,你要相信哟,回头我再给你打电话。"

兰姬领会了忠楠的意思。她是想让自己安心做手术,配合治疗,早日康复回家。

阿婉把车停到河边,一边和老妈悠闲散步,一边闲聊:"咱俩还是第一次单独旅行吧?"

"应该是。"老妈说。

阿婉看着清澈透明的河水,还有河对面郁郁葱葱的群山,又问兰姬:"您这么多年都干吗了呀,连这种地方都没有来过。"

阿婉并不是在追问老妈而是在质问自己,竟然从未想过要和老妈来旅行。

"忙于生计呗,丫头。"

"您的校友会不是在全国各地举办吗?您每次都干什么了,不好好游山逛水。"

彼此的安慰

早晨,兰姬一睁开眼睛就开始想念母亲,觉得自己如果做手术,可能暂时见不到母亲。于是,和女儿在旅馆附近简单吃了早餐,准备出发去见母亲。这时收到了一条短信:"我是李逸宇,星期五我们去看电影好吗?"

星期五正是兰姬做手术的日子。兰姬看着短信露出了苦笑,心想自己和他的缘分要尽了,前几天和他一起散步时的那种兴奋就仿佛很久以前的事一样。

兰姬在去往母亲家的途中接到了忠楠的电话。电话接通后,却始终听不见忠楠开口说话。就在刚刚不久前,静雅姐也和忠楠一样,接通电话后却默默无语,于是兰姬就对静雅说声"医院见",便挂断了电话。

"你给我打电话,怎么不说话啊?"兰姬忍不住打破沉默首先开了口。忠楠本想开口说话,却突然心头一酸,害怕自己控制不住失声痛哭,所以就眼含热泪默默无语。兰姬似乎猜到了忠楠的心情,便对着手机哼起歌谣来。

"我心如刀割,满含热泪,抬头仰望天空……呵呵,姐姐,你不说话那

"好闷啊,我想出去走一走。敏浩让我待在这里,我得听敏浩的话,他才会觉得我很乖,一切正常,然后才会让我一个人独自生活。所以我要好好听话,让敏浩和荷娜一起生活,不给任何人增添负担,独自一人生活。我要说到做到!"

"你很坚强。我相信你说的话。"

"我知道你们都把我当病人对待,都对我百依百顺。"

胜载目不转睛地望着熙子,看到她不知何时已经放下了双手,于是又紧紧握住熙子的手,放进了自己口袋里。

舒畅了不少。无论熙子说什么,静雅都愿意洗耳恭听,所以她就温柔地问熙子:"要我……在这里等你吗?"

熙子听静雅在问自己,真想告诉静雅别离开等她回去。可是,突然想起了静雅曾经说过的那句"交一个既无负担又知心的朋友怎么那么难"。熙子知道静雅当时是因为锡钧才这样说,但是,现在自己也有可能会成为静雅的负担。

"你回去吧。"

"那我今天先回去……咱们下次再见呗?是你给我打电话,还是我打给你?"静雅亲切地问熙子。胜载这时突然出现,坐到了熙子的旁边:"我想挂电话。"

"好吧,挂吧。我把屋子收拾好再回去,你别以为闹鬼被吓到,要知道是静雅打扫的哦。我再给你打电话吧。我今天很想见你一面,可你心情不好……那就以后见吧,我挂啦。"

熙子想着静雅,不禁热泪盈眶,两眼直视着前方。胜载坐在旁边和她搭话:"我想见你,所以就给敏浩打了电话。现在我们俩关系很好呢。"

"大家为了我,这都是遭的哪门子罪啊。"熙子无法接受给周边人增添负担的自己。

"我也会和你一样,只不过是早晚的问题。你好好接受治疗吧。"

"我会的。"

熙子非常清楚,现在自己能为她所爱的人做的事情就是努力治疗。胜载默默地看着熙子,轻轻地握住了她的手。熙子紧咬嘴唇,抽出被胜载握住的手藏在了腋下。胜载呵呵一笑,学着熙子也挽起了胳膊,扭过头幽默地说道:"男人如果凭力气牵女人手的话有失风度,所以我就让着你。"

"别靠近我!"

"我是心不由己。"

叫什么名字？我刚才告诉过您，让您一定要记住。"熙子隐约有些印象，却又不能清晰地说出来。

"妈妈，这里是新应十字路口旁边的……"

"你别说，我能想起来。"

熙子想向儿子证明自己记忆清晰，便看着医生的脸努力地回想，但仍旧没有想起来。

"不过……我做了 MRI 吧？我记得刚才做的不是 CT，而是 MRI 检查。"

医生接着又问了熙子几个问题，做出了老年痴呆四级的诊断。熙子非常不满意自己的诊断等级，很想向静雅诉苦，却想起昨晚自己主动给静雅发短信，说以后要和她断绝来往。

熙子透过窗户，看到敏浩在医院研讨室学习和了解老年痴呆症知识，既生气又焦虑，不由得咬紧了嘴唇。这时听到电话铃声，来电显示是静雅。于是犹豫着要不要接电话，却不由自主地按下了通话键。

"你怎么不在家，我到你家了……用花盆下面的钥匙开门进来的，你去哪儿了？怎么不回答啊，你真的不想再见我了吗？熙子……你怎么不回答啊？那我走啦，我马上……滚回家啊？"

熙子听到静雅和蔼可亲的声音，不禁难过地眼眶一红："嗯，你滚吧！"

"丫头原来你还能说话啊。你和敏浩去医院了吗？"

"医生那家伙说我是老年长期疗养四级。我明明觉得像五级，可他却说是四级，说我检查结果就那样。"熙子禁不住说出了一直憋在嗓子眼里的话。

"你说的老年长期疗养等级是什么？"

"应该是老年痴呆症的另一种说法吧。他说生气会让病情更严重，让我放宽心。可是，现在他说的话更让我生气。"熙子一顿抱怨后，觉得心情子家。

"妈,我来了! 妈妈,妈妈!"敏浩一路狂奔,汗流浃背地跑到母亲家,推开大门走进了院子。看到熙子安然在家后,气喘吁吁地靠墙瘫坐下来。正在换衣服的熙子心疼地俯视着敏浩:"你不是告诉我待在家里,洗漱,换好衣服吗?"

"我车坏了,拼命跑来的。好累啊,我先歇一会儿。"

"谁让你跑了。我自己能去医院,你却非要把我当病人对待。"

熙子因为敏浩不让她有片刻独处的机会,还完全把她当成重症患者对待而生气,于是提醒敏浩:"你不能留荷娜一人在家,快回去吧。"

敏浩不理熙子,笑着转移了话题:"妈妈,您带那个了吗?"

"带什么?"

"您不是尿失禁嘛。尿不湿啊,得带那个。检查需要很长时间,不带的话……"

熙子意识到自己又忘了这一点,无奈地拿起尿不湿走进了卫生间。

熙子在医院做完各项检查后,坐到了医生对面,听医生寻问她的出生年月日,便回答:"1945 年 9 月 24 日出生。"

"那旁边的儿子生日呢?"熙子本想自信满满地马上回答,哪曾想大脑却一片空白。于是,不停地转动着眼睛,露出了一副哭相。她本以为这种提问难不倒她,……可却一点没有印象。

"大儿子 1970 年 12 月 1 日出生,现在是小良岛的乡村教师。死了的孩子是 196……"

为什么她记得其他孩子的生日,却唯独想不起身边的敏浩生日呢?

"妈妈,我的生日呢?"熙子听到敏浩在催促自己,却还是想不起来,便把头转向了医生。医生笑着示意她没关系,接着又继续提问:"这家医院别再去找她。"

"难道兰姬和熙子比自己老公还重要吗?"

"我和静雅姐与兰姬、熙子姐相处的时间比哥哥你更长哟。"

"顺英她妈和我可是有肌肤之亲的。"

"比起肉体,我们姐妹心灵相通。"

锡钧见忠楠要走,急忙拦住了她:"怎么,你也要走吗?喂,喂,喂,我一个人也吃不完这些啊。你吃完饭再走吧,你们是在孤立我吗?"

忠楠听锡钧这么一说,觉得有些过意不去,于是就坐到了餐桌前。

"我就对你一个人说啊……"

"哥,你别说话!比起做饭、做菜、打扫卫生,你现在最该做的事就是少说话。知道了吗?"

只见锡钧突然站起来,走到冰箱前,在"好丈夫十诫"的下面添加了一句,自言自语:"少说话!"

然后,又回到餐桌前,一边吃饭,一边难过地抱怨:"我也在努力呢。我知道禀性难改,可我可以学习,所以正在努力学习呢。"

忠楠看着眼前这个向来只会发号施令、为所欲为的锡钧一副垂头丧气的样子,不禁感到一丝心酸。尽管锡钧做得还不尽如人意,不过可以看出来,他在努力改变自己。

"是啊,看来静雅姐和我们也有不对之处。"忠楠不由自主安慰起锡钧来。

敏浩为了看望即将临盆的荷娜回了一趟自己家,却始终不忘查看监控,确认妈妈是否又独自出门。敏浩离开荷娜后,又担心妈妈会不会在自己去往她家路上的这段时间再次失踪,便急不可耐地去往熙子处。可偏偏车子这时出了故障,无奈只好放弃车子,拼命奔跑,一口气跑到了熙锡钧一大清早就起床，现在正忙着做饭："我在给你准备早饭呢。孩子们虽然对我发牢骚，不过也会隔一天就做好菜送过来，这都是你教育得好。"

锡钧看静雅醒来走进厨房，便开始喋喋不休。静雅对此不加理睬，顺手打开了锅盖。看来锡钧没有忘记自己上次的嘱咐，沸腾的酱汤里看得到银鱼。于是，静雅把切好放在一旁的大葱放进了锅里。

"我昨晚终于睡了一个好觉，都是因为有你在旁边。你不在的时候，我根本睡不好。"

"我可没睡好，我在自己家明明睡得很好。"

"你怎么这么说话……我听说兰姬是癌症，多亏你身体没毛病。"

锡钧虽然有些失望，仍旧温柔地和静雅絮叨着。静雅还是一言不发，摘了一些蔬菜准备放进酱汤里。锡钧以为静雅没听到自己说话，走过去又大声重复了一遍："多亏你身体好……"

"吵死了，别说了！"静雅不耐烦地对锡钧大喝一声。听说兰姬得了癌症，她哪有什么心情庆幸自己身体健康。还有一件事令她不开心，就是熙子昨晚发来的短信。

锡钧见自己无论多么和蔼可亲地讨好静雅，却总被静雅泼凉水，心里很不是滋味。

"你对我也太冷酷吧，一点也不温柔。你以为我不为熙子和兰姬难过吗？可是活着的人还得继续生活呀……"

静雅不想与锡钧理论，便拿起放在沙发上的外衣走了出去。

"我现在不也会做饭了嘛，快吃饭吧，你去哪里啊？"就在锡钧大喊大叫时，准备出门的忠楠走出了卧室："你识相点吧。"

"我怎么了？"

"静雅姐昨天刚听到兰姬的消息，又收到了熙子姐的短信，让她以后某一天夜晚，兰姬带着阿婉回到娘家，告诉她看到自己老公和别的女人在一起了。兰姬当时喝得酩酊大醉，阿婉则流着鼻涕坐在她家灶台上。双芬看到眼前的情景，心如刀割，实在不忍看兰姬母女的惨状，便舀了一瓢水泼向兰姬，朝她大吼："胡闹什么，你这个疯女人，快给我滚回去。没看到你妈我被打得鼻青脸肿吗？还有你弟弟的腿！"兰姬这才看了一眼双芬淤青的脸，说了一句"哎哟，真是啊"，就拉着阿婉离开了娘家，然后在荒野里喝下了农药。那天，双芬摇晃着女儿和外孙女的身体，哀号不停。自己身为母亲，一直以来疲于艰苦的生计，从未体谅过女儿的心痛。不管当时还是现在，自己从未优先考虑过女儿。双芬回想起往事，追悔莫及，忍不住长叹了一声。

英媛心疼地看着双芬，盛了一勺饭递过去。双芬哪有心思吃饭，把头一扭，干脆不理英媛。英媛无奈，就像哄孩子一样吓唬双芬："我要向兰姬告状，就说妈妈不好好吃饭，让我操心。"

"你告吧！"

"好，那您就随便吧。您以为有谁想吃饭才吃吗？您要是有个三长两短，还得兰姬来照看您。妈妈您可真自私。是兰姬快死了吗？哎哟，要是我是兰姬，本来想活下来也会因为您而愁死了。您可真让人操心，昨天，还有前天一整天……闹的差不多就行了啊。"

双芬这时从锅里舀了一碗山菜汤递给英媛，没想到英媛扭头拒绝："我才不吃！您都不吃我喂您的饭，我干吗要喝您熬的汤啊？我又不是没有感情的木头人。"

双芬不等英媛说完，就抢过拌饭，一边吃，一边又把山菜汤递给了英媛。英媛见状，也接过汤碗，温柔地看着双芬，一边吹着热气，一边喝下了山菜汤。

为所爱之人努力

第二天,英媛起早就到田里,汗流浃背地帮双芬除草,一直干到双芬回家煮饭。

双芬忙完农活回到家,往炉膛里塞进劈柴点起了火,不一会儿大铁锅里便热气升腾。英媛想到双芬大清早干活一定已经饥肠辘辘,便为她拌好饭端到了炉灶前。看到锅里煮着的各种山菜,不免一番感慨。

"这山菜汤比药汤还有效吧?原来爸爸和仁峰是喝了这种汤才起死回生的啊。"

"这是给兰姬喝的。我要是早点给她喝就好了,我真该死!"双芬一听说家里顶梁柱一样的女儿生病,要开刀做手术,这才意识到自己一直以来只忙着照顾仁峰,根本没有顾及女儿,感到十分心痛。双芬知道自己不够温柔,从未体贴照顾过唯一的女儿。虽然自己一直对女儿心怀感激和愧疚,感谢她拼命赚钱补贴无底洞一样的娘家,却不曾为她抓过一副补药养身。

双芬想起过去的一桩桩往事,长长地叹了一口气。她记得多年前的我重新关上卫生间的房门,收起了强装微笑的表情。就算我反复用冷水洗脸,努力调整心情,可镜子里的我依然那么令人生厌。我再次狠狠地抽打了那张脸。

当我从英媛阿姨口中得知老妈患癌的消息时,我清楚地认识到了自己的自私。我对患癌的老妈不闻不问,首先想到的是自己的将来,研贺该怎么办,自始至终都只在担心自己。即使现在,这种想法也依然会时常浮现在我的脑海里。

我再一次抬起手,一下又一下地用力抽打这张该死的脸。抽打此时此刻还在思念研贺的自己,抽打因不能回到研贺身边而无比痛苦的自己,接连不停地抽打着自己的脸。

我认为张兰姬的女儿,我——朴婉,还有这世上所有的孩子们都不配流泪,因为我们是一群厚颜无耻的人。

"你这是和谁学的?"老妈虽然嘴说讨厌,表情却好似十分享受女儿的亲吻。

"男人!"我调皮地回答。

"你快去小便吧。"

"我没有尿,我想亲你。"我不想松开老妈。

"那你就去吐一下,把酒吐出来就会好受些。"

老妈或许以为我喝醉了,所以才这样劝我。其实我并没有喝醉,只是佯装酒醉而已。我很清楚,自己无法在清醒的状况下亲吻老妈,所以才假装酒醉来亲吻我美丽可爱的妈妈。

"怎么,您怕我耍酒疯吗?"

"你给我站好!"老妈满是担心地对我大吼一声。我听话地挺直了摇晃的身体。

"我没醉,您收拾一下,我去小便。"

"你这丫头,原来是借酒胡闹啊。"老妈无语地抱怨一下,便哼起歌来。

我解完手,看着镜子里的自己。尽管我在努力逗老妈开心,神情看似淡定,内心却在瑟瑟发抖。我既害怕失去老妈,又为自己可能无法回到研贺身边而悲伤,同时还担心失去老妈后的自己的未来。我知道自己不能流眼泪,一直在控制情绪,可镜子里的那张脸,看起来却若无其事般的冷漠。我狠狠地抽打自己一个耳光,卫生间里顿时响起了"啪"的一声。

"什么声音?"老妈好像也听到了这个声音,充满疑惑地询问。

"我没听到啊。"我打开卫生间门,朝老妈笑了笑。

"妈,您给我唱那首歌吧,我喜欢,《诗人之歌》。"

"上厕所还点歌……就算你是我女儿,也太另类啊,另类。我可是癌症患者,你这丫头!"老妈虽然在抱怨,却依旧面带喜悦地走到了点歌机前,紧接着传来了老妈的歌声。

"臭丫头……"

老妈环顾了一下室内,发现点歌机后,兴高采烈地拍了一下我的后背:"你唱个歌吧。小时候你不是经常在我面前卖弄吗?"

"让我干唱吗?"还没等我说完,老妈就从包里拿出了两瓶烧酒和鱿鱼干。

"您疯了吗?"

老妈见我大声责怪她,一边撕鱿鱼干,一边赶忙解释:"这是以前买的……给你准备的。"

"您自己不能喝,就想让女儿替您喝,是吗?那我就喝给您看吧。"

说完,我便咕嘟咕嘟地喝下了老妈倒好的烧酒。

"你可真能喝啊。"

"那当然,也不看我是谁的女儿。"我放下酒杯,打开了放在一边的点歌本。

"唱什么呢?"

"喂喂,你会唱那首歌吗?《美酒荡漾》。"

"妈妈的最爱?OK!"

我找到歌曲输入名字后把麦克风递给了老妈。于是,老妈随着音乐的节奏放声高歌起来。老妈见我在一旁摇摆着身体为她伴舞,兴高采烈地搂着我的腰,也跟着不停地摆动身体。我没想到就这样为老妈唱歌助兴也可以让她开心无比,原来竟有这样轻松回报母爱的方式……

我喝完一瓶烧酒,尽管比我平时喝的酒量少了很多,还是摇摇晃晃地扑向老妈,开始不停地亲吻她。吻她的额头、嘴唇、脸颊……

"你耍酒疯啊。该死的,才喝一瓶就醉成这样。"老妈被我一反常态的亲吻弄得不知所措,不停地拍打我的后背。

我们根本不配流泪

邻近傍晚,我们才到达那家草木茂盛、环境优雅的家庭旅馆。我把车停到旅馆门前,老妈环顾一遍四周,露出了满意的笑容:"我还以为你想把我拉出来埋了呢,看来不是啊。"

我调皮地冲老妈眨了眨眼,竟然不记得自己已有多久没和老妈两人出门旅游了,好像还是在我出国留学之前去过一次。虽然我也喜欢老妈,但更多时候则是厌烦她,几乎没为老妈做过什么,却一味地接受着老妈的伟大母爱。老妈对我的爱就好比大海一样深,而我对老妈的回报却不足一碗水。我安排的这次母女游,也不过是九牛一毛而已。

我刚从后备箱拿出行李,老妈立刻就抢过去一个。

"我没事,等我拿不动时再让你帮忙。"看着拎包走在前面的老妈,我预感到这次旅游难以增加我对老妈的回报。

当我们收拾好行李,洗漱完毕时,天已经暗了下来。

"接下来咱们干什么呢?这里的夜晚会很长。"老妈神情怡然地问我。

"那就大眼瞪小眼吧。"

"好，那就睡觉吧，我也困了。"敏浩从后面紧紧抱住母亲，熙子就像孩子一样钻进了他的怀抱。母亲已经不再是自己可以撒娇和依靠的高山，敏浩不禁伤感万分，闭上了眼睛，一行眼泪顺着他的脸颊流淌下来。

静雅回到家后依然放心不下熙子，无力地坐在沙发上。锡钧见状，起身到卧室准备铺被褥。忠楠洗漱完毕，看到锡钧在铺被褥，不由得眉头一皱："哥，你去别的房间睡吧。"

"每个房间都是女儿们的一堆行李，我要在这里睡。"

"所以我才让你送我们到静雅姐家。"

"难道我没老吗？送你们两个人去那里，明天早上再开车去接你们……我有那么年轻吗！"

锡钧高声反驳忠楠后，便躺下去蒙上了脑袋。忠楠别无他法，决定到客厅去睡。她觉得自己现在连吵架的力气都没有，于是从冰箱里拿出水，喝着喝着脑海里又浮现出了兰姬的面孔。听说兰姬是癌症，而且症状不乐观。想起兰姬面带笑容告诉自己她交男朋友了时的喜悦表情，忠楠不由得叹了一口气："姐，兰姬得了癌症。"

静雅一直望着窗外出神，听到忠楠的声音，神情呆滞地转过头，顿时感到天旋地转。

来的话,实在太辛苦了。"

"说的也是。"忠楠说。

忠楠见胜载一直目不转睛地看着熙子进去的方向不肯离去,便劝他早点回去,然后和锡钧一起离开了熙子家。然而,胜载并没有马上离开那里,在熙子家门口守候了很久很久。

熙子既羞愧又无法原谅自己,因此闷闷不乐。本想一个人清静一下,敏浩却非要睡在这里不肯离开。熙子实在拗不过,躺下去后,背过身子不再理睬敏浩。

"我妈看到儿子怎么都不笑一笑呢?"

"荷娜呢?"

"应该和岳母一起吃炸鸡呢。"敏浩说完,从背后轻轻搂住了熙子。

"我会接受治疗,明天你就回去吧。"

"我要和您一起住。"

熙子生气地转过头,看了一下敏浩:"不行!你干吗要和我一起住啊?你都结婚了,应该和老婆住一起。医生说过我是妄想症,不是痴呆,只要吃药就无大碍。"熙子说罢,又转过身闭上了眼睛。

"对,所以妈妈要好好吃药。"

"我知道。不吃药就会痴呆,因为我没按照医嘱吃药才会这样。我去医院,你回家,咱们还像现在这样,各过各的吧。"

"妈妈,咱们看电影吧?"

"我困了!"

熙子无力地闭上了眼睛。自己曾经和儿子信誓旦旦,说完全可以独自生活。没想到当初的豪言壮语就这样不由己愿,被一种莫名的疾病摧毁了。熙子既感到委屈又无奈,不禁潸然泪下。

我还能独自生活

天黑以后,胜载的车才开到了熙子家大门前。熙子神志清醒后,一直躲避着朋友们的眼神,一路上一语不发。还没等胜载的车停稳,她就心急火燎地打开车门走了下去。胜载本想跟着熙子下车,却被坐在后座的忠楠阻止:"你别下去,不能刺激她。"

忠楠小心翼翼地跟在后面,看着熙子从大门前的花盆下掏出钥匙,打开了大门。

"我姐记性真好啊。"熙子听忠楠如此温柔,反以为在取笑她,狠狠地瞪了忠楠一眼走进了院内。

"姐,我明天再来。"

熙子始终不理睬忠楠,冷冷地关上了大门。静雅和锡钧这时也驱车随后赶到,一脸茫然地看着熙子的背影。

"她现在很清醒,因为害羞才会这样。大家先回家睡觉,明天再说吧。"忠楠走过来安慰静雅。

静雅说:"你和我一起去我家吧。你也不年轻了,这么晚回家,明天再对我抱怨。

"妈,从今往后,我们不做母女,做朋友吧。"

"怎么做朋友呢?"老妈饶有兴趣地问我。

"就是随便些,无话不聊。您喜欢我,还是喜欢那个男人?"

"该死!"

"你们睡过吗?"我就像对待朋友一样,对老妈穷追不舍。

"你说什么!"

"看来还没睡过啊。您和我睡过,却还没和那个男人睡过,那我就当您更喜欢我了,可以吧?"我笑着戏谑老妈。

"快停车!我要撕烂你的嘴巴再走。停车,臭丫头!"我觉得老妈气急败坏的样子实在可爱,于是就在她的脸上吻了一下。

"疯了,疯了!好好开车,臭丫头!你这样会出事的!疯女人,真是的。你竟然问自己妈妈和男人睡过觉没有,哎哟,竟有这种女儿。"老妈愤愤不平地抱怨。

"我现在不是女儿,是朋友!朋友间不就是聊这些嘛?您和英媛阿姨、忠楠阿姨说过吧?我都知道。"

"喂喂,够了。哎哟,我真要被你气死了。哪有女儿问妈妈和男人睡过没,哎哟……"

尽管有些荒唐无稽,但毕竟看到了老妈的笑容。我本想逗老妈一笑,却鼻子一酸悲从中来。老妈的爱情刚刚萌芽,可是……我为老妈一直远离爱情的人生感到难过,直到今天才意识到老妈的人生缺失了那么多宝贵的东西。一直以来,我只认为老妈是应该尽责的母亲,理所当然地利用她,时而还会觉得她是一种负担。为人子女者,为何总是如此愚钝不堪!

"随便走走。"

"好,去吧。反正我也没信心到饭店笑迎顾客。"

"我去取钱啊?都取出来,然后住昂贵的酒店,您和我……"我见老妈怒目而视,赶紧改了口,"住便宜点的。"

"你到底爱不爱你妈啊?别人一听说自己妈妈生病了,都会大声痛哭。我都得癌症了,你真不觉得伤心吗?"

我呵呵一笑,不加理会。就算老妈觉得我冷酷,我也不能哭泣,更不能在老妈面前痛哭。

"您失望了吧?"

"快吃你的饭吧。"我努力不动声色,内心却在流血。

我在网上预订了近郊一家环境优美的家庭旅馆,这是我和老妈二人的轻松一日游。

在开车去往家庭旅馆的途中,我和老妈都沉默了一段时间。

"你……在想什么?"老妈一直望着窗外,然后首先开了口。

"我在想……您在想什么?"归根到底这只不过是我的猜测,我根本无法猜到老妈的心思。

"我在想你想什么呢。咱俩还第一次想法一致啊。"老妈竟如此体谅无情和不懂事的女儿,让我不禁心生愧疚。

"您想一想开心的事吧。"

"我正在想呢。"

"您说过在和一个男人交往吧?那就想想那个人,没准儿心情就会好了呢。"我笑着岔开话题。

"别胡说!你怎么没一句中听的话啊。丫头,我现在生死未卜,要是还有心思想男人的话,那不是生病,是疯了。你这个疯丫头!"老妈愤愤地

妈妈，我们做朋友吧

　　老妈昨天晚上还像孩子一样放声大哭，今早看起来却神色平静，没有丝毫异常。老妈也许察觉到我在偷偷观察她，咽下一口饭，告诉我："我不疼。"

　　"是真的？"

　　"要是疼，我还能吃饭吗？"

　　"那太好了……也许不是癌症吧？"听到我的自言自语，老妈马上面带喜悦："你也那么想吗？我也是。不像癌症，对吧？"

　　虽然我也宁愿相信这种想法，但检查结果却毋庸置疑。我不想让老妈空欢喜，就话锋一转向她提议："咱们去旅游吧。"

　　"都这样了，还去什么旅游。"

　　"那您这时候想干什么？不去旅游就去饭店做生意吗？"

　　"你非这样和我说话吗？"

　　"这是张兰姬女儿，朴婉的说话方式！"我强装愉快地调侃老妈。

　　"哎哟，你真逗。咱们去哪儿呢？"

只有静雅,可她却没有过来。如果静雅过来了,也许就能救活孩子,自己也不会这么担惊受怕。

"你怎么天天都说累?你干吗天天那么辛苦,在我有难时也不能帮助我?!我打不通老公的电话,那晚是多么担心害怕。总算打通了你的电话,可你怎么说的?你说自己也很累,让我别闹,然后你就挂了电话。我只有你一个朋友,可你却天天忙于生计,天天累得不行,从来不能让我依靠一下……"

熙子一把鼻涕一把眼泪,不停地数落着静雅。她心如明镜,知道静雅若非身不由己,绝不会对自己那么冷漠。可是,熙子不理解静雅因何而疲劳不堪,既心疼朋友的艰苦人生,又对此心怀不满。

静雅脸色一沉,身体瘫软下来。当她终于明白熙子的愤怒来自遥远的记忆时,精神恍惚地低下头,任凭硕大的泪珠簌簌地流淌下来。

静雅眼前清晰地浮现出那一天的情形。自己的儿子流产不到一个月,每天精神恍惚,婆婆还变本加厉地虐待自己。她那天又被婆婆撕扯头发打骂,根本没有力气去看熙子。

"对不起,姐姐,我们都是坏女人。"忠楠抱着熙子,呜咽着抚慰她。熙子这才身体一软,瘫坐到了地上:"我讨厌你们,讨厌你们!我儿子死在我背上了……我儿子……"

熙子此时已经声音沙哑,不再像刚才那样号啕大哭。静雅一边哭泣,一边爬到熙子身边,将她紧紧地抱在了怀里:"好了,熙子,好了……"

熙子依偎在静雅怀里,就像野兽,一头失去幼崽的野兽一样哀嚎。

身后疾驰而来,在她附近停了下来。

忠楠努力沉静一下忐忑的心情,镇定地吩咐胜载:"哥,我下去看看,你赶紧告诉敏浩。"忠楠说完便下了车,小心翼翼地走到了熙子身边。

胜载看到熙子疲惫不堪的样子,难过地低下了头。忠楠轻轻抓住熙子的手腕,柔声招呼:"姐,你要去哪儿啊?"熙子听到温柔的声音,呆呆地看向忠楠:"你怎么会在这儿?"

说完,熙子又重新调整了一下背在背上的枕头。静雅见状泪流满面,身体一摇一晃地走向熙子。熙子看到静雅的刹那间,突然脸色一变充满了杀气,冷冷地甩开了忠楠的手。忠楠大吃一惊,本想重新抓住熙子的胳膊,没想到熙子已经跑到了静雅跟前,抡起拳头不停地猛击静雅头部。

"你来干什么?谁叫你来的,你这个贱人!"熙子咬牙切齿地发泄着无法控制的愤怒。静雅被熙子突如其来的拳击吓得一趔趄,不由自主地捂住了头部。熙子不知哪里来的力量,又一次扑向了静雅。静雅一动不动,默默地忍受着熙子砸来的拳头。忠楠、胜载、锡钧三人努力想拉开熙子,可熙子却依然抓住静雅的头发拼命地撕扯:"你这个狗女人,坏女人!你干吗来这儿,你竟敢来这里!"

"熙子,你怎么了?我是静雅啊,我,静雅……啊,啊!"静雅还以为熙子没有认出自己。

"你这个该死的女人,坏女人!"忠楠见实在无法阻止熙子,就扇了熙子一巴掌,然后又紧紧抱住了她:"姐姐,姐姐,你清醒一下。"熙子被忠楠紧抱在怀里,依然不依不饶地大喊大叫:"我给你打电话了吧。告诉你我儿子热伤风,让你过来看看。还告诉你孩子吃了药也不见好,我很害怕,让你过来。你还我儿子!还我儿子,你这个坏女人!你是什么朋友,这个坏女人!"

熙子感到万分恐惧。婴儿已经死在她的背上,自己可以依靠的朋友差,静雅说她实在太累过不来。

熙子觉得不能就这样束手待毙,所以尽管尚未天亮,就背起孩子一直往前走,眼前的林荫道一眼看不到尽头。走着走着,熙子突然感到一直哭闹不停的孩子身体发软,也听不到他的喘息声,不由得心生恐惧。

熙子就这样一边哼着摇篮曲,一边走在黎明的林荫道上,感觉到背上的孩子身体在逐渐僵硬,她呜呜大哭着继续哼着摇篮曲:"摇啊,摇啊,摇啊摇。"

锡钧驾车朝市郊方向奔驰而去。行驶到熙子新婚时居住的村庄附近,眼前出现了一条一望无际的林荫路。他们已经约好,胜载和忠楠从道路的反方向开车到这里。

"好像就是这里……如果是这附近的林荫道的话……"锡钧一边说,一边不停地向窗外张望。静雅看着窗外,眼泪又禁不住涌了出来:"熙子住在这里时……让我过来玩儿,可我却没来过。"

"现在咱们是有车,当时也没有车啊。我在这工作的时候,咱俩也是仨月都没见过面呀。"锡钧安慰静雅。

"那时,我有两年没见过熙子。"静雅轻轻地叹了一口气,不由心头一紧。当时,她也正是艰难的时候。

"这条路挺美啊。"静雅眼前浮现出熙子不停地走在这条路上的情形,感到一阵刺痛。"是啊,这条路不错,我也第一次来这里。"锡钧和蔼地附和静雅一句,突然停下了车。

"怎么了?"

"那个……是什么?"

静雅顺着锡钧手指方向,仔细看向对面,那个人正是熙子。只见熙子背着什么东西,正步履蹒跚地朝这边走来。正巧这时胜载也驾车从熙子什么东西。胜载一边回味着熙子的话,一边自言自语:"走了又走……不停地走在林荫道上……熙子老公的故乡在……静雅,熙子老公的故乡在……"

"熙子老公……是北边,好像是咸镜道……"

"京畿道杨里面杨友里(韩国地名音译,"面"和"里"都是行政区划的称谓)51号!"锡钧刚刚还在打呼噜,没想到突然醒来大声回答。

"北边是熙子老公父母的故乡。我第一个工作不就在那儿嘛,我的工厂在杨里面知两山附近,熙子结婚后在那里度过了两三年。顺英她妈,你不记得了吗?你和我父母一起在首尔住下屋,我在工厂宿舍大概住了三个月。我告诉过你,我去过熙子家两次。"

"大哥,出来吧,我们一起去那儿看看,我有点眉目了。"忠楠对胜载说。

"我记忆力不错吧?现在说起那个地方我也记忆犹新,我在那个工厂真是受尽了苦。"锡钧跟着胜载一边往外走,一边自信满满地解释。敏浩这时走出卫生间,一脸茫然不解的样子。

"你在家里别动,要是你妈回来了就看住她,千万别让她再出去。胜载叔可能想到什么线索了,等我的电话。"忠楠见静雅跟着走出去,便匆忙收拾完毕,穿好鞋也准备出去。敏浩见状,仿佛才回过神一样,哭丧着脸追到玄关处:"阿姨,阿姨,我也……"

"不是说荷娜快要生了吗,你得等她电话啊。打起精神来!"忠楠说完拍了拍敏浩的脸颊,走了出去。

熙子在路上不停地走啊走。孩子不知何时醒来,在她背上哭闹不停,身体就像火球一样滚烫。整晚哭闹不止,还抽搐昏厥了几次。熙子不知所措,急得直跺脚。深更半夜,自己无法带孩子去镇上的医院。老公在出大脑一片空白。

静雅、忠楠、胜载、锡钧、敏浩等人聚集在熙子家几乎一夜未眠。敏浩和静雅直到凌晨才勉强合上眼,锡钧也好似刚刚入睡,传来了鼾声。胜载坐在沙发上不停地思考着,整夜未眠。

第二天,忠楠一早就起来为大家准备早餐。她想大家今天去寻找熙子的话,多少也要吃些东西。这帮老年人每天都在服用各种药物,所以必须吃饭才能服药。

"你吃点吧。"忠楠把只有锅巴粥和酱油的简单早餐端到客厅里,劝胜载吃一些,然后又摇醒了静雅:"姐,起来吃点锅巴粥吧。"

"不吃!"

"这才刚开始呢,老家伙们粒米不咽……难道都不想活了吗?大家想集体绝食吗?"

静雅觉得忠楠言之有理,心想有力气了才能去找熙子,就毅然地拿起了饭勺。忠楠见状,又语气坚决地提醒道:"你绝对不能气馁,我可没法独自一人处理善后。兰姬也……"

忠楠说到这里不再继续。她很清楚,眼下大家正因为熙子失踪一事心力交瘁,不能再给他们雪上加霜:"放点酱油吃吧。"

"你也吃点吧。"静雅劝忠楠也坐下来吃点,却见敏浩突然起来走进了卫生间。原来敏浩彻夜未眠,始终处于清醒的状态。

胜载一直沉浸在思考中,突然想起了熙子和他旅行时说过的话:"我大儿子死的时候……本来只是热伤风……那时候我住在老公故乡附近,老公正在出差……我背着孩子……"

熙子说她最开心的就是第一个儿子出生的时候,最难过的事是那个儿子的夭折。胜载又仔细回想了一下,想起监控里拍到的熙子好像背着

你怎么天天那么累

"妈妈,妈妈……您这是怎么了……"英媛睡眼惺忪,正在安慰往炉灶里生火的双芬。英媛昨晚来到双芬家,和她大概说了一下兰姬有点小毛病需要做手术的情况。双芬似乎察觉到了什么,满脸哀伤一言不发。

"哎哟喂……您想哭就哭吧,可别这样啊。昨晚就一直不理我,早晨起来还这样。兰姬不是什么大手术……我没骗您。"

"疯丫头,肚子要开刀了你还说不是大手术。我知道兰姬病得很重,不然她也不会做手术。"双芬说完,哭丧着脸走了出去。

"妈妈!"英媛紧随其后追出去,见双芬已经快步走出了院子,便心烦意乱地呆站在院子中。她知道对于这个家庭来说,无论精神还是物资方面,兰姬都是顶梁柱般的存在。所以,她的生病对家人是一个沉重打击。英媛一直饱受癌症的痛苦折磨,一想到自己的好朋友兰姬也要承受相同苦难,不禁内心一阵苦涩。这时,忠楠发来了一条短信:"我听说兰姬的事了,你可怎么办?熙子姐得了痴呆症,咱们以后该怎么办啊?"

英媛看着短信,伤心不已,这该如何是好啊?接二连三的坏消息让她癌症，更何况老妈本人呢？一直以来，老妈都在为生活而奔波，不仅没有得到丝毫回报，竟然还患上了癌症。"我想活下去！"老妈最终也没能说出这句话。我悲痛难耐，咬紧嘴唇咽下痛苦的泪水，品味着口中的血腥。

老妈趴在沙发上像野兽般哀号，发泄着心中所有的悲伤与委屈。我多想抱住老妈痛哭一场，告诉她不要害怕，安慰她还有生的希望。但是，我深知自己是一个连哭泣的资格都没有的女儿。所以，颤抖着双手紧紧扶住洗碗池，没有靠近老妈。我依然无法原谅，潜藏在自己内心的自私自利。

减轻老妈的负担。于是,我不可理喻地朝老妈大声喊叫,根本没什么累赘,求她只考虑一下自己。

"我要是对你们不管不问,你外婆、外公、舅舅还有你,早都死了。你这个死丫头!"

完全正确,一切正如老妈所说,肯定是这种负担击垮了老妈。我既感到痛苦难过,又无比愤恨。

"您别自以为是了。我外婆、外公,还有舅舅,是因为他们命不该绝才活到现在,根本不是您的功劳。如果命中注定他们会死,就算妈妈求神拜佛,他们也早都死了。您真的非要这样,到最后都要把自己女儿当成凄惨无用的累赘吗?这样您心里才舒服吗?"

我懊恼自己只能这么冷言冷语对待老妈,自始至终都是一个厚颜无耻的坏女儿。我曾认为老妈是自己的负担,因为那个负担才抛弃了研贺,并以此来进行自我防御。现在终于明白,没有任何一个人是别人的负担,也不希望成为别人的负担,只有放下那个包袱,才能获得解放。从现在开始,老妈也该放下沉重的负担轻松一下了。

"阿婉啊……喂,妈也……不想这样……"

"所以您必须做手术,接受化疗就行。听说那位医生医术特别高超,而且还有很好的药。"

我就像喃喃自语一样安慰着老妈,实在不忍看到老妈崩溃的样子。我觉得自己已经濒临崩溃,所以真心希望老妈坚强一些。

"我……好害怕,好委屈……好想活下去……"

那天晚上,我的山一样雄伟的老妈,大海一样坚韧的老妈,失去了往日勇士一样的斗志,像个孩子一样,在她那个完全靠不住的女儿面前轰然倒塌下来。

老妈的每一句哭诉都像利刃般刺进了我的胸膛。就连我都这么惧怕因为小事发火而恶语相向,遇到大事时反倒更加泰然自若。知母莫如女,我努力让自己保持冷静。

"我听说一周前您到小医院检查就知道了,我们隔天就通一次电话……您怎么不告诉我?"

"告诉你还能怎么样?"老妈狠狠地顶了我一句。

"不告诉我……您独自一人想怎么办啊?"

"我什么时候不是一个人,而是两个人、三个人了。"对于老妈的高声斥责,我只是静静地看着她,并不还嘴。

"你怎么不大喊大叫了?因为我得了癌症,你就突然温顺和蔼了吗?以前只要我一对你喊叫,你就会马上顶撞我。死丫头,就算我告诉你,告诉外婆了,还能改变结果吗?你们两个人,这辈子都是我的累赘。你能替我生病吗?你们是我这辈子的负担。我这辈子就算有女儿,有父母弟兄,也不过都是我的负担,都要我来负责。就算我要死了,都没一个人指望得上。我已经定好手术日期了,可又担心要是我死了,你怎么办……你外婆、外公、舅舅怎么办……满脑子担心这个担心那个。"

我看着老妈满眼充血不停地抱怨着,一阵悲痛和伤感涌上心头,几乎将我吞噬掉。我竭尽全力压抑着悲伤,不让它们喷涌而出。我非常清楚,一旦泄闸悲伤就会像洪水般奔流不止。我强压着激动,反问老妈:"谁让您一个人背负重担啦?"

"你说什么?死丫头!"

"谁是您的累赘啊?我怎么是您的负担啦,我自认为迄今为止自己过得很好。您张口就说自己快四十岁的女儿像废物一样,是个累赘,解气吗?谁是您的累赘,谁让您负责了?"

我心知肚明,自己对老妈来说就是一个累赘。老妈一直肩负照顾女儿和娘家的责任,含辛茹苦直到今天。我不想承认这一点,只有这样才会老妈这时才看了看挂在墙上的时钟,然后站了起来。

"该死,时间怎么过得这么快啊。"老妈嘟囔着走进卫生间,一边洗脸刷牙,还一边不停地发牢骚。

"看不惯,真看不惯,没一件事让我满意。要是我死了,你们可都怎么办啊。到时候你可别在我坟前哭啊。说什么活着的时候应该好好待您,对不起,我错了之类的话。你还小吗?别人这个岁数早都生两三个孩子了。拉扯孩子……侍奉父母,照顾老公……给我拿衣服!"

"这就拿过去。"

我打开衣柜,开始给老妈找衣服。拿起又放下,左看右看也没找到一件像样的衣服。老妈的家居服竟然全都一样,不是袖口开缝儿就是领子变形,再就已经褪色。我既难过又生气,老妈对自己如此吝啬又有何用呢?一直以来,我这个不懂事的女儿理所当然地照单全收了老妈用自己健康换来的金钱。我看着眼前这些磨损的旧衣服,竟然觉得它们就像病魔缠身的老妈一样。于是,伸出手把那些衣服推到了一边。

老妈洗完脸走进来,拿起被我扔到一边的衣服:"给我拿这个不就行了吗,这个!找件衣服都得一整天,唉哟,真是……看不惯。"

老妈换好衣服,又开始忙碌起来。翻箱倒柜找出家里所有的证件材料和存折,把它们摆放到厨房餐桌上后,一一写下密码。

"不能让别人看到存折密码,你拿去找个地方放好。保险业务员的电话号码我也都写下了,要是我有什么事,你一定要好好处理。别自己该得的得不到,反而便宜保险公司那帮人。"我实在看不下去老妈眼前的举动,就仿佛在为自己准备后事一样。于是,靠在洗碗池边轻声喊了一声老妈,暗示她停下来:"妈妈!"

"我就想以防万一。没有万一……那当然更好。"老妈失去了往日的沉着冷静。我所了解的老妈,并不是遇事惊慌失措的人。虽然有时也会她……得了癌症。"

我知道熙子阿姨的情况令人心痛,可我现在根本无暇顾及她。刚刚我还无法相信老妈的病症,现在却让我有了实感。自从老妈成了我的母亲后,我就从没见过她像鲜花般美丽绽放过。爸爸的背叛摧毁了老妈的青春时光,爸爸去世以后,她又成为一家之长,拼尽全力养家糊口。本以为苦尽甘来,现在却又得了癌症。老妈的人生实在悲惨,这世界对她太不公平。

我勉强调整好崩溃的心情,向老妈家走去。

老妈连外出穿戴都没有换下,就一直忙着通话。看到我进来,仍然忙着给食材供应商、冰箱修理行、蔬菜店等合作伙伴打电话。我实在不理解,老妈在癌细胞扩散、生死未卜的状况下,还能专注打理饭店业务。什么饭店呀,金钱呀,人死之后又不能带走。

我抢过老妈手里的电话挂断,又拨通了员工八月的电话:"喂,八月,我妈要做紧急手术,所以暂时由你负责照看一下饭店吧。我知道你很忙,那你就雇人吧。还有,今天之内你就给庆北阿姨和庆北大叔打电话,告诉他们我妈要住院。"

老妈气呼呼地看了我一眼,夺过手机又开始翻看电话簿,好像还有电话要打。

"别打了,您都打了十多个电话了!"

"我要不打电话,饭店怎么办,你来管吗?"

"不是有八月和尚淑……"

"她俩知道什么啊?就会端菜。你以为老板是白当的吗?尚淑这丫头怎么不接电话。"

"睡了呗,现在是半夜一点。"

位医生的电话。

在去医院的路上，我一直希望老妈的癌症诊断是误诊或是一场噩梦。即使在这种状况下，我的脑海中依然想着研贺，莫名升起一种无法遵守约定的挫败感。我对自己深恶痛绝，在老妈有可能死于癌症的情况下竟还如此自私，如此恶毒可怕。

医生身穿手术服，满脸疲惫，却依然为我详细说明了老妈的情况。我问医生老妈是否知道自己的病情，因为这几天老妈没有一丝异常表现。

"您母亲当然知道。因为这是她本人的事，所以得最先了解啊。"

我努力抑制着悲痛，却还是止不住眼泪簌簌流下来。我擦干眼泪紧咬嘴唇，就像要与对手决战一样，交叉双臂再次追问医生："您刚刚说过，这种情况时，会有百分之六七十以上的病人不做手术。治愈的概率也不超过百分之二十……对吧？"

"我认为即使只有百分之一的可能性，也应该做手术。哪怕只有百分之二十的可能性，毕竟也是有可能啊。"听到医生的话，我泪如泉涌，赶忙转过头，提醒自己要坚强。然后调整一下呼吸，平静地告诉医生："我就想听到这句话，可能性！谢谢您，医生。阿姨，我会联系您的。"

"阿婉啊，外婆那边我会转告她。"

我留下阿姨，独自走出了医院。我讨厌老妈和突如其来的癌症，并且特别生老妈的气。发生如此重大情况，她竟然不告诉自己唯一的女儿。这时，电话铃响，是忠楠阿姨来电。

"哦，阿姨。"

"你怎么一直不接电话啊？我知道你不喜欢老年人，可你妈不接电话，我只好打给你了。阿婉，听说熙子阿姨得了痴呆症现在失踪了，你转告你妈……"

"阿姨，我不能转告我妈这件事，阿姨也不要给我妈打电话。我妈下,扶着椅子缓慢起身,竟然颤抖着胳膊站了起来。自从遭遇事故以来,我第一次看到研贺站立,不禁诧异地目瞪口呆。

"天哪,这是什么情况!"

"我现在百分之九十九还是靠臂力,腿部没有劲。不过,最重要的是要努力尝试。以前我总害怕摔倒,所以没有试过……最近我在尝试,为了你!"

研贺站立的姿势看起来很痛苦。我看着他气喘吁吁地站在那里,一股暖流瞬间涌上我的心头。我被研贺努力康复训练的姿态感动,不由自主地向他竖起了大拇指,研贺此刻就是全世界最棒的男人。研贺额头汗津津地重新坐到轮椅上,叮嘱我:"你继续工作吧。"

我举起放在电脑旁边的小台历,标记着"回到研贺身边的日子"的台历,告诉研贺:"这一天,我就可以过去了。"

"我等着呢。"

研贺笑着结束了视频通话。我呆呆地望了一会屏幕,轻轻拍了拍脸颊,想让自己打起精神,集中精力。只有写完小说,我才能去研贺那里。所以,我必须忍住无尽的思念,专心眼下的工作。因为我辛苦写作的回报是与研贺甜蜜无比的重逢,所以一切进展顺利。就在我心情愉悦,准备重新开工时,传来了咚咚的敲门声。

英媛阿姨来了。就在不久前阿姨来电话说她要过来一趟,我正在等她到来。见阿姨面色阴沉地走进来,我还以为她出了什么状况,没想到她却说起了老妈的情况。刹那间,我的大脑一片空白。我实在无法相信,也不愿意相信这个事实。

阿姨见我毫无反应,呆若木鸡,便紧紧握住了我的手。我努力稳定了一下自己的情绪,甩开了阿姨的手。

"我现在能见见……给我妈看病的医生吗?"于是,阿姨马上拨通了那

妈妈,您要像勇士一样坚强

"停！今天有点太投入了。"我深深地亲吻了研贺的嘴唇后,笑着将脸从笔记本电脑屏幕上移开。

"你的小说写得还顺利吗？"

"百分之七十吧,虽然还是初稿。"

"那你怎么还打电话,要努力工作。如果总这样,你到我身边的时间又得延后了。"

"你简直就是恶魔恋人,不顾恋人死活的那种。喂,你让我偶尔休息一下不行吗,我又不是写作机器。"

研贺爽朗地笑着,举起桌上的盘子朝向了镜头。盘子里装着漂亮的炒蛋吐司："这是给你的奖励,吃吧！"

"找死啊,你！"

"那我替你吃吧。"研贺仿佛有意气我,咬了一口吐司,又朝我哈哈大笑。

"真给你一份奖励。"研贺旋转好笔记本电脑屏幕,挪动轮椅到墙边停不过可能需要很长时间才能得到确认结果。"职员告诉胜载,虽然确认了监控摄像,但还无法断言找到了熙子。因为谁也不知道,熙子现在走在哪条路上。夜色已深,听职员说确认结果还需等待一些时间,胜载和敏浩顿觉浑身乏力瘫软下来。好在看到了熙子安然无恙,让他们多少感到些许安慰。

敏浩满怀愧疚,反复看着监控视频中的妈妈,百思不得其解。妈妈到底要去哪里呢?妈妈究竟为何会在夜色中茫然地行进。自己对妈妈究竟有多少了解呢?自己从来都是在有需要时才去找妈妈,根本不曾关注过妈妈的想法和情感。身为儿子,自己竟然对妈妈如此漠不关心,实在令人惊讶和惶恐。

敏浩特别惧怕就这样找不到妈妈,大脑一片空白几近崩溃。如果真要那样,他将永远无法原谅自己。自己早该给妈妈戴上附带联系方式的手镯或项链,为什么就没想到这些呢?妈妈被诊断有可能患痴呆症时,自己就该提前做好防范,一切都怪自己疏忽大意。

敏浩一想到妈妈在某条路上茫然环顾四周的神情,心如刀割,难过不已。

"你妈不会有事的,我保证!"胜载充满自信地安慰敏浩。他相信熙子不会有事,不对,是想相信。敏浩不解地看着胜载,不理解他究竟为何如此自信。

"但凡发生什么大事,就必然会接到通知,这是我的人生经验。没有大事,所以才没有消息。所以……就算我非常喜欢你妈妈……你该吃就得吃,有力气了才能守护你妈妈呀。"敏浩完全没想到,胜载对妈妈的感情远超自己的想象,不由得诧异地瞪圆了眼睛。

"怎么,你讨厌我喜欢你妈妈吗?那也没办法,因为我喜欢。不过……我们只是朋友,好朋友。"

"知道了。"敏浩想起上次在妈妈家自己对胜载的无礼行为,不禁心生歉意。

"别光说知道了,吃吧。男人要刚强,吃饱了打起精神来。"这时,胜载的电话铃响,他示意敏浩赶紧吃饭就接听了电话:"喂,是我。啊啊……知道了。我……我……我正在警察厅附近待命呢。嗯,嗯,我马上过去。"

胜载紧张得语无伦次,挂断电话后,火急火燎地站了起来:"喂喂,别吃了,赶紧走,找到你妈了!"

两人一进入警察厅道路监控室,职员就让胜载查看事先截好图的画面:"您看这里,我按照您说的衣着相貌,截下了画面……"职员依次把熙子走出教堂,走在街上和桥上的画面展示给胜载确认。

"是我妈!"敏浩有些哽咽。胜载仔细地查看着画面,只见熙子身穿家居服,后背上背着一个什么东西,一直不停地走着。

"现在这里……是不是盘浦大桥啊?不过,她好像背着什么。"胜载说。

"这是首尔附近监控摄像头拍到的您朋友的最后一个视频,过了江一,往渼沙里方向。不知道她要去哪里,我们会向京畿道地区寻求协助,就转到了熙子曾经想跳江自杀的汉江大桥上。锡钧刚一停车，忠楠就迫不及待地下车四周张望，还把头探到栏杆外向桥下望去。

"你看那里干什么？"忠楠无视锡钧的不解，紧靠在栏杆上努力探头张望。

"我得多担心，才这样往下看啊？"

"她不会跳下去的，熙子那丫头头脑还算清醒。痴呆并不会瞬间发作，症状是一点一点加重的。我妈也是痴呆症，你知道的。你妈也得了痴呆吧？"

"我妈是死在路上的。"忠楠满眼悲伤地望着汉江。

"那……那个时候不是没有药嘛。"忠楠见锡钧发自内心地安慰自己，转过头看着锡钧："我头一回听你说话像兄长一样。"

"别瞎说。"

"你记住好丈夫十诫了吗？第一条是什么？"

"丈夫不能把外面的坏情绪或神情带给家人。"

"完全正确，你要好好对待静雅姐。你看熙子姐，要不了多久……我们也都会去那里。"忠楠翘起下巴，指了一下天空。

天色渐晚，胜载推着敏浩进了一家餐厅。敏浩为了寻找妈妈，一直没顾上吃饭。炉盘上的肉早已烤熟，敏浩却像灵魂出窍的人一样，呆坐着一动不动。

"都烤好了，不吃怎么行啊？"胜载体贴地把肉放到敏浩碗里，敏浩本想推脱，迫于胜载的诚意，勉强吃了一口。

"告诉你哥哥们了吗？"

"大概说了一下。我怕他们担心……我大嫂得了甲状腺癌……我说过后再联系。"

呆呆地望着敏浩,提醒他:"你去市场和超市看看吧。"敏浩立刻站起来,急匆匆地向外走去。

"喂,你妈不会去市场的。"敏浩不顾忠楠的大声提醒,已经疾步走到了外边。静雅觉得自己这样干等熙子会发疯,便起身走进了厨房。正要打开橱柜时,看到了贴在门上的文字,于是默默地阅读起来:"疗养院是第二个故乡,该去的时候要笑着去。如果患了老年痴呆,一定要听敏浩、静雅、忠楠、英媛和兰姬等朋友们的忠告。每天读三遍,铭记在心。"

熙子用心抄写,字迹工整的内容让人感到心痛。静雅压抑着悲伤打开了橱柜,只见里边散乱地堆满了食品垃圾和餐具,实在难以相信会是一向干净利落的熙子所为。自己怎么就没早一点察觉呢?静雅怨恨自己没能更早地察觉到朋友的症状。

"如果和你一起的话,熙子姐或许会去市场。她自己一个人绝对不会去市场或超市买东西,从来都是叫外卖的。"忠楠总觉得不该让敏浩白跑一趟就提议道,"大家都坐在家里干等有什么用,那样只会更心烦。"

"说得也是。"静雅赞同地说着,蹲坐在地上,开始整理收纳柜里的东西,"熙子的脑子怎么会变成这样,真让人伤心。"

"别说话,光动手。"忠楠说完也蹲到旁边,开始帮静雅整理东西。她觉得人在焦躁不安时,最好就是活动身体分散精力。

锡钧听到熙子的消息后,心急火燎地赶了过来:"我们去熙子家到兰姬饭店的路段看看吧。"

胜载电话嘱咐完锡钧,好像突然又想起了什么一样,立刻拨打电话:"金警官,那个……你现在还在道路监控室工作吗?"

虽然不知道熙子到底去了哪里,如果查看首尔市内所有道路监控或许能找到她的行踪。

锡钧拉着忠楠,转遍了熙子可能去的所有地方仔细寻找,不知不觉中己气,本该多关心妈妈,却总以自己工作忙、要照顾老婆等为借口,一时间忽略了妈妈。

忠楠怜惜地看着敏浩:"好了,把眼泪擦干,现在最该坚强的人是你。"

"知道了。"敏浩觉得现在不是自责的时候,就擦干眼泪换下了工作服。他虽然恨不得马上飞到妈妈那里,可手脚却根本不听话,慌忙朝外跑时一头撞到了门上。忠楠心疼地看着敏浩,深深地叹了一口气,也站起来跟了出去。

早已过了该从教堂回来的时间,熙子却不在家里,也不接电话。静雅和敏浩坐在客厅沙发上,一副失魂落魄的样子。忠楠轮番拨打兰姬和阿婉的电话,胜载则给教堂和熟悉的警察打电话。忠楠见胜载挂断电话,不禁郁闷地哀叹:"英媛、兰姬、阿婉都不接电话,兰姬餐馆的服务员说熙子姐没去过那里。"

"教堂那边说熙子在三四个小时前去过,把念珠放到办公室就离开了。因为技术人员不在,所以无法确认监控摄像,派出所和警察局目前还没有接到报案。"听胜载这么一说,忠楠又问道:"那得申报失踪吧。"

"因为理由不充分,所以无法申报一般失踪案,我已经申报老年痴呆失踪了。"

忠楠听到胜载的说明,虽然觉得眼下已经想到了所有的对策,可忠楠依然焦虑不安,不停地咬着指甲。

"接下来我们怎么办?"

"大家都待在家里等候,我去教堂看看,实在无法安心待在这里。"敏浩见胜载走出去,似乎也无法静心等待,猛地站了起来。忠楠见状,走过去把他重新按到了座位上。

"你坐下!那位叔叔已经拜托了各方熟人,你就在家安心等着。"静雅左右脚的鞋子不一样。

"姐,静雅姐,静雅姐!"忠楠发现静雅在胡同里徘徊,就朝她走了过来。

"该死……鞋子怎么穿错了。"忠楠听静雅自言自语,便看向静雅的鞋子,完全猜到了静雅当时的不安和惊慌失措。

"熙子不接电话啊,我得去一趟熙子家。"静雅转身从忠楠面前走过去。

"熙子姐白天去教堂时会直接回家的,你别瞎担心,咱们一起去敏浩那里吧。"静雅无视忠楠的劝阻,拖着一双不成对的拖鞋匆匆走出了胡同。忠楠既担心熙子,又放心不下静雅,感到阵阵心痛。

胜载一边播放监控视频,一边告诉敏浩熙子的症状。敏浩用拳头紧紧堵住嘴巴不让自己哭出来,下巴不停地抖动。胜载见忠楠走进来,便问忠楠:"静雅呢?"

"熙子姐总不接电话,所以她去熙子姐家了。"

"那我们也去吧。"

"那我就开我的车……"

敏浩一脸茫然地站起来,手足无措的样子。胜载拍了拍敏浩的肩膀:"你的车先放这里,坐我车去吧。心神不定的时候不能开车,快去换好衣服出来。"

敏浩见胜载走出去,终于控制不住眼泪,失声痛哭起来。他万万没想到,妈妈的状态会变得如此糟糕。

"因为妈妈看起来一切正常,我就放心不再查看监控……我应该继续查看的……加上荷娜怀孕了……"敏浩一阵伤心难过,觉得一切全怪自己。想起了和妈妈一起买被子去静雅阿姨家那天的情景。妈妈当时站在路上一脸茫然,自己本该察觉异常,却认为妈妈单纯是健忘症。敏浩生自

她要去往何方

熙子背着大儿子，缓慢地走在路上。孩子在她背上不停地哭闹，始终难以入睡。于是，熙子轻声哼唱着摇篮曲不停地哄着孩子。丈夫出差了，几天后才能回来。熙子虽然跟随丈夫住在偏僻的乡村生活，因为有孩子陪伴，并未觉得孤单。孩子长得像熙子，身材修长且俊俏。

"摇啊摇，摇啊摇，小松枝啊，不要吵，不要吵醒我宝宝。"熙子继续哼唱着摇篮曲。不一会儿，哭闹的孩子逐渐气息平和，进入了梦乡。

"摇啊摇，摇啊摇。"

熙子怕吵醒睡着的孩子，一直不停地向前走。

胜载开车带静雅和忠楠来到了敏浩的汽车修配厂门前。静雅心乱如麻，坐在车里努力抑制着不停流淌的眼泪，不知道该如何张口告诉敏浩，"你妈妈患了痴呆症"。

静雅没有勇气走进维修站，在胡同里不停地踱来踱去。心想如果能联系上熙子或许暂可放心，于是低头拨打熙子的电话。这时才发现自己弄不好还有可能在切开的瞬间完蛋。"兰姬又倒了一杯酒,英媛见状推开了酒杯,起身劝兰姬离开。

两人坐上经纪人驾驶的车向兰姬家驶去。英媛轻轻抓住了坐在自己身旁的兰姬的手,兰姬看着英媛的手,眼圈泛红:"你的手还这么漂亮。"兰姬满面笑容地夸赞道。英媛强忍着眼泪,把视线转向了窗外。

"我光手漂亮吗?身材更好呢。"

"丫头,再好看有什么用?又没有人摸。你和我的人生实在糟糕。我的人生,珍惜到如今却成狗屁了。我到今天一直扮演着至高无上的贤妻良母、大孝女、坚强的母亲。唉,一切化为乌有。早知如此……"

"就随便找个人嫁了,对吧?要不要我放出话,叫他们都排好队啊,就说咱愿意嫁人了?"说完,兰姬和英媛同时哈哈大笑。

"可是,该死的……就算咱愿意嫁人,也没人排队要啊。"

"不会吧。"

两人心不在焉地开着玩笑,嘻哈一阵后,兰姬若无其事地问英媛:"你……第一次做手术的时候……不,第一次听到自己是癌症的时候,是什么感受?"

"像狗一样。"

"那第二次听到的时候,应该像狗屎一样。"

"第三次像狗蛋一样。"

兰姬无语地笑着拍了拍英媛的肩膀:"注意言辞,丫头!"

"你才应该注意。"

英媛搂过兰姬的肩膀,在她耳边轻声开玩笑地骂了一句:"你这个狗女人。"兰姬听完嘻哈大笑,然后声音越来越小,颤抖着肩膀抽泣起来。英媛见状,紧紧抱住了兰姬。此刻,英媛觉得只能为兰姬做这些。

历尽残酷人生的愚弄,还要饱受癌症的折磨,默默地哭泣了好久,果断拨通了大哲电话:"我……原本想像以前那样笑着送你离开,看来我们缘分已尽,真的非常遗憾。请你一定保重身体,和夫人幸福地生活,好好管理身材和脸庞,好让我以后在路上马上认出你来……我要去我朋友那儿了,再见!"

英媛满含泪水和大哲做最后的道别。她很清楚,大哲一定是非常谨慎、艰难地提出了想再见她一面的要求。但是,自己现在不是谈情说爱的时候。于是,她擦干眼泪,又拨通了兰姬的电话。

"你这丫头,怎么总打电话啊。"兰姬虽然若无其事地对英媛发牢骚,声音里却透着一股悲伤,英媛比任何人都敏锐地感受到了这一点。英媛强忍着眼泪,淡淡地问兰姬:"你在哪呢?告诉我,臭丫头。你在哪里?"

英媛匆忙赶到了兰姬所在的日式酒吧,见兰姬正独自一人坐在角落里喝着酒。兰姬喝完一瓶烧酒又要了一瓶,静静地看着坐在自己旁边的英媛。

"我不该再见你,是你把癌症传染给我了吧?你这个坏女人!"兰姬和英媛开了一句玩笑,然后又苦笑着自嘲,"年轻时,我特别想在这种高档酒吧里尽情地享受……这回好了,一切泡汤了吧?嘻嘻。"

"赵医生来电话说手术日期可以提前,他想一周后给你做手术。"英媛心疼地看着兰姬。

"怎么了?难道有人安排手术后死了吗?"兰姬不以为然。英媛往兰姬喝过的杯子里倒满酒,一口气喝干。

"你癌症还喝?"

英媛见兰姬担心,无奈地一笑:"那你也别喝。"兰姬无视英媛的劝阻,淡定地往酒杯里倒满酒,一口喝了下去。

"不做手术能活两三个月。即使做手术,治愈率也不到百分之二十,兰姬的泪腺。"我怎么忍心丢下这么可爱的女儿离开呢？还有仁峰、妈妈、爸爸……"

兰姬强忍住眼泪应答："我这就回去。"

她只能如此回答女儿。

"这丫头怎么不接电话。也不知道今天的检查结果怎么样。"英媛拍摄结束后，一边上车，一边自言自语。她觉得兰姬这个时候应该已经做完检查，可她却既不来电话也不接听电话，实在难以理解。正在这时，大哲打来了电话："喂，大哲啊，我现在正要过去呢。哎呀，你也真是的……干吗催我？我们三十多年没见面，不也过得好好的嘛，现在晚见10分钟、20分钟又能怎样啊？"

英媛和大哲约好今天相见。英媛自从上次在茶馆与他分别后，始终心怀遗憾和不舍。大哲几天前又来电话，告诉她今天要回美国，想在离开前再见她一面。于是，英媛欣然应允，拍摄一结束就赶忙准备去机场。

"那我们就出发吧。"经纪人等英媛打完电话，就启动车子准备出发。这时，英媛的手机铃声又响了起来。

"啊，赵医生。太感谢您了，百忙之中抽出时间为我朋友看病……您说什么？"英媛刚刚还声音明朗地向医生表示感谢，突然就沉默不语，表情僵硬。英媛制止了准备出发的经纪人，向医生朋友详细询问兰姬的情况。英媛一直默默听着电话，神情越来越暗淡，听着听着就俯身垂下了头。

英媛此刻想起了自己第一次被确诊为癌症时的心情。英媛虽然明白世事不由我的道理，但在被宣告为癌症的那一刻，自己所感受到的委屈和恐惧完全不同于以往任何一种失落和被剥夺的感受。当得知死亡已经入侵自己人生的某一角落，并在贪婪地吞噬自己时，自己却束手无策，连与之抗争的武器都没有，无法发挥磨炼至今的正能量。英媛心里想着兰姬

一切化为泡影

兰姬摇摇晃晃地走出医院,登上了公交车。医生的一番话,让她完全陷入了绝望的深渊。在英媛介绍的医院里接受MRI检查后,兰姬还心存一丝幻想,可今天医生的一番话,却将她所有的希望都化为了泡影:"女士,您现在的状态非常不好。不光肝脏,癌细胞已经转移到其他部位了。"

兰姬心里突然产生了一种恐惧。她尚无任何心理准备,大脑一片空白,全然不知如何是好。尽管看到了英媛来电,却无心理会。

"既然说病情严重,需要抓紧治疗,怎么还把手术安排在三周以后,这分明就是让活人生生等死,哪是治病救人啊……不过也是,这世上又不只有我一个病人。"就在兰姬失魂落魄、喃喃自语时,电话铃再次响起来。兰姬见来电显示是阿婉,便若无其事地接听了电话:"什么事?"

"什么什么事?您居然还问什么事?妈妈,您在哪儿,到底在干吗?现在餐馆都快忙死了。"

兰姬一听到阿婉的声音,不禁悲从中来,只好谎称自己在逛街。阿婉催促兰姬赶紧回去,兰姬却心不在焉,电话里传来的女儿声音突然触动了还好。走吧,咱们现在去敏浩那里。"

忠楠一直坐在地板上,这时站起来催促静雅。静雅闭上眼睛,长长地叹了一口气:"稍等……一会儿再去吧。"

忠楠说自己到外面等静雅,便走出去关上了房门。静雅难忍悲伤,又开始抽泣,浑身不停地颤抖。

净利落的习惯;忘记和自己的约定自己回家……静雅想起一桩桩往事,眼中噙满泪水,却依然不想承认这些:"我昨天见过她,前天也见过她,几乎每天都见到她。如果熙子痴呆,那我也应该痴呆了吧。之前医生说她不是痴呆,而是有妄想……"

"医生说是痴呆!"听忠楠语气如此坚决,静雅扔掉抹布,拍打着自己胸脯,号啕大哭起来。

"是哪个疯医生说的?她每天都吃药呢,我每次去她家都会让她吃药,她自己也会按时吃药。一个老年人……忘了和每天见面的朋友的约定,忘记整理橱柜,哪是什么大问题?"无论静雅多么不想承认,可事实已经不可否认。

"呜呜呜……哎哟,我该怎么办啊。哎呀,妈妈……我该怎么办。熙子太可怜了,如何是好啊,忠楠啊……"静雅呜呜大哭一阵后,觉得现在不该这个样子,于是努力让自己冷静下来。为了照顾随时可能失去记忆的朋友,自己一定要振作起来。

静雅压抑着涌上心头的悲伤,一边往脸上擦乳液,又难过地停下手来,望着空中发呆。然后,强迫自己打起精神,从衣柜里拿出了那件法式风衣穿上。"这是我给你买的啊。"静雅眼前浮现出熙子当时边说边笑的脸庞,眼眶又不禁一热。静雅靠在墙上,拨通了熙子电话,强作镇定,若无其事地问熙子:"熙子,你在干什么?教堂?啊,去送做好的念珠啊。然后你干什么?我想去你那里,知道了。小心车,路上小心……别去其他地方,一定要回家。好的,我买你喜欢吃的炒年糕带过去。好的。"

静雅反复叮嘱熙子两三次,才挂断了电话。

"熙子去教堂了。"

"她本来星期五就要去的。让人担心的是她晚上出门,白天……应该

"我不想说。"

熙子眼里充满了莫名的悲伤,让忠楠心酸不已。忠楠不再追问,继续拍着熙子的肚子。过了一会儿,熙子像婴儿一样,轻轻地闭上了眼睛。

一阵悲伤袭来,赶跑了忠楠的睡意。熙子那双充满悲伤的眼神一直冲击着忠楠的心房。熙子看起来一辈子没吃过苦,一直悠闲自在地生活,心中到底埋藏着怎样的伤痛呢?逐渐失去自我现实意识的熙子,心中似乎涌起了过去的某种悲伤。忠楠就这样思来想去,彻夜未眠。

第二天早晨,忠楠打电话告诉胜载,一切如他所说,熙子不记得自己的夜间活动。每说一句话,就像一块块沉重的石头,压得忠楠和胜载不堪忍受。

"熙子……完全不记得昨晚的事吗?"

"是啊,说自己睡得很好,也不记得晚上和我说过的话。"

"是不是得告诉……熙子的孩子们?"

"先告诉静雅姐,我觉得由静雅姐告诉敏浩,可能比我直接说更好一些。"

忠楠说罢就径直去找了静雅,静雅听到忠楠的讲述后暴跳如雷:"你说什么,你疯了吗?你每天吃得饱饱的,怎么说瞎话。"静雅无法相信,也不想相信,所以越发暴躁不安:"难道熙子这一两天才奇怪吗?她从小到现在,一直都像脑子缺根弦……她不是痴呆,是本来就不正常。"

"姐,胜载哥……"

"胜载知道什么?我比任何人都了解熙子,他关心熙子才几天啊!"

静雅虽然在为熙子辩解,却也想起了熙子那些让她无法理解的行为,越想越崩溃。熙子望着马克家不停地唠叨;大家去忠楠家的那天,突然问大家怎么都睡在这里;洗碗池上方橱柜里杂乱无章,根本不符合她平时干忠楠心绪复杂,抬起头默默看着天花板。如此看来,熙子果然不同寻常,对于自己的夜间外出根本没有印象。

深夜,忠楠躺在好不容易睡着的熙子身边思绪万千。这件事如何是好呢?如果熙子真的痴呆了该怎么办?思来想去忠楠也没想出好办法。

睡得正香的熙子这时突然站了起来。忠楠一动不动地观察着熙子,熙子似乎完全没有觉察到家里还有他人,轻轻套上放在枕边的开衫朝玄关走去。忠楠突然心一沉,脑海里回想起疗养院医护人员说过,千万不能惊吓痴呆症患者。于是,努力让自己冷静下来,声音温柔地喊熙子:"姐姐……到这来。"

熙子抓着门把手扭过头,却好像根本没认出忠楠。

"过来躺下吧,我是忠楠。"

熙子静静地看着忠楠,歪着头想了一会儿:"啊……是忠楠啊!"

"咱们一起睡觉吧,快躺下,晚上不能出去。"

熙子有点不知所措,似乎很想出去。或许她心中一直向往着门外,所以始终紧握着门把手。

"快过来,不能出去。要是你出去了,我夜里害怕怎么办?我不想自己一个人睡觉,快过来。"虽然忠楠的语气并无阻止的意思,熙子却眼泪汪汪,垂头丧气地紧紧抓住门把手不放。忠楠悄悄靠近熙子,小心翼翼地掰开她的手,像哄孩子一样安抚她:"睡觉吧。"

忠楠让熙子躺到褥子上,轻轻地拍打着熙子的肚子:"姐姐,大晚上你要去哪里啊?"

"教堂。"

"教堂?去干吗?"

"去忏悔。"

"姐姐有什么需要忏悔的,你一直都很善良啊。"

"铺被吧,该睡觉了。"忠楠一边洗脸,一边督促熙子。

"好的。"

两人做好睡觉的准备,并排躺在客厅里。忠楠突然想起了几天前大家聚在她家的那天晚上的事情,回想起当天凌晨熙子不乖乖睡觉的行为,这才意识到了问题。熙子看着睡在客厅里的朋友们,问自己"她们怎么睡在这里啊?",还有打开家里所有房门又关上的这些行为,和自己见过的患痴呆症的老年亲戚很相似。

正在看旅行纪录片的熙子这时问忠楠:"忠楠啊,我们也像他们一样去远方旅行啊?我们买一台车,和静雅、英媛、兰姬一起坐车去旅行。"

"我们这个年纪还买什么车啊?如果非要买东西的话,那就买死后躺进去的棺材吧。"

"嘻嘻,你这么风趣幽默又漂亮的孩子,男人怎么就不追你呢?"

"男人哪能没追过我呢,当然一直有人追求我,是我守身如玉了呗。"

"你干吗要守啊?"熙子爱怜地望着忠楠。忠楠看着熙子的眼神,又陷入了沉思。

"为什么啊?你就假装拗不过,顺水推舟多好。"

忠楠不回答熙子,不露声色地转移了话题:"姐,你晚上会出门吗?"

"晚上?不会啊。"

"不去教堂祈祷吗?虔诚的教徒不是去做清晨祷告吗,你不去吗?"

"我不喜欢走夜路,不去。疯了吗,大晚上出去。白天都干什么呀,大晚上去……"熙子说完露出一副讨厌的表情。忠楠见状,心一沉。

"姐,你一天吃几顿饭?"

"不知道。两顿,有时候三顿……"

熙子说完皱起眉头,然后捂着肚子一边走向卫生间,一边问忠楠:"奇怪,我怎么总想大便?忠楠,你也是吗?"

胜载和忠楠约好在学院前的咖啡厅见面,把事情的原委告诉了她。几天前熙子还很正常,虽然有点敏感和难以理解的言谈,并未看出有何异常行为。忠楠虽然不愿相信,但看完胜载连接到手机的监控视频后,神情忧郁沉重。

忠楠给熙子打电话,说自己想在她那里住一晚,就上了胜载的车。

"你不要太沮丧,现在的药很好,可以延缓痴呆症。"胜载不停地安慰忠楠,忠楠这才放下一直查看有监控视频的胜载手机,极力想让自己心情平静下来。

"你别瞎说,谁这么早就痴呆了?关于夜间出游和吃夜宵,不是说只要自己知道就是正常的吗?不光胜载哥的天要塌了,我也感觉一样。咱们各自调整好心情,我先去确认一下熙子姐是否知道自己做什么,然后再联系你。"

忠楠等车子在熙子家门口停下就匆忙下了车,走了几步又返回来敲了敲车窗,见胜载打开窗户,就十分担心地开导他:"你怎么一副垂头丧气的样子啊,让人看着都心酸。""没事,我没关系。"胜载话虽如此,却无法掩饰内心的酸楚。"你知道我为啥不和男人交往吗?因为男人岁数越大就越比女人脆弱。我不想看到你这样,振作起来!"

熙子见有人到访,开心得不得了。紧跟在忠楠身后,一会儿给她准备睡衣,一会儿跟着到卫生间门口,就连忠楠刷牙时也要蹲在一边看个不停。

"你刷牙干吗那么用力啊?轻点刷,牙齿会受损的。"熙子见忠楠使劲地刷着上牙、下牙,甚至连舌头都用力刷的样子,就提醒了一句。

"要是不这么刷就不清爽,会有老年人的气味。"

"是啊,人老了以后,嘴里都会觉得有味儿,是吧?"

可怜的熙子

胜载昨晚几乎一夜未眠。虽然已经疲惫不堪,仍然满脸忧郁地走进了朋友工作的那家神经科医院。今天凌晨,胜载照例根据熙子夜间外出时间起床,匆忙出门跟在熙子后边暗中观察,发现她轻车熟路,到教堂祷告后便返回了家中。

医生朋友反复看着胜载提供的监控资料,陷入了沉思中。

"很严重吗?"

"现在这种情况不好说……如果缺乏对夜间外出的认知……"

"如果没有呢?"

"那就说明她的痴呆症状已经持续好久了。"

胜载不由得担心起熙子来。他知道一旦出现痴呆症状就很难逆转,如果熙子可以自我认知夜间外出,也许还会有希望。

胜载走出医院,立刻给忠楠打了电话,想让忠楠帮他确认一下,熙子是否知道自己的夜间外出。无巧不成书,忠楠今天正好来首尔参加鉴定考试补习。

"您疯了，简直！您怎么能和光顾饭店的男人交往呢。妈妈，是真的吗？"

"你妈从现在开始会彻底风流一下，你要有个心理准备。"

"看来是真的啊。那人是干什么的？"

"开便利店，有一个正上大学的儿子。老婆死了，会弹吉他，帅哥，而且年龄比我小很多。"

"那样的人怎么会和您交往，您在吹牛吧？"阿婉难以相信地嘻哈大笑。

"谁吹牛啊……喂，我挂了！"

"您快点回家吧，这么晚了不要到处跑！"

逸宇见兰姬通话结束，一边摇晃着一个带有可爱玩偶的钥匙链，一边朝她走了过来："送您的礼物！"

兰姬接过逸宇满面羞涩地递过来的钥匙链，不由自主地露出了笑容。她觉得这个男人挺有魅力，自己似乎会喜欢上这个大步朝她走过来的男人。如果真能像算卦人所说那样，自己生命线很长的话。

"什么呀,您好奇怪。啊,别开玩笑了,我不喜欢那样。"逸宇却满面笑容,一言不发。

"笑什么……我真的不喜欢男人开这种无聊的玩笑。我死去的丈夫很爱开玩笑,还出轨,所以我……"逸宇依然不理睬兰姬,直接问占卜师:"您觉得我和这位女士将来会怎样?"

兰姬走出咖啡厅后,一直笑个不停。"哎哟,怎么办啊,她说我们是孽缘呢。"兰姬调侃逸宇。

"那个人原来就不怎么会算卦。"

"怎么不会算,挺灵啊。她说我的生命线很长呢。"

"她说你生命线长,看来你很开心呢。"兰姬似乎并不讨厌意外闯入自己生活的逸宇,露出了舒心的笑容。

"不过,您怎么不说敬语啊?"

"我没说吗?对不起!"

"要弄明白称呼,我是姐姐。虽然大姐这称呼有点肉麻,但还是要讲敬语的。你再敢这样试试。"

逸宇被兰姬逗得哈哈大笑。这时兰姬电话铃响,是阿婉来电:"哦,阿婉啊,怎么了?"逸宇为了让兰姬方便通话,稍微离开了一点。

"您不要送菜过来。我今天要通宵工作,怕您过来会妨碍我,所以就给您打电话。我现在全心投入工作中呢。"

"知道了,今天就算你让我去,我也去不了。"

"怎么了?"

"听你话,我和一个男人见面呢。怎么了,丫头。"

"那个男人是谁?"阿婉既没有感到惊讶,也没有异常高兴的样子。

"饭店的顾客。"

温暖和煦的阳光下,人们享受着午后的散步,花儿朵朵盛开。于是,她决定暂时忘记也许正在侵蚀自己身体的病魔,享受此时此刻的感觉。

逸宇把排队很久才买到的吉事果递给了兰姬。兰姬觉得他们就像约会的年轻恋人一样,边走边吃零食,不免心情有些悸动。刚想用手掰一块吉事果,就听逸宇提醒她:"用嘴咬。"紧接着还做了一个用嘴咬着吃的示范:"这个东西得这样吃才好吃。"

兰姬觉得逸宇的动作很可爱,于是,就用嘴咬着吉事果吃起来:"您叫什么名字?我叫李逸宇。"虽然两人相识已有一段时间,而且也偶遇过几次,他们却至今都没有相互通报过姓名。

"我叫张兰姬。没想到两个连对方名字都不知道的人竟然在一起散步呢。"

"我们去算一卦如何?"兰姬听到逸宇突如其来的提议,呆呆地看着他没有言语。

"我们去占卜吧。您之前去过的那家咖啡厅,星期五会有占卜师免费给人占卜。走吧。"逸宇说着便牵起兰姬的手往前走,兰姬虽然被逸宇突然牵手弄得有些害羞和尴尬,还是跟着他向前走去。

也许是平日白天没有现场演出的缘故,咖啡厅里异常安静。兰姬喝着啤酒等了一会儿,逸宇就带着占卜师来到了座位上。

"您想知道什么呢?"占卜师是一年轻女性,她一坐下来就问兰姬。

"我想知道我能活多久?"兰姬轻松地回答。逸宇听到以后,露出了惊讶的表情。

"您打算问什么?"

"我想问张兰姬与我会怎么样……是好还是不好。"兰姬无可奈何地一笑。

"我说的是真的。"

"就是啊。说肿块形状奇怪,可切开一看发现不是癌。"兰姬听闻此消息,开心得心怦怦直跳:"啊,啊,原来还有这种情况,医院也会出错呀。真是,太好了!医院也是,把好端端的人说成癌……太好了,太好了,真是太好了!"

兰姬听了尚淑的讲述,觉得自己也有可能是误诊,所以想更多了解一下自己的病情,于是就去了网吧。

她走进小区商业街的网吧,见里边大都是玩游戏的年轻人,犹豫了一会儿,悄悄走到吧台:"我只想上网查一查……可以吗?"

兰姬坐到网管安排的位置上,立刻戴上花镜在搜索栏里输入了"肝癌"两个字,检索内容大都不太乐观。于是,兰姬又重新输入"得了肝癌能治好吗"进行搜索。虽然看到了一丝希望,但根据癌症状况,结果也是千差万别。兰姬虽然并没有得到多大慰藉,可又一想,如果自己病症不严重的话或许还有希望。

"您好!"兰姬突然听到一个男人的声音,大吃一惊。回头看见逸宇站在那里。

"天哪,您怎么在这里?"

"我没事的时候,偶尔会来这里。"逸宇害羞地回答。

"啊……"

"不过,您怎么会在这里……我觉得您不会来这种地方啊。"

"我想查一些东西,家里没有电脑……手机又太小。"兰姬怕被逸宇看到,赶紧关闭了搜索栏。

"您想不想和我一起散步?咱们出去吧。"逸宇虽然像少年一样满脸羞涩,依然果断地在前边引领着兰姬。兰姬稍微犹豫一下,乖乖地跟着他走了出去。

两人到附近的公园里漫步。兰姬心情愉悦地观望着眼前的景色,在

老妈的爱情

"后来,你婆婆怎么样了?"兰姬早早打烊,一边整理厨房,一边询问庆北大婶,因为想起了她婆婆是死于癌症。

"为她端屎端尿,折腾三年后去世了。那个……老年人得了癌症之后啊,痴呆也就跟着来了。"

"刚开始说她癌症的时候,感觉很疼吗?"兰姬很想知道这一点。

"当然疼了。"

"可我不疼啊。"兰姬不由自主地说了一句,又问尚淑,"喂,你妈怎么样了?"

"啊,我没说过吗?说我妈不是癌。"

兰姬马上放下正在收拾的餐具,高兴地直拍手:"天啊,太好了!不是癌,那是什么?"

"就是脑子里有囊肿。"

"哎哟,那真太好了!医院一开始不是明确说是癌吗?开刀以后发现不是了吗?"

静雅痛哭一阵后似乎心情有所好转，一语不发地走进厨房，开始清洗碗筷。锡钧静静地看了一会儿静雅，起身站了起来。

"顺英她爸。"锡钧正要走出大门时，静雅叫住了他，"你下次做味噌汤时放一把小银鱼吧。"

锡钧看着静雅说完又走进厨房，微微一笑。

"下次做味噌汤，我加点银鱼带过来。"锡钧冲着静雅大声说完转身离去。

这时，熙子打来了电话。静雅痛快地哭过以后，神情看起来无比轻松："饭吗？我吃过了。你问什么菜吗？还不如青蛙手艺的菜。你喝过漂着生豆腐的味噌汤吗？哎哟，真是的……"

静雅一边和熙子描述，一边回想起那个味道，憋不住哈哈大笑。这辈子不曾亲手接一杯水喝的人，做好味噌汤来这里时究竟是怎么想的呢？静雅揣摩着锡钧的心思，觉得既心酸又欣慰。

泡菜、煎鱼，还有锡钧带来的味噌汤，一顿简单的饭菜。两人坐在饭桌前，静雅大口大口地吃着饭。锡钧无心吃饭，只是盯着静雅，观察她何时能尝一口味噌汤。锡钧见静雅就像与己无关一样根本不碰一下味噌汤，忍不住提醒道："你尝一尝味噌汤吧。我第一次没做好，后来又做了几次，还行。"

静雅无奈，舀了一勺味噌汤送进嘴里。

"怎么样？"

"还可以。"

锡钧的神情这才稍显放松，刚要盛一勺饭，忽然又好像想起了什么："我……去了咱们新婚旅行的地方，那个房子还在，现在是空房子。我在那里睡了一会儿午觉……想起了咱们的儿子……你流产的时候。"

静雅一直闷头吃饭，听锡钧这么一说，瞬间眼角泛红。她极力抑制着涌上心头的悲伤，不停地往嘴里塞着饭。

"当时……你在家里和我说过几次，还找到工厂告诉我你肚子疼……我没带你去医院，真的对不起……"

静雅突然掀翻了饭桌，味噌汤和泡菜哗啦啦地洒到锡钧的膝盖上："你干吗要提起它？现在还说它干吗？你想让人疯掉才说那些吗？"

锡钧根本没想到静雅会如此痛苦，两眼噙满泪水，难过地低下了头："那时我说肚子疼了吧。我是装病的人吗？你怎么不带我去医院？你怎么那样？为！什！么！你还我儿子……还我儿子！"

静雅号啕大哭不止。锡钧听着静雅的哭声，羞愧得无地自容。他本来就想说一句对不起，并不奢望得到她的原谅。可没想到对静雅来说，提及这件事本身就是一种伤痛。锡钧看着伤心痛哭的静雅，默默地收拾起被她掀翻的菜肴。

面的一个电话号码。这时,传来了锡钧的声音:"你干什么呢?"

静雅看了一眼锡钧,不作回答便转身离去:"你怎么又来了?"

锡钧拎着一个黑色袋子跟在静雅身后,不停地唠叨:"你眼神不好,怎么做那种活啊?给娃娃脸上贴眼睛,往笔管里放笔芯,在发卡上镶珠子,你干不了那些活。你干吗要离家出走啊?"

"喂,你不去上班吗?"静雅不耐烦地一声怒吼。锡钧撵上静雅,解释道:"我被辞退了。"

"太好了。真开心!"

"我打算买一辆手推车去捡废纸。"

"废纸之类的东西就让生活困难的人去捡吧,你把房子卖了就有钱花了。没事干的话,就拿着扫帚扫一扫小区,别只想着自己。"

锡钧听到静雅大声斥责自己,立刻泄了气,看着静雅的眼色回答:"知道了,我不捡废纸!"

静雅一到家,立刻就从坛子里舀出米,拿到院子里的自来水边淘洗起来。锡钧小心翼翼地把黑色袋子放在平床上,坐在旁边没话找话:"你是去秀英家干活了吗?"

"除了熙子和女儿家,我还有什么地方可去。"

"你怎么洗那么多米,是带我的饭吗?"

"难道光做我自己的饭吗?"

虽然静雅语气生硬,锡钧却依然感受到了温暖,不由得暗自高兴。于是提起自己带来的黑色袋子,一边让静雅看,一边叮嘱她:"你别做菜了,我做了味噌汤(大酱汤)。"

静雅这时回头看了看锡钧,满脸疑惑不解的表情。平时连一个饭勺都不会亲自摆放到餐桌上的人,竟然说自己做了味噌汤带过来,让她实在难以相信。

在电饭锅前犹豫了好久,还是拨通了静雅的电话:"我把饭放到电饭锅里了,然后怎么办?"

静雅正在熙子家看电影,听锡钧这么一问,十分诧异:"你疯了吗?干吗把饭放电饭锅里!应该放米啊,看来你真是傻瓜啊!"

"不是饭,放的是米。可是那么多按钮,得按哪个呀?"

"右侧最上边,白米。"静雅不耐烦地挂断电话,刚要扭头看电视,电话铃又响了起来,"又怎么了?"

"我按白米键了,这样就能做饭吗?我怎么才能知道饭做好了呢?"

"一看就知道。到时它会告诉你饭做好了。"熙子正枕着静雅膝盖躺着,见静雅挂断了电话,便抬起头来:"看来锡钧不想挨饿,知道自己做饭了啊。"

"看来不会饿死。"

"锡钧是不是很喜欢你啊,总给你打电话。"

"什么喜欢,没办法才那样吧。"

静雅扑哧一笑,又把视线锁定在屏幕上,碰巧看到一对男女在脱掉身上的衣服。熙子害羞地捂着眼睛扭过了头:"天啊,他脱光了,脱光了!"

"妈呀!他俩真的脱得光溜溜的啊。喂,喂,我自己一个人看太可惜了。你快看,他们把下身也脱光了。天啊,怎么那么大呀,喂,你快看看!"静雅说着硬是把熙子的头扭过来,哈哈大笑。

又过了几天,静雅在秀英家做完家务,回家路上看到小区的一根电线杆,便停了下来:"一天五万韩元不大可能。不过哪怕只有一半,应该也有二万韩元。"

静雅一直生活俭朴,所以单靠为女儿们做家务赚的零钱也可以维持生活。可是,一想到也许可以赚点钱以后生病时救急,她就撕下了传单下

锡钧的味噌汤

今天,锡钧这辈子第一次亲自转动洗衣机,又亲手淘米做饭。锡钧正在一句一句认真朗读一直以来被自己忽视的、忠楠贴在冰箱门上的"好丈夫十诫"。

"丈夫要保证自己和家庭的安全,不能像暴君一样作威作福。第八,家务不要事事干涉。第九,未经妻子同意,不得擅做重大决定。第十,总是温柔、体贴……"

锡钧读到这里,在空无一人的厨房里大喊大叫起来:"胡说八道!啊,丈夫不能对自己老婆发号施令,活着还有什么意思!"

锡钧尽管在努力铭记十诫,却依然抑制不住自己的逆反心理。于是,锡钧不再朗读十诫,端着盛米的水瓢走向清洗台,倒掉瓢中的水,又换上干净水后,用淘米盆轻轻揉搓着白米,忍不住又开始抱怨起来:"温柔体贴……该死的,想让我当小白脸啊。"

锡钧将淘好的米放进高压电饭锅里,却不知接下来该怎么办。只见电饭锅上有那么多的按钮和文字,白米、糙米、杂粮饭、预约……于是,站时母体的温暖和安心感。母亲就是这样一种存在,即使身体会理所当然地脱离母亲,但灵魂深处却依然相连,是让人永远怀念的存在。

我高高地举起酒杯,大声提议:"为了我们所有人的母亲,干杯!"

于是,五个杯子在空中碰撞,发出了清脆的响声。

那一刻,我的脑海里再次浮现那句话,我们的人生总是稳赚不赔,充满祝福。人生果真充满祝福和感激吗?我的老妈和外婆也会同样吗?

我真心希望在我回到研贺那里之前,献给老妈的这本书能有一个圆满的结局。

"我知道我妈受了很多苦……"

"可她总想卖弄一番。"

大家见秀英和浩英互相对望着异口同声地回答,又大笑不止。

"那姐姐你最讨厌兰姬阿姨什么?"敏浩一边喝着啤酒,突然问我。

"超越了爱的……偏执。"我说罢高举起酒杯,女人们见状一边附和着"啊哟,那更讨厌",一边和我碰起杯来。我喝了一口啤酒,继续抱怨:"真的,以前我和男朋友睡觉时,都会觉得我妈在天花板上,就这样伸出脖子直勾勾地看着我。所以即使睡着了,我都会感到后背发凉……"

"哇……啊,好恐怖!"秀英和浩英尖叫着露出厌恶的表情,敏浩和荷娜则嗤嗤地相视而笑。

"不过,姐姐,你知道你有点像妈宝女吗?"

"闭嘴,你这个妈宝男!"

为了不让访谈偏离正题,我又拍起手掌,"来,来"地督促大家。

"来,接下来,你们各自说一说自己对妈妈的希望吧。从荷娜开始。"

"嗯……"荷娜端着果汁杯想了一会儿,突然就热泪盈眶。尽管她嘴角上扬努力想笑,嘴唇却痉挛了一下,有些呜咽:"嗯……就算她现在卧病在床……我也希望她能长寿。"

俗话说母亲生病的孩子早立事。在座的人当中,因为只有荷娜的母亲卧病在床,所以她一直担心生病的妈妈。敏浩见状,紧紧抱住了荷娜。其他人也都立刻想到了自己母亲,不禁眼眶发红。

对我们来说,究竟何为母亲,她又是怎样一种存在呢?尽管会让我们感到负担,可为何一提到"妈妈",还会流泪呢? 实在令人不解。

也许我们不会像母亲一样,感受到维系母子关系的牢固羁绊。十月怀胎期间母子身心相连,当婴儿脱离母亲的子宫独立长大后,尽管偶尔会觉得母亲的存在令自己感到沉重而厌烦,但时而又会怀念曾经融为一体

为了我们的母亲

我见大家几番推杯换盏后情绪逐渐高涨,趁势开始了访谈:"来,来,来,现在请大家放下酒杯。从现在开始,你们要回答我的问题,以此替代酒水钱。你们可要如实回答我的问题哟。来,第一个问题:我一直都喜欢妈妈。"

我的话音刚落,敏浩就放下手中的啤酒,毫不犹豫地举起了手。秀英、浩英、荷娜随后互相看着对方的眼色,不情愿地也跟着举起了手。

"喂,你们这是干什么呀?好好听我的问题:不是我喜欢妈妈,而是一直,一直都喜欢!"

只见秀英马上摆手否定:"那我就不是了。"

大家似乎同感,一齐哈哈大笑。

"对,就这样坦率地回答。我也是,说真的……从结论上来讲我很喜欢我妈,但是,过程有点沉重。今天咱们就在这里背后议论一下自己妈妈吧,这样咱们才会心情舒畅一些,我的小说也能更真实。来,告诉我,自己最讨厌妈妈的哪一点?"

比画着文字。

"妈,妈。"然后,轻声道出了自己一直想说却没有说出口的那句话:"妈……我有点害怕。"

兰姬像孩子一样,蜷缩着身体背靠着双芬后背,心如刀绞。

亲、父亲还有仁峰，同时也希望能看到阿婉的婚礼。既然期待这些，就必须保持健康，不能意志消沉，也不能惊慌失措。英媛不是患了癌症、做过多次手术，还在接受化疗，却也能一直健康地做自己喜欢的事吗？兰姬想到这里，顿时清醒，觉得应该先了解一下大学医院，于是就拨通了英媛的电话。

"大学医院？怎么了？听说妈妈去医院了，病得很严重吗？"

"她是一般毛病，胃溃疡。你认识主治肝癌的……医生吗？"真是庆幸，英媛说她认识一位医生朋友。

"你怎么问起肝癌来了？哦……你要做综合检查吗？想得好，我们这个年纪啊，哪怕花点钱，也要偶尔用机器扫一下全身。你懂事了呀，张兰姬，还肯为自己花钱了。我提前和医生打个招呼，不过因为他是名医，所以可能需要等几天，没关系吧？"

"那也没办法啊，人家让等就得等呗。"兰姬尽管有些失望，但也别无他法。没想到英媛语气一变，突然和她提起大哲来："他说马上就要回美国了，想最后见我一面。所以……我在考虑要不要去见他。"

"又……又……又来了！你这是自己挖坑往里跳，哪是什么在考虑中啊？分明就是已经决定去找那个抛弃你的人了嘛。"英媛听兰姬在挖苦自己，开心地一笑："喂，你怎么那么了解我啊？"

"我当然对你了如指掌了。可你却不懂我，你这个笨熊一样的女人！"

兰姬没有一丝睡意，坐在那里呆呆地看着天花板，今晚尤其觉得孤单。因为尚未最后确诊，她也不好四处张扬让大家担心。一个人独自承受着煎熬，越发感到恐惧和孤独。

兰姬轻轻躺到熟睡的双芬旁边，可以感受到背对自己而眠的母亲的均匀呼吸，是那么熟悉和温暖。兰姬用手指在母亲温暖的后背上慢慢地

"您怎么了?"于是,阿婉走到安静处询问兰姬。

"怎么了? 我……不是去医院了吗?"

"啊,对了,医生怎么说的?"阿婉这才想起老妈做了一个大检查,就认真地问兰姬。

"医生说外婆的胃溃疡很严重,要吃几个月的药。"

"都是因为辣椒吧。她每天吃饭时都吃那么辣的辣椒……唉……您呢?"

"我? ……没啥事。"兰姬无法转告医生的话,就谎称自己没事,却感到心脏一阵刺痛。

"那是白花钱了。"

"是啊。"

"是什么是啊? 那是好事啊! 我还瞎担心来着呢,现在真轻松了。您真的没什么事吧? 听清楚医生话了吧?"

"你和他们大概聊一聊就让孩子们回去,然后回来一趟呗? 外婆也在。"

"您也真是的,我说要采访才把他们都叫了过来,哪能去您那里啊? 那像话吗?"

"怎么不像话啦?"兰姬明知不可能,还是和阿婉磨叽了一会儿。她觉得如果阿婉此时在自己身边的话,也许会得到些许安慰。

"又来了,您又开始磨人了。妈妈,说真的,您谈恋爱吧。我马上就要结婚了,您也交男朋友吧,好不好? 别每天光盯着我,拜托了!"

"你要和谁结婚?"

"当然和男人结婚喽。我爱你,张兰姬! 快睡觉吧,张兰姬。我挂了!"

兰姬见阿婉敷衍了事地挂断电话,就又陷入了沉思。她很牵挂母芬脚指甲那么长也不剪一下。若在平时,兰姬根本不会在意这些鸡毛蒜皮的小事,可今天,她却不停地挑毛病责怪双芬。兰姬戴上花镜,蹲坐着为双芬剪脚指甲,好像突然想起什么一样,站了起来:"营养剂!"

兰姬把水和营养剂递给双芬,又自言自语:"我给妈买这些保健品的时候,就不该舍不得,也跟着一起吃点就好了。"

"你说什么?"

"没事!"

双芬见兰姬不耐烦地说了一句就不再言语,小心地问兰姬:"你今天怎么老对我发火啊?"

"我什么时候……"兰姬不敢正视母亲,话尾含糊不清。

"你……是因为我花钱生气了吗?该死不死,还去医院花钱,是吗?"

兰姬哈哈大笑:"对,我就因为给您花钱生气了,怎么了!"

兰姬觉得母亲满脑子都在担心花女儿钱而心怀不安,就心疼地望着双芬。当医生说出"恶性肿瘤"这个词的瞬间,兰姬立刻想到了年老体弱的父亲和残疾的仁峰,万一自己有什么不测,就得由母亲负责照顾父亲和弟弟。果真那样的话又该怎么办呢?兰姬越想越忧郁。

兰姬等双芬睡着后,悄悄走到阳台拨通了阿婉电话:"干吗呢?在玩吗?"

"玩什么玩啊,工作呢,采访!"

阿婉告诉兰姬,她把秀英、浩英、敏浩和荷娜都叫到了家里,正在采访中。然后,就听阿婉不再理会自己,对着他们大声叫嚷:"喂喂喂喂,你们自己去拿酒吧。要是没有下酒菜了,就自己去翻冰箱。你们这帮家伙,都坐在那里不动,光让姐姐我伺候……喂,别吃肉脯,那是我的零食!"

"喂,你要不打电话,要不和他们一起玩儿,二者选一个吧。"兰姬被电话中的吵闹声搅得心烦意乱,督促阿婉。

兰姬稍微平复了一下心情,又问医生:"请您仔细说一下,我肝上有什么?都哪里有肿瘤?"

走出医院时,夜幕已经降临。兰姬打电话告诉仁峰明天再送妈妈回去,就带着双芬驶向自己家方向。兰姬思绪复杂地开着车,双芬坐在一旁望着窗外的夜景,还不停地抱怨:"瞎浪费钱,开这么多灯,这帮疯子!"

"又没花您的钱,花的是他们自己的钱。"

"花谁的钱都一样!"

兰姬感到无奈,就笑着问双芬:"我把车停下呀?您去关掉那些灯?"

"你让我下去我就关,你以为我关不了吗?"

兰姬思绪万千,默默地开着车,又过一会儿轻声问双芬:"妈,我和您一起做了重要检查,您怎么不问我哪有病,干吗要接受检查呢?您怎么不问我这些?"

"什么?"双芬一直在欣赏窗外的夜景,就像没听见似的回头问兰姬。

"年轻时候呢,以生活艰辛为借口从不过问女儿;现在呢,又装聋作哑。"说完,兰姬轻轻地叹了一口气。自己听到意想不到的结果后,很想得到他人的安慰,可双芬却对检查结果不闻不问。尽管自己很想理解母亲,可还是感到一丝遗憾。兰姬一阵心酸,不由得哀叹自己的人生太过悲惨。

"什么?"双芬还是没听清,又反问兰姬。兰姬不再理会双芬,耳旁一直萦绕着医生那个晴天霹雳般的诊断。

"肝上能看到恶性肿瘤。肝上有恶性肿瘤……"兰姬心情郁闷,索性打开车窗高声播放音乐。然而,欢快的歌谣竟莫名地让她感到凄凉。

兰姬内心独自隐忍着无法倾诉的巨大秘密,整个晚上处于烦躁不安中。一会儿责备双芬洗完脸不擦乳液就沉迷于看电视;一会儿又抱怨双在慢慢解释医生的话,双芬瞪圆眼睛高声大叫道:"干吗要在我肚子上开刀?为什么?疯了,要有那个钱,我就含在嘴里死去。该死的!"

双芬破口大骂着走出诊室,兰姬见状急忙向医生道歉后也跟着走了出去。双芬满脸怒气地坐在等候室的椅子上。

"您真生气了?"

"我不开刀,干脆死了算了。"

"知道了,不开刀。那医生给您开药的话,您就得好好吃药。"

兰姬安抚好双芬后又走进诊室,却听医生让她去大医院检查一下。

"去大学医院吗?我怎么了?没有不舒服的地方啊。"

"您要接受 MRI(核磁共振)检查才行,我们医院没有 MRI 设备。"

"CT 图片上到底有什么?"兰姬声音有些颤抖。

"肝上能看到恶性肿瘤。"在兰姬听起来,这句"恶性肿瘤"毫无现实感。

"我吗?不是我妈,是我吗?肿瘤?恶性?……就是说,我是癌症?"

"虽然不能百分之百确定,不过依我所见是肝癌。"

自己平时健康得几乎连感冒都没有得过,现在竟然被说是癌症。如果自己身体哪有不适,或许还可以接受。可现在平白无故就说自己是癌症,兰姬腾地升起一股怒气。

"您不能百分之百确定,干吗还要乱说话,谁想听您的意见了?照片上有什么?片子上到底有什么,您要对我这个一辈子几乎没生过病的人胡说八道!"

"您得拍 MRI 才行,只凭 CT 无法确定。"

"那干吗还拍无法确定的片子,你这个人真搞笑。"兰姬明知是自己无理取闹,可还是无法控制自己的怒气。一想到死亡,突然觉得自己还有很多未完之事。

天要到出版社办事，所以开车把双芬和兰姬送到医院后就离开了那里。然后，从早晨开始，只要一有空闲就给兰姬打电话不停地打听情况。

"医生头也不回地离开的话，那您就抓住他胳膊，再仔细问问不就行了嘛。整天装得比谁都聪明，遇到这种事怎么就像傻瓜一样不敢问了啊？"

"你妈要是傻瓜你就高兴吗，死丫头！"

"您好好问问外婆情况到底如何，您为什么要做肝 CT，X 光片上到底显示什么异常？外婆胃不好，要在家里如何食疗……"

"啊，知道了，知道了！"兰姬听阿婉唠叨起来没完没了，不耐烦地打断了她的话。

"不要大概，要详细问。啊，对了，用手机录音吧。您把医生说的话录下来。"

"录音？那个怎么弄？"

"您明明会用手机拍照，怎么不会录音啊？"

我不懂你可以教嘛。兰姬听到阿婉蔑视自己的口气，就提高了声音："没用过当然就不会了。我又不是间谍，干吗要录别人说话？"

"您干吗发脾气啊，妈妈。我是担心外婆和您……"

"你要是真关心外婆和你妈，现在就赶过来啊。臭丫头！"

兰姬本来就心烦意乱，又听阿婉对她抱怨不停，索性挂断了电话。正在这时，听到护士在 CT 室前呼唤自己的名字。

接近日暮黄昏时分，兰姬做完所有检查，重新回到诊室与医生面对面坐下来。让全家人担心的双芬的呕吐症状是因为胃溃疡。医生为了便于双芬理解，告诉她肚子里漏了一个洞。

"让您好好吃药，不然到时候真漏洞了，就在您肚子上开刀。"兰姬正

妈，我有点害怕

从乡下回来几天后，兰姬和双芬一起去了医院。双芬逼着兰姬借此机会也检查一下，兰姬无奈，就跟着母亲做了各项检查。

兰姬和双芬听到护士的呼唤走进了诊室。兰姬见医生表情凝重，把两张 X 光照片放到电脑上轮番交替地观察，以为双芬的检查结果有问题，紧张得嘴唇都失去了血色。

"请问张兰姬女士是？"医生看着双芬慢慢开口问道。

"是我！"医生听到兰姬回答，反复看着 X 光照片和兰姬，神情越发凝重。兰姬见状，也是越来越紧张害怕。

"你们今天有时间吗？"

"有时间，怎么了？"

"那两位今天再拍个 CT 吧。"

兰姬一听医生让她们拍 CT，不禁感到一丝慌乱。虽然很想详细咨询医生，一来有些害怕，二来又担心让双芬听到坏消息，就匆忙离开了诊室。

阿婉觉得这时检查结果应该出来了，就拨通了兰姬电话。因为她今初恋熙子。"胜载说完,从客厅茶几处找出说明书仔细阅读了一会儿,将监控设备连接到了自己手机上,以方便以后查看。正在这时,熙子的手机铃声响起来:"哦,敏浩啊。"

熙子灿烂地微笑着接听了电话。敏浩听到妈妈说话,发挥小儿子的撒娇本领,唱起了熙子喜欢的那首棉花糖歌谣。胜载趁机把对着门口的监控摄像头转过来,让它能够清楚地拍到客厅。

胜载回到家后,立刻把以前录制的熙子的所有视频回放了一遍。根据视频显示,将熙子的生活规律绘制成图表,然后又把熙子一日三餐的时间、吃药的时间、外出的时间、外出归来的时间等,一一做了详细记录。完成图表后,胜载总算弄清了熙子开始奇怪外出的时间。胜载弄完资料分析,疲惫地用手揉了揉脸。

"如此看来,第一次夜间外出是在两个月前,夜间外出时间平均一个半小时。从熙子家到教堂的距离为两站地,一点五公里……如果往返需要一个半小时的话,在教堂祈祷的时间就是十五分钟,也就是说她没去其他地方。"胜载自言自语地确认完毕后,又打开了现在的监控画面。只见画面中,熙子开门从外面进来,用滚刷粘着地板上的灰尘,不一会儿又站到洗碗池前,开始朗读贴在柜门上的文字。胜载一边看视频,一边拿起了电话:"哦,李博士,是我,胜载。我有事想咨询一下……嗯,我有个朋友,好像得了痴呆症……"

胜载虽然努力想说得轻松些,可声音却越来越沉重。

觉得有些地方不明所以。尤其是"疗养院是第二故乡……""得了痴呆症的话，就听从敏浩和静雅……朋友们的忠告"。这些地方让他实在难以理解。熙子这时伸过汤勺来，让他品尝一下汤的味道。

"啊哟，真好吃。"胜载呼噜噜地喝下汤，满面笑容地夸赞。熙子见状，开心地微微扬起了嘴角。她不喜欢独自一人吃饭，久违地能为他人做一次晚餐，令她既开心又兴奋。

"太好了，能合你的胃口。"

"我们干脆一起生活啊？"胜载坐到椅子上，轻声问熙子。

"你瞎说什么！我可不做孩子们不高兴的事。"

"孩子们有什么不高兴的？说不定他们会觉得卸下一个大负担了呢。我的孩子们可能就会那么想。"

"如果我生病的话，他们也许会那么想，否则可能更希望我一个人生活吧。话说回来，如果我看到自己妈妈和爸爸以外的男人一起生活，也会觉得怪怪的。"

"如果不是因为孩子们，你会有那种想法吗？"

熙子见胜载笑着问自己，停下手中的活，稍微想了一会："嗯……如果你能安分的话，还能和我做伴说说话，当然好了。"

"如果能安分？就是说不碰你吗？"

"你要碰吗？"

胜载觉得熙子受到惊吓、回头望过来的样子非常可爱，不禁哈哈大笑。然后若无其事地将话题一转，问熙子监控摄像的使用说明书在哪里。

"怎么了？"

"我喜欢看那些东西。"

"应该在茶几下面吧。"

"我看看它是不是在正常工作，看看这家伙是不是在好好守护着我的

熙子的夜间外出

胜载做完平日礼拜，正要走出教堂时，被神父叫住："那个，约瑟夫先生……"

神父把胜载带到教堂办公室，一边让胜载看监控录像，一边谨慎地提起熙子，告诉他熙子曾经深夜到教堂祈祷过。

"是这里的保安大叔前两天确认过后告诉我的……"胜载听神父告诉自己这个消息，不由得心一咯噔。不管怎么说，凌晨两点身穿睡衣、拖鞋到教堂祈祷太不正常。何况熙子胆小怕事、干净利落，更不会作出这种事。再看其他日期的视频，发现熙子的深夜祈祷不只那一天。胜载越想越觉得不寻常，于是就来到了熙子家。

熙子迈着小碎步，一会儿做饭，一会儿熬汤，在厨房里忙碌不停。胜载坐在沙发上看着熙子，脑海里回想起神父的话："是不是先观察一下，然后再告诉她的孩子们……"

胜载站起来，注视着洗碗池上方收纳柜门上贴着的那张纸。他以前并没有太在意内容，可现在联想到熙子的异常行为，再仔细阅读一下，总锡钧停了一会又说道,就算自己现在才明白这一点,也应该算是一件幸事:"哎,真是……那些都是过错,对吧？这世上最大的过错就是自己不知道自己犯下的错误,太无知了！我犯下的无心之过多到数不过来。所以,我想和顺英她妈分开。阿婉啊,我刚刚说的这些事,你可以把它写成'这个世界的缺德人',如果不想写就算了。"

"叔叔,您就像现在对我说的这样,对阿姨也……"我一直都非常厌恶锡钧叔,可此刻,他却让我心生怜悯。

"要是顺英她妈心一软答应回家,可我却不会做饭,也不会洗衣服……算了,我不能再使唤她了。你回去吧……戒烟吧,丫头！"锡钧惆怅地一笑,走进了卧室。

"叔叔,您该吃午饭了。我给您准备吧,叔叔……"我小心地推开房门问锡钧。锡钧垂着头靠在墙上,任凭眼泪扑簌簌地流淌。

"不用管我,你走吧。"阿婉看着锡钧的背影,轻轻地关上了房门。

记得有人说过,我们活在这个世上,没几件做对的事,过错多于正确。因此,我们的人生稳赚不赔,充满祝福。所以,不要事后后悔,要感谢活着的此刻。

钧。锡钧把头转向对面的铁轨,只见那里站着新婚时期的年轻静雅。锡钧热泪夺眶而出,终于看清了自己的面庞。

第二天早晨,锡钧打电话告诉阿婉,说要给她讲述自己的故事。阿婉由于昨晚熬夜写作早已疲惫不堪,再加上兰姬让她收起研贺的所有照片令她心情不爽,所以就不想见锡钧,也不想听关于他的故事。即使不听她也知道,无非就是老爷子炫耀身世。没想到锡钧却说:"如果你不想来的话,我去你那里。你家在哪儿,要我问你妈吗?"阿婉见锡钧非见自己不可的架势,无奈只好答应锡钧去他家。

阿婉一边准备采访所需物品,一边愤愤地抱怨:"喂……长辈就该懂得体贴人,年纪大就那么了不起吗?等我写完这部小说,估计都不想和长辈们说话了。说什么自己明后天说不定就会离世,所以就想随心所欲地操纵世界。听了又能怎么样,还不是明摆着嘛。不是自吹自擂,就是感叹悲惨身世,再就是痛骂他人。"

阿婉本以为自己对锡钧了如指掌,却没想到大出所料。锡钧比任何时候都真诚,好像完全放下了自我。锡钧或许觉得头脑清醒时难以启齿,便喝下几杯烧酒,两眼噙满泪水继续讲述:"她说肚子不舒服,头上顶着一大包从市场买来的东西,可我却冲她发脾气……血从她两腿间不停地流淌……然后,去医院住了两天才回家。我觉得她很可怜,可又不知道如何开口,那就什么都不说呗。可是,我却下意识地冒出一句'快起来做饭!'然后,还像什么都没发生过一样,一直过到了现在。"

锡钧看着放在旁边的新婚旅行照片,露出了苦笑:"这张照片里是两个人,现在却只剩我一人了。可能所有人,包括顺英她妈都会认为我是明知故犯,厚颜无耻,其实我自己并没意识到。因为都是很久以前的事了,而且,我当时忙着养家糊口,根本也想不了太多……"

筋。这时,对顺英的遭遇一无所知的静雅来到了工厂。

"老公……你能帮我把这个拿回家吗?"静雅拎着重重的菜篮子,两眼泪汪汪地央求自己。在此之前,静雅从未到丈夫单位求他帮忙。

"你疯啦!竟敢找到我工厂……你找死啊!"锡钧本来就因为顺英的事窝了一肚子火,借势就对静雅大发雷霆,完全不顾及静雅的心情。

"我总觉得肚子……所以想去一趟医院……听说这次是儿子呢……"锡钧完全无视冒着冷汗,哀求自己的静雅。

"你抽什么疯,孩子哪能说没就没?你赶紧回家!"锡钧劈头盖脸一顿痛骂,怪罪静雅这个当妈的和女儿一起来折磨他,巴不得他死掉。

静雅没办法,头顶菜篮子正想转身离开,扑痛一声倒下,一股鲜血从她的双腿间流淌不止。

接连浮现的痛苦记忆让锡钧老泪纵横。静雅离家出走后,锡钧时不时还会抱怨自己到底做错了什么。此刻,他终于明白,自己过往犯下的错误不计其数,而且历历在目。

锡钧直到夜色渐深才离开那座废屋,驾车返回的路上,他不停地回想着自己无意识中犯下的过错,心情无比沉重。就像昨天在公交车上,自己粗暴地对待缺一只胳膊的女学生一样,自己无意间的言行不知道伤害了静雅多少次。锡钧越想越难过,心痛不已。

锡钧将车停在了铁轨前,眼前又浮现出新婚旅行那天的情景。锡钧和静雅在这条铁轨上携手相依,互相保持着平衡向前行进。当静雅要掉下铁轨时,他就会用力把握重心保持平衡;当自己身体摇晃不稳时,静雅就会紧紧拉住他。

锡钧满怀忧伤地望着被夜雾笼罩的铁轨,这正是最近经常在他梦中出现的那条铁轨。透过夜雾,一个人从铁轨的尽头向自己走过来,梦里不曾出现面部的那个男人的面庞逐渐清晰起来,正是现在的自己,老年锡

"就算去不了济州岛,怎么也得去水安堡温泉酒店度蜜月……"锡钧想起新婚第一天,自己因为借住乡下朋友家而感到愧疚,对静雅说过的话。

"这里也挺好的。"没想到静雅不仅没有表露失望之情,还面带微笑,边说边认真地擦着地板。锡钧一边帮静雅擦地板,一边向她保证:"等我以后赚了钱,就带你去环游世界,不像现在这样,只在乡下的朋友家睡一晚。"

静雅好像特别满意锡钧这句话,跑到他身边,开心地伸出了小指:"咱们拉钩!"

锡钧又想起来,当时他确实和静雅拉钩约定了。当静雅说等弟弟们都成家立业,两人好好孝敬父母,三十年后再去旅行时,他对静雅说三十年太长,二十年后就去。

转眼间两个人的约定就过去了五十年,可自己却怎么从未想起过呢?自己到底把和静雅拉钩时的信誓旦旦遗忘到哪段岁月里了呢?

"哪怕就一天,不用和公婆、小叔子们住一起,我就感恩戴德了。"锡钧抬腿迈进废屋时,仿佛又听到了静雅的声音。

"那个感恩戴德的房子,现在到处都是灰尘了。"锡钧自言自语着,用手擦了擦地板上的灰尘躺了下去。一阵倦意袭来,锡钧慢慢闭上眼睛,心情也逐渐平和下来。躺在地板上,锡钧仿佛看到了飘浮在空中,正在俯视自己的另一个自己。

锡钧的眼前就像走马灯一样,掠过一个个不堪回首的场景。小时候,自己硬把一个伙伴推下河,导致那小子眼睛被树枝划伤,而自己被伙伴那血流如注的模样吓得扑通一声瘫坐在地。

紧接着又浮现另一个场景。顺英那天向锡钧哭诉老板儿子猥亵了她。顺英回去后,他为自己的贫穷和无能懊恼不已,满怀怒气地切割着钢锡钧回到家里，看见厨房餐桌上放着一个大餐盒和秀英留下的纸条："爸，我妈腌了好多萝卜泡菜，让我给您送过来。我今天太忙，所以没等您回来，清扫完房间就走了。爸，虽然我做得不够好，但心里却一直惦记您，一直都很尊敬您。请您一定保重身体！"

锡钧打开泡菜盒，拿起一块儿萝卜放进嘴里，越发思念起静雅来。

锡钧自从静雅离家出走以后，简直就是度日如年，寂寞难耐。他时而打开电视看一会儿无聊的节目，时而又在房间里踱来踱去无所事事，无意中发现了放在房间角落里的一本相册。打开相册逐页浏览时，视线停在了一张照片上，这是一张年轻的静雅和锡钧满面幸福的微笑，在铁轨上相拥的照片。锡钧忽然想起来，那天是他们新婚旅行的第一天，那时真的很幸福……锡钧出神地看了半天照片，再看时钟时刚过下午一点，于是下定决心拨通了静雅电话。锡钧想邀静雅一起去他们当年的蜜月旅行地，静雅要是回想起当时的美好时刻，说不定就会解开心结呢。

"咱们去旅行吧。"锡钧开门见山地说道。

"你自己去吧，我收拾屋子呢。"

"你不是说过想去旅行吗？"

静雅听锡钧无缘无故就埋怨自己，生气地挂断了电话，然后又关了机。锡钧心生傲气，心想就算独自一人也要去旅行，便启动了车子。

"我最近一直顺着她，她还蹬鼻子上脸了。我究竟哪里不对，做错什么了？随她去吧，一切都不重要了。"锡钧一边拍打着无辜的方向盘，一边高声咆哮。

锡钧凭着记忆找到了那个地方，发现此处已经成了废屋。看着眼前无人照料欲倾倒的老屋，锡钧联想到静雅和自己，不禁痛心疾首。当年他和静雅到这里度蜜月时，废屋还是一个很不错的房子。

脏手摸我的孩子呢。不许摸!"

锡钧闻听此言,气得用手指着小狗高声呵斥道:"那是孩子吗?是狗!"

"哎呀,这大叔怎么大喊大叫啊。难道你不想当保安了吗?"

锡钧毫不示弱,摘下头上的保安帽子甩到了地上:"不用你炒我,我不干了!你这个娘儿们,我是大楼保安,不是你家管家。你丈夫也在别人手下工作吧,我和你爹是同龄人。做人要懂分寸,你别太过分!"

那个女人见锡钧转身离开,依然不依不饶,继续吵闹。锡钧实在忍无可忍,冲着那个女人就是一番教训:"我不是因为自己无能才对你唯命是从,只是为了养家糊口。我靠自己力气挣钱,你凭什么就像白给我工资一样对我指手画脚?凭什么!要是你丈夫的老板这样对待你丈夫,你会高兴吗?让你身上长满狗跳蚤吧,该死的!老婆也好,外人也罢,一帮精神病……"

锡钧径直走回保安室,带上自己的全部家当朝公交车站走去。上车后环视了一下车内,竟然没看到一个空座位。这时,他看到一个穿校服的女学生坐在爱心席上,正用手机发短信,便走到了那个女学生面前:"你起来!"

女学生抬头瞟了一眼锡钧。

"看什么?"

女学生见锡钧在瞪自己,便低下头收拾好书包站了起来。然后,一只胳膊靠着扶手,费力地站了一会儿,等公交车一到站就下车而去。车上所有乘客都朝锡钧投来了鄙夷的目光,他却不知所以然。当他下意识地转头看向窗外时,发现刚刚下车的那个女学生,一只袖子在随风飞舞。原来,那个女学生只有一只胳膊。锡钧怅然若失地望着渐渐远去的女学生,马上意识到了自己的残酷无情,只可惜覆水难收,为时已晚。

无心之过千千万

锡钧坐在保安办公室里,拿着手机一直在犹豫要不要给静雅打电话。这时,一个抱着小狗的女人敲打保安室的窗户,拜托锡钧帮她把后备箱里的椅子取出搬送到家。

锡钧一个人费力地想从后备箱里拿出那把沉重的椅子,而那个女人却只顾埋头逗狗,丝毫没有帮忙的意思。锡钧几番折腾,大汗淋漓,总算把带轮子的椅子拿了出来,正准备推动椅子时,那个女人却挡在了锡钧面前。

"大叔,这是新椅子,请您扛着走吧。"

"这个太重了……"

"你连这个都拿不动,还当什么保安啊。"

那个女人说完,便嘴一噘抱着小狗向前走去。锡钧见状气不打一处来,走到了那个女人面前:"我来抱小狗,夫人您来搬椅子吧。"

那个女人见锡钧说罢伸手就想抱小狗,便像拍打粘到手上的臭虫一样,使劲拍了一下锡钧手背,一副嫌弃的口吻:"你这个大叔,怎么能用那

"在那扇门旁边。"

忠楠阿姨似乎放心不下,牵着熙子阿姨的手把她领到卫生间,然后蹲在门口等她出来。我被二人的说话声吵醒,就建议忠楠阿姨:"阿姨……不要共同生活。"

"你闭嘴!"

"我今天才发现,阿姨是特蕾莎修女。"

"那是什么人?"

"是一位已经过世的,心地善良的人。"

"她去天堂了吗?"

"应该是吧。"

"谢谢你!"

忠楠阿姨带着从卫生间出来的熙子阿姨重新回到她的被子处躺下,轻轻拍打着她的身体进行安抚。没过多久,熙子阿姨就呼吸均匀地进入了梦乡。

"后悔了吧?咱们别共同生活了。"

忠楠阿姨听到英媛阿姨突然说话,便拍了一下被子提醒她,没想到又传来了老妈的笑声。看来大家都因为环境陌生而无法入眠,只是在装睡而已。唯有静雅阿姨一人依然鼾声匀称,沉浸在香甜的梦境里。

后来我问忠楠阿姨,为什么想要和那些老人共同生活?忠楠阿姨告诉我,她这辈子最大的错误就是一次都没有与任何人推心置腹地交往过。她想在有生之年,就算再辛苦也要和亲爱的朋友们推心置腹地交往一次,所以才做出了这个决定。阿姨接着又说,这件事就像她一辈子都在照顾自家亲戚一样,是她人生中最为自豪的事。我告诉阿姨,我也与她同感。然后,长这么大,我第一次紧紧拥抱了忠楠阿姨。

忠楠阿姨见大家按长幼顺序洗漱完毕，便将水杯摆满托盘，又往每个杯子里倒入半杯水，招呼大家："都过来吃药吧！"

于是，熙子阿姨、静雅阿姨、英媛阿姨先后靠拢过来围坐在一起，相互为她人准备各种营养剂和药丸。老妈见状哈哈大笑："哇，太壮观了。你们为了长寿，居然吃那么多种药……"

我看着眼前平日难有机会欣赏到的这个妙趣横生的景象，也和老妈一起尽情地耍笑着她们。

大家遵照忠楠阿姨的指示，并排躺到了客厅地板的被褥上。熄灯不久，静雅阿姨那里最先传来鼾声，紧接着老妈、英媛阿姨、忠楠阿姨似乎也都进入了梦乡。熙子阿姨似乎难以入眠，辗转反侧一会儿，起身打开了电视。

"关掉电视！"熙子阿姨听到忠楠阿姨的呵斥，就像做错事被发现的孩子一样，蜷缩着身子关掉了电视。又过了一会儿，室内传来了叮当响声。浅睡状态的忠楠阿姨睁开了眼睛，看见熙子阿姨正在室内走来走去，把所有房门打开又重新关上。

"姐姐，过来，你是觉得心烦吗？"熙子阿姨怔怔地站在那里，没有回答忠楠。

"晚上着凉会感冒的，再心烦也得睡觉啊。"

"她们干吗都在你家睡觉啊？"熙子阿姨满脸疑惑地问忠楠。

"你说什么呢？"

"我饿了。"

"睡觉的时候不能吃东西。嘘，睡觉吧。"

忠楠阿姨好不容易把熙子阿姨拉到身边坐下，没想到她又站了起来。

"你去哪？"忠楠阿姨跟在后面问熙子。

"卫生间。"

待遇。"忠楠阿姨说。

"既然平等,那为什么只有我的生活费是二十万韩元,你们都是三十万呢?"静雅阿姨问。

"有钱人多出钱才是平等,你不知道平等的概念吗?"熙子阿姨看了静雅阿姨一眼,点了点头。我觉得阿姨们的对话非常有趣,立刻确认了一下手机录音功能是否开启,然后继续在一旁观察她们。

"关于轮番做饭和生活费的事,我已经说完了。接下来要说清分工……"忠楠阿姨继续说。

老妈正在吃水果,这时从忠楠阿姨手中抢过了那张纸:"大家今天只是尝试一天共同生活而已,干吗这么早规划以后的事啊?大家只在一起半天就已经明白了,我们和你合不来。就说看电视这件事吧,明明可以看完连续剧后再关掉,可你却随便说关就关了电视。"

忠楠阿姨抢过老妈手中的水果,又果断命令道:"晚上不许再吃水果。现在铺被吧!"

"哎哟,难道我们来这里是为了睡觉吗?再玩一会儿嘛……"尽管大家纷纷表示不满和抗议,可忠楠阿姨却完全不理会大家。

"年纪大了就该早点睡觉,你们快去洗漱吧,按长幼顺序。"

"阿姨们这是到兵营了,当兵了。在忠楠教官教训你们之前,大家快点行动吧。你们要无视我的存在,只把我当作一个影子哦。我不会帮你们说话的,我今天的工作就是观察你们,都听明白了吧?"

阿姨们见我一边吃水果,一边推脱责任,便无可奈何地站了起来。老妈和忠楠阿姨负责擦地板,英媛阿姨收拾果盘和茶杯,熙子阿姨和静雅阿姨从壁橱里拿出被子,在客厅地板上铺成一排。我看着老太太们就像军人一样,有条不紊地完成各自的分工,觉得实在有趣,便拿着手机跟在她们后面不停地拍摄。

我们真能共同生活吗

我开车送英媛阿姨来到忠楠阿姨家,看到老妈、熙子阿姨、静雅阿姨正聚在客厅看电视剧。英媛阿姨和大家热情地打过招呼后便到卫生间去洗漱,忠楠阿姨马上也跟了进去。我正在厨房为大家准备水果,忠楠阿姨悄悄走了过来:"英媛好像心情不好。"

"是阿姨告诉您的吗?"

"我看她洗脸之前妆都花了,就猜到了。既然她说自己很开心,我就假装相信了。"

"您做得对!"

忠楠阿姨满脸忧郁,犹豫片刻后走回客厅:"现在看电视时间结束,关电视!"

阿姨们见忠楠阿姨擅自关掉电视,便纷纷抱怨起来。可忠楠阿姨却充耳不闻,拿出花镜戴上后,自顾自地宣读起事先准备好的共同生活守则。

"我们都是老年人,共同生活必须人人平等,不要幻想享受老年人的然而，还是控制不住悲伤，眼泪夺眶而出。

英媛来到阿婉住处，放下所有顾虑，号啕大哭起来。阿婉看着就像打开心灵闸门一样，任凭眼泪倾泻流淌，放声痛哭的英媛，心痛不已。

英媛满怀悸动和期待的与初恋情人的重逢就这么虚无缥缈地结束了。对英媛来说，能和大哲再次重逢，过去的所有埋怨和百般思念，一切都已不再重要。

阿婉开车送英媛去忠楠家，英媛坐在车里感慨万千："阿婉啊，我一直以为人老去的只是身体，心不会变老。可今天终于明白了，心也会变老。他想一起吃饭，我却觉得吃饭又能如何；他想一起喝杯酒，我又觉得喝酒能改变什么。我心中竟然产生了这种想法，这不就意味着心也变老了嘛？"

"您真傻！"

很久以后，英媛说出了心里话。正如阿婉说她傻瓜一样，当时自己真应该和大哲一起吃顿饭，一起喝杯酒。那天，英媛阿姨给自己并不华丽的人生，又留下了一份懊悔。

英媛惴惴不安地走进茶馆,看到大哲正坐在窗边的座位上看书。她深情地望着大哲,以前她也特别喜欢,喜欢在一旁安静地观望无论何时何地都会翻书阅读的大哲。

"你还是老样子啊。"英媛说着坐到了大哲对面。

"什么老样子啊。"大哲微笑着看着英媛,手颤抖着端起了茶杯。英媛看着大哲皱起的嘴角和两鬓斑白的头发,意识到大哲同样也没有经得住时间的流逝,原来他和自己都不再年轻。大哲身上不再有健硕和火热的青春,不知为何给人一种病弱体虚的感觉。英媛一阵心酸和怜惜,掏出手帕擦了擦眼角,若无其事地问道:"你夫……夫人呢?"

"你……身体怎么样?"大哲同样眼里噙满了泪水。

"我们分别三十多年了吧?"

"应该是吧……"大哲哽咽着难以言表。虽然他们有太多太多想问的话,想知道的事,但此时此刻已经无需言表,能够重逢已经足矣。彼此的表情已经向对方传递了各自走过来的岁月和情感。

英媛多年来埋藏心底的那份思念突然化为悲伤涌上心头,竟忍不住失声痛哭起来。大哲痛苦地看着掩面泣不成声的英媛,同样热泪盈眶。他们就这样默默无语地流着泪,相互充满爱怜地看着彼此的脸不再言语。

过了一会儿,英媛看了一下手表,对大哲微微一笑:"我走了。"

"吃完饭……再喝一杯……"

"不用了,我吃饭的时候会吧唧嘴,不想被你看到。就这么离开吧,你过得不错吧……看起来还好。"

"你吃完饭再走吧。"尽管大哲满怀遗憾地再次挽留,英媛还是摇了摇头。因为她很清楚,如果和他一起吃饭,自己还会不停地流泪。

"不,我得走了。我先走了,请你多保重身体!"英媛撇下大哲转身走出了茶馆。她虽然感觉双腿沉重且内心痛苦,却努力提醒自己到此为止。

忠楠听罢，嘴角一撇："想当年你们年轻时，真的很帅气……就是当计时讲师那时候。你们每天都会到这里，通宵谈论作品，说艺术这样那样，又哭又笑的时候。"

"您干吗提那个时候？"

"我曾经真的很喜欢你们。我虽然没文化，不懂什么是艺术……可看到你们宁愿挨饿也能愉快地坚持创作，真的感觉到了艺术的伟大。"

忠楠没有撒谎。她欢迎和爱惜他们的原因，并不是因为他们那个教授头衔，也不是因为他们年轻，而是因为喜欢他们对艺术的热情和真诚。

"您有话直说吧，大姐。"朴教授一副不想回首往事的神情。

"现在的你们就是心中只有钱，只想出人头地的小混混。"忠楠的一句"小混混"，顿时让朴教授面部扭曲，自尊心受到了极大伤害。忠楠对此视而不见，朝咖啡馆内走去。

"大姐，您怎么能这样啊。您只花几十万韩元买了我们的作品，现在可以卖到几百万了，即便不感谢我们，也不能……好，那就算了吧！"只听梁教授在身后高声抱怨。

"这家伙，始终只想着钱、钱。"忠楠停下脚步，转身大步走到他们面前，"孤立我这个老人是你们众多罪过中的小过。你们的最大错误就是不清楚自身的价值，轻易卖掉自己饱含热情、献出青春的作品。我会让你们参加美国的展览会！"

忠楠说完便转身走向咖啡馆。朴教授此时终于理解了忠楠的一番苦心，眼泪汪汪地大喊道："如果您再年轻十年，我就会向您求婚的。"

"你的十年，可是我的三十年。"忠楠一边温柔地回答，一边心中暗想，自己的复仇可谓是世上最凄凉的复仇。于她而言，所谓复仇，并不是让对方痛苦，而是让他们自我反省，让他们明白她所热爱的那些年，他们的艺术情怀是多么弥足珍贵。忠楠对自己的复仇甚是满意。

忠楠满面忧郁,不露声色地笑问英媛:"你知道姐姐们今天过来吧?"

"知道,我早点回来。"

"你晚点回来,别着急。朋友们可以随时见面。"

忠楠把英媛一直送到了停车场。英媛坐到车里后,心绪复杂,顾虑重重,无法立刻发动车子。喃喃自语:"他应该有……夫人了吧?"

"让他离婚吧。你告诉他,不能跟一个女人生活太久。"英媛听忠楠这么一说,憋不住笑出了声,越发中意风趣幽默的忠楠,便发自肺腑地感慨道:"姐,我真喜欢你!"

"所以,我才提议大家一起生活呀。"

"那个男人……也会像我一样心情悸动吗?"

"他要没那个意思,你就别纠缠他。"

英媛笑着点了点头。忠楠看着英媛驾车远去,禁不住啧啧咂舌:"竟连这么美丽的女人,都要抛弃,坏蛋!"

忠楠心绪复杂,心情苦涩地返回店里时,远远地看见朴教授和杨教授正在咖啡馆门口等她,便冷冷地问了一句:"你们来干什么?"

朴教授见忠楠一副不以为然的态度,站在那里支支吾吾:"啊,有个叫迈克的男人打来电话,说想买我的作品,说他想在美国举办展览会,大姐,您放在演员朋友画廊出售的……"

忠楠已然猜到他们此行的目的,便架起胳膊高声怒斥:"我卖我自己的东西,有什么不妥吗?"

"完全没问题。只是,我们听说那个人想举办展览会,如果大姐能把从我们手里买走的作品借给我们……"

"不行!"忠楠断然拒绝,然后从教授们中间走过去,看到他们那副愁眉苦脸的样子,心里痛快极了。朴教授抓住她的手腕,可怜分分地哀求道:"大姐,这对我们来说是终生难得的机会,就一次……"

本以为心不会老……

英嫒几经犹豫,终于下定决心和大哲见一面。两天前,英嫒回家发现大哲又送了鲜花,还附带了一张便条说自己就要回美国,希望临走前和她见一面。英嫒看到留言,马上意识到如果就这样与大哲分别,自己一定会抱恨终生。

英嫒万万没想到,与大哲相见的日子偏偏和姐妹们聚集一起演练共同生活是同一天,所以就提前来到了忠楠家。忠楠在一旁默默看着英嫒往文胸里填充胸垫试穿衣服,便从自己包里拿出一对厚厚的胸垫递给她:"好像这个胸垫更好,是我之前买的。"

"哇,这个太大了。"

"放进去吧。"

英嫒嘻哈笑着将两个胸垫放进去:"哎呀,好大啊,还真像那么回事。"

忠楠一边揉捏着英嫒的胸部,一边叮嘱:"你千万别让他摸,能摸出来是假的。"

"你瞎说什么。"

候。"老妈听到我的喊声,马上回过头来:"知道了,干得差不多,你就带外婆回来,我给你们煮面片汤。"说完,老妈一脸轻松地快步朝家里走去。

"你瞎说什么!"外婆拍了我一下,怪罪我多嘴。

"我妈让您检查您就得去检查。外婆什么都好,就是话太多。您要是让我妈操心的话,我会讨厌您的。闭嘴!"外婆可能觉得我像哄孩子一样对待她很可爱,用沾满泥土的手抚摸了一下我的头。

"你要善待你妈,丫头!"我朝外婆咧嘴笑了笑,但那句话却深深地刺痛了我。

的外婆都长寿,活到九十、一百岁了嘛。我和您也继承了那个基因,一次也没感冒过呢。"

"闭嘴!"老妈就像要打我一样,举起手瞪了我一眼,然后又一本正经地叮嘱正在干活的外婆:"去医院吧。"

"不去!"外婆说。

"妈要是死了,爸和仁峰怎么办?您以为我是为您着想吗?我是在为自己着想,我没法带着爸和仁峰一起生活。"老妈忍不住又开始哽咽,外婆和我见状收起了笑容。

"我会和杰奎琳好好生活的,好好孝敬爸爸。"

"闭嘴,臭小子!"老妈说。

"你干吗骂他?"外婆见老妈臭骂不识趣地插嘴的舅舅,反倒责怪老妈。

"您要是为我着想那么一丁点就该去医院,为什么不去?想把自己丈夫和行动不便的儿子扔给寡妇女儿照顾,自己一个人去享受吗?想一死百了吗?那我也说'死了算了'啊,您怎么能说那种话。"老妈越说越难过,慌忙擦拭一下眼睛转身离去。我拍了拍外婆和她耳语道:"我就知道会挨训的,您就说去医院吧。"

外婆瞟了一眼老妈的背影,和我说出了实话:"那不得花钱嘛。仁峰还要结婚……这两天要干的农活还那么多。"

原来是因为钱,外婆又是因为怕花钱打怵了。外婆虽然有一个能赚钱的女儿,却不想心安理得地花女儿的钱。可外婆却不会明白,我的已经不再年轻的老妈也会害怕和担心自己更年迈的母亲死亡。其实我又怎能理解老妈此刻的心情呢?我从来没有想过老妈会死去,所以根本无法体会老妈此刻感受到的那种恐惧。

"妈妈,外婆说会去医院的,等下个星期干完地里的活,您休息的时锄草。

"您在这儿干吗呢?"老妈伤心地走向外婆。

"干活呗。"外婆说完自顾自闷头锄草。

"您昨晚见我来了还装睡……都快中午了,还干什么活啊。咱们今天去首尔做检查吧。"

"我要是死了就是大喜事,可不就是喜事嘛。等我死了,你就敲锣打鼓吧,庆祝吴双芬女士解放,吹喇叭,撒花,杀猪……"

老妈见外婆面带笑容,诙谐轻松地嘱咐自己,不由得勃然大怒:"喂,您现在胡说什么呢?!"

"外婆,还要拌鳐鱼吗?"我在垄沟里找到一把锄头,拿着它走到外婆旁边调侃她。在我看来,外婆根本不像生病的人。

"臭丫头,当然了。办丧事,家里必须要有鳐鱼啊!"外婆笑着回答。

"好嘞,没问题! 我亲爱的外婆去世后,我要用国产鳐鱼请客,而不是智利产鳐鱼。除了本村人以外,还要邀请邻村的人们。"

老妈满脸怒意,一边使劲抽打我的后背,一边责骂:"让你胡说! 让你胡说! 让你胡说!"

我一把抓住老妈再次举起的手腕,调皮地左右摇晃:"哎呀,瞧您,一点力气都没有。"

"你给我放手!"

"外婆死了吗? 还是得了不治之症? 不就是前天晚上吃多了才呕吐嘛。"

"不是说晚上吐了,第二天早上和白天也吐了嘛。"老妈边说边流眼泪。舅舅这时拿着锄头走过来坐下,不停地安慰老妈:"别担心了,姐,咱妈不会死的。就算这村里的人都死了,咱妈也不会死。咱妈命长着呢。"

我也一旁笑着替舅舅帮腔:"说的就是嘛。不是说外婆的妈妈、外婆

丫头,你可要善待你妈

老妈听到外婆突然呕吐的消息后,和我马不停蹄地奔向了外婆家。我觉得外婆年事已高,可能只是身体有些不适。可老妈却好像预感会突发意外状况,十分焦虑不安。

"妈妈,外婆不会有事的。何况,迟早都会有那么一天……外婆都九十岁了,我们是不是也应该做好心理准备啊。"我说。

老妈狠狠瞪了我一眼,勃然大怒:"妈妈过世,要女儿做什么心理准备,难道要锯树打好棺材吗?你现在满口胡言,是不是因为她不是你妈,是我妈?!也是,就算我死了,你也会无动于衷吧,狠毒的丫头。你今天这么乖巧地跟我去外婆家,都是为了写你的书吧?"

我本来想安慰一下老妈,没想到她的反应如此激烈,不由得摇头叹了一口气,果然我和老妈水火不容,格格不入。

老妈和外婆同样水火不容,互不相让。老妈让外婆马上去医院检查,可外婆却与己无关一样,佯装睡着不予理睬,早上醒来后却不见了踪影。老妈心急如焚,和我分别到村子里四处找寻,结果发现外婆正在地里啦,什么什么的,我又不能骂那个和自己过了一辈子的男人,多丢人现眼。"

"那你就骂吧。"静雅听熙子在鼓励自己,不禁眼圈一红,高声抱怨起来:"狗崽子!我过了一辈子的家伙……该死的,居然是个狗崽子。我和他都一把年纪了,也没剩几天活头了,还盼他什么呢!"

"丈夫也好,男人也罢,要是都能像朋友一样相处就好了。就像你和我,像朋友一样。对吧?"熙子说。

"辛苦一辈子,想找到一个互相没有负担的朋友真难啊。"静雅说完,擦了擦眼角站了起来。熙子默默地看着静雅,给了她一个灿烂的微笑。有时,一个满含鼓励的笑容会胜过任何安慰的语言。静雅满怀感激之情,与熙子相视而笑。

两个朋友重新拉起手,一边散步,一边哼唱着小曲。二人随着歌曲的节拍,轻轻摆动着两只相握的手,悠闲地走在路上。

夜深人静,黎明即将来临之际,熙子穿着睡衣从室外开门进来直奔厨房,从电饭锅里盛好饭,又舀了一勺汤倒入碗内匆忙吃了一口,端着饭碗来到了客厅。客厅里,静雅正在酣睡。熙子坐在沙发上,一边吃着汤泡饭,一边不解地歪了歪头。然后走过去,一边摇晃静雅,一边询问:"静雅啊,你怎么睡在这里呢?"睡意正浓的静雅闻声勉强眯起眼睛看了看熙子。

"你怎么不回家,睡在这里啊?"熙子又问。

"你又胡闹了,赶紧睡觉吧。"静雅厌烦地甩开熙子的胳膊,转身继续睡觉。熙子拉起滑落的被子盖到静雅身上,一边吃饭,一边嘀咕:"她怎么睡在这里呢?是和锡钧吵架了吗?"

"知道了。"锡钧见静雅说罢又挂了电话,又拨打电话埋怨起静雅来:"你也该对我说晚安吧。我和你说晚安,你也该跟我说晚安,不是吗?我为了和你说晚安,特意给你打电话……"

"谁让你打了?你要是觉得打电话丢脸,那就别打呀。"静雅说完挂断电话,索性又关了机。熙子正和静雅一起出来散步,见状在一旁安慰静雅:"不管怎么说,锡钧在努力向你示好呢……"

"我什么时候让他打电话了?"

"那你到底希望锡钧怎么待你啊?"

"……我也不知道。我不讨厌给他做饭……早就知道他那个臭脾气,也觉得他很可怜,可现在就是觉得烦。我也不明白自己怎么这样了,让孩子们也跟着操心……"

二人边说边走,静雅突然一个趔趄。

"哎呀,你扭伤没有?"熙子搀扶着静雅走到人行道的里侧,一副担心的神态。

"快坐下!"熙子扶着静雅坐到路边,帮她脱下鞋子,轻轻地抚摸着她的脚,反复检查确认。

"扭伤了吗?你没事吧?"

"上了年纪,两腿总没劲。"

"孩子们不知道,人一上了年纪腿就会没劲,还总让我们走路时打起精神来。难道婴儿只要打起精神就能走路吗?都是年纪说了算。咱们坐一会儿再走吧,我要是有力气就可以背着你走了。"熙子一边说着,一边给静雅穿上鞋子,又坐到她旁边。

"金锡钧就不会这样对我。如果我和他一起走路时,像现在这样我觉得累了的话,他就说歇一会儿再走;扭脚的话,他就像你一样对我说一句小心点就行了……可他却总是不分青红皂白地责怪我,说我走路不留神锡钧在胜载家吃着拉面，突然问胜载是如何对待自己妻子的。一辈子从不关心他人的锡钧，最近开始思考夫妻相处之道了。

胜载说："我们夫妻关系当然很好，我对老婆绝对是百般宠爱。出门请示，回来汇报，赚钱全部交给老婆管理。如果她和我说照顾公婆辛苦，我就暂时放下父母，全身心照顾她……我对她很好。所以她最后离开时还对我说'老公，我们下辈子再见'。"

锡钧听完，不觉开始羡慕起胜载来。再想想自己，因为害羞从来没对静雅说过一句贴心话，只考虑自己舒心安逸，丝毫没考虑过静雅的感受。

"要是我也那样对顺英妈……她会开心吗？给她打电话，问候她……"锡钧放下端起的架子，腼腆地问了胜载一句，便端起拉面汤碗呼噜噜喝起来。

"你试试看？她会喜欢的，女人都喜欢这样。"

"真的吗？"锡钧听到胜载为他加油助威，脸上露出了充满期待的笑容。

当天晚上，锡钧按照胜载的指点，准备找时机尝试做一次体贴的好丈夫。既然女人都喜欢，那还有什么不能做的呢？只要能让静雅回来，没有自己做不到的事。可一想到要做平生从未做过的事，刚刚鼓起的那一点勇气又随即烟消云散。锡钧就这样痴痴地看了半天手机，然后做了一个深呼吸，轻轻地按下了静雅的号码。铃声响了好久静雅才接听电话，锡钧竭尽诚意对静雅柔声说了一句："晚安！"然后满怀期待地等待着静雅的回答。

"好的。"没想到静雅只这么一句答复就挂断了电话。锡钧实在出乎预料，不由得局促不安起来。他本以为就算静雅不会温柔地夸他"嘻嘻，我老公变了啊"，最起码也会说一声"谢谢"或者"你也晚安"。他以为静雅没听懂自己的话，就又重新拨通了电话："我和你道晚安呢。"

忠楠的声音里充满了嫉妒。

"让你来时,你嫌麻烦不来……现在嫉妒了吧?"

"我不在,你们可别玩得太开心啊,还是早点散了吧。"忠楠结束与兰姬的通话,接着又拨通了静雅的电话,"嗯,没忘。我后天过去。"

熙子见静雅连连点头应允,十分不解:"什么事?"

"忠楠说的是……就是关于大家一起共同生活的事。"

"如果大家一起生活,说不定会撕扯头发打架呢。"英媛抢过静雅的手机,上来就泼了忠楠一盆冷水,"嘿,忠楠姐,你清醒点吧。难道你看不出来,我们虽然看似合拍实际绝对合不来吗?"

"谁和谁合不来啊?"忠楠不悦地追问英媛。

"你和我们所有人。姐姐,你就自己过吧。都这把年纪了,干吗还要互相迁就着一起过啊?"

"不行,我这次非要尝试一下和你们相互迁就,把它当成我人生的最后作业。难道你没听说过那个遗愿清单吗?"

"怎么,姐姐马上要死了吗?"

"我想和忠楠姐一起生活!"兰姬把头紧贴到手机上高声表白,熙子见状也从英媛手里夺过手机:"我也是!"

忠楠好像在问熙子逸宇如何,只见熙子紧盯着舞台上的男人,又补充道:"那家伙吗? 英俊、潇洒、年轻有活力。"

兰姬和英媛哈哈大笑,不停地调侃她们:"哎哟,真是的……你们这帮老家伙嘴太脏,没法和你们交往了。""姐姐们待在家里,一天到晚就知道擦桌子抹地,看来嘴上也叼着抹布呢。"

就在兰姬和大家开心说笑时,仁峰来电话说双芬昨晚吃饭的时候突然呕吐不止。于是,兰姬立刻放下电话跑了出去。

去。静雅和熙子一听说是兰姬餐馆的那个老主顾男人邀请的,立刻撇下堆满餐桌的食物奔向朋友而去。

静雅平生第一次来到有现场演出的酒吧,不停地东张西望,环顾四周后发出了感慨:"这里真是新天地啊!"

虽然室外艳阳高照,而高级照明下流淌着舒缓音乐的酒吧内却别有洞天,仿佛与世隔绝的另一个世界。酒吧内座无虚席,英媛和兰姬也和其他客人一样,手中端着红酒杯。

"你在和那个男人交往吗?"熙子指着在舞台上边弹吉他、边唱歌的男人问兰姬。

"没有啦……"英媛见兰姬闪烁其词,就把事情的来龙去脉条理清楚地告诉了她们。

"那个人邀请兰姬来看他的演出,主动向她抛出了绣球。"

"所以你就抓住不放。"熙子就像恍然大悟一样,朝兰姬点了点头。"年轻时干吗了,老了才去咬。"大家听到静雅的喃喃自语,齐声笑起来。

"你还很年轻,也谈谈恋爱吧。"熙子收起笑容,亲切地开导兰姬。

"就像姐姐你一样吗?"

"你和胜载哥的恋爱还顺利吗?"熙子听英媛对自己穷追不舍地刨根问底,急忙摆手。

"什么恋爱……我们只是见见面而已。"

"就算熙子姐只是和胜载偶尔见面,那兰姬你呢?"

"你们可以相互抚摸对方吧,热情似火地。有什么不能摸的?你现在皮肤还很丝滑,弹力十足吧。"

熙子那副认真的模样逗得三人不禁哈哈大笑。这时,兰姬接到了忠楠的电话:"哦,姐姐。我们在酒吧观看现场演出呢。"

"那就是说英媛和姐姐们都见过你的意中人了呗,可我还没见过呢。"

若能像朋友一样相处该多好

熙子看到静雅从小吃店买来的零食颇感意外:"你离家出走以后出手阔绰了啊。"静雅一边吃着米肠,一边咧嘴回答:"我随便买,使劲花,想买就买,这些花了八千韩元。"

"那个能消化吗?"

"因为你总待在家里才消化不好,出去走走吧。"

"就是啊,我总是肚子疼。就算不吃饭,一天也要拉三四次。"

"怎么会那样?"熙子见静雅放下正要送进嘴的炒年糕,一副担心的神情,就一边笑着擦拭静雅的嘴角一边挽留静雅:"你今天就在这儿睡吧。"

"好啊。"

"你离家出走真好,还能在这儿留宿。"

静雅也很满意现在的自己,可以自由支配时间,丝毫不必提心吊胆。在此之前,她做梦都想不到自己也可以这样。静雅掏出手机,告诉熙子她要喊其他姐妹过来:"喂,兰姬啊,你干什么呢?"

兰姬告诉静雅,她和英媛正在去酒吧观看演出的路上,还邀请她们同为自己累赘而提心吊胆的样子，终于忍无可忍暴跳如雷，"你爸年轻时为了养活你们，去铸铁厂、五金加工厂上班，为了多赚一分钱……大冬天冻坏耳朵和鼻子也要加班到半夜 12 点。现在都七十多岁了，为了不给你们增添负担还在工作。你爸哪里对不起你们了，你们不想给他做饭吗？那就给他买饭吧，两个没良心的丫头。"

"妈，我们不是那个意思……"女儿们这时才发现情况不妙，察言观色地看着静雅试图辩解。然而，静雅根本不理睬她们，向秀英伸出手催促道："别啰唆，给我工钱。我今天还擦洗了纱窗，你得多给我两万韩元。"秀英立刻拿出两张五万韩元纸币递给静雅："妈，这些您都拿着。我从现在开始给您十万韩元，所以，您对爸……"

静雅还没等秀英说完，就从口袋里掏出两万韩元塞到女儿手里："我干吗平白无故多收你的钱？你们以为我为了折磨你们才离家出走吗？平时六万韩元，今天给我八万韩元就行了。我知道你们的心思，但你们不能那样对待你爸。以后别再对我指手画脚，我不爱听！"

无论女儿们如何劝说，静雅始终意志坚定毫不动摇。这是她这辈子第一次为自己鼓起的勇气和决断，真要那么轻易动摇的话，压根儿就不会开始。静雅自打离开家以后，觉得自己果真做了一件了不起的事，真没想到有一个只属于自己的房子和只属于自己的时间，竟然如此美好。静雅暗下决心，在人生的最后阶段，不向任何人妥协，安享这种平静的日常。

时连面都不露一次,这会儿却紧跟在腌萝卜泡菜的静雅身边不停地央求。浩英也走过来,双手托腮坐在一旁看着静雅,静雅却没有丝毫的动摇。

"最近幼儿园的经营让我头疼,孩子他爸也嫌工作辛苦想辞职……"秀英说。

"我赞成妈妈离家出走,离婚也行!"

秀英本以为浩英是过来帮自己说服妈妈的,听浩英这么一说,气愤地抱怨道:"那是因为爸爸没使唤你,你才那么说。"

"我前天也去打扫了。"浩英说。

"你也就偶尔去一次,可我却三天两头被爸呼来唤去的,说什么'我今天想吃干白菜汤,明天想吃银鱼面',各种使唤。"秀英一顿诉苦抱怨,然后像小孩子一样继续央求静雅,"妈,一个月。不,如果您不愿意,那就一百天后再回家,好不好?我让我爸向您认错,行不行?"

"爸怎么可能认错。"浩英在一旁冷嘲热讽。

"那到底怎么办?"秀英说。

"什么怎么办,离婚呗,妈也是女人。我说得对吧,妈?妈也想像女人一样度过余生,是吧?"浩英说。

"哎哟,我算什么女人啊!"静雅实在听不下去,随即提高了嗓音。她没想到女儿们竟然这么不懂妈妈的心情:"我因为囊肿,摘除子宫都多久了,我还算什么女人。再说了,都这把年纪了,是男人能怎么样,是女人又能怎么样。你们瞎闹什么?"

"能不闹吗?本来过得好好的突然离家出走,您的人生不就成了失败的人生吗?"秀英依然对静雅不依不饶。

"妈怎么失败了?爸自己一个人什么都不会的人生才是失败。"

"当然是爸不好,不过……"

"你们怎么能那样说你爸!"静雅看到女儿们因不想让年迈的父亲成

国。你高兴了吧?"

锡钧拿出存折和观光指南摆在静雅面前,向她高声炫耀。没想到静雅却把存折和观光指南推给他,语气特别冷淡:"你拿回去吧,我不需要。"

锡钧本以为静雅会高兴得跳起来,闻听此言顿时目瞪口呆。再次提醒静雅:"你知道这里有多少钱吗?别看这个存折已经破旧,里边余额超过六千万韩元呢!"

"我困了,你回去吧。"静雅无视锡钧的提醒,径自躺下去闭上了眼睛。锡钧见状,手举存折又喊又叫:"喂,喂,你看清楚了吗?真看清楚了才说不要吗?你睁开眼睛好好看看这个!"

静雅就仿佛关闭了视听觉一样,躺着纹丝不动。锡钧就像泄了气的皮球一样,顿觉浑身无力。他自以为很了解静雅,可此刻却不得不怀疑自己是否真正了解她,自己根本不清楚静雅想要什么。彼此共同生活五十多年,自己却从未设身处地为静雅考虑过。锡钧感到一阵迷茫,就像梦中的那个男人一样,在浓雾弥漫的夜晚迷失了方向。

锡钧再次来到胜载家向他讨教:"我得怎么认输呢?我该怎么向她求饶啊?"几瓶烧酒下肚,锡钧喝得酩酊大醉,眼里噙满了泪水。

"大哥,你喝醉了,睡吧。"

"文静雅是个坏女人,把我惯得没她活不成……我本以为她会像我母亲一样照顾我一辈子,结果……我……我并不是光嘴上说让她回家来。"锡钧从口袋里拿出存折和皱巴巴的观光指南,像孩子一样放声大哭起来,"我给她这些,她却说不要。她让我……把这些都拿走,然后就躺下睡觉,她……她……真的丢下我一个人不管了,她!"

锡钧就像失去妈妈的孩子一样号啕大哭。

"妈,您跟我爸和好吧,这算什么呀。"秀英平时在妈妈到她家做家务

锡钧的折服

"发工资了,咱们去喝一杯吧?"虽然同事在下班路上主动邀请锡钧,他却置之不理。

"您不想喝吗?那我就和老婆吃炸鸡喝啤酒去了。"同事说完,就急匆匆地奔向公交车站。锡钧一想到自己要回到那个没有静雅的空荡荡的家里,不由得哀叹起自己的凄惨处境来。

锡钧无精打采地走在路上,自己平时从未留意,甚至不记得此处是否有过的旅行社招牌映入他的眼帘。于是,锡钧走进旅行社,开始浏览旅游观光指南。

"你要带我环游世界吗?"锡钧脑海里突然浮现出静雅笑容灿烂的脸庞,他认真思考一会儿,抽出了几张观光指南,又去他一直出钱救济的几个弟弟家里要回了余下的钱。静雅这回总该解开心结和自己回家吧。锡钧一边走,一边想,满怀期待地来到了妻子静雅的住处。

"你现在高兴了吧?我向你举白旗投降了。我把给弟弟们的钱要回来了,现在都给你。就算我们不能环游世界,我起码可以带你去日本和中

"你怎么了？头疼吗？"研贺万分焦急地问。

"不是，因为太想你了，所以不想看见你。白看了，看完之后更想你，真讨厌。"我闭上眼睛开始抱怨，研贺见状笑个不停。

"没什么好笑的，我很痛苦！"

研贺笑着让我看一张照片。刹那间，我不禁眼眶一热，哽咽起来。照片中是我和研贺飞奔而去的那个教堂。

"我今天去过教堂了，我们在这里……"

"你别放下照片！让我看看，要是能在这里结婚肯定很棒！"

我一直因为痛苦而不忍去想的地方，我曾经埋怨它是诅咒空间的那个教堂，现在，我终于可以开心地面对它了。

"阿姨,您去见他一面吧。您不是一直想见他吗?那就见一面吧。"

"见面后,要是失望了怎么办?"

"失望的话……就算了呗。"

阿姨望着窗外,满面惆怅:"那我的人生呢?我的人生恐怕也会令人失望。其实我第二次结婚是为了忘记大哲,虽然最终也没能忘记。"

"所以分手时您还给了第二个叔叔钱,还说那个人没有错。是因为您心里始终有您的初恋大哲叔叔。"

"我害怕见面以后让他失望。不见吧,还思念……我也老了很多,也不再漂亮……阿婉啊,你不爱听吧?都这个年纪了还谈爱情故事。"

"我觉得很美好啊。"这是我发自内心的赞美。阿姨在这个年纪还能如此纯情,着实美丽。阿姨忧郁地问我:"那我就去见一面啊?"

"嗯,我完全赞成!"我与阿姨碰杯为她助威,由衷地希望她这次能鼓起勇气。然后,我和阿姨提起了研贺:"阿姨,我和研贺和好了,上周去见过他。"

我没想到阿姨却沉默无语,只是静静地看了我一会儿,站起来拿起了包:"我得回去了,晚上还要拍戏。"

"等我写完书后就去斯洛文尼亚,就算我妈反对我也去!"

"你给我打电话吧。"

我非常理解英媛阿姨为何一提到研贺就转移话题,因为她若为我加油,就会让老妈悲伤;若为老妈着想,就会让我难过。我理解阿姨的苦衷,虽然略感遗憾,却更加感激。我知道即使将来我真的离开老妈,阿姨一定会在老妈身边安慰她。

我送走英媛阿姨后,马上和研贺视频通话。

"嘴。"研贺在我的纠缠下笑着伸出了嘴唇。我狠狠地吻了一下研贺,突然感到一阵眩晕,"我突然好晕啊。"

英媛阿姨这时来电话告诉忠楠阿姨,现在有人出高价想购买她之前送到画廊的教授们的几件作品。

"太棒了,真的。姐姐,你的眼光太棒了!你让我出售的朴教授、梁教授的作品,现在有人出价五百万、一千万韩元了。姐姐,你的人生真有金钱运啊!"

忠楠阿姨拿着手机走到咖啡馆的一个角落:"我没有丈夫和孩子,至少要有钱陪伴吧。你先别卖,我只想了解一下行情。"

"你说什么呀?都卖了吧!"

"其他作品都一般,我拿给你的可都是最好的,当然能赚回本钱。我是谁啊?我可是吴忠楠!"忠楠阿姨放下电话,开始自言自语,"这帮蠢家伙,无知透顶。自己不清楚自己有多厉害,给几个钱就出售自己孩子一样的作品……就算是教授又能怎么样,脑袋僵硬,利欲熏心。"

报复一下他人又如何。在她们苟延残喘的六七十年岁月里,哪怕只有那么一瞬间能让她们感到舒心畅快,让她们艰难坎坷的人生得到些许安慰和补偿,那么,对她们来说,复仇的行为也并非十恶不赦。"面对即将死去的人生,即将结束的人生,你们就该一如既往、安安静静地生活。"我们这些年轻人对长辈们的期待是多么残忍,我决定为她们的复仇加油助威。

那天晚上,英媛阿姨为了接受个别采访,一番精心打扮,拎着一个花篮来到了我公寓。她一边喝着我递给她的啤酒,一边讲述起与她的初恋兼第一任丈夫大哲叔叔的回忆。我本以为那段缘分已经成为遥远的回忆,没想到阿姨却说最近叔叔又在联系她。

"这花也是那个叔叔送的吗?"

"嗯。"

深夜，我正在按照刚整理好的主题开始写作时，听到了手机铃响，是熙子阿姨打来的电话："阿婉，你能不能修改一下啊？我觉得我每天晚上串念珠的事太凄凉了，我的孩子们会伤心的。你别说我是因为孤独……就把它写成我有无私奉献精神才串念珠吧。我是母亲，不应该让孩子们伤心……"

"阿姨，您的人生已经充满了对别人的关怀。没关系，您的孩子们应该知道您在漫漫长夜中的孤独感。放下电话睡觉吧，阿姨。加油哦！"我不停地安慰熙子阿姨，总算结束了通话。紧接着静雅阿姨又打来电话，说她一直放不下我白天说的那句话："我离家出走不是复仇，可你却说像复仇……我刚喝了一瓶黑啤，想到那句话，觉得嘴里心里都好苦啊。我不让你写孩子们的事……是因为那是痛处，不是我，是孩子们的痛处。我离家出走的事怎么就不能写成小说呢？什么复仇？我离家出走真的不是为了复仇，我只是……真的就想舒心地喝一瓶自己喜欢的啤酒……"

"我错了，阿姨。阿姨离家出走不是复仇。您一辈子照顾公婆、丈夫和子女，现在就想舒心地喝一瓶黑啤，哪算什么复仇啊。我白天对阿姨说的话，实在太过分了，是我太不懂事。"

是的，静雅阿姨的人生里没有复仇。一辈子照顾公婆、丈夫、子女，现在终于可以独自享受一瓶黑啤，这怎么能是复仇呢？根本算不上复仇。我就这样不停地安慰阿姨们，不知不觉间送走了一个短暂而忙碌的夜晚。

忠楠阿姨开始实施一直悬而未决的复仇计划。她准备了一桌美味佳肴招待教授们，用花数百万韩元从朴教授那里购买的瓷器盛炒杂菜，其他瓷器当花瓶；看到侄子不小心打碎瓷器也毫不心疼、一笑了之；告诉摄影师梁教授，她想把他的作品降价卖给他本人，重挫了梁教授的自尊心。那天的情景完全就是一场精心策划、大快人心的复仇剧。

我原本想写的故事到底是什么？是虚伪又时髦的故事吗？我究竟想用精美包装的故事表现什么呢？作家难道不应该写那些被埋没的"真实的往事"吗？可是，所谓真实的故事又是什么呢？需要如实展现一切，一句不落地把所有的美好、丑陋都要写出来吗？我现在完全没有了头绪，一团乱麻。

"我就是想自由自在地喝啤酒才离家出走的，怎么就不像话了呢？我觉得可以呀……"静雅阿姨淡然地自言自语。

"阿姨，我想写一部优美的小说，复仇有点落伍了。"我说

"谁向谁复仇啊？我就是想过得舒心一点才从家里出来的，一丁点儿复仇的想法都没有。是真的，阿婉。"

听静雅阿姨一说，刹那间我茅塞顿开，"啊，原来这就是事实真相"。我本以为静雅阿姨离家出走，就算不是复仇也是为了给锡钧叔一个教训，根本没想到阿姨只是为了自己可以安心地喝杯啤酒才离家出走。这对于人生阅历尚浅的我来说分明就是一种新鲜的冲击，也如实地展现了静雅阿姨从未按照自己意愿生活过的沉重而凄凉的人生。

我不想忘记新的故事主题，急匆匆地收拾好东西径直奔向了出版社。出版社编辑也说出了自己的想法，比起我最初企划的那个长辈们悲伤而美丽的故事，长辈向年轻人讲述充满杀气的残酷童话可能更好。被婆婆抢饭碗喂狗，受尽婆家虐待的奇子阿姨；为公婆准备盛大的祭祀后离家出走的静雅阿姨；被教授们孤立后，计划复仇的老姑娘忠楠阿姨……我思虑再三，决定原原本本地照实去写那些并不美丽的长辈们的人生故事。如果疲惫不堪且无比糟糕就是无可奈何的真实人生，那也只能顺其自然了。我决定只写事实，因为那原本就是真实的。他们人生的主人公是他们，所以他们有选择写作内容的权利。

百个念珠。你一定要让她的孩子们知道,要不然你就死定了!"

"我用我这瘦小的身板,包括我丈夫在内,一共伺候了全家四个男人。他们需要我时就随便使唤我,现在看我老了,就把我关在这里……"英媛阿姨见熙子阿姨情绪激动,赶忙过来安抚她:"哪是关你呀。是你不想和他们一起过,才自己一个人留在这里的嘛。阿婉不想写报复子女的母亲形象,想写牺牲自己照顾孩子的美好母亲的人生故事……"

"人生并不美丽!人生就是子女和父母间的战争!""是年轻人和老年人的战争!"奇子阿姨和忠楠阿姨一起大声吼道。老妈和阿姨们见我无奈地叹气,竟哈哈大笑,异口同声表示赞同地说道:"说得对,就是战争!"

"是爱情和战争吗?"

"我有一个想法……咱们老辈人一起生活吧。五十年前咱们不是约定好了,将来我们要一起生活,是不是?"忠楠阿姨这莫名其妙的提议让我哑口无言,没想到奇子阿姨又开始了她的车轱辘话:"我受苦受累好不容易养大孩子们,可他们现在还让我给他们带孩子。你要好好写我曲折凄惨的故事,让孩子们看了以后感到心痛和悲伤。还有,我婆婆在我吃饭时,抢走我的饭碗喂村里的狗,这个故事一定要写!"

"那是狗血电视剧吧,狗血!阿姨,你们现在说的故事完全是狗血!"阿姨们见我不耐烦地大声反驳,就一起用手指着我,异口同声地嚷道:"人生本来就是狗血!"

"我希望我小说中出现的每位长辈都美丽优雅,能让孩子们阅读起来心情舒畅。我为什么要把那些曲折、苦难都写出来?阿姨们对身世的感叹、残酷童话般的人生阅历,那些孤独的、阴暗的、心酸的、悲伤的阅历,只要听一分钟就会心痛、乏味无聊……"

"因为那就是事实,就是我们这些老人的人生啊。"忠楠阿姨的一句"因为那就是真实,没有其他原因"给了我当头一棒。

我实在无法忍受这种混乱局面,感觉胸口憋闷,头昏脑涨。于是,便合上笔记本电脑起身走进了卧室。当我靠在墙上喘着粗气时,老妈走进来提醒我:"你快出来!把长辈们都请了过来,可你这是在干吗?"

"您先出去吧。给我五秒钟,我实在受不了,都快呕吐了。"

"什么臭脾气,臭丫头!"

我完全招架不住这些阿姨,真想马上放弃采访。我竟要写老年人的故事,没等开始写作脑神经就会崩溃。就算我竭尽耐心完成创作,也肯定是一篇虚伪荒唐的内容。

我让自己冷静一下后走回客厅,整理好自己的东西,告诉大家:"我不想写了!"

"什么?你说不写书了?"

"喂,你把大家召集到一起,然后说不写了……这像话吗?"熙子阿姨不满地抱怨道。

"如果我不写就不对,那阿姨您说的像话吗?您想让我记录您每天的二十四小时吗?写那些干什么?想让您的孩子们知道他们的母亲有多无聊吗?我都说了我会把您写成体贴孩子的好母亲,那样多好啊。不光书好卖,孩子们也会高兴。母亲虽然一年三百六十五天都在思念孩子,却不打一次电话,一直忍着不去打扰他们,不给他们增添负担,还为此感到幸福。"

"那……那不是事实,我觉得孩子们很可恶。如果你不想写我每天多孤单的话,就把我从你的书里删掉!"大家见熙子阿姨如此坚决,不由得肃然起敬。我却对此无可奈何,束手无策:"阿姨!"

"我二十四小时都在干什么,我……我……"熙子阿姨情绪激动地吼叫着,似乎忘记了自己要说什么,一直重复着同样的话。忠楠阿姨见状,赶忙接过了她的话:"姐姐在这个家里该有多么无聊,只用三天就做了一

"我是一个和孩子亲如朋友的母亲形象,我喜欢。你可别忘了把咱俩打架的故事写得真实刺激、毫无保留啊。还有你向我扔靠垫的事。"

"靠垫?打自己妈妈吗?"大家闻听老妈此言,都大吃一惊,吓得目瞪口呆。

"您抓住我的头发,使劲打我的事,我都会写进去。"

"喂,能不能给我写一个浪漫爱情之类的?或者'妈妈的爱情'怎么样?写得情色一点。"老妈说罢,就笑个不停,阿姨们也都嬉笑地插嘴附和她。看来我想在短时间内结束采访是基本不可能了。

"我不喜欢你刚才说的那个体贴的母亲形象,那不就意味着让我以后继续照顾子女一直到死嘛?"熙子阿姨虽然终于把话题拉回了主线,却偏离了焦点。

"阿婉啊,我也不喜欢那个牺牲自己的形象还是代名词什么的。还有啊,别写我家孩子离婚、挨打的事,就只写我的故事吧。"静雅阿姨一副不情愿的表情。

"可是如果除去孩子们的事,您的人生还有什么可写呢?"奇子阿姨这时又在一旁插嘴,开始叙述一些莫名其妙的往事,"我呢,你就按我说的写,不能虚构,只能按我说的写。如果和我说的哪怕就差一个字,也不要把我的故事写成书。就从我的一个被拉去当慰安妇的阿姨开始吧……还有因为那个阿姨而精神错乱去世的我母亲;我那个被征兵没见过面的哥哥;'6·25'战争时,我母亲背着胸部中枪的父亲去避难……都是血泪啊……听说那时是'1·4'后退时期,正赶上春天,樱花像血一样飘落在路边……"

英媛阿姨见奇子阿姨前言不搭后语,滔滔不绝地讲述自己的故事,忍不住提醒她"1·4"后退时期不可能是春天。然而,奇子阿姨却依然咬定自己绝对没说谎。

"哎呀,安静点吧,阿婉会思绪混乱的。大家这么吵闹,她怎么能写得出来啊?"

"年轻人干吗要思绪混乱,只要聚精会神就能听清楚!"老妈想调节气氛,英媛阿姨想袒护我,忠楠阿姨却在一旁煽风点火。

"那你要怎么写我的故事啊?既然我是主人公,就应该让我知道吧。"熙子阿姨就像温顺的小鹿一样,眼睛瞪得圆圆的,向我问道。

"阿姨,不,阿姨们,我采访大家是为了写小说,我要写的不是阿姨们发泄的怨气……而是名副其实的小说。如果要出版的话,刚才说的主题是……"

"什么是主题?"奇子阿姨和忠楠阿姨立刻插嘴问胜载叔。

"不用知道。"

"既然不知道也行,干吗还要我们说呢?"忠楠阿姨继续刨根问底。

"所以呢?所以呢?"在熙子阿姨的不断催促下,我才有了说明的机会。

"将来买这本书的读者主要是年轻人。年轻人呢,会对长辈的唠叨、牢骚,以及对人生的怨恨、诉苦的故事……"

"知道,就是不感兴趣呗。所以,你的意思是让我们只回答你的提问,别光说自己心里想说的实话,因为没有时间,对吧?"老妈打断我,满脸不悦地抱怨。

"难道他们不想了解自己母亲的人生故事吗?"静雅阿姨问英媛阿姨。

"我没有孩子,所以不清楚。"熙子阿姨听英媛阿姨如此平静地回答,就像非要等待答案一样,又盯视着忠楠阿姨。

"你看我干吗?我可是老姑娘。"忠楠阿姨直截了当地回敬了一句。

"咱们这些没孩子的人就闭嘴吧。正因为如此,阿婉你就给我们每个人都设定了一个主题,对吧?我的主题是女演员的纯情,爱情的形象……"

真实的人生故事

熙子阿姨家的客厅里聚集了除锡钧叔以外的老妈的朋友们。这是我为了采访老人们的第一次聚会，是我终于着手实施的、不知对自己人生是好是坏的一个企划。事情源于老妈想让我写长辈们的故事的提议（当然，我当时不屑一顾），后来是出于我的一种奇妙的好奇心（在送走静雅阿姨的母亲时，我被她们的言行所打动），再就是想作为与老妈对抗的手段（由于认识到自己的卑鄙和自私，已经破灭），现在则是想在回到研贺身边前，作为一份礼物送给老妈。我准备着手小说创作了。

我打开笔记本电脑和手机录音功能，又准备好便笺和笔，在脑海里构思了一下该以何种主题展开叙述。可还没等我开始采访，就已经受到了他们你一言我一句的头脑轰炸。

"你干吗要随便写我的故事啊？"奇子阿姨高声问道。

"奇子，所以她才说这是小说啊。"奇子阿姨无视静雅阿姨的解释，依旧不依不饶，"喂，我很忙，你先听我说吧。"

"就按长幼顺序来吧。这里的所有人都很忙，也不光姐姐你忙吧？"

过吗!"

"你别总说一样的话,你没有错。"静雅对于重复同样话题的锡钧郁闷不已,同时又有些焦虑。锡钧用拳头砰砰拍打着自己的前胸,继续大声辩解:"我这一辈子,父母排第一,兄弟排第二,这有什么不对的!"

静雅听锡钧这么说话,立刻眼眶一红,一边哽咽,一边说道:"既然父母之后是兄弟,那你就去和自己兄弟们过吧。我妈死的时候,让我以后一定要舒心地过日子,所以我离家出走了。为什么?我活得太累,所以把年迈的老妈送进了疗养院。尽管最后让她在海边去世……我一定要实现我妈的最后遗愿。就你是孝子吗?我也是孝女!"

静雅也说出了一直憋在心里的话,说完就砰地关上了房门。因为要看丈夫和婆家的眼色,为了抚养孩子,为了持家过日子……自己在母亲生前从未好好尽过孝。在记忆中,自己没有一个善待母亲的回忆,留下的只是无尽的悔恨。自己遇到大孝子丈夫,要做一个孝顺媳妇,却完全忽略了娘家母亲。静雅想到过往那些岁月,只觉得无尽的愧疚和痛苦,豆粒般的泪珠从满是皱纹的眼角扑簌簌地流淌下来。

锡钧站在紧闭的房门前,心情暗淡,摇摇晃晃地向大门走去。他平生第一次觉得对不起静雅,眼眶不觉一热,然而那种感觉稍纵即逝。锡钧为静雅不理解自己感到遗憾和懊恼,自己要承担对父母和兄弟的责任,这个责任也是他的沉重负担。锡钧从围墙上探出脸,向院子里吐出了最后的愤懑:"你有什么了不起啊,该死的!"

衣柜抽屉里拿出一张纸递给了他："这是离婚协议书。我已经盖章了，你盖章后送到区公所吧。"

锡钧被静雅冷漠淡然的语气所震惊，不禁眼眶一红，把协议书放进口袋里，虚张声势地吼道："好，离婚吧！离婚之后，这个房子归我！就算是你名下的，也是我的房子！"

"你要打官司吗？"静雅依旧淡定自若。

"你害怕吗？"

"那就打官司吧。"静雅喝光拉面汤，放下碗打开了电视。

"你走吧，马上！"

锡钧猛地站起身，可又不想就此离开，站了一会儿又坐了下来："我到底做错了什么？爸妈遗言让我照顾好兄弟们，我是长子理当如此。我的罪过就是遵守了父母的遗言，子女对父母尽孝有罪吗？当年我父母埋怨你只生了女儿的时候，我并没有站在父母那边，而是和他们分家另过。我为了你，就像丢弃旧鞋子一样抛弃了我的父母。"

"那算什么抛弃，分明就是分家到隔壁。我还是天天一大早去做饭，中午和晚上也得去做饭，还动不动就被他们揪头发。老公，那不是抛弃父母！你别说瞎话，哪是什么分家？"静雅的语气中既没有委屈也没有怨恨。

"马上就要离婚了，还叫什么老公。"

"对啊，不是老公。那现在该怎么称呼你呢？就像熙子那样叫你吗，金锡钧，这样吗？"静雅说完又把头转向电视。锡钧怒火冲天，腾地站了起来："咱们法庭上见！"

静雅等锡钧走出大门后，才探出头来提醒锡钧："你路上小心，回去的路有点险。"

锡钧也许觉得不能就这样一走了之，又回到房门前大喊："我哪点对不起你了，是因为没带你去环游世界吗？我就想省点钱……那是什么大时代的学弟、学妹是外人。知道了吗？我们是外人！"英媛说完，重新回到洗碗池前拿起了沾有洗涤剂的玻璃钢丝球。

"我会把你姐带回来。她来电话了，让我去见她一面。"

"那是最后的分手通牒，你这个人啊。"英媛不想因为无谓的争吵消耗体力，小声嘀咕道。

"你把屋子收拾干净再走！"

锡钧像使唤仆人一样吩咐完就走了出去。过了一会儿，忠楠回到室内，开始整理凌乱摆放的衣服。

"你是病人，别累着，放那里吧。"

"我这是在还金锡钧小时候替我打抱不平的人情。真该死，我怎么连这些都记得。"忠楠发泄般用力抖几下衣服叠好，好像突然想起了什么，"对了，你帮我报仇吧。"

"你又想收拾谁？"

"孤立我的那帮教授。"

"好，收拾他们。我正好现在心情不好，就狠狠地收拾他们一顿吧。你做好计划了吗？"

英媛和忠楠将令人头痛的锡钧一事抛之脑后，开始着手策划忠楠的复仇大计。

锡钧来到静雅住处，就像备受委屈的人一样，不停地逼问静雅："我好好孝敬父母错了吗？我给自己弟弟们钱，又没给外人，做得不对吗？你说呀，你倒是说话啊！"

静雅泰然自若地吃着拉面，小声回了一句："没有不对。"

"那干脆离婚啊，你干吗要离家出走？你害怕离婚才离家出走吗？既然想随心所欲，那就立刻离婚吧！"锡钧本想威慑一下静雅，没想到静雅从不是因为我而心烦啊?那就让顺英她妈快点回家吧。不然我的家务活都得由你们来做,我会天天给你们打电话,一天打十二次。"

英媛正在洗碗,听锡钧这么一说,回头一本正经地看一眼锡钧,语气异常坚决:"哥,你觉得我还会再来吗?来这里给你洗碗吗?演员要工作,要拍戏,有时间来吗?请你记好了,仅此一次。今天,现在!"

"我还会给你们打电话。"

"哥,你不能这样。你如果觉得不方便就去求姐姐吧,别这样。"

锡钧听英媛对自己这么说话,立刻目光犀利地追问道:"是你们怂恿她的吧?都是你们这些单身女人鼓动一个啥都不懂的老人离婚,胡扯什么女性解放的吧?"

"就是,怎么啦!"忠楠实在忍无可忍,怒声回了锡钧一句,然后无视怒目圆睁的锡钧,起身拿起背包,对英媛说道:"喂,我去外面待一会儿。我前两天是阑尾破裂,今天脑袋快要炸了!"

锡钧等忠楠关门离开后,又继续质问英媛:"是不是忠楠那丫头帮她找房子,你借钱给她了?"

"我劝阻过姐姐,让她别离婚,劝她好好伺候你,度过来日不多的人生。"

"那你是我的队友吗?"

"现在不是了。看来是我对姐姐太苛刻了。您对我都这样,对姐姐肯定更过分。剩下的人生不多了,您就让姐姐随心所欲吧。挺好啊,真的。从现在开始,如果您需要有人做家务,那就让您最疼爱的弟弟们,分了您全部财产的那些人来伺候哥吧。知道了吧?"

"他们是男人!"

"我是女人,那又怎么了。"英媛毫不示弱,高声斥责锡钧,"哥,您安静点。要是再吵闹的话,我就离开不洗碗了。我明确地告诉你,法律上小学离家五天后，静雅打电话告诉锡钧自己的住址，让他过来见一面。锡钧放下电话，不免有些得意扬扬，自言自语："你这样就对了！"然后把脸盆放到客厅，开心地刮起胡子来。这时听到门铃响起："门没锁。"

英媛拎着各种食盒推门而入，忠楠跟在身后弓着腰，步履蹒跚地走了进来。

"你怎么来了？病好了吗？"

"这是吴忠楠对锡钧哥的最后情谊。"

英媛打开装有食盒的口袋展示给锡钧，忠楠坐在餐桌前插嘴说明："那是锡钧哥喜欢的蟹酱。"

"你可真懂事啊。"

忠楠看着像孩子一样欢喜的锡钧，嫌弃地瞪了他一眼。这时，就听端着食盒走进厨房的英媛突然一声惊叫："姐姐离家五天了，难道你一次都没有洗碗吗？这是什么！"

只见洗碗池里堆满了尚未清洗的碗筷和食物垃圾，一片狼藉。

"那是这两天的，孩子们说这两天忙没过来。"

忠楠无语地看着锡钧。

"不想洗碗就别吃饭啊。"

"你说什么？"

"我说那就别吃饭了，你耳朵聋了吗？"

锡钧听忠楠这么一喊，突然用手指抠起耳朵来："你说的根本不像话，所以我听不见。怎么了！"

忠楠觉得没必要和锡钧啰唆，就从包里取出事先准备好的东西，走过去贴到了冰箱门上。这是她特意为锡钧准备的，希望他阅读并铭记的"好丈夫十诫"。

锡钧看着在厨房里忙碌的英媛和忠楠，摆出了一副臭架子："你们是

"您每天都责怪我妈爱吃东西,像使唤仆人一样使唤她。您这辈子都没自己亲手接过一杯水喝。"

"难道让男人自己接水吗?让男人做饭吗?"

秀英觉得锡钧不可理喻,闭嘴不再与他理论。她非常清楚,每次和爸爸聊天时都会感觉到二人之间存在的坚固代沟,所以非常郁闷。

"你妈最长也就一个月,不用理她!"

"如果一个月变成一年了呢,到时候怎么办?"

"明天晚上给我做刀切面吧。"

"您想看到我也离婚吗?我老公的饭,谁来做?我老公的饭呢?"

"明天做刀切面!"

无论女儿怎么抱怨,锡钧都置若罔闻,高声嚷叫发号施令后,就开始闷头吃饭。

锡钧那天晚上做了一个噩梦。月光昏暗的夜晚,在浓雾笼罩的铁轨上显现一个男人的身影。锡钧拨开浓雾摸索着走向那个男人,就在他感觉快要靠近时,那个男人却消失不见了。锡钧紧张地环顾四周,却不见那个人的踪影。怎么消失了呢?那个男人是谁?这时,就仿佛被吸进真空管一样,浓雾刹那间消散,只见静静地横卧在月光下的铁轨一直延伸到远方,却依然不见那个男人的踪影。锡钧正觉诧异,那个男人忽然出现,猛地扑向了锡钧。

"顺英妈啊!"

锡钧一阵悲鸣,从噩梦中醒来。这个噩梦令他毛骨悚然、心情压抑。锡钧习惯性地找寻着静雅,环顾四周却发现脏乱的房间里只有他一人。在这个夜晚,锡钧开始无比思念静雅,思念那个帮他擦冷汗、温柔地给他挠后背的静雅。

老年人的孤寂

"忠楠啊,你过来给我做顿饭吧。"

"是让刚做完手术的我吗?你想死啊,哥!"锡钧竟然打电话让正住院的忠楠去给自己做饭,挨了忠楠一顿臭骂,没办法就把女儿们叫了过来。当秀英背着孩子在厨房里洗米,浩英在打扫房间时,锡钧却坐在沙发上一边吃锅巴,一边翻看报纸。

锡钧看到秀英做好饭和汤,已经摆到了餐桌上,对女儿们一句"辛苦啦"都没说,就径自坐到餐桌前,拿起勺子准备吃饭。秀英坐到锡钧对面:"爸,您就去求我妈吧,好不好?"

秀英无视锡钧瞪自己,毫不示弱:"您就算不能满足我妈梦寐以求的周游世界,那就陪她周游亚洲吧,好不好?要不周游国内也行。我和浩英姐出钱,哪怕从银行贷款也会出资赞助,好吗?行不行?"

"你真有钱啊,给我吧!"锡钧就像故意惹秀英生气一样,竟然伸出了手。秀英伤心地大声喊道:"爸!爸爸!"

"我干吗去求她,是请她原谅我七十多岁了还在工作吗?求她什么!"

说话实在不中听。

"您有什么事吗?"

"让你妈过来给我做饭吧。"锡钧叔就像来讨债的人一样高声命令我。老妈一看我面部表情有变,就走了过来。

"让您过去给他做饭呢。"我捂住话筒转达了叔叔的命令。老妈略带担心地嘱咐我:"你告诉他,我这边完事就过去。"

"您干吗要去啊?"

"总得去一次啊。"

"妈妈是我的,一次都不可以,我心疼!"

我放下捂住话筒的手,告诉锡钧叔:"叔叔,您找秀英、浩英吧。"

老妈一脸无奈地摇摇头,向刚进门的客人跑过去。

"秀英、浩英很忙,那你过来做吧。"

"您干吗让我去做?"简直莫名其妙、不可思议。我可以去为静雅阿姨做饭,但让我为锡钧叔做饭,那绝对是"No"!

"喂,你这臭丫头,我看着你长大快四十年了,你怎么就不能给我做一顿饭呢。你这个没教养的家伙,我和你妈是近六十年的朋友了,六十年!"

"对不起,我现在很忙……我要挂电话了,叔叔。"我伸了一下舌头,马上挂断了电话。

老妈留给学长的应该是不堪回首的痛苦记忆,可他却如同玩笑般一笑了之,着实令我感激。

"那天的事……我替她向你道歉。对不起!"

"好啊,你要不停地道歉,别想一次就完事。"

"我会写书,用销量回报您。"

学长静静地看了我一下,语气淡淡地催促道:"你回去吧。"

"咱们喝杯酒再告别吧。这也太说不过去吧,敷衍了事。"

"我们就这样,有点尴尬……留点遗憾。就像开始时一样,让结尾也带点缺憾,这样很合适。"

"也是,不然就越界了,是吧?"

学长见我坦率地承认,就朝我眨了一下眼睛:"这个程度正合适。"

我也眨眼回应,然后又补充了一句我想和他说的最后一句话:"您一定要幸福!"

我和学长,我们两人因孤独而产生了片刻的动摇,然后又重新回到了原点。因为有了学长,我才坚持下来;还是因为学长,我才有了回归原点的力量。我爱学长,不是世人所说的那种单纯的男女情爱,而是对他存在的感恩。我由衷地希望学长一定要幸福。

中午,我在老妈店里正吃着海鲜面,听到老妈放在桌子上的手机铃声响起,看老妈忙着招待客人无暇顾及,就顺手接听了电话。

"您好,这是张兰姬的电话。"

"你是谁?"我大吃一惊,急忙确认来电是谁,原来是锡钧叔。虽然感觉不妙,但我也无法挂断已经接通的电话,只好十分恭敬地应对锡钧叔:"啊……是的。叔叔,您有什么事吗?我是阿婉。"

"啊,是那个写小说、还抽烟的、兰姬家那个没出息的闺女啊。"锡钧叔

一定要幸福

我想在东震学长去美国之前和他道个别,就顺便去了一趟出版社。看到学长的神情比上次舒缓很多,颇感安慰,便半开玩笑地和他打趣,老板怎么可以离开公司那么久。

"我去那边发掘作家,很庆幸这里的职员工作能力都很强。……研贺呢,他知道你要去很开心吧?"

"我还以为研贺会高兴呢,没想到他竟不屑一顾,说自己没有不足之处,本来就很完美。所以呢,我去不去都无所谓。"

"哈哈,这家伙……总是那么自负。那你妈妈呢?"

我听学长这么一问,表情瞬间有些僵硬。知道说服老妈的过程将是一场艰苦的战斗,就算老妈不允许,我也决心要离开。一想到老妈,我的心情无比沉重。

"你妈不会有事的。即使她会痛苦一阵也会挺过去,只要你幸福。"

"怎么,您挨了一顿揍之后就彻底了解我妈了吗?"

"哈哈,你妈的力气还真大啊。"

"我觉得这种时候就我最好了。没有父母,没有丈夫,没有孩子。"熙子见英媛笑着自嘲,马上接过话茬。

"所以,很多时候我都羡慕你和忠楠呢。"

"可我得了癌症啊,呵呵。"

"当然,我们也很同情你。我们当中数忠楠过得最好了。"

"忠楠姐有十几个亲戚一直靠她来赡养呢,你在病房没看到吗?"

"忘了。"

"人生,对谁来说都不易啊。是吧,姐姐?"

英媛和熙子就这么东拉西扯地闲聊着,静雅在一旁一声不吭只顾吃饼,这时突然冒出一句话:"光煎南瓜也挺好吃啊。对了,还有白菜叶,你们等一下。"

英媛看着静雅消失在厨房里,放声大笑:"静雅姐才是真的高手!"

一般人见女儿们上门大吵大闹,肯定会心烦意乱,坐立不安吧。可静雅却若无其事、一如往常,让英媛不由心生敬佩。

熙子说:"她很可怕。你别说是我说的。"

"你之前也说过她可怕。"熙子听到英媛这么一说,不禁摇了摇头。"哎,我怎么时不时就这样呢?"熙子说。"不是时不时,是经常!"英媛一边喂熙子吃南瓜饼,一边调侃她。

静雅捡起女儿扔出去的抹布,依然默不作声,走到了水龙头旁。她不想对女儿们详细叙述自己的日常,这辈子她没有一刻为自己而活,现在只希望她们能让自己安静下来。

"我爸会做饭呢,还是会什么?"秀英继续不依不饶。

"阿姨,您劝劝我妈啊。"浩英回头看了看熙子和英媛,请求她们帮忙说服静雅。秀英对静雅劈头盖脸就来了一句:"妈,您也不见得好到哪去!"

英媛在一旁见状实在听不下去,忍不住插了一嘴:"喂喂喂喂,说出去的话就是泼出去的水,打住! 秀英,你现在说的话已经有失分寸了!"

"我妈也有很多不是,我爸的习惯都是她给惯出来的。女儿们说什么来着? 我们出嫁之前怎么跟您说的? 让您别什么都顺着我爸,您不是说就那样过下去吗? 当时还大骂我们这些女儿心太狠。事到如今,您该做的都做了,干吗还要这样? 让我跟婆家人怎么说啊,我们家大姐、二姐,还有爸妈,怎么都这样,真是丢死人了!"

秀英一边哽咽,一边不停地抱怨。其实她也明白姐姐们离婚不怪姐姐,妈妈这样也不全怪妈妈。让她难过的是,总有一些人喜欢说三道四。再加上妈妈执拗地坚持要在这样破烂不堪的房子里独自度过晚年,实在让她担心和忧虑。

静雅的女儿们离开后,恢复安静的屋子里弥漫着香喷喷的南瓜煎饼味。静雅把刚煎好的南瓜饼放到盘子里,撕成小块送进英媛和熙子口中,英媛竖起大拇指连说好吃。

"姐姐,刚才你不吭声是对的。"

"说出来就太矫情,有可能还会和孩子们闹掰,对吧?"熙子也随声附和。静雅依然不说话,只是笑着吃南瓜饼。

上了好父母……你有一百亿韩元吧?"

胜载见锡钧依然执迷不悟,郁闷至极,大声呵斥道:"一百亿是谁家小狗的名字吗?我父母的财产全都用于他们的治病、护理了。难道我是诈骗犯吗?我是律师!一个人正常工作怎么可能赚到一百亿韩元呢?"

"看来还是你没能力啊。小子,如果我像你一样大学毕业,都已经赚了一百亿了。不对,什么一百亿啊,都能赚两百亿了。话说回来,你饭做得挺好吃的,比我家顺英她妈强。你要和我一起过吗?哈哈哈。"胜载尽管为锡钧的无可救药感到郁闷、愤怒不已,还是强压住怒火,闷头吃饭不再理他。

没想到锡钧的不雅行为并没有就此结束。胜载洗完碗筷出来时,看见锡钧正敞着卫生间的门,站着小便。他担心小便溅到马桶上,就站在那里盯着锡钧。锡钧却不知所以然,还哈哈大笑自我吹嘘:"你看我小便,气势依旧吧?"然后,用手抖了抖裤子上溅到的尿液就想走出来。胜载实在看不下去,一把抓住了锡钧的手腕:"你洗洗手啊。"

"没关系。喂,给我拿酒来。你有洋酒吧?"锡钧说完在裤子上擦了擦手走回客厅。胜载打开淋浴器冲洗马桶周围,不禁对一辈子忍受和接纳锡钧的静雅心生怜悯,竟觉得静雅确实无需再忍受锡钧。

秀英和浩英于第二天清早怒气冲冲地找到了静雅住处。先于她们到来的熙子和英媛在一旁静静地观望着母女之间的争执。

"您简直无理取闹。明明说没什么心结,怎么还要离婚!"秀英怒火中烧,一进门就质问静雅。

"妈,您有什么心结就说出来解决嘛,这算什么呀。这房子又是怎么回事?"静雅无视浩英的劝解,不停地擦着地板。秀英见状更是愤怒,一把抢过静雅手中的抹布扔到了地上:"现在是擦地板的时候吗?"

锡钧下班后径直去了胜载家。自己家里虽然还剩下一锅饭和牛肉汤,但他却懒得自己动手摆饭吃饭。

"大哥,你从那边餐具盒里拿出筷子和勺子吧。"胜载一边盛饭,一边吩咐锡钧。锡钧闻听此言,满脸惊讶的表情:"让我做吗?"锡钧就这样看着胜载,纹丝不动地坐在那里。胜载从餐具盒里取出了两套餐具。

"你自己盛饭吧。"胜载特意只盛了一碗饭,若无其事地坐了下来。锡钧虽然满心不悦,也只好站起来去盛自己的饭。

"你去求静雅吧,让她回家。"胜载见锡钧吃得津津有味,不禁心生怜悯,看了他一眼,开口劝他。

"我干吗求她?三天后她就会回来,等我吃完那锅饭和一锅汤时,她就会回来了。喂,要是像忠楠说的那样,顺英她妈真想和我分手的话,怎么还要给我煮好饭,熬好汤呢?你说是不是,不对吗?"

胜载颇感无奈,轻轻地叹了一口气:"因为她是静雅啊。"

"什么?"

"因为她善良。那是最后的晚餐,让你吃完饭,喝完汤就从她身边彻底离开。静雅可能是这个意思吧,因为她太善良啊。"

锡钧觉得荒唐无稽,哈哈大笑:"那她怎么不给我离婚材料?我说得没错,你无言以对了吧?顺英她妈绝对、绝对不会和我离婚,我们都一起过了半辈子了。在你看来,我是一个坏家伙吧?其实我对她很好,又能赚钱,一直到今天也没有出过轨。你出过轨了吧?"

"听说静雅已经找好房子了。"胜载忍不住违背了和熙子的约定,透露了静雅的秘密,没想到锡钧却根本不吃这一套:"她那是在作秀!因为我不带她去周游世界,她是为了让我带她去旅行作秀而已。话说回来,你也想想看,现在我们都能活到一百岁了,如果去周游世界,花光所有钱,花光所有积蓄,那以后怎么办?难道两个老人要露宿街头吗?你是律师,又摊

谁的人生都不易

锡钧从早晨醒来就在找静雅。电饭锅里有刚焖好的饭,煤气灶上炖着一大锅牛肉汤,却四处不见静雅身影。直到锡钧独自一人吃完饭准备去上班时静雅也没回来,电话也打不通。即使这样,他也没有想过静雅会离家出走。

上班以后,锡钧越想越生气,于是就依次给静雅的朋友们打电话。熙子不接电话;英媛和兰姬就好像约好似的断然回答不知道;忠楠竟一派胡言说静雅离家出走了,是在报复他什么的。锡钧似乎心有所思,挂断电话后竟面露微笑自言自语起来:"哎哟,不就昨晚准备了一次祭祀嘛。今天大清早就到处乱窜,去和人家吹嘘要不要跟我过下去的。唉,要是嫌准备祭祀辛苦,就不要生为女人啊。管她呢,我昨晚已经好好孝敬我父母了。嘻嘻。"

锡钧随即又先后给女儿们打了一次电话,可回复却如出一辙,同样都说不知道。锡钧尽管一整天都联系不上静雅,却也没太在意。因为他确信就算静雅离家出走了,过不了几天就会主动滚回来。

一想,我也算是现在的年轻人。

"你也是个坏丫头!杰古肯定会讨厌我!"外婆骑上停在医院前的四轮摩托车,不一会就从我的视野中消失远去。我和外婆一起说笑的时候,从未感受过有代沟。可当我看到外婆突然翻脸离去时,才意识到长辈和我之间的隔阂要远比想象中的严重。我不由得叹了一口气,像念咒语一样自言自语:"理解她们吧,理解她们吧。这样才能写老人们的故事。理解她们吧!"

也不同的年轻儿媳妇。

"外公不爱说话,不会招人嫌。外婆您有魅力,让她喜欢您不就行啦。"

"怎么做?"

外婆似乎真的想了解,紧紧地靠了过来。我为了不让外婆过于担心,想了一下,就随意说道:"给钱呗。"

"借钱给吗?"外婆泄气地反问。

"适当给点呗。您欠下的债要由子女来还,当然不能借钱。"

"给她钱,然后一起吃饭吗?"

"钱就给她存到存折里。不要一起吃饭,就算她主动邀请也要拒绝,因为那是空话。"

"干脆不要打照面吗? 那要和她说话吗?"

"在他们问您之前,不要说。"我结合现在年轻儿媳们所希望的公婆形象提示外婆。

"什么话都不说吗?"

"尽量。"

"那就紧闭嘴巴吗?"

"尽量。"

"那还不如死了算了!"

我见外婆勃然大怒,才意识到事情不妙。然而为时已晚,只见外婆怒气冲冲地离我而去。我一边收拾着长椅上的饼干袋和饮料罐,一边冲外婆背影大声解释:"外婆! 我只是在说……您干吗说到死啊! 我就想告诉您,现在年轻人的想法。"

"现在的年轻人吗? 那你呢? 那你怎么样?"

"所以,我的意思是……外婆,我……"我无法回答外婆的反问。仔细

"一看你这么耍弄人,我就知道你病好得差不多了。妈,我去餐馆干活了。"老妈离开后,忠楠阿姨的通话仍在继续中:"哥,你现在完全慌了吧。静雅姐丢下你离家出走了,你心情如何啊?"

"你是一个人过疯了吗?我老婆干吗要离家出走。你赶紧结婚吧,别整天疯疯癫癫的!"锡钧叔吼叫着挂断了电话,就连一旁的我都能听见他的叫喊声。

"锡钧叔说什么,他不相信吗?"

"他不相信我,等事到临头就有好戏看喽。"正当忠楠阿姨幸灾乐祸时,她的手机铃声再次响起。阿姨看到来电显示后,咬牙恨恨地说道:"这回我要看你们怎么死在我手里!"

忠楠阿姨说完,把一直响个不停的手机放进了病患服口袋里。

"是谁?是昨天不理会阿姨的那些教授们吗?"

"我一定找他们报仇。妈妈,您回去吧。阿婉,你也走吧。我那些该死的侄子们要来了。"我看着忠楠阿姨倚着辅助器,步伐缓慢地走向病房的背影,不禁有些替她担心,怕阿姨报仇不成,反而遭受那些狡诈的教授们的更大打击而受伤害:"阿姨,您就别费神了,忘了那帮教授吧。直接和他们断绝关系,报什么仇啊。如果要报仇,还得和他们见面,然后还会纠缠不清。他们要想哄骗心软的您,简直是易如反掌。好不好?您就听我的吧,阿姨!"

忠楠阿姨好像铁定了心,头都不回,完全无视我的劝阻。

"你舅舅说他两个月以后结婚。"外婆一直在旁沉默不语,这时突然开口告诉我。

"我听说了。听说她叫杰奎琳?"

"她要是不喜欢你年老的外公和我怎么办呢?"

看来外婆仍有顾虑,放心不下将要娶进门的那个文化不同,饮食习惯

"妈,您是不是想要那样的女儿?"

老妈很羡慕又温柔又会撒娇的英媛阿姨,一直对自己刚强的性格不满。所以就试探似的问外婆。

"我喜欢你,臭丫头!"老妈听到外婆式的爱意表达,露出了灿烂的笑容。接着又撒娇地嗔怪外婆:"天天说女儿'这丫头''那丫头'……"

这时,传来了已经走出很远的英媛阿姨的声音,"是吗? 我不清楚啊……"英媛阿姨又转身走回来,用口型告诉大家,"是锡钧哥的电话,他说静雅姐不在家。"然后,又对着电话说道,"锡钧哥,我不知道姐姐去哪儿了。我吗? 我正在拍戏啊。"阿姨就好像真的一无所知似的表演一番后挂断了电话。

"看来静雅姐是今天早晨跑的。怎么了,她到底想干啥?"

英媛阿姨离开后不久,老妈的电话铃声响了起来,当然是心急如焚的锡钧叔打来的:"锡钧哥啊。我不知道啊。喂,你怎么给我打电话找自己老婆啊。难道你冲我喊叫我就知道吗? 我还能在干吗,生意人当然是做生意呗。"

我觉得眼前这情景实在有趣,便在老妈耳边低声提醒:"您就告诉他阿姨跑了,看看他什么反应。"老妈无法对我生气,就拍打着我的后背瞪了我一眼,然后又劝锡钧叔:"都中午了,您先吃饭吧。我这里来顾客了,挂了啊。"老妈撒个谎刚挂断电话,忠楠阿姨的电话铃就随后响了起来。

"不要接!"忠楠阿姨根本无视老妈的劝阻,马上接听了电话:"怎么了,哥! 姐姐不在家吗? 那明摆着是离家出走了啊。"

"姐姐!"老妈惊慌失措,忘了刚刚撒谎还说自己在餐馆,朝忠楠阿姨大喊一声。"静雅姐和你已经结束了,这是姐姐在向你复仇呢。"老妈听忠楠阿姨竟这样直言不讳,无奈地一笑了之。我则心情舒畅地朝阿姨竖起了大拇指。

"外婆,您对静雅阿姨和锡钧叔离婚一事怎么看?"

"是他们俩想好决定的呗。"

果然还得是我外婆,言辞依然简明犀利。人世间的是非纷争原本就没有一个绝对标准,我觉得外婆的回答最接近正确答案。就像自己选择婚姻一样,离婚同样也应该由自己决定。

这时,熙子阿姨的手机突然急促响起来,英媛阿姨见她瞥了一眼并无接听的意思,就一把夺过手机,问道:"锡钧哥干吗一大清早给你打电话?他以前也有大清早给你打电话的时候吗?"

"大概三十年前。"

"这你都记得啊?快忘了吧,多累啊。"

一直响个不停的电话铃声让我觉得非比寻常,就摇晃着英媛阿姨胳膊问她:"阿姨,不会是静雅阿姨跑了吧?"

"不可能吧,这一大清早的……"老妈板起面孔,否定了我的想法。

"对我们来说没有什么'不可能'!"熙子阿姨听忠楠阿姨如此断言,慌忙从英媛阿姨手中夺回手机,拨通了静雅阿姨电话,然而,静雅阿姨却始终不接听电话。

"看来静雅真的离家出走了。英媛,我这就打车过去,你们别担心!"熙子阿姨说完慌忙站起来。英媛阿姨见状,也跟着起身拍了拍忠楠阿姨肩膀:"你好好调养身体,一排气就马上告诉我。"

还没等英媛阿姨话音落下,忠楠阿姨就"嘣"地放了一个响屁。

"啊哟,太好了。啊哟,太好了!"英媛阿姨高兴得拍手鼓掌,然后又在咯咯笑着的外婆脸上吻了一下,"妈妈,我走了。"

"阿姨,您别忘了这周末的访谈!"我打算采访所有阿姨,准备小说素材,所以就拜托她们周末聚一下。

"嗯!"英媛阿姨挥着手刚转过身,老妈就紧凑到外婆旁边耳语道:

这时,忠楠阿姨的手机响起了短信提示音。我被惊醒,便把放在头边的手机递给了阿姨。

"李教授,即使你不来我们现在也很开心。"这是朴教授发过来的一条短信,同时还附带着一张自己酒醉憨笑的照片。我见阿姨脸色阴沉,表情不悦,大致猜出了缘由。

"看来是他喝醉酒发错对象了。"

就在忠楠阿姨怅然若失时,伴随着病房四处传来的此起彼伏的招呼声:"忠楠啊!""小姑子!""喂!"周围病床上突然出现了她亲戚们的面庞。

"为了不让你孤单,我特意选了这家医院。不错吧?"忠楠阿姨听外婆笑嘻嘻地问自己,眼含热泪,冲外婆点了点头。

在生命攸关的紧急时刻,留在喜欢年轻人的忠楠阿姨身边,陪伴她的都是她的老年朋友和那些更年长的亲戚们。

"这帮家伙……你们死定了!"忠楠阿姨握紧手机,咬牙切齿地痛骂了一句。在那个再平凡不过的早晨,忠楠阿姨静静开启了复仇的序幕。

忠楠阿姨说病房里太闷,大家就陪着她一起来到医院庭院,东拉西扯侃大山。聊了一会儿,英媛阿姨说起了静雅阿姨计划离家出走的事。

"了不起,太棒了!哇,静雅阿姨真了不起。是吧,对吧,复仇就该这样。给锡钧叔当头一棒,让他措手不及,是吧,阿姨!"可我万万没想到,英媛阿姨竟出乎意料地反应冷淡:"什么对不对啊?"

忠楠阿姨见英媛阿姨反应冷淡,下颚支撑在点滴步行辅助器上,急忙表态:"她反对,我赞成!"

"妈妈,您呢?"

"老了,离婚有什么用。"老妈一边心不在焉地回答,一边劝外婆喝保健品,"您得补充体力,喝吧。"

开启复仇的序幕

第二天清晨,忠楠阿姨在医院的病房里睁开了眼睛。她一脸迷茫地环视了一下四周,看到自己身边聚集着我外婆、熙子阿姨、我老妈和英媛阿姨,还有累得趴在床角打盹的我。

"医生说阑尾手术很顺利。你怎么没给我打电话啊?"熙子阿姨最先开口问忠楠阿姨。

"一个阑尾手术,几乎惊动了所有朋友出动呢。哎哟,真是的……"

老妈回想起昨晚大家听到忠楠阿姨的消息后大惊失色,惶恐不安的情形,跟着也插了一句。英媛阿姨这时马上夸奖我外婆,说幸亏她聪明机智,应对得当。

"对呗,我很聪明吧。我看到你的来电,反打过去见你没有反应,就马上联系了119,然后自己直接来这里了。是我救了你一命,你可要好好孝顺我哟。"

忠楠阿姨这才意识到,如果没有她们,自己昨晚也许已经孤独地死去,便露出一副既感激又哀伤的表情。

她朝门口看了一会儿,步伐坚定地走出了家门。

"顺英啊,内衣!顺英啊,顺英啊。"锡钧头上滴着水,打开浴室门大声呼唤静雅,发现放在门口的内衣后,露出了满意的微笑。

"你睡了吗?"锡钧又喊一声,然后拿起内衣进了浴室。

那天晚上,锡钧在睡梦中依然习惯性地喊了无数次"顺英啊"。需要有人帮他挠背时,打呼噜引起呼吸暂停时,口渴想要喝水时,每时每刻他都会喊静雅。然而,回答这个呼唤的静雅已经不在那里。锡钧呼唤静雅的声音一直持续到第二天清晨,几次叫喊声令室内越发空寂。

五十多年后,善良温顺的静雅真的丢下锡钧一人,就这样离开了家。

"妈,您出来干吗啊?"秀英问道。

"因为是女人呗。"

"说女人晦气,连祭祀都不让看。那干吗还要吃女人做的祭祀食品呢?"浩英一边抱怨,一边看向静雅,又看着静雅刚刚放下的背包问道,"这背包是怎么回事?"

"我要和你爸分开。"静雅淡定地回答。

"您想得对!"秀英以为静雅开玩笑,便大笑着夸赞,浩英看到那脏兮兮的背包也不以为然:"要把它扔掉吗?您终于想开了啊。妈,拜托您,过日子也学会扔点东西吧。"

"我真的租房子了,准备自己住,你们来玩吧。"

女儿们嬉笑着答应了静雅的邀请。过了一会,浩英看着手表不耐烦地抱怨:"唉,我什么时候才能回家啊。等祭祀结束,叔叔和长辈们肯定又会问我为什么离婚了?已经问过的话,问了又问,问了又问,没完没了,真受不了!"

"下次他们再问你干吗离婚的话,你就说没离,估计他们也不记得呢。"

"真的?我就那么说啊?"

静雅看着咯咯说笑的两个女儿,悄声吩咐:"你们对爸爸好一点。"

"他是您的丈夫,所以应该您对他好一点。"秀英不以为然地说完,接通了丈夫来电。

静雅目光缥缈地望着遥远的天空,想到了去世的母亲。知道自己人生没什么留恋,也没什么值得期待。自己已经对丈夫和孩子们尽职尽责,从今以后要把时间留给自己,做自己想做的事。

客人们离开以后,家里显得异常寂静。静雅趁锡钧哼着小曲洗漱的时候,拿出外衣穿好,又从卧室拿出锡钧的内衣整齐地摆放到浴室门前。

接就去火葬场了呢。想到这里,忠楠突然感到一阵恐惧,硬撑着大汗淋漓的身子站起来,命令自己:"先穿上衣服……叫救护车……去医院。吴忠楠能做到,不要泄气!要是就这样死了倒还好……要是不死,可能就变成废物了。"

忠楠正想打开衣柜,就在迈出一步的瞬间,又一阵剧烈疼痛袭来,突然眼前一黑,昏厥过去了。

万幸老天爷没有抛弃忠楠。忠楠在晕倒时,无意中按下了双芬的电话号码。双芬接通电话后听不到忠楠的声音,直觉告诉她忠楠肯定出了什么事,于是就拨打了119,自己则骑着四轮摩托车赶往医院。

兰姬听双芬说了忠楠的情况后大吃一惊,因为她和英媛正在为忠楠不接电话而担心呢。兰姬由于餐馆顾客不断,自己无法抽身,就给阿婉打了电话:"妈今天有团体客人走不开,那至少你得去吧。要是老人家独自死掉怎么办,你能负责吗?"

阿婉刚结束漫长的飞行到达机场,听兰姬这么一说非常无奈。

"妈妈,您怎么动不动就是要死要活的!"

"老年人就那样,一切都在生死之间,不是死,就是活。我因为团体客人想去也去不了。你到底去不去?"兰姬担心忠楠会有三长两短,所以特别忐忑不安。

"知道了,我现在就去!真是的,这到底什么事啊。"阿婉简单安抚了一下兰姬,就直奔出租车乘降处。

午夜十二点一过,锡钧就和亲戚们换上正装开始祭祀。静雅见状,这才拎着扔在卫生间的背包走出了玄关,只见早已出来的秀英和浩英穿着拖鞋靠墙站在那里。静雅把背包放到一个角落,也挨着女儿们,依墙而立。

"在电视下面。"

"你出去找一找,快点!啧啧啧。"锡钧不满地咂了咂舌,看到放在浴室角落里的背包,又问,"那是什么?"

"我的衣服。"

锡钧见静雅走出卫生间,立刻打开背包瞄了一眼,只见包里只有几件衣服和尚未用完的乳液等一些杂物:"这些都是什么,难道是准备扔掉的?"锡钧没有看到一个像样的东西,就把背包又扔到了浴室地上。

背包里是静雅准备离家时要带走的全部物品,就连锡钧那个吝啬鬼都认为那些东西如垃圾一般。静雅辛苦经营了五十多年,这个家留给她的只有这些。

夜深人静,忠楠独自在空荡荡的房子里,正被难忍的腹痛折磨着。白天肚子疼了一会儿,她自以为是拉肚腹泻,也就没当回事。可现在腹部又开始不停地绞痛,疼得她全身冒冷汗。阵阵绞痛让忠楠眼前一片模糊,神情开始恍惚。

"不好,这是突发状况啊。吴忠楠……你还年轻,不能像老年人一样惊慌失措……"忠楠一边深呼吸,一边费力地拿起手机,找到侄子钟植和珠英的号码拨了过去。然而,侄子们却因正在歌厅和朋友们尽情欢歌而不接电话。忠楠又给英媛打电话,经纪人接听后说英媛正在拍戏中。兰姬好像也在忙饭店的事,没有接听电话。

忠楠又想到了静雅和熙子,可又觉得指望不上两个老太太,就拨打了朴教授的电话。没想到电话接通后,朴教授却说自己孩子从美国过来了脱不开身,让忠楠自己叫救护车就挂断了电话。忠楠的另一位教授朋友则根本不接听电话。

忠楠最害怕一个人痛苦地死去。自己这样一直折腾下去,会不会直

静雅不辞而别

静雅家高朋满座,锡钧请来的亲戚们正在客厅里喝得酣畅淋漓。秀英和浩英在厨房里手忙脚乱地拌杂菜,摊各种煎饼。客厅里摆了好几张酒桌,锡钧一会儿要这个,一会儿要那个,扯着嗓子忙着招呼客人。

"顺英啊,拿点酒菜来。酒!还有杂菜!"

"来了!妈,您去哪儿了?"

浩英一边往盘子里装杂菜,一边喊静雅,在一旁煎着饼的秀英把目光投向了卫生间:"会不会在卫生间睡着了?妈为了准备这些菜熬了通宵,别叫她了,她会累晕的。"

静雅为了准备祭祀和招待客人早已累得精疲力竭,正坐在马桶上一边休息,一边翻看手机相册。母亲的照片,撒骨灰的海边,还有天空中自由飞翔的鸟儿。锡钧这时猛地推门进来,大声责问:"你又不拉屎,在厕所干吗呢?"

静雅把手机放进了口袋:"我歇一会儿。"

"花牌在哪里?"

餐巾纸擦拭了一下眼泪和鼻涕。

"我写完小说当天就过来。我要把书作为礼物送给我妈,因为那是我妈的心愿。"

研贺喝着咖啡,沉思片刻后终于吐露了心声:"你如果不来……就死定了,真的!"

研贺话音刚落,就传来了汽车鸣笛声。只见研熙把车停在咖啡厅前,坐在车里向我们挥手示意。

"她真不懂事!"研贺静静地握住我的手,亲切地抚摸着我手指上的情侣戒指。

"你走吧!"我拎起提包,迈着沉重的步子依依不舍地向车停处走去。然后,又返回来轻轻吻了一下研贺的脸颊,和他轻声告别:"拜拜!"

我就像明后天还会见面的日常问候一样,语气轻松地与研贺道别,而不是为了未来的约定。去机场的路上,我沉默了好久。研熙偶尔通过车内后视镜看我一眼,并没有说话。

"你让研贺做下半身锻炼吧。去打听一下康复治疗机构,应该能找到。"

"你妈妈她……"研熙不安地开了口。

"对不起,我之前拿我妈做借口。我会回来的!"

"好啊,那就等等看吧。"研熙见我态度坚决,露出了笑容。

"等我回来的时候,你可得嫁人了,别在家哦。"我们就这样边开玩笑边轻松地交谈一路到机场。

这次回到斯洛文尼亚,我终于意识到其实重回故地非常容易,也很轻松。无论选择走哪条路,最令人恐惧、担心的是在踏上那条路之前。迈出第一步,用自己的脚印开辟出一条路时就会发现,那条路上根本不存在什么让自己担惊受怕的怪物。那个怪物,只不过是由心而生,自我想象的恐惧而已。

我一边喝咖啡,一边努力平复自己亢奋的心情,觉得应该趁此机会向他明确表达自己的感情,不能留下一丝后悔。

"你给我听清楚!从现在开始,我不管我妈说什么都会回到你身边,我来这里的时候就已经下定了决心,我再也不想通过手机或电脑视频与你相会。另外,等我下次再来的时候,你要比现在更加、更加努力地生活。而且要比现在运动更多,锻炼上身,不许像现在这样放弃腿部锻炼,必须锻炼!"

研贺也许觉得难以满足我对他的期待,眼含热泪厉声说道:"现在就足够了!"

"你想和我一起生活的话,就要更努力!我舅舅卧床七年,可以下地行走了。尽管拖着一条腿,但现在可以走路了。你也得努力像他那样,因为你要和我一起生活。"

"我……是无法恢复的病例。"

我为研贺不想让我空等待的顾虑深感心痛,依旧不依不饶,咄咄逼人:"做不到也要做!人活着哪能只做那些容易的事,做不到也得做。你至少让我能够在坚决反对我嫁给残疾人的妈妈……让那个视我为全世界的我妈面前,理直气壮地告诉她我选择你的理由。妈妈,研贺是一个不屈不挠的人,他比世界上任何人都坚强。你要让我可以这么理直气壮地告诉她!"

我情绪激动地说完,一直努力控制的眼泪终于夺眶而出。研贺见状,刚刚还在我俩之间筑起铜墙铁壁般、拒人于千里之外的目光这时也逐渐柔和起来。那面墙,是他为自卫而筑起的墙,也是他不想给我增添负担的一种考量。从此以后,我们不再会各自躲在那面墙后自欺欺人。那种情感消耗,过去的三年光阴足矣。

研贺好像终于确信了我心坚如磐石,于是目光温柔地看着我。我用美……如果有女人，还可以交往。虽然妮基塔不适合我。"研贺说完，满面惆怅地笑了笑，他的笑容是那么凄凉和孤独。泪水再次涌满眼眶，我紧咬嘴唇毅然说道："我真不想看你这个样子，我要回来！"

"现在……我看着自己的腿，只会觉得很不方便。但是，如果你说还会回来却不回来的话……到那时候，我肯定会非常讨厌自己的腿，会认为都怪这双腿你又离开了我。我要靠这双腿过一辈子呢，你也为我考虑一下吧。"

"闭嘴！"

研贺似乎认为我不会再回来。我并不是因为他不相信我而生气，是为他拒绝我回来的理由让他显得那么卑微可怜更心痛。

"你说我来这里是因为什么？是出于冲动？喂，我忍了三年……坐完飞机又坐飞机，再坐大巴，长达十八个小时呢。"

"朴婉！"

我不顾研贺试图制止我，毫不退缩，向他步步紧逼。

"我虽然不知道我们会不会因为其他原因分手，但决不会因为你的腿和你分开。你可以自己出门，也能工作赚钱。我力气大照顾你没问题，个子高也能轻松拿到搁板上的东西。我说我爱你，你突然就觉得自己可以摆架子吗？"

研贺听我如此直言不讳，就目光犀利地看着我。我直视他的目光毫不退缩，斩钉截铁地继续说道："我都说了我会回来，那你就该……"

"即使我腿脚不方便，你却依然爱我，所以我应该说'啊，谢谢'，是这样吗？你想走就走，想来就来，然后又说走就走！"

"当然得这样。你得说'谢谢你！'"

"如果我说做不到呢？"

我猛地起身，抓起包又坐了下去，我不能就这样离开斯洛文尼亚。

"好吧。"

我们到达露天咖啡厅后,研贺把托盘放在自己膝盖上,放好两份咖啡,转动着轮椅来到我的位置前。我静静地坐在那里享受着他的服务,满意地夸奖道:"你好棒啊!"

"你指什么?是指咖啡?还是我驾驭轮椅的技术?"

"两个都棒。"

"因为是在平地。"研贺的语气略显冷淡。不知为何,他从刚才开始情绪就很低落。我心想也许是因为马上就要分离而悲伤的缘故吧,却免不了不时地暗中观察他。研贺喝着咖啡,将视线转向了窗外。

"我现在翻译中的书稿,还有要写的小说……如果按每天工作十个小时计算的话,大概需要三四个月完成。再慢些的话,就需要五六个月左右。等处理好首尔那边的事,我就回来……"

"你不用和我约定什么,就这样回去吧。"

研贺打断我的话,丝毫没有和我对视的意思,望着窗外继续淡淡地说道:"你这次来这里,我就权当是你忘不了斯洛文尼亚这个地方吧。"

我一时不解,研贺为何突然如此?

"你是说,我来这里不是为了你……而是为了斯洛文尼亚吗?"

"你爱冲动,喜欢我,所以才会突然来到这里……就当这是最后一次吧。"

"咯噔"一声,我的心沉了下去。研贺依然不和我对视,不,应该是无法对视吧。我明白研贺说的最后一次肯定言不由衷,却依然怒从心起。我走到这一步容易吗?如果我真是冲动而来的话,那就应该不止一百次,不,足有一千次来到他身边了。我强忍着泪水,讥讽地问他:"那么……你会一直在这里等我吗?"

"我会一直在这里,但并不是为了等你。这里有我的工作,风景也很

无需约定,就此而别吧

我收拾好行李,然后和研贺一起去他住处附近的林荫道散步,漫步在鸟儿叽叽喳喳、洒满阳光的林荫道上。看到漂亮的落叶,我便捡起一片放到研贺头上,推着轮椅继续缓步前行。我们就像享受日常悠闲时刻一样,融入这片舒适宁静的风景中。

"我打算回去以后见东震学长一面,来这里之前给他发过短信,他说要回美国了。不是因为我,是他不想让妻子感到孤独,这样挺好啊。对了,我想写一部关于老年人的小说,你觉得怎么样?会有意思吗?会不会很沉闷?"

"好像长辈们的角色都很有趣。"

"起初我并没想写,后来觉得写写老妈的故事也不错,或许这是所有作家的梦想吧。阿姨们的故事也比我想象的有趣,值得一写。我已经在脑子里大概构思了一遍,打算接下来再做个访谈,出个单行本。"

"咱们去喝杯茶吧。"研贺见我急促地说个不停,非常淡定地打断了我。

里:"谁都有这种时候,没关系,您别介意。我给静雅阿姨打个电话,您别着急,不要紧,我爱您。"

敏浩把熙子抱在怀里,一边哄她,一边心中祈祷,希望妈妈的症状只是健忘症。

"他们算什么朋友……对那些人来说,姑姑只不过是他们的账户,只取不存的永久账户。"

忠楠见珠英气呼呼地走出去,便叹了一口气。突然蹲下身,感到了肚子的阵阵绞痛。稍过一会儿,忠楠觉得并无大碍,以为自己吃坏了肚子,又站起来若无其事地向年轻教授们的座位走去。

熙子买好新被褥和枕头,让敏浩扛着大包裹跟着自己去静雅的新住处,因为熙子想在静雅搬家前提前帮她准备好生活用品。熙子在前边带路,领着敏浩到达的地方是靠近市场的小巷里的一个半地下室。

熙子敲了敲窗户,一个面目狰狞的男人仿佛刚睡醒一样打开了窗户。熙子大吃一惊,睁大眼睛问道:"你怎么在这里啊?"

敏浩看到熙子诧异的神态,也跟着追问了一句:"这是大叔的家吗?"

"疯了吗,你们……"只见那个男人皱了皱眉头,粗暴地关上了窗户。敏浩满脸忧郁地看着熙子,向她确认道:"是这个房子吗?"

熙子似乎这才想起来一样,摇了摇头:"啊……不是。我想起来了,想起来了,你别担心。"熙子说完精神恍惚地转过身,又走在前面继续领路。

"唉,真是的!您清醒点,妈妈!到底在哪里啊,是这附近吗?"敏浩背着沉重的包裹走了很长时间,已经筋疲力尽,所以就不耐烦地追问熙子。熙子在儿子的催促下脑子一片空白,慌张地走了一会儿突然停了下来。此刻,她完全不知道自己在往哪里去,应该去往哪里。熙子满脸惊慌地转过身看着儿子。

"敏浩啊,妈妈……不太记得了。"熙子看着背着沉重包裹跟在自己身后的敏浩,既感到过意不去,又害怕儿子生气责怪自己,心神不宁地观察着儿子的神色。敏浩这才意识到情况不妙,赶紧放下包裹把妈妈搂到怀

"我听说静雅的事了……喂,你们不该这样吧?背着锡钧哥偷偷把房子卖了……"

"那是静雅姐名下的房产,锡钧哥还有房子。怎么了,法律上有问题吗?"

"法律上能有什么问题啊。"胜载不悦地回答。

"如果静雅姐和锡钧哥打官司,我请你当律师,当静雅姐的律师。你要多少钱?"

"你这丫头,说的什么话啊!再说了,夫妻之间要是有什么心结就应该通过沟通来解决。你们这不是解决问题,只会带来麻烦啊。"胜载并非不了解锡钧的性格,但他仍觉得这样一意孤行地闹离婚并非上策。

"你就隔岸观火,看热闹吧。"

"锡钧哥会哭的,你这丫头!"胜载同为男人,很为锡钧担心。

"你帮他擦眼泪就行喽。"

"喂,我们都是说不定明后天就会死去的人,你为锡钧哥想想吧,都那么一把年纪了……"

"你还挺为锡钧哥着想啊,那你就和锡钧哥两人一起过吧。两个老男人卿卿我我,好肉麻。"

忠楠不想再废话,就挂断电话走向教授们所在的酒桌方向。珠英这时怒气冲冲地走过来,递给她一张发票:"那些人现在少说也喝了……三十万韩元的酒,您知道吗?"

咖啡店本来生意就不好,月月都在亏损。珠英对于那些每次都不买单,毫不客气地喝酒的教授们满怀不满。忠楠一边撕着发票,一边开导侄子:"艺术家们哪有什么钱,你就满足他们的要求吧。"

"姑姑!"

"对姑姑的朋友们不能那么吝啬。"

胜载又翻开没有颜色只有草图的下一页:"从下一张开始,就由你来画吧,听说画画可以预防痴呆症。我昨天画画的时候,'立刻'就想到你,就想把这个'立刻'给你,所以'立刻'就来了!"

"口水都溅到我了,你那该死的'立刻'……"熙子一边笑,一边做了一个擦脸的动作。

"真溅到你了吗?我来帮你擦一下。"

"用不着,我自己擦!"

正当二人嬉笑争执时,突然传来了敏浩的声音:"妈妈!"

熙子看到敏浩神情沮丧地站在玄关处,大吃一惊不知所措。

"我看门没锁,您忘了今天要和我见面吗?"

熙子这才想起来自己和敏浩约好要去买乔迁贺礼送给静雅。敏浩敷衍地和胜载打过招呼后便走到餐桌旁,拿起水果吃起来,面露不悦。

"啊,就是呢。对了,敏浩啊,这……这位叔叔是妈妈很久很久以前的老朋友。和你静雅阿姨,还有忠楠、英媛、双芬妈妈,都是熟人。"熙子自觉心虚,说话结结巴巴。

"我是你妈妈的小学同学。你是小儿子吗?"胜载伸出手想和冷若冰霜的敏浩握手,可敏浩却眉头紧皱无视胜载。胜载尴尬不已,和熙子打过招呼后就告辞离开了那里。

忠楠正在喧嚣的咖啡店一角撇着嘴和胜载通话中。当忠楠问胜载和熙子的旅行情况时,他那毫不遮掩的开心情绪让忠楠觉得非常好笑。

"你就那么想告诉我自己的喜悦心情吗?"

"我就是有意的。总比拖泥带水,让你对我还有留恋要好吧。"

忠楠听胜载这么一说,也笑着毫无芥蒂地问道:"你给我打电话,到底什么事?"

没关系,别介意

"你还真轻车熟路啊,不请自来。也不提前打个电话,说来就来。"熙子一边给一大清早就不请自来的胜载开门,一边发牢骚。

"哎呀,因为锡钧哥的事,我睡不着啊。"胜载以锡钧为借口和熙子辩解。胜载在旅行回来的路上,听到了熙子的通话,知道静雅正在准备离婚。

"你要是想说那件事就回去吧,我无可奉告!"熙子不希望此事传开,一本正经地想把胜载推出房门。胜载无奈,一边说知道了,一边又像推推车一样将熙子推进室内。他虽然放心不下锡钧的事,今天到访却另有其因。胜载坐到沙发上,从自己带来的文件袋里拿出了一个本子和彩色铅笔。

"你过来一下!"胜载等熙子坐下后,翻开本子让她看自己前一天涂好颜色的第一页,"漂亮吧?"

熙子看着涂着柔和色彩的画面,那么细腻精美,简直让人难以相信它出自男人之手,不由自主地赞叹道:"太漂亮了!"

"就是啊,还光着身子。"

我和研贺边说边愉快地大笑。但愿时间就此停止……让我把眼前的一切——映照在研贺脸上的阳光、研贺开心的笑声,还有环绕我们的海浪声都铭刻在心里。

就钻到了他的怀抱中。

我们连续三天一步也没有走出家门,整天泡在床上享受着爱的滋润。累了,就紧紧相拥一起入眠;醒了,继续享受甜蜜的爱情;饿了,就点外卖解决餐饮。我们就这样不停地聊天、嬉戏、享受着爱情的甜蜜。

甜蜜的时光在不经意间飞快流逝,到了我该回去的日子。为了抚慰自己依依不舍和错综复杂的心情,我走到阳台独自喝着茶。研贺这时从睡梦中醒来,问我:"想去公园吗?"

"不去!"我把茶杯放到桌子上,又躺到研贺身边。

"我们……五十二个小时没有出去了,再没什么可点的外卖了。你从首尔带来的饺子、米肠、杂菜也都吃光了,我们出去吧。"研贺说完,看着床下散落的食品垃圾翻了一个身。

"别出去了。"说完,我又钻进了研贺的怀里。

"你不回首尔吗?"

"我会回去……所以不要出去了。"

剩下的时间,我想就这样紧紧地陪在他身边。

"那就收拾一下吧。"

"好吧,那就……别收拾了,我们出去吧。"我不想把时间浪费在收拾屋子上。于是,猛地起身,把轮椅推了过来。

"去外面吗?给我拿衣服。"我摇了摇头,为研贺披上浴袍,把轮椅推到了阳台上。远处一对恋人般的男女正在海边嬉戏,研贺羡慕地望着他们。

"你不要胡思乱想,我在这里!"

"对,你在这里。几点的飞机?"

"不知道,我忘了。我现在和你在这里!"

睛却还在躲避我。他把准备好的茶杯放到桌子上,这时才抬起头看我,突然哈哈大笑。见我莫名其妙,不知所措,他的笑声越发响亮。

"啊哈哈,你流鼻血了!"

我看到自己擦拭鼻子后沾在手掌上的血,终于压抑不住悲伤,哽咽着大声抱怨道:"喂,你看,我都流鼻血了!我为了来这里,和我妈大闹了三天,彻夜工作……坐了飞机再坐飞机,坐完大巴,又坐出租车……可你的反应算什么呀!难道你对我怀恨在心,是在报复我以前伤害你了吗!"

研贺只是微笑不语,倾听着我的激情表白。我难过地跑进了卫生间。站在洗漱台前,我一边擦拭鼻血,一边扪心自问,困惑不已。我所期待的重逢不是这样的!我对他的爱和思念特别坚定和明朗,自认为三年时光会转瞬即逝。但我万万没有想到,我要面对如此淡然的表情。

这时,并排放在牙刷架上的两把牙刷映入我的眼帘,那是三年前我用过的牙刷,旁边还挂着我们的情侣浴袍,就连我使用过的乳液还依然放在那里。

我洗完脸走出卫生间,看到研贺正用温暖的目光看着我。

"你刚才为什么要那样?我的东西还原封不动,还有那些照片。你刚才什么反应,好吓人。我差点被你吓死了!"

只见研贺红着眼眶向我张开了双臂,似乎再也无法控制自己,毫无约束地释放了一直压抑的感情。我走过去俯身投入他的怀抱,思念已久的研贺的体味浸满了我的心扉。他慢慢抬起我的脸,开始亲吻我。这是多么熟悉、多么思念的亲吻。既不仓促,也不激情狂放,我们就像对待奇珍异宝一样,小心翼翼地亲吻着对方。

"只需十八个小时。非常轻松,来程一路顺利!"我移开嘴唇,告诉研贺。研贺又把我拉进怀里,热烈地拥抱我。我知道自己再也无法离开他,了围。

"姐,你出去吧。"

"我去公司。阿婉,再见!"研熙一边和我告辞,一边拿起搭在沙发上的衣服和包包。

"你不用离开也行……"为了不让研熙误解是我撵走她,我便急忙口是心非地挽留。可当玄关门一关,我便马上回头看着研贺吐出了心里话。

"那是客套话,她不走就糟了。"然而,研贺却表情淡淡地看着我。我走过去,跪在轮椅前仔细观察他的表情。

"时隔三年见到我,你的反应就这样吗?"研贺依旧一脸淡然地看着我。我所期待的是他惊讶的表情、灿烂的微笑、张开双臂满心欢喜地拥抱我……可是,他这种完全出乎意料的反应让我伤心不已。

"难道……我是白跑一趟了吗?花了十八个小时?"

"你吃饭了吗?"研贺尴尬地微笑着转移了话题。

"还没有。"

"奶茶怎么样?"研贺后退着轮椅进了厨房,我就一直僵硬地跪在那里。

"是我……不该来吗?你告诉我,是我不该来吗?"

"不,来得很好。"他话虽如此,声音里却没有任何激情。反而因为那机械性的语气,更增加了距离感。

"我满怀期待,以为我来了你会很幸福、很开心,会晕倒呢……看来是我自作多情了。"

"不是,我挺开心的。"研贺一边冲奶茶,一边说,连看都不看我一眼。

"你嘴上说不是,可反应很怪啊。你就像来了一个不速之客,不得已才招待一样。你现在有点让人害怕。"

"不是啊,我真的高兴得快要跳起来了。真的!"研贺勉强转过身,眼再次来到这里。

我下了出租车,买了一束鲜花,站在研贺家门口,调整好呼吸按下了门铃。一想到研贺见到我时那副惊喜的样子,不由自主地笑了出来。稍后,听到开门的声音,我伸出花束大声说道:"哈喽!"

然而,站在我面前的不是研贺,而是他的姐姐研熙。我尴尬地笑着放下了花束。

"研熙!"

"你……怎么来了?"

研熙似乎对我的突然造访特别意外,竟然惊慌得语无伦次。我同样手足无措,答非所问:"哦,就是……坐飞机……"

研熙拿着我的行李走进家门,跟在后边的我被眼前的景象所惊呆。就仿佛时间停止了流逝一般,家里依然保留着三年前我在这里时的样子。研贺和我一起拍的那些照片,还有他为我画的画像,一切原封不动地摆放在那里。

研熙给我倒了一杯水,平淡地告诉我研贺还在睡觉。已经下午五点多了,研贺竟然还在睡觉……研熙见我面露担心,又补充了一句:"他昨晚通宵工作了,在忙欧洲那边的连载。"

"哦……"

我还以为研贺病了,不免心一咯噔,听到研熙的解释才略感安心。这时,伴随着轮椅的声音,研贺满脸疲惫地从房间出来,发现站在客厅的我,诧异地停了下来。我朝研贺眨了一下眼,又对研熙调侃道:"我说,你不嫁人吗?"

我暗自庆幸研贺身边有她,就无意识地问了一句。

"那么,你为什么不嫁人啊?"

"我嘛……就是啊……"正在我不知如何回答是好时,研贺帮我解

奔向你的路

结束长达十八个小时的飞行,飞机终于降落在斯洛文尼亚。我坐在奔向研贺家的出租车上,心脏就像脱缰的小马驹一样跃动不止,生怕自己在遇到研贺之前就会心搏骤停。于是做了一个深呼吸,努力让自己镇定下来。

我看着车窗外掠过再熟悉不过的风景,漫长而饱受煎熬的三年时光顷刻间就化为乌有,不由自主地在回想中陶醉。在通往海边的那条路上,我奔向研贺,张开双臂搂住他的脖子,研贺轻轻地挣脱我的手臂将我抱起,他那明朗的笑声和香水的味道,还有让我窒息的研贺的双臂,一个个记忆犹新、历历在目。

当出租车慢速驶过我和研贺经常光顾的那家路边小店时,芝士松饼的芳香飘进车内,我眼前又浮现出留着胡须的掌柜,还有站在那里开心说笑着分享同一张热乎乎的松饼的研贺和我。

越临近研贺,悸动的心就越发焦躁不安。我一边摆弄着手指上的情侣戒指,再次做了一个深呼吸,完全无法相信自己竟会在瞬间跨越时空,兰姬见忠楠插嘴，就微微瞟了她一眼。英媛若有所思，惆怅地一笑。

"他看起来……老了很多。"

"不要和他见面！"

兰姬就像事关自己一样，果断命令英媛，然后继续打扫房子。英媛意识到不该在兰姬面前提起大哲，就转移了话题："对了，阿婉怎么没来？我想她了。"

"不知道。连电话都关机了，也不晓得她每天都在家干什么。她真的和研贺分手了吗？"

"应该是吧。"

英媛模棱两可地回答。

"残疾人不行。对我来说，有妇之夫和残疾人都不可以。"兰姬一想到研贺，既觉得可怜又感到抱歉，内心却安慰自己一切都是为了阿婉，实属无奈。

忠楠在一旁察言观色，觉得英媛可能知道有关研贺的事情，便两眼直视英媛，仿佛告诉她"我能读懂你的心思"。英媛见状，做贼心虚地转过头去。忠楠这时预感到兰姬母女又将迎来狂风暴雨，不禁心生苦涩，内心一番感慨：人生，还真是难有得闲时啊。转念又一想，只有人死了，才会安逸有闲吧。

"所以才要精神补偿……"

英媛正在院子里种花，闻听二人抱怨后就插了一嘴："喂，现在应该是谁向谁要精神赔偿啊？你们说话要公正，应该是锡钧哥要补偿金。自己老婆和这帮妹妹背着他找房子，收拾房子……那种被人背叛的感觉该多难过啊，应该由受害者来申请精神赔偿金。从整个事情经过来看，该要精神赔偿金的人不是静雅姐而是锡钧哥。不对吗？"

英媛所说不无道理。锡钧只是我行我素地过日子，对他来说就这样被人毫无征兆地抛弃，绝对是一个重磅打击。

"说得也对，这种情况可以得到一百亿韩元的精神赔偿金。哎哟，锡钧哥可怎么办啊。"

忠楠见兰姬见风使舵附和英媛，便停下手中的活坐下来，一针见血地说道："什么怎么办，因果报应呗。说不定静雅姐的复仇才开始呢。"

"你从刚才开始就复仇、复仇的，到底什么意思啊？"

"当然是复仇了。静雅姐这些年一直忍气吞声磨刀霍霍，等的就是这一天的到来！"

兰姬被忠楠边说边模仿磨刀的样子逗得哈哈大笑，英媛沉默片刻，突然开口说道："我看到大哲了。"

兰姬和忠楠闻声惊讶不已，立刻回头看向英媛。

"他已经给我送了两个多月的鲜花，前天还夹了一张纸条说想见我一面……"

"他说什么了？"忠楠满脸好奇。

"我只是……隔着餐厅的窗户看了他半小时就回来了。"

"如果他老婆还活着，你不见他是对的。"兰姬无法认可与有妇之夫的罗曼史。

"肯定是死了，他才来的。"

"爸,就买明太鱼脯吧,还买什么鳕鱼脯啊。"

锡钧完全无视女儿,大声吩咐鱼贩:"再来三条!"

"就买两条吧。"

静雅一直沉默不语,见秀英插嘴,便小声叮嘱:"别管他了,反正最后一次了。"

"什么最后一次啊?"静雅闭嘴不再吭声,秀英也没当回事,继续发牢骚。

"钱,钱,您一辈子为了钱折磨我妈,怎么在供桌上就不节省了呢?"

"他连八竿子打不到的亲戚都邀请了,当然得多准备点东西啊。"浩英瞥了一眼锡钧,在一旁讥讽道。秀英心情烦躁地看着堆满小车的食材,走近锡钧小声央求:"爸,雇一个帮手吧,我们几个做不完这些。"

"所以才提前三天买东西啊。我就是怕你妈辛苦,才让她慢慢弄。瞧你妈的胳膊多壮啊,天天吃那么多,一年就准备四五次供桌有什么费力的。再说了,如果不是你妈做的食物,你爷爷、奶奶根本不会动一口的,不懂就别乱说话!"女儿们在锡钧的呵斥下闭口不语。

在静雅逛传统集市时,兰姬、忠楠和英媛正在打扫静雅的新住处。无论她们怎么清扫也看不出效果,门板、水池破旧不堪,再加上陈年的层层积垢实在难以清理。兰姬忍无可忍,扔下抹布就拨通了静雅电话:"姐姐,这个房子不能住啊,怎么收拾都没有用。"

忠楠一把夺过手机,按下了结束键:"你别拖静雅姐复仇的后腿。"

"要不干脆让静雅姐打官司啊?那样应该能得到两三亿韩元的精神赔偿,就算住不了高楼大厦,小型公寓总没问题吧。都一大把年纪了还住这个房子,实在让人心酸。"

"她和金锡钧一起过日子才更让人心酸呢。"

祀。我那时候正生病……这次打算好好办一下,要搞得盛大一点。让嫂子也来……嗯,让锦男大叔也过来吧。"

"连八竿子打不到的亲戚都要邀请。自己活在世上的老婆平时吃点锅巴都舍不得,却给死去的老妈搞那么盛大的祭祀……婆婆她死了也一定很开心吧。"虽然每年祭祀都如此,但是锡钧今天这种毫不考虑自己上了年纪的老伴的做法让静雅感到格外伤心,所以就忍不住在一旁心怀不满地低声抱怨。

锡钧打了一圈儿电话后,带着静雅和两个女儿来到了传统集市,不是为了帮静雅拎东西,而是为了亲自挑选上好的祭品。秀英见锡钧走在前面指手画脚,不停地命令买这个买那个,实在看不下去,就面带不悦地央求锡钧:"爸,您来拉小车吧。"

锡钧置若罔闻,把刚买的白菜装进小车后径直朝前走。

"真看不惯!"浩英看着锡钧的背影小声抱怨。

"别再发牢骚了。"静雅拉着小车跟在锡钧后边。

"这个蕨菜是哪里的?"锡钧问山菜店老板。

"是北汉山产……"锡钧还没等人家答完,就嗖地转身而去。秀英拎着已经买好的东西,跟在锡钧身后不停地移动,早已疲惫不堪,便停下脚步提议随便买些算了。锡钧见状,勃然大怒:"蕨菜就得买智异产或者济州产的!"

"我买北汉产的蕨菜,你还能打死我怎么的。差不多就行了,真是的!"

静雅一直跟在后面毫无怨言,这时高声反驳锡钧一句,就走到了蕨菜摊位前:"给我来三斤!"

锡钧在鱼市上也同样蛮横无理、发号施令。

人生难有得闲时

静雅把家里所有使用过的被罩和床单都更换了一遍,不是为了准备祭祀,而是在为自己的独立生活做准备。她想把自己用过的东西全部清洗干净,毫不留恋地离开这个家。

"哎哟,太好了!我还担心堂叔这次来不了呢。是的,是下星期一晚上。是的,堂叔。"锡钧吃完早饭就开始打电话,直到静雅洗好床单被罩,已经晾晒完毕还在通话中。

"喂,就连三浦里的堂叔都来,你不来的话还怎么祭祀啊?喂,你这臭小子,难道一天不出海天就会塌吗?你知道为什么你每件事都不顺吗?那是因为你不好好祭拜祖先!我干吗要收回刚才的话,我干吗要收回刚才的话?你这个没礼貌的家伙!"

静雅打扫完家中每个角落,拿着抹布走进卧室时,看到锡钧仍然拿着听筒兴致勃勃在通话。

"话说我还能活多久啊。就当这次是我为母亲举办的最后一次祭祀,所以想弄得像样一点。嘿嘿嘿……唉,去年不够好,那根本算不上是祭的照片。

"瞧他开心的。"

"是什么?"忠楠见醒来的兰姬问自己,便默默递过手机走出了房间。兰姬一边看视频,一边走到了在厨房冲咖啡的忠楠旁边。

"姐姐,你吃醋了吗?"

"在那里的本应该是我!"兰姬被忠楠调皮的答复逗得笑个不停。

"你果然在吃醋。我去尿尿了。"兰姬说完轻轻拍了拍忠楠的后背,朝卫生间走去。

"去就去呗,还非要说一声,听着都有一股骚味。"

忠楠端着咖啡走到了窗边。她本以为自己不会放手,会打翻醋坛子,可看到熙子那么开心的样子,竟然觉得心里格外舒坦。

"姐姐,你猜怎么着?阿婉那丫头竟咬牙切齿地说她讨厌我!"忠楠闻听此言瞪圆了眼睛。虽然兰姬说得像在开玩笑,忠楠却猜到当时的情况一定很糟糕。

"她也许因为生气才那么说吧。反正我也不是天天喜欢她,我俩扯平了。"兰姬就像在包庇阿婉一样,紧接着又补充一句。

"或许和妈妈们的心愿背道而驰,大多数孩子其实都讨厌自己妈妈。"

"看来不只我女儿这样啊,"兰姬听到忠楠理所当然般的解释,露出了欣慰的笑容,感到了些许安慰。

"可是,我很喜欢我妈啊。"

"那是因为妈妈和你都老了。你年轻时候呢?"

"哎哟,太可怕了。我妈,真的……真的……"

"父母与孩子,只有在临死之前才能真正和解。估计等你快死的时候,阿婉会非常舍不得你,还会哭得死去活来,你就期待那一天吧!"忠楠说完便伸过来烧酒杯,兰姬见状笑着与她碰了一下酒杯。

"哎哟,看来我想要获得女儿的爱,就只能等死了。对了,姐姐,我要不要找个男朋友呢?"兰姬突然想起回来路上遇到的逸宇,便问忠楠。

"我也正想说这事呢。"

"其实有那么一个人,比我小十岁。我一直在观察他,觉得还不错。"兰姬笑嘻嘻地告诉忠楠。

"太好了,你好棒啊!"忠楠发自肺腑地祝福兰姬。

第二天清晨,留宿在兰姬家的忠楠听到短信提示音,便懒洋洋地睁开眼睛,戴上花镜看短信,原来是胜载发来的:"托你的福,我们度过了美好的时光。谢谢你!"

随后还发来了两人举着自拍杆一边旋转、一边嬉笑的视频和看日出一边走到他对面坐了下来。

"弹得不错啊。"

"我练了一百多次……可还是弹得不太好,我学吉他时间不是很长。"逸宇说完腼腆地一笑。兰姬觉得经常背着吉他独来独往的逸宇似乎很悠闲自由,便笑着问道:"您结婚了吗?"

"我妻子已经去世五年了,有一个正在上大学的儿子。"

兰姬见逸宇坦诚相告,也如实讲了自己的情况:"我丈夫也去世了,在很久以前。我现在……一个人,有一个快四十岁的女儿。对了,还有母亲、父亲和弟弟……哎呀,看来我不是一个人啊。"

逸宇听完又面露微笑弹起了吉他。兰姬和逸宇聊了一会儿,觉得这个男人和自己有很多相似之处。

回到家里,兰姬一边哼着歌曲,一边翻着储藏柜:"要打扫房子,还得带些什么呢……"

兰姬和忠楠约好明天一起去打扫静雅的新住处。静雅这几天正忙着准备祭祀,所以兰姬她们要替静雅去收拾房子。忠楠坐在餐桌前,一边喝烧酒,一边瞥了兰姬一眼:"看来你和阿婉谈得不错啊。"

"她说没和有妇之夫交往,是误会。"

虽然阿婉说那是失误,但兰姬宁愿按东震所说,把它归结于自己的误会。兰姬认为阿婉既然已经认识到是失误,相信她决不会再重蹈覆辙。

"那是我无中生有呗。"忠楠觉得自己的无中生有换来圆满结局,也算不幸中的万幸。

"惹是生非的人才是坏蛋,姐姐并没错。我趁此机会和女儿大闹一通,还真痛快。"兰姬说着来到餐桌前也喝了一杯酒,脸上露出了欣慰的笑容。

随着人生的节拍

兰姬与阿婉和解后心情无比轻松,可一想到研贺的事故以及两人的分手,既感到惋惜又觉心痛。所以就在心中祈祷,并坚信他们二人一定会挺过难关。

兰姬终于卸下了沉重的精神负担,迈着轻快的步伐走在下班回家的路上。忽然,不知何处传来吉他声。于是循声望去,只见逸宇正坐在便利店前的遮阳伞下弹着吉他。逸宇是兰姬店里的老主顾,也是这家便利店的老板。兰姬见逸宇总背着吉他,还曾经问过他是不是音乐人,他却只是笑而不答。后来有一天,逸宇在路上偶遇兰姬,告诉她自己不是音乐人,只是出于兴趣弹吉他。兰姬那时正因为阿婉和东震的事情心情不佳,也就没有理会逸宇。几天前,兰姬因为阿婉的事伤心不已,就去便利店买了很多酒。逸宇默默递给兰姬一瓶解酒的饮料,还朝她微微一笑。兰姬想起自己几天前在路上遇到逸宇没有搭理他,一定令他很难堪,所以不知如何是好,特别尴尬。

兰姬停下脚步,静静地看着逸宇弹吉他,待逸宇弹奏结束,一边鼓掌

"对了,我和老婆来的地方应该不是这里,对不起!"

"没关系,我偶尔也会搞不清现实和回忆,一片混沌。"

"就是啊……确实是那样。"

胜载和熙子都明白,他们已经到了身不随心,就连记忆也会背叛自己的年龄。他们就这样想着,继续朝山顶爬去。

登上山顶时,正好看到太阳冉冉升起,熙子被这庄严的景象所震撼,竟然瞠目结舌。一轮红日从延绵不断的山头探出头来,顷刻间天空被朝霞染红一片,缓缓升起的太阳一点一点驱走了黑暗。

熙子努力回想着,自己迄今为止是否见过这样的日出,却记忆模糊没有丝毫印象。虽然日复一日年复一年,太阳每天都会升起,熙子看着眼前的景象心情却与以往不同,感到了一阵哀伤。原来在这个大自然和宇宙中,那么自然且理所当然地不停地轮回着生存与死亡。

"谢谢你带我到这里!"熙子发自内心地向胜载表示感谢。

"我……也特别感谢,感谢你依然安在!"胜载因自己能与虽已年老却可爱依旧的熙子重逢,再次感受到了内心的悸动,不再年轻的自己身边有一个依然让自己心动的人。熙子这时向胜载伸出了手:"你牵我手吧!我都鼓起勇气了,别让我尴尬!"

于是,两人紧握双手,默默地凝视着太阳升起的天空。熙子心潮起伏,自知千言万语也无法表达弥足珍贵的此时此刻,不觉眼眶一热。

"以后再……不对,不再来这里也行。我现在特别满足!"熙子低声呢喃。

"是啊,现在这样就已经足够了。"胜载用力握紧熙子的手,随声附和。

与其约定明天,不如享受当下,尽情享受现在这一刻。

这就是岁月教给他们的人生感受。

"睡吧。"

"明天我们去看日出吧。"

"好,睡吧。"

黎明时分,天空已经露出鱼肚白,但通往后山的路却依然一片黑暗。胜载回头看了看熙子,见她冻得用围巾把脸裹得严严实实,面露担心地问:"冷吗?"

"不冷。"熙子虽然刚出门的时候感觉到了一丝寒意,但爬了一段坡路后,就觉身体逐渐暖和起来。

"你要是累了,我背你啊?我力气很大,背你吧。"胜载尽管自己昨天过石头桥时掉到了河里,现在却豪情依旧。见熙子置之不理继续往前走,仍然不死心地紧跟在她后边,继续吹嘘:"我不骗你!"

熙子假装推辞不过,停下了脚步:"那你就背背看吧。"

胜载看着表情淡定的熙子,眼神出现了一丝动摇。他原本做好了两种心理准备,一是觉得熙子不会让他背的侥幸心理,再就是如果熙子真让他背的话就背背看。可胜载万万没想到熙子还真让他背自己,这时才清醒地意识到自己做不到。

"你走上去吧。"胜载说完,为了消除自己的尴尬,就东拉西扯地说个没完,"以前都是我背你去的,你不记得了吗?我叫醒还在熟睡的你,背着你,越过那座山头……爬上山顶,你就先吻我!"

"那应该是你夫人吧。"熙子从容地回答。

"啊……"胜载惊愕地叹了口气。

"我们那时凌晨吵了一架,然后各自坐公交车回了家。真是的,你还带夫人来咱俩曾经来过的地方。"熙子觉得这里并不是只属于他们两个人的地方,不禁感到一丝遗憾。

"那什么时候最伤心呢?"

"大儿子死的时候。"熙子的神情瞬间暗了下来。

"现在的大儿子是老二。其实儿子只是热伤风……那时我们住在我老公的故乡附近。老公出差了,我一个人背着孩子去了医院,却被告知孩子……已经死了。真是岂有此理。我背着死去的孩子走在故乡长长的林荫路上,一直走,一直走……他长得真的很好看……长得像我,大大的双眼皮。"

熙子转过头,沉默片刻,哀怨地一笑。

"不说了,我好想他。"熙子说完就钻进被窝躺了下来。

"我一点都不怕死。因为死了就可以去见大儿子和老公,能见到我怀念的那些人。"

胜载温柔地看着熙子,点点头也躺了下去:"我看你依旧容颜美丽,还以为你过得一帆风顺呢。看来谁的人生都不容易啊。"

熙子躺在被窝里看着天花板,突然转身问胜载:"那个……你真的想念过我吗?"

"偶尔会想知道你过得好不好。"

"你很诚实啊。如果你说一直想我,我就不会相信了。"

熙子也和胜载同样,偶尔也想过胜载过得好不好。每当孤独袭来或因逐渐老去而惆怅的时候,她就会想起爱情让自己拥有了一切的年轻时代,还有那个时候自己曾经爱过的他。

"话说回来,人老还真是身不由己啊。如果我还年轻的话,就算被你扇耳光,被你斧头砍,我也要紧紧拥抱你一次,抱到肋骨折断……呵呵……现在困得没法抱了。"

听胜载自我解嘲地一笑,熙子也跟着笑了起来。心想到了这个年纪,能有一段可以窃窃私语的爱情也不错。

"还有那种家伙吗,难道是胜载你?"熙子满脸惊讶地问道。

"都是女人们喜欢我,我没有外遇。"胜载又笑了笑。

"你妻子呢?"

"她长得漂亮。"

"你说说看,你的妻子是一个什么样的人。"熙子也对胜载的过去充满了好奇。

"我不是说了嘛,她是一个漂亮的人。稍稍有些敏感……不过也算不了什么。"

"听说你在妻子生病的时候辞去律师工作,在病床前侍候了她三年。"

"是啊,那段时光很美好。她也和你一样,喜欢听我吹口哨。"胜载说完就吹起了口哨。熙子手指着天空,对胜载嗤之以鼻。

"你用口哨勾引一把年纪的我,她在天上看着呢,就在那儿!"

"她会为我加油的。认为自己老公找到了好朋友。"

"你真自以为是。"

胜载无论以前还是现在,总是快乐且充满自信。

"难道你觉得你老公会不高兴吗?"

"你对你夫人好吗?"

熙子若无其事地回避了胜载的提问。就算丈夫是因为自己出轨进了壁橱,但如果看到熙子和胜载在一起,说不定也会妒火中烧呢。又或许死后会改过自新,庆幸自己孤单的老婆有了男朋友吧。

"在她生病之后。在那之前也就是马马虎虎吧。男人只有自己老婆生病了才会懂事。"

"一群傻瓜!"熙子的声音里流露出一股哀怨惆怅。胜载温柔地看着她:"你这一辈子,什么时候最开心?"

熙子想了一会,面带微笑地回答:"生下大儿子的时候。"

"因为……喜欢你嘛。"

"你真行,还能喜欢我。我老了以后,已经没什么喜欢不喜欢的了。"熙子话虽如此,却掩饰不住内心的喜悦,嘴角微微扬了起来。

"你嘴上沾灰了。"胜载温柔地帮熙子擦了一下嘴角,熙子也抬手擦了一下胜载的嘴角。

"你也有呢。"

"我们以前就这样接吻了……"胜载说着,投来了意味深长的目光。

"我和孩子他爸也那样过。"胜载听到熙子如此回应,禁不住哈哈大笑。

"哎哟,你还真风趣。"

两人就这样用烤红薯充饥后早早地进入了房间。胜载麻利地为熙子铺好被褥,又在旁边铺上了自己的被褥。

"你非要睡这里吗?"熙子面露不满。

"你要是不喜欢和我睡同一间屋子,那就去刚才那个潮湿的房间吧。"胜载说着把枕头放在两人的被褥之间。

"要是我睡觉的时候越过这里一步……"

"那我就出去把劈柴用的斧子拿来,狠狠地砍。"

胜载被熙子的话逗得哈哈大笑,依墙而坐,默默地望着她:"正哲哥,你丈夫,对你来说是怎样一个人?"

他们两个人很久以前差一点就成为夫妻,也许是命中注定,抑或是造化弄人,让他们阴差阳错,就这样天各一方度过了五十年光阴。如今这样和熙子同处一个屋檐下,胜载不禁对自己不曾了解的熙子产生了一种好奇。

"他除了出轨一次,是个好人。"熙子淡淡地回复胜载。

"看来没有第二次、第三次啊?"

感谢你,依然安在

雨过天晴,雨水滴答滴答地落到屋檐下,暮色中可以听到后山传来的鸟鸣。胜载从厨房灶膛里取出烤熟的红薯,两手轮换着忙着剥红薯皮。胜载看到热气腾腾中露出金黄色红薯肉,"呼……呼……"地将红薯吹凉,递给了熙子。

"你尝一下,都没吃晚饭呢。"熙子接过红薯轻轻咬了一口,不无惋惜地看着外边。

"真希望雨继续下……"

"就是啊,要是再下一会儿该多好……该死的,怎么就停了呢。"胜载见熙子满是遗憾的表情,又笑嘻嘻地补充了一句。

"要是大雨一直下,大得能把这座房子冲走……把你和我困在这里无法离开,困在这里一年半载就好了。"胜载说完咬了一大口红薯,一声尖叫,又把红薯吐了出来,"啊,好烫!"

"你要么吃东西,要么说话,别一心二用。着什么急……"

胜载听熙子训斥自己,就用沾满黑炭的手擦了擦嘴角,开心地一笑:

"说了。"

"你怎么想?"

"阿姨终于拨出了复仇的利刃,好开心,我就这么想。不过,不会是真离婚吧?"

"什么不会……听说静雅阿姨已经找到以后住的房子了,还瞒着锡钧叔。明天我们要去打扫卫生,你也一起去吧。"

"又……又……又来了!您想让我后悔和您和好吗?真是的!妈妈,您干脆找个男人吧,别整天就知道待在餐馆和家里,眼里只有自己女儿,好吗?"

老妈和我又重新回到了那种熟悉的关系,既不奇怪,也无不好,对我们两个人最合适的那种关系。我挂断电话,开始奋力奔跑,奔向即将飞往斯洛文尼亚的飞机。

积怨,虽然小时候有过,但现在已经没了。虽然我们动不动就唇枪舌剑闹得水火不容,但我和老妈都很清楚,一切都是因为太爱对方。

"难道咱们只吵过一两次架吗?您这样多尴尬啊,快走吧。"我和往常一样,笑嘻嘻地说完,便若无其事地看着电脑屏幕,老妈的脸上也露出了淡淡的微笑。

"趁新鲜的时候赶紧吃蟹酱。对了,静雅阿姨要离婚,好笑吧?"老妈给我抛下一个大新闻就走了出去。

我走到窗前,向下俯视着目送老妈,逐渐远去的老妈看起来那么弱小。一直以来让我觉得高大坚强的老妈,此时已经宛然一个逐渐老去且柔弱娇小的女人。不知为何,一阵酸楚突然涌上心头。

我回到桌子前,痴痴地望着贴在墙上的那张纸。那张纸的后面,藏着我始终没有勇气去看的照片。我取下贴在照片上的那张纸,我和研贺手戴情侣戒指,扬手开怀大笑的照片出现在眼前。我取下和照片一起挂着的情侣戒指戴到手指上,那个自从抛弃研贺以后一次都不曾戴过的戒指。

"对啊,想念就去相见呗。"

突然一个念头涌上心头,令我悸动不已。就这么简单,只要心意已决就可以飞奔过去,可我却徘徊了那么久。我一边翻看日历,一边拨通了总编的电话。

"总编,我的截稿日期是什么时候来着?哦……封面推迟了吗?要推迟多久?三天?那就把我的截稿日期往后推迟五天吧。"

我和出版社沟通完毕后,立刻开始收拾东西。既然心意已决就立刻行动,我简单地收拾好行囊,打车直奔机场。因为没有预约,所以直奔航空公司前台购买机票,结果只剩下商务舱。犹豫片刻,我立即买好机票匆忙跑向了候机大厅。这时老妈打来了电话。

"静雅阿姨要离婚的事,我跟你说了吗?"

"给我倒杯茶!"我不忍心就这样让老妈离开,于是赶紧说了一句。

"花茶吗?"老妈立刻高兴地转过身来。

"花茶……"没多一会儿,老妈就把煮好的茶端到了我面前。

"东震的事……幸好是妈误会了。"老妈看着我,小心谨慎地开了个头。

"您就说声对不起吧。"我很清楚,对老妈来说,实在难以开口向女儿道歉,可我还是面无表情地说了一句。只见老妈面露歉意。

"研贺的事……"

"不是因为您,都是因为我的自私,我没有信心。舅舅病倒卧床的时候,外婆和妈妈受的苦……我都看在了眼里,所以,我没有信心。"

老妈心疼地静静地看了我一会儿,然后将视线投向窗外,淡淡地告诉我:"你舅舅……他说想结婚,说有喜欢的女孩了。"

"太好了!"

尽管残疾了,但对舅舅来说这是一件再好不过的事情。我真心为他高兴,也很想祝福舅舅。可老妈仿佛还有顾虑,若有所思地望着窗外。或许是因为舅舅和研贺二人的事情交叠到一起,令她五味杂陈吧。

"研贺的事……不是因为妈妈。我哪有那么听您的话呀,都擅自与他同居了。全都是我的借口,您别在意了。……还有,我和研贺同居,对不起!"

"那个年龄,同居总比女儿还是老处女要好。世上所有妈妈也都会这么想吧。"老妈说完,如释重负地准备离开。这时,我看到了她手上的伤口,于是从抽屉里拿出创可贴贴到她的伤口处,作为对自己昨天的鲁莽行为的歉意表达和愧疚。

"阿婉啊……你对妈……"

我即便不听后半句也知道老妈想说什么。我对老妈没有任何不满和妈,可直到现在也没回到你身边……对于这一点,你怎么三年来从不追问？我妈早就好了……而我,还没有回去。"

画面中的研贺似乎有些口干舌燥,面带微笑,喝了一口茶。

"因为我知道。"

"知道……什么？"

"你已经离开了我。"

"确切地说,是我抛弃了你！"

尽管我努力控制着情绪,眼泪还是不由自主地夺眶而出。我擦了一下眼泪,又开了口:"对不起……非常。直到今天,我才有勇气向你道歉。对不起！"

研贺一副非常理解的神情,微笑着看着我:"别说对不起。"

研贺说完就结束了视频通话。当他从画面中消失时,我感到了一阵心痛,不由得闭上了眼睛。

"我好想你……"

心痛,源自对研贺的思念。

我刚调整好心情,就听见门铃响起,是老妈来了。门一打开,老妈就伸手把我的手机递了过来。我原本想着抽空去老妈家取回遗忘在那里的手机,于是就从老妈手里接过手机,走到笔记本电脑前继续刚才的工作。

老妈把自己带来的菜品放进冰箱整理好,一边收拾空饭盒,一边看了我一眼:"你以后也要保持这样。"

老妈看着史无前例、打扫得干干净净的房间叮嘱我,见我并不回答,便又问道:"没有茶吗,我给你倒杯茶啊？"

老妈见我依然默不作声,悄悄看了一眼我的眼色,收起饭盒无精打采地朝玄关走去。

既然思念,就去相见

那天,我为自己对老妈的恶毒攻击而感到尴尬和歉疚,飞也似的仓皇逃离了老妈家。尽管老妈的眼中充满无助与无奈,令我心生怜悯,可我还是无视暗中观察我的老妈,弃她而逃,并暗自下定了决心,一切足矣!从今往后,我不会再将自己的卑鄙转嫁为对老妈的怨恨,也不会躲藏在老妈背后掩盖自己的自私自利。

我承认了自己对研贺的懦弱和自私,就仿佛卸下了一副重担,顿觉浑身轻快、呼吸顺畅。既然能够正视自己的恐惧,足以说明可以和那段感情保持一定距离。如此简单,可以如此秒懂的事情,竟让我在恐惧中痛苦挣扎了三年。而我在这种绝境中拼命抓住的救命稻草,就是东震学长和老妈。我没想到,当我双手松开自己紧握的救命稻草的那一刻,反而产生了向研贺迈近一步的勇气。

我完成了紧急稿件,到了晚上才有时间和研贺视频通话。我问研贺怎么从来不问我不再回到他身边的原因,而他却沉默无语。

"你怎么不回答啊?就在你遇到事故出院后,我暂时回首尔照看我

"那你先烧对面的那个房间吧,我要睡在那里。"

"木柴不够啊。"胜载虽然在以木柴为借口,其实他根本就不想来这里了还要各睡各的房间。

"那要睡在一个房间吗?"

"这家主人以为我们是夫妻呢,只拿过来一套被褥。"

"那你就说不是啊。"

"那样不奇怪吗?你我不是夫妻还一起出来玩,是不是很奇怪。"

熙子埋怨地瞪了胜载一眼,他却视若不见,开心地吹着口哨把木柴扔进了灶膛里。熙子见状,气呼呼地走进没有生火的对面房间。

过了一会儿,外边传来噼里啪啦雨点落下的声音,随即就大雨倾盆。胜载打开房门,柔声招呼熙子:"下雨了,出来看雨吧。"

胜载敞开房门,让熙子可以看到雨落。熙子虽然还没有释怀,禁不住被饶有风情的落雨声吸引,便朝外看去。

"那个房间很暖和……"胜载试探着劝熙子,可她却只顾观赏着沁人心扉的清凉雨滴。不一会儿,熙子好像被混合着泥土和青草气息的潮湿雨露所吸引,走到了屋外的回廊上。

"我出来看雨。"熙子一边解释,一边坐到了胜载旁边,看着落在灌木丛中的雨滴。雨点噼里啪啦地溅到熙子的脚背上,弄得她痒痒的。她的目光透过幽静的风景,随着落下的雨滴逐渐沉静下来。

胜载充满爱意地看着熙子的脸,脱下上衣披在了她的肩上。然后,又轻轻地吹起了口哨。胜载那富有韵律的口哨声伴随着滋润大地的沙沙雨声,柔和地交织在一起。

过为了爱情勇于冒险、放飞自我、灵动的年轻时光。既不用穿尿不湿,也不用担心他的身体承受力而让他背自己的那些时光。

"虽然房主已经不在了……可房子还是老样子啊。"熙子一边抚摸着沧桑岁月中依然支撑着房子的梁柱,一边喃喃自语。

"那您就和夫人好好休息吧。"小木屋的新主人把被子递给胜载后就和他道别转身离去,胜载把房东送到大门口,回到院子里开始劈柴。

"你干吗劈柴?"熙子坐在回廊上,不解地问胜载。

"有点冷。"

"主人同意劈柴了吗?……咱们吃完晚饭就得回去吧?"熙子在担心返程。

"回不去了。喂,我开了五个多小时的车,这样回去的话会出事故的。人老了,不能开太长时间的车。"

"叫代驾吧,那不就行了。"熙子嘴一噘,忧心忡忡。

她本以为只玩半天,所以才和胜载出来。虽然这个地方充满回忆,但她并不是那种心大的女人,可以在自家以外的地方安然入睡,更何况一把年纪和男人出来游玩。虽说迫不得已,但孤男寡女独处一晚,也实在有些奇怪。

胜载举起斧头继续劈柴,就像要断了她的念头似的说道:"谁愿意从首尔到这里来代驾啊,你觉得会有人来吗?"

熙子还是不死心,便打电话求助英媛:"英媛啊,你开车过来接我吧。我和胜载到这里来玩……他说回不去,他说老了不能开车,这像话吗?"

"当然像话,老人家不能开太久的车。姐,你们睡一晚再回来吧。"

英媛说完就挂断了电话。熙子走到外面,走近正往炉灶里生火的胜载:"都是你预谋好的吧?就像以前那样。"

"男人做事就得有计划。随意无计划的人,都不怎么样。"

音。熙子惊讶地回过头,看到胜载掉进水里,正在手足无措中。于是淡定地顺着石桥走到胜载面前,静静地看了一下浑身湿透的胜载,又转过身去:"你自己想办法吧,我帮不了你!"

熙子迈过石桥,正想坐到一块大石头上休息时,胜载浑身湿漉漉地走了过来。他并没有着急穿鞋,而是从包里拿出自拍杆,然后又把熙子拉了起来:"起来,咱们在这里拍一张照片吧。"

时隔五十年,能和熙子一起重回充满回忆的地方,胜载既高兴又激动,所以想留张纪念照。

"我不要!"

"什么,你喜欢吗?那就拍吧。无论什么都要留下证据。好的,那我就拍啦!"胜载一把抓住想要挣脱自己的熙子的肩膀,一边调皮地笑着,按下了自拍按钮。

"看那边,看那边的镜头!看镜头。笑一个,笑!"胜载抓着熙子的肩膀,不停地变换着方向。

"我晕,我好晕!"熙子虽然嘴上在抱怨,可身体却随着胜载一起转换着方向。

"自拍杆旋转起来才好看。快笑吧,笑!你要是不笑的话,我们有可能在这里过夜的。"

"真是的……"

"哈哈哈哈。"

熙子看胜载不停地哈哈大笑,也跟着笑了起来。两人就这样跟随着自拍杆的转动,一直笑了好久好久。

小木屋尽管已经很破旧,但依然保留着五十年前的那个样子。熙子回想起记忆模糊的那段日子,不禁微微一笑。那个青涩的时光,她也曾有来朴女士也不是啥都不懂啊。我以为这里早已修公路了呢,还是原来的石头桥啊。嘻嘻。"

胜载就像一个少年一样欢呼雀跃:"这里是以前咱俩一起来过的地方。当时,我和家里撒谎说去教堂,然后,咱们在这里初吻。不就是从这里过去的嘛,过了河以后,沿着山路……咱们去看看那个小木屋还在不在吧。"

"去那以后再回家的话得几点啊?"

"你把鞋脱了吧,会弄湿的。"胜载岔开话题,一把抢过了熙子的拎包。熙子没办法,只好脱下鞋子和袜子拿在手里。

"今天能回家吧?"熙子问胜载。

"要我背你吗,就像以前一样?"

"你就管好自己吧。"熙子说完,就率先踏着石块一步一步向溪流中央走去。胜载见状,也摇摇晃晃地跟在她后边,一边踏石头,一边提醒熙子:"喂喂喂,小心,小心点! 老年人要是摔倒了,膝盖会骨折的。"

"你安静点。不用担心我的膝盖,还是担心自己吧,说话会分神的。"熙子眼睛紧盯着石块,小心翼翼地往前挪步。

"我没问题,我的平衡感很好。对我来说,这样的石头路我完全可以像风一样跑来跑去。你别犟,我来背你吧,就像以前那样。不管以前还是现在,你就像羽毛一样轻飘飘的,就算背在身上也不会有感觉。"胜载得意扬扬地自吹自擂。

"什么羽毛啊……真是。怎么像大妈一样,那么多话。"熙子走在前面自言自语。

"太好了! 石头桥……真牢固啊,结实。喂,慢点,慢点,你那样会滑倒……"

胜载的声音戛然而止,随着扑通一声,传来了有人在水中挣扎的声熙子见胜载依然一副嬉皮笑脸的样子,也跟着笑起来,品味着久违的快乐。

"这是……哪儿啊?我要去洗手间。你一会儿开到河边,一会儿又开到原野,这儿到底是哪儿啊?"熙子面色苍白地责怪胜载。车停之处是一片小溪潺潺流淌的原野,别说是商业建筑,就连个人影都看不见。熙子憋了几个小时小便,似乎已经坚持不住,浑身颤抖。胜载满怀歉意,带着熙子下了车,还不忘调侃:"导航仪朴女士明明说是这里呀……看来朴女士也不可全信啊。她用那狐媚的声音指挥我一会儿往这儿,一会儿往那儿,结果让我走错了路。这狐狸精似的丫头,也就是声音好听……"

熙子满脸无奈,看着因愧疚而胡言乱语的胜载:"听说人一旦老了就会四处惹是生非,最后连鬼都不放过呢……你作为顾问律师,怎么能对机器说这丫头那丫头的……"

"怎么办……急着上洗手间吗?我到那边等你,你就找个适当的地方……"胜载不好意思地低头指向远处杂草丛生的方向。熙子环顾四周,觉得别无他法,只好走到车后面。

"你走开,走开!"

"对不起。唉,真是的……"

胜载边说边挠着头消失在远处。熙子觉得自己这把年纪出来约会,还要在男人面前露天小便,实在凄惨可怜。于是,在车后面撩起裙子蹲下来,自怨自艾:"本就不该出远门,还能怪谁。"

"熙子,来对了,来对了!就是这里,没错!"

熙子听到胜载在远处大声喊叫,方便完后浑身轻松地向胜载走去。

熙子看到就在胜载等待她的地方有一条小溪,河中排列着一块块石头摆成的桥。胜载卷着裤脚,兴高采烈地回头朝车的方向一番感慨:"看

人生如此美丽

第二天,从出发开始胜载就心情荡漾,一边随着车载音响哼唱,一边抖动着肩膀。熙子坐在副驾驶座上,因为讨厌敞篷车吹进来的风而表情严肃。熙子不想给胜载留下敏感、挑剔的印象,所以就一直忍耐着。但当黑色粉尘飘落面前时,终于还是没有控制住情绪:"胜载,关上车篷吧。"

"为什么?吹吹风多好啊。"胜载依然沉浸在自我陶醉中,不解地问熙子一句,又吹起了口哨。

"我不喜欢,你快关上车篷吧。"熙子虽然满心不悦,为了不破坏胜载的心情,便以最大耐心淡淡地回答。

"吹吹风吧,春风是良药。"

熙子看到胜载这种反应,挥手不停地驱赶眼前飞扬的黑色粉末,终于忍无可忍,大喊了一声:"喂,关上!飘落的粉尘弄得我衬衫都黑乎乎的……"

胜载听到熙子的抱怨,这才尴尬地笑着关上了车篷:"对不起,对不起,真对不起!"

"嗯,我有点害怕卧室。你一个人睡,不害怕吗?"

"我一个人睡没关系,就怕一个人睡着睡着就死了。人死后,越快处理尸体越好。人死了,气味儿会很重,所以旁边最好有人能迅速正确处理尸体。"熙子听着忠楠既实际又简明易懂的率性话语,心不在焉地点点头,疼爱地抚摸着忠楠的头发。

"你小时候,真是又聪明、又漂亮……我也很漂亮吧?"

"你现在也漂亮。在七十多岁的老年人中,你最漂亮。"熙子看到忠楠竖起大拇指夸奖自己,竟然害羞地笑了。

忠楠看着熙子那羞涩的笑容,又陷入了沉思。对女人来说,变老意味着什么呢?尽管身体老化到需要使用尿不湿,可听到别人夸奖自己漂亮却依然会开心,在爱情面前依然会心动。这种情感无关年纪,人人一样。唯有一样,如果说女人老了有一样好处的话,那就是拥有了可以为朋友放弃爱情的从容和勇气。

熙子静静地看着忠楠，语气和蔼地劝忠楠："你也一起去吧。"

忠楠一脸无语："那可真比咱俩现在同时被盘子里的水呛死还要不可思议呢。"熙子觉得忠楠言之有理，也不由得笑出了声。

两人愉快地做完面膜，忠楠正在客厅铺被褥，看熙子拿出了一个大旅行包。

"你要离家出走吗？"忠楠诧异地打开提包，最先映入她眼帘的是一大袋糖果和巧克力。

"我怕血糖下降。"

"那就各带一半吧。"

忠楠继续翻看，又看到一堆药包和一个大大的黑色塑料袋，不禁深感纳闷。打开黑色袋子一看，里边又是袋子，再打开还是袋子……她一边继续打开包得严严实实的袋子，一边用不耐烦的目光瞧着熙子，就仿佛在问："这是什么？"就听熙子用勉强可以听得到的声音告诉她："因为我尿失禁……"

"是尿不湿呀。"忠楠完全没想到，那么爱干净的熙子姐竟然使用尿不湿。一想到老龄会让女人失去原有的品位，不禁表情苦涩，一番感慨。

"一出生就用尿布，到了该走的时候还得用尿不湿。哎，真是麻烦的人生啊。"忠楠说完拿出尿不湿，把一日游所需的物品重新整理到一个小包里，"你告诉胜载哥，每隔一个小时需要去一趟卫生间。告诉他女人都这样，如果他发牢骚不给你停车，那你就直接结束旅行回来。"

熙子望着放到一边的尿不湿，满脸忧虑："就因为这样我才哪儿也不想去。出一趟门就得这个那个准备一堆东西，很麻烦。"

熙子说完，心绪复杂、懈怠无力地钻进了被窝。忠楠见状，赶忙安慰道："但至少还能走路啊，你就想开点吧。姐姐，你每天都睡在客厅里吗？"

"孩子们就是一剂良药啊。"忠楠一边说,一边掏出手机,拨通了胜载的号码,"哦,胜载哥,你明早开车来熙子姐家,你们俩出去玩吧!"

"什么?"电话那一端传来了胜载吃惊的声音。

"你没听到吗?哦,那就算了!"忠楠调皮地挂断电话,看着熙子咧嘴一笑。

"喂,你这是干吗?"熙子露出为难的表情。

"我把胜载哥让给你了。"忠楠话音刚落,胜载就紧随其后发来了一条短信:"谢谢你,忠楠!"

忠楠一想到胜载那副兴高采烈的模样,不免有些失落,却没有在熙子面前表露出来。

"我不要!"熙子虽然嘴上拒绝,却并没有露出讨厌的神情。

"你不是说过想去旅行吗?难道还要矜持一下吗?"

"那只是……一时的想法,不过就是上了年纪发神经。多奇怪啊,两个老人一起去旅行。"

"姐姐,我们这个年纪,就是吃面条突然噎死都不会让人奇怪的年纪。"

"说的也是啊,老年人也可能就那样死掉呢。"

"我们就算今天突然死去也不足为奇。在死之前,见见男人有什么奇怪?一起去旅行又有什么奇怪的。大家一定会理解,啊,那些老人家绽放了人生最后的火花。"

"有道理。"熙子笑嘻嘻地认同忠楠的观点,马上又若有所思地问道,"不过,你不是说过喜欢胜载吗?"

"不喜欢了。他说喜欢熙子姐,所以我就突然没有留恋了。真的,咱们赶紧准备旅行用品吧。"忠楠漫不经心地掩饰了自己的感情,站起来从手提包里拿出面膜,像孩子一样笑着劝熙子,"你再做这个吧。"

"恋人您都可以推让吗?"朴教授吃惊地瞪大了眼睛。

"我若是还年轻的话,肯定会找她干一仗……但是,我决定让给她,让给比我更老的朋友。"

"比大姐您还老的朋友,到底得有多老啊?"朴教授哈哈一笑,看到忠楠在怒视自己,便尴尬地上了等候自己的出租车。

尽管已经夜深,熙子还是给忠楠煮了一碗面条,没等她吃完那碗面,又炒了一盘杂菜端过来。熙子似乎很高兴家里有人来做客,何况漂亮的忠楠小妹来访,让她更加欣喜。

"你想撑死我吗?吃面条还炒什么杂菜……难以相信。"忠楠实在费解。熙子满面笑容地把炒杂菜放到了桌子上:"那你就吃一口吧。"

忠楠用筷子夹了一口放进嘴里,看着熙子呵呵一笑:"哎哟,你可真大方。不过味道真好。"

熙子听到忠楠的夸奖,高兴地把盘子又往忠楠前边推了一下。忠楠见状果断放下筷子:"我真吃不下了,你给孩子们送去吧。"

"我可不做那种事。对孩子们来说,我最好不出现在他们面前,他们不喜欢我送东西。"

"那就冷冻之后快递过去。"

"孩子们就连来自家里的快递都嫌麻烦呢,生怕快递箱里装着自己的父母。"

"这句话是姐姐你自己编的吧?"

忠楠看着熙子那凄凉寂寞的微笑,不禁想到熙子做的一百个念珠,心里五味杂陈:"我能理解。年轻人都在为生活奔波,所以很辛苦嘛。"

"等父母死了,又后悔。"

"然后,就用负罪感扯平了。"熙子笑着接过了忠楠的话。

却还在不停地开导她,"既然他们俩互相喜欢,你就得退出啊。让熙子和胜载出去玩吧。我可以经常外出帮孩子们做家务,你在咖啡馆和侄子们一起,还有很多一起喝红酒的朋友。可熙子却只能天天一个人待在家里看电视,为了不让自己精神恍惚,就一个人自言自语……你说她得有多无聊,三天就做了一百个念珠,就连年轻人都做不了那么多呢。"

"她手还真巧啊。"忠楠话虽如此,内心却仍有不快。

"你真的……不能放弃吗?我的话让你伤心了吧。你……和胜载,下辈子再相遇吧,好吗?"

"那家伙说不定下辈子还去找熙子姐。行了,姐姐,你就好好办理离婚手续吧。"

忠楠淡淡地说完就挂断了电话。静雅的话一直萦绕在她耳边,心里很不是滋味。一想到熙子姐竟然在三天内做了一百个念珠,不免为她那份孤独感到心疼。忠楠是在为自己的幻想和单相思抱屈,所以才违心地捣乱。她很清楚,那份爱情原本就不属于自己。她本想坚持到自己能够坦然面对胜载的时候,但熙子作为竞争对手实在太弱,根本无法与自己匹敌。

结束聚餐后,忠楠打算在中途下车去熙子家,便搭乘了朴教授的顺风车。等出租车停在熙子家门口后,朴教授跟着下车,不停地向忠楠道谢:"大姐,非常感谢您买了我这次的作品。其他作品我不敢保证,但这个以后肯定会升值,我上个月在韩国陶瓷展上……"

"我知道它得了优秀奖,但我并不觉得有那么好。我更喜欢你前天作为礼物送给我的那个作品。"

"有大姐这样的朋友,您不知道我有多高兴吧?"朴教授扬起嘴角,对忠楠一个劲地撒娇卖乖。

"朋友?不要随便说什么朋友,我可以把恋人让给朋友呢。"

友情更比爱情更珍贵

"你和谁在一起呢?"静雅的声音听起来和往常不一样,有些冷淡木讷。

"干吗一开口就问我和谁在一起?和教授朋友们在一起呢。怎么了?"忠楠手握红酒杯,一边踱步,一边诧异地反问静雅。

"你干吗呢?"

"还能干吗,在喝红酒呗。"

"哦,不错啊。你和年轻教授们一起喝红酒,熙子却一个人窝在家里串念珠。"

静雅对熙子为了和忠楠讲义气而拒胜载于门外的事耿耿于怀,所以才给忠楠打电话。

"熙子姐,她不是有姐姐你嘛。"

"你对胜载还很留恋吗?"静雅直言不讳,一针见血地问忠楠。

"……要是有呢?"忠楠犹豫片刻,没有隐瞒自己的感情。

"那就收回去!"静雅说得干脆利落。她明知对不住默不作声的忠楠,的人，不是老妈，是我自己。我就像寻找缺失的一块拼图一样，努力回想记忆中的那一幕。

那天，老妈先喝了掺着农药的酸奶，当我正要喝下去时，老妈实在不忍心，伸手一下打翻了我的酸奶瓶。这时，听到爸爸喊着我的名字从远处跑过来，我就像遇到救星一样放心地奔向爸爸，丢下失魂落魄、抬头呆呆地看着天空的老妈。就在我扑到爸爸怀里的那一刻，老妈吐着黑红的鲜血倒了下去。

"卑鄙胆小的朴婉，你为什么今天要发疯似的翻出深埋三十年的那件事？它真的是你一辈子的伤痛吗？难道你从来没有理解过妈妈当时的选择吗？不，你很清楚，妈妈再不对也是被逼无奈，别无选择。你当时理解，现在也理解。可是，你现在为什么要这样埋怨妈妈呢？"

那一天的可怕记忆虽然束缚了我一段时间，但从女孩到少女，再到长大成人，我已经不再属于老妈，而是生活在自我当中。就在我和研贺坠入爱河，并且选择了不结婚而和他同居的那个时刻，我同样已经不再属于老妈了。

当我扪心自问时，自己也不曾了解的真实自我清晰地展现出来。我是在为自己辩解，告诉自己抛弃研贺不是因为自私，而是事出有因。一味地责怪自己实在太辛苦，所以我想找一个冤种发泄，而那个人就是最好欺负的老妈。

我无法原谅抛弃研贺的自己，无法接受事实，就自欺欺人地把责任转嫁给老妈。我在老妈怀里挣扎着，既感觉愧对老妈，又无比思念研贺。

我抑制不住悲伤,泪如泉涌,捡起老妈扔过来的沙发靠垫,用力向老妈砸过去。一直以来,我虽然对老妈有过种种不满,却从没有像今天这样粗暴地对待她,我内心深处压抑已久的积怨终于爆发。

"和我说'对不起',给我道歉!"

我拿起笔记本电脑摔到地上,从未察觉自己内心竟然压抑着如此的愤怒,犹如开闸泄洪一样一发不可收拾。我又把客厅桌子上的花瓶摔得粉碎,任凭玻璃碎片扎在手上鲜血直流,只希望心中深埋的伤痛和鲜血一起流出消逝。

"我是您的附属品吗?我是您生的,所以您就可以毒死我吗?您说啊,为什么要那样对我。"

我用拳头击打着粉碎的玻璃片,声嘶力竭地呐喊。老妈一直呆呆地看着我,直到看到我手上滴滴答答流淌的鲜血,才吓得跑过来抱住了我。我疯狂地挣扎,试图摆脱老妈的怀抱。

"您告诉我,我为什么是您的啊!"

"你当然是我的!"老妈哽咽着回答。

"我为什么是您的?我为什么是您的?您为什么要那样对我!"

老妈怕我受伤,使劲抓住我的胳膊:"你是我生的,我想寻死,怎么能丢下你,怎么能丢下你不管!"

"我讨厌妈妈!我……无法理解您,我厌倦了,累了。我怕您!"

"知道了,你恨妈妈。我现在全明白了,你想恨就恨吧,我不怪你。阿婉啊,这样会受伤,会受伤,你别这样,别这样!"老妈努力想让我冷静下来。

"都怪您,我才和研贺分手。我变成现在这样都怪您,都怪妈妈我才变成这样。全是您的错,全部,都是!"

我凄惨地哭喊着,抱怨着。然而,真正让我无法理解和令我极其恐怖要给我喝毒药。"老妈整理东西的手突然停了下来。她似乎在回避我,把买来的东西堆到客厅一角,坐到沙发上打开了电视:"你到底怎么了?从昨天开始竟说一些莫名其妙的话。走吧,臭丫头。我不想看到你,还有东震那家伙……"

我从老妈手中夺过遥控器关掉了电视,然后坐到老妈面前,语气坚决地告诉她:"妈妈,请您以后不要干涉我的人生!"

老妈被我这突如其来的一句话所惊吓,怒视我片刻,情绪激动地朝我扔来沙发靠垫:"我就干涉了呢。我就干涉你人生,怎么啦?你这个臭丫头,不让你和东震交往,你就像仇人一样怒视我,你是觉得自己有理吗?"

"您知道我为什么见东震学长吗?"我竭尽全力控制着情绪,心平气和地问老妈。

"难道,那也是怪我吗?"老妈那讥讽的语气让我感到一股莫名的委屈。

"是的,当然要怪您!我想放纵自己,我为什么要抛弃和我同居的研贺?"一提到研贺,我心如刀割,忍不住热泪盈眶,于是,竭力忍住眼泪直视老妈。

"同……同居?"老妈的眼睛因震惊而泛红。

"因为我是您的,我不能做您不允许的事情。您说过残疾人不行,所以我丢下受伤的研贺回到了韩国。当时您病倒了,正好给了我很好的借口。我六岁时,您在外婆家前面的荒野里让我喝毒药的时候,我就清楚地认识到了,我是属于您的。所以即使害怕,只要您让我喝药我就得喝下去。我抛弃研贺,全都怪您,我曾经疯狂爱上的男人,因为他生病我就抛弃了他。内心的我是这样想的:'坏女人,随性地活吧!丢掉良心,你就随心所欲地活吧!'所以,为了随心所欲地活下去,我勾引了东震学长。所以……这一切,都要怪您!"

别再干涉我的人生

我把房间打扫干净,一心等着老妈回来。我心意已决,今天非要从老妈口里听到答复,不能再像未曾发生过一样,将那一天的记忆重新掩埋。

日落以后又过了好长时间,老妈才拎着一个大袋子回家,一进屋就把大袋子里的东西全部倒出来开始整理整顿。

"明明能把屋子收拾这么干净,自己家却整天像狗窝似的……你怎么了,怎么这么一反常态?"

老妈看了一眼收拾得干干净净的客厅,摆着漂亮插花的厨房,非常不解地挖苦我。我从冰箱里拿出水,一边喝一边淡然地回答:"什么反常……我小时候就经常做啊。您不记得了吗?从六岁开始,我就收拾房间、洗碗。为了让您高兴,还从荒野里摘来野花插到花瓶里。只是长大以后,嫌烦了才不做的。"

"好怀念那时候。"老妈冷冷地说了一句,把那些杂七杂八的生活用品拿到了客厅。我背靠冰箱坐着,直直地盯着老妈。

"有什么可怀念的? 那时候我天天提心吊胆,就怕妈妈逃走,或者又

"是啊,吃明太鱼就要吃眼珠子。"静雅淡淡地重复着锡钧的话,抽出纸巾给他擦了擦嘴角。锡钧见静雅今天这么温柔地对待自己,满心欢喜,禁不住开口夸奖:"服务不错啊。我之前那么让你收拾冰箱你都死活不做,现在居然也收拾干净了。"

"我想对你好一点。"

"为什么?"

"在一起的日子……没剩几天了。"

锡钧一边吃饭,一边呵呵一笑:"看来你终于懂事了。你想得对,咱们还能活多久啊。就应该和和睦睦,夫妻这样最棒了。你怎么不吃啊?"

"想替你省点钱。"

"好啊,顺便减点肥。"

锡钧根本没有觉察到一个颠覆自己人生的大事件即将来临,心满意足地拍了拍自己吃饱的肚子。

"教堂那边让我把这些拿过去。本来我也不想来这里,可神父让我过来看你是否安然无恙,顺便让我把这个念珠拿给你。这些做念珠的材料都是教堂的财产,听说有些老年人会像你一样,说给教堂做念珠,结果拿去卖掉换钱。所以,神父让我务必拿回去!"

胜载心里有些不爽,自己也不清楚为何要对熙子这样辩解。他接过熙子递过来的已经完工的念珠放进包里,走到玄关处,终于憋不住,回头高声责怪熙子:"你觉得舒服吗?你就像对待陌生人一样面无表情,不多说一句废话。我离开,你心里就舒服、爽快了吗?"

"没什么不舒心的。"

对熙子而言无所谓舒心与否。上了年纪后她才明白,朋友比男人更好相处,更舒心,仅此而已。熙子倒是更在意儿子敏浩和忠楠,不想让他们因为胜载而不快。所以,就沉默无语,低头串着念珠。

"我说过要和你一起生活吗?只想一起玩耍而已。我说过要和你谈恋爱了吗?只想和你做朋友。你与其这样每天闷在家里,不如和我一起坐车去兜风,这样不好吗?晒晒太阳多好啊。"

"静雅也会开车,我俩偶尔也开车去兜风。"熙子依然固执地辩解。

"你还真爱还嘴啊……算了吧,算了!"胜载说完咣当一声把门关上就走了出去。熙子继续串着念珠,突然,又想起了什么似的歪头自语:"对了,我把冻明太鱼给静雅了吗?"

锡钧吧唧吧唧吃着炖明太鱼,突然用勺子在汤碗里翻来覆去找什么东西:"明太鱼的眼珠子呢?"

静雅正在收拾冰箱,听锡钧问自己,便用勺子舀出锅里的明太鱼头放到锡钧碗里,然后坐到了他对面。锡钧夹起明太鱼头吃得津津有味:"吃明太鱼就得吃眼珠子!"

"买了,当然买了。我买好那个以后,突然看到路边的花好漂亮,还有小狗找不到妈妈……我就跟着它,走着走着,发现已经到家了。我还纳闷,干吗买了冻明太鱼呢。"

熙子絮絮叨叨地解释着,走向冰箱拿出了冻明太鱼。静雅见状,一把夺过熙子递过来的塑料袋子。

"人突然不见了,你知道我有多担心吗?那怎么不接电话?"

"可能没电了。"

"出门要带备用电池,更要打起精神。我是谁?"

"静雅。"

"看来脑子还挺清醒。那你怎么还那样,怎么不给胜载开门啊?"熙子瞥了胜载一眼,走到静雅跟前对她小声耳语:"忠楠。"

静雅觉得熙子为了讲义气,把到访的人拒之门外未免有些夸张,就皱了皱眉头和胜载告别:"胜载,回头见!"

熙子见静雅离开,看了一眼胜载:"你回去吧。"

胜载从自己包里拿出串念珠的材料,起身把对着自己的摄像头转向了朝门的方向。

"你为什么要把它转过去?"

"你为什么用这个拍我?让它冲着门那边,看看有没有坏蛋进出就行了。"

熙子无法告诉胜载,摄像头要监视的其实是有可能患痴呆症的自己,于是就闭嘴不再说什么。胜载继续从包里拿出剩下的材料放到桌子上。

"你收好这个,把做好的念珠给我。"胜载面无表情,事务性地交代熙子。熙子暗自担心胜载是以送串念珠的材料为借口,又要磨叨自己一起去旅行,不由得露出了一副厌烦的表情。胜载觉得熙子不仅不给自己开门,还面露厌烦神色,非常不快。

鱼,在十字路口等你!"

静雅又看了看坐落在山顶的那个房子,怎么想都觉得没有比这个更合适的了。它能让自己郁闷的心情豁然开朗,更让她满意的是还有一个院子。白天出来晒太阳,晚上躺在平床上仰望星空,对于独居的老人来说,还真是一个不错的房子。

静雅决心已定,就高高兴兴地前往和熙子约好见面的十字路口。然而,到了那里却没有看到熙子,给她打电话也不接,等了一个多小时,熙子也没有出现。静雅焦急万分,心急火燎地奔向了熙子家。

静雅来到熙子家门前,看见胜载正在门前踱来踱去:"这不是胜载吗?"

"哦……是静雅啊。"胜载见到静雅似乎很高兴。

"熙子不在家吗?"静雅担心地问胜载。

"她在家,可是不给我开门。"

静雅听胜载这么一说,终于放下了悬着的一颗心。直到刚才她还莫名地不安,担心熙子会精神恍惚,到处徘徊游荡。

"她疯了,真是的!怎么让人站在外面……"静雅一边抱怨,一边抬起放在大门边的花盆,取出藏在花盆托盘下的钥匙开门走了进去,胜载也跟在她身后走进了院内。熙子像往常一样,正坐在沙发上串着念珠,见两人进来觉得有些诧异:"你怎么……来了?"

"什么你怎么来了……你有没有说过买好冻明太鱼在十字路口等我?"

"天哪!"熙子这才想起自己和静雅的约定,把手中的念珠放到桌子上,拍了一下手。

"天什么天哪,你这个疯老太太……冻明太鱼呢?"

"是啊,是得光线充足。"

静雅仰望着天空,心不在焉地附和熙子。这时听到了手机铃响:"炖明太鱼,多放点辣椒!"

锡钧交代完静雅后就挂断了电话。熙子见静雅叹了一口气,马上就问静雅:"是锡钧吗?他说什么?"

"他说想吃炖明太鱼。"

这时,半地下室的窗户突然被打开,一个面目狰狞的男人破口大骂:"干啥呢,该死的老太婆们!"

静雅和熙子吓得惊慌失措,一时不知如何回答,匆忙走出了胡同。

"该死的老太婆,好久没被骂过了。"熙子耸了耸肩膀自嘲。

"那是你过得太舒心了。"对于整天听惯锡钧粗话脏话的静雅来说,这种挨骂根本不算什么。

"咱们现在去哪儿啊?"

"去买冻明太鱼。"

"你什么时候和锡钧分手啊?"

"等租到房子以后。"

"要么不给他炖明太鱼,要么就别离婚,最近我越来越不懂你了。你是不是应该在离婚协议书上签字盖章,告诉他一声再搬出来啊?真要突然搬出来的话,锡钧肯定会被吓到的。"

"就让他受惊吓好了。就算说出来也改变不了什么,只会更麻烦。"

"你告诉孩子们了吗?孩子们也会大吃一惊的。"

静雅无暇顾及熙子没完没了的担心,脑子里只想着之前看过的第一个房子:"我觉得刚才那个第一家比较好……"静雅边说边停下脚步,看了一眼熙子:"你回家吧,我再回去看看那家。"

熙子见静雅又重新朝上坡路走去,便在后边叮嘱道:"我买好冻明太子则不关己事般坐在院子的平床上。随着静雅的一声"我的妈呀",只见她手里拿着掉下来的门板,吓得直眨眼睛。

"这里会有鬼出没的!"熙子没有看中这个房子,不满地摇头。

"风景不错啊。"静雅把门板放到一边哈哈大笑。房子坐落在山坡顶上,可以清楚地俯瞰到低矮处,视野开阔的景观令人心情舒畅。

"这么大岁数,还要走三十分钟的山路……等你老了就走不动了。"

"还能减肥,多好啊。我听说还有郊线公交呢。"静雅似乎相中了这个房子,各处仔细看了一遍,还拧开院子里的自来水确认了一下。

"水流还很冲呢。"

熙子见状,急忙抓住静雅的手腕:"这里不行!对我来说这里比我家老二住的菲律宾还远。去那里只要坐车、坐飞机就到了,可这里……"

"我本来想在我家附近找房子,是你非让我在你家附近找的呀。现在好不容易找到这里了,你这又说什么话呢?当然菲律宾更远,怎么会是这里更远呢?你怎么光挑房子的毛病呀,不是还有很多好处嘛。"

静雅生气地责怪熙子。熙子不会不知道,想少花钱找好房子根本不可能,却仍像小孩子一样只想让静雅迎合自己,所以静雅非常生气。

"劳驾,再给我们看看别的房子吧。"熙子说完就挥手走出了大门。

在那之后,熙子又连续三次劝阻了静雅相中的房子,依旧不死心,想让静雅和她一起生活。结果搞得中介的人疲惫不堪,又给她们介绍了一个半地下室的房子后就说再没有房子可看了。静雅和熙子茫然若失地站在正对着胡同的巴掌大小的窗户前,中介员工撇下两人独自离开了那里。熙子一边看着静雅的眼色,一边小声说道:"还挺雅致的,我刚结婚的时候住过这种地方。不过你又不是地鼠,地下室有点……"

"好像光线不好啊。"

"越老越要多晒太阳,不然会得骨质疏松症,还会得忧郁症。"

悄无声息的征兆

熙子大汗淋漓地走在坡路上，双腿开始打战，小腹就像憋不住尿意般隐隐作痛。年轻的房产中介迈着矫健的步伐走在前面引路，边走边告诉她们再走一点就到了。静雅紧随其后迈着大步不甘示弱，熙子落在二人后边，气喘吁吁地向静雅挥手："静……静雅……"

静雅转过身，一脸不耐烦："你干吗非要跟来，还总喊我啊？你去教堂吧，就知道给人添麻烦……"

熙子看着静雅撂下一句话就自顾自大步往前走，不免有些难过，心想哪怕就自己一个人也要回去。可她回头看到一眼望不到头的下坡路，就觉眼前发黑，顿时泄了气。于是，无奈地叹了口气，继续沿着陡峭的坡路向上行进。

一行人终于到达目的地，而出现在她们面前的却是一座眼看就要倒塌的破旧房子。狭小的院子由于无人打理，零散地堆满落叶和土块儿，房檐四处蛛网遍布。

"哎呀，这门怎么打不开啊。"静雅抓着打不开的门板使劲晃动着，熙有什么用,钱都被家人给花光了。我还一直不死……"

"妈妈为什么要死啊!"英媛理解双芬的心情,低声责怪她。

"我们哪是兰姬的爸妈和弟弟,全家都是花钱的厉鬼啊。等我死了就把我火葬,把我家祖坟所在的那片山林卖了,然后钱都给你。你先借钱给我,别告诉兰姬。要是到时候有了侄子,肯定还得让兰姬承担一大半。这个疯子,为了断掉他的后代,我要把他下身捆起来。"

英媛听双芬这么一说,咯咯地笑着反问:"您要用什么捆住仁峰的下身啊?用铁链捆吗?这老太太……真是的。"

"我苦命啊,一辈子都在为钱操心!"双芬叹了口气,说完就站了起来,仿佛自己办成了一件大事,顿觉心里无比轻松。

以又向已经走远的仁峰喊道:"喂,你和杰奎琳语言也不通啊!"

"你不想给钱就算了,别说废话!"

"你小子,我赚那么多钱呢,难道会舍不得那点钱吗?你要是结了婚,以后还要生孩子。妈和姐肯定会考虑很多,你又有病。仁峰啊,仁峰啊!"

兰姬看着离开的仁峰,心里很不是滋味,转过身打算返回家里。这时杂草丛生的荒野突然映入了她的眼帘,就是阿婉所说的三十年前的那片荒野。

有些伤痛,并非想忘却就可以忘却。越想忘却的伤痛,越会在不经意间让你感到撕心裂肺的痛苦。那一天的记忆紧紧抓住了兰姬的心脏,并不停地撕扯,令她感到一阵战栗。

双芬来到了英媛的拍摄现场,一想到自己要向女儿朋友开口求援,脚步不觉沉重起来。可又一想,老两口死后就留下仁峰孤单一人,还是应该给他成个家更好。

英媛拍完自己的戏份,拿着折叠椅来到了双芬的身边,听双芬说出找自己的缘由后无奈地一笑:"妈妈,我是一个著名演员。您想和我借两千万韩元的话,您老人家给我打个电话就行了,何必亲自跑到这里来。坐完公交,又坐公交,然后再坐一趟公交……您到底换乘了几次啊?"

"你得了癌症,不是也要花钱嘛。"双芬低下头,不好意思地喃喃自语。英媛虽然感到一丝难过,却还是看着双芬面露微笑。

"您真是的……那点钱我还是有的。可是您不是有兰姬吗,干吗不找她?妈妈,兰姬她是老板娘,老板娘。她该不会不给您钱吧?"

"她天天给我钱也不够啊。当初仁峰从电线杆上摔下来就剩下一口气,为了救他,直到大前年一共做了十二次手术,花了一亿又一亿韩元,还一年四季给他买昂贵补药。她爸还动不动就被送到急诊室……生意好又仁峰就像一个闹情绪的孩子一样，拒绝回答兰姬。兰姬用筷子夹了一块肉走过去："这是牛肉，你尝尝。这是里脊肉，特别嫩，吃吧。"

兰姬一边哄着仁峰，一边想把肉塞进他嘴里。没想到仁峰却拍打着兰姬的手背，将肉掉地上，然后一瘸一拐地走了出去。

"你……你……这个不知好歹的家伙，真是没教养！"兰姬捡起牛肉放进嘴里，一边吃，一边朝大门喊道，"姐明天凌晨要去早市。你快吃饭啊，我好把碗筷一起洗了，仁峰啊。"

浩振拍拍兰姬的后背，示意她去看看仁峰。于是，兰姬叮嘱父亲要细嚼慢咽，然后就急忙跟在仁峰后边追了出去。兰姬追到田野处，环顾四周后发现了正靠在树上小便的仁峰，就调侃道："你放着家里的厕所不用，非要在路边……看来你还能尽男人的本分啊。"

"难道你以为我腿残疾了，就担心床上也不行吗？"仁峰就像满身带刺的小刺猬一样，牙尖嘴利地顶撞兰姬。

"姐当然担心了。你把别人家的女儿娶进来……当时你的腰不能动，为你把屎把尿的事，我到现在还记得清清楚楚呢。你躺了七年，能下地走动还不到两三年。小子啊，杰奎琳说不定还不喜欢你呢。要是花了两千万韩元娶进门，女人却跑了呢？听说岭那边的大叔也是被女人卷跑了钱，女人不是用钱买的！"

"杰奎琳也喜欢我！"仁峰提好裤子转过身来，好像不吐不快地朝兰姬大声喊道，"就算我腿残疾，我也能干农活，还能砍树，还可以犁地。怎么，残疾人就不能喜欢女人吗？"

兰姬这时突然闪过一个念头，担心阿婉是不是还在喜欢残疾后的研贺。她知道成为残疾人的妻子，现实生活有多么辛苦。仁峰能够恢复到像现在这样走路，无论他本人还是家人都付出了很多辛苦，经济问题也不容忽视。兰姬不希望女儿背负那样的重担，当然也不希望杰奎琳那样，所兰姬想喝点酒打发时间，就拨通了忠楠电话，结果忠楠侄子珠英接听了电话："我姑姑说了，如果不是生死攸关的事，就让您过后再打电话呢。她的年轻教授朋友们来了，所以好像就对老年朋友们不感兴趣了。"

"虽然并不是涉及生死的事，不过珠英啊，你转告你姑姑，老年朋友也是朋友！"兰姬很了解忠楠的秉性，所以并没觉得太遗憾。不过当听说英媛也在忙于拍摄，就叹息自己命运实在悲惨，竟连一个可以安心喝酒的朋友都没有。又不能对毫不知情的熙子和静雅说那些事，兰姬无奈只好开车回了娘家。

"本来研贺正合适……怎么就变成残疾人了呢？"兰姬一边开车忽然就想起研贺来，难过地喃喃自语。阿婉久等不见兰姬回来，便给她打了电话："您在哪里？"

"去你外婆家呢。"兰姬冷冷地回答。

"我在家等您呢，您为什么要去外婆家？"电话那端，阿婉的声音里没有任何不满情绪。

"我管你等不等，我想去就去呗。难道我去你外婆家还要得到你的允许吗？你什么时候那么关心过我？"兰姬听到阿婉平静的声音，反而提高了声音冷冷地挂断了电话。阿婉越是冷静地追问那件事，兰姬就越觉得自己是在反抗中挣扎。她第一次意识到自己养育三十多年的女儿，竟然像他人一样陌生。

兰姬到达娘家时双芬外出不在家。于是，兰姬就拿出从超市买回来的肉，开始准备晚饭。

兰姬吹了吹刚烤好的肉放进浩振嘴里。仁峰一脸苦涩地靠在一边的墙上，呆呆地望着别处。

"你真的不吃吗？"

然而，兰姬依然无法抑制自己愤怒的情绪，一边自言自语，一边牢骚不停地炸着糖醋肉，结果被滚烫的油烫伤了脸。兰姬接过员工慌忙递过来的冰块，一边用冰块按摩烫伤的脸，一边解下了围裙，吩咐员工："你们知道今天有三十人的团体客人吧？糖醋肉已经过了一遍油，别弄混了。我今天先回去了。"

若是以往，兰姬从来不会在有团体客人预约的日子离开中餐馆。她担心今天自己这样下去可能会闯更大的祸，所以果断离开了中餐馆。然而，虽然离开了饭店却无处可去，本想回家休息，一想到阿婉在等她回去，就觉得心里很不舒服。

于是，兰姬开车去了一家大型超市。兰姬其实并没有什么特别需要采买的东西，只打算在这里消磨时间等到阿婉离开自己家。兰姬正在食品柜台前往购物车里放东西时，听到了短信提示音，于是打开短信，一边阅读，一边自言自语："'伯母，我是东震。您好像误会了，我和阿婉不是您所担心的那种关系。我马上就要和妻子回美国了……'神经病！该死的，这哪是打一巴掌给个甜枣的事。一个要和老婆回美国的家伙竟然还……我真想一把拧断他的脖子。"

兰姬把手机放进口袋，暗自庆幸一切都是误会，更让她开心的是东震要回美国了。可又一想，都是因为东震那家伙阿婉才和自己闹别扭，所以就气不打一处来。

兰姬在超市逛了两个多小时，回到自家楼下，看到客厅窗户上映现的身影，不由得停下了脚步。她本以为阿婉这个时候应该已经回自己家了，却没想到她还在这里等自己。兰姬把买回来的东西放到门前，犹豫着要不要开门进去，最终还是拎起东西回到了车上。阿婉让兰姬对那一天的事情做出解释，可兰姬能说什么呢。兰姬没有信心面对阿婉，一想到那一天，现在都还胆战心惊。

此刻比起已经过去的往事，事关阿婉人生的大事更重要，阿婉还没有明确告诉自己她与东震的关系。于是，她又重新回到了室内。

"你真的没和东震交往吗？那你干吗和他接吻，干吗要拥抱？你要是没发疯，干吗要和有妇之夫拥抱。你和谁说谎呢……"

"那是一个失误！"阿婉打断兰姬，淡定地回答。兰姬看着若无其事削着铅笔的阿婉，心中不禁燃起一股怒火。

"失误？你说得真好听，臭丫头！还说什么你很听我的话？你就是这样听我的话，才和有妇之夫乱搞吗？你这个疯丫头，别逗我了。"兰姬狠狠地骂了阿婉一通，又向玄关走去。

"我等您回来！"阿婉被兰姬劈头盖脸骂得体无完肤，却只淡定地回了兰姬一句。阿婉已经充分做好心理准备，现在对于她来说，比起整理自己与研贺或东震的关系，倒是更应该彻底理清与老妈的关系，这样才能让自己脱离老妈，享受独立自主的人生。

"你妈在你眼里还不如路边的狗屎！你明知道你爸对你妈做过的事，还敢那么做？你说是失误？失误！长了一张嘴就可以胡说八道吗，臭丫头！"

随着"咣"的一声门被关闭后，屋子里就仿佛未发生任何骚乱一样瞬间安静下来。阿婉放下铅笔，打开笔记本电脑，紧盯着昨天写下的一行文字："兰姬的故事"。

阿婉卸下了一直以来束缚自己，让自己认为只能从属于老妈的沉重盔甲，不再为此感到恐惧和不安，坚定地迈出了摆脱老妈占有欲的第一步。

兰姬的中餐馆从来没像今天这样因为蜂拥而至的客人而手忙脚乱。兰姬不想强装笑颜面对顾客，就把收银台的工作交给员工走进了厨房。

一样的伤痛

"您为什么要毒死我？在那个荒野里……"

阿婉在追问兰姬那一天发生的事。

"什么荒野……该……该死的。你疯了吗？胡说什么……你胡说八道什么呢？"

人生在世，有可能会遭遇宛如深陷沼泽般的境地——遭世人抛弃和背叛，孤独无助沉入沼泽的瞬间，悲痛欲绝、万念俱灰等待死亡的时刻——对兰姬来说那一天就是这种感觉。她想把那一天的记忆深埋心底，就像此生不曾发生过一样。然而，她没想到阿婉会对自己刨根问底，穷追不舍。

兰姬就像冰雕一样身体僵硬了片刻，站起来颤抖着双手开始整理东西。兰姬不希望阿婉记得那一天的事，迄今为止阿婉一次也没提起过它，所以心中暗自庆幸阿婉已经彻底忘记了那一天的事。哪曾想阿婉对于那一天的事情耿耿于怀，就像怀抱一颗毒瘤一样，任其不断蔓延扩大。

兰姬不敢面对阿婉，慌张地奔玄关而去。马上又意识到对自己来说，

［韩］卢熙京 著
太文慧 太文玉 译

我亲爱的朋友们

（下）

中国出版集团
东方出版中心